아우라지 美學의 길

아우라지 美學의 길

김지하

다락방

서문

이미 신문에도 이 책을 쓴다고 예고한 바 있다. 또 그것이 우리와 전 인류의 기대속의 '아시안 네오-르네상스'의 첫길이라고도 여러 번 말했다. 일제 때 익산에서 동편제 판소리 명인 宋興祿송흥록은 "한국 민중문화의 핵은 판소리요, 판소리의 핵심은 시김새다. 그리고 그 시김새의 근원은 정선아리랑이다"라는 의미심장한 한마디를 남기고 떠났다.

이것이 무슨 소리인가?

정말 그럴까?

젊어 남도민예에 미쳐 공부했던 나에게 이 한마디는 평생을 속으로 사로 잡아온 미스터리였다.

더구나 어린 열세 살에 목포를 떠나 강원도 원주에 와서 살던 나에게 그것은 말할 수 없는 큰 숙제요 험난한 어려움이었다.

이제 그 어려움에 바로 달라붙는다.

그 어려움은 그러나 도리어 나의 미학 전체를 바꿔 놓는다. 또 세계관까지도. 허허허.

그럴 줄 알았다.

그러나 그것이 기이하게도 치악산 뒤쪽 月峴월현 '달고개'에서 '아라리'의 근원을 드러내고 중조선 문막과 부론의 흥원창 月峰월봉 일대에서 인류와 민족의 비밀사안인 '圓滿원만', 즉 '弓弓 궁궁'을 번쩍 드러냄에 이르러 나는 그저 그윽이 놀라고 말았다.

더 이상 할 말 없다.

이 작업은 다음 오늘의 易經역경이라 할 『우주생명학』3권으로 이어질 것이다.

그 뿐이다.

그리고 내 生은 끝날 것이다. 다만 내 본명 '英一'과 내 평생 그리고 싶어 한 내 스타일의 조선의 그림들만을 남기고.

또 있다. 연포 - 골덕내 - 나리소의 '弓弓冥궁궁명'의 발견이다. 이것도 거대한 우주의 시작이다. 그러기에 美學이 아니고 <美學의 길>이다. 이제부터가 後學후학들의 참 美學, <아우라지 美學>의 참 시작이 시작된다는 말이다.

갑오년 3월

배부른산 無實里무실리 촛불방에서

김영일 모심

차 례

아우라지 美學의 길

01 冥명을 찾아서

내가 이제 참으로 큰 전 세계사적인 한 중요 사연을 말하고 그로부터 우리 민족의 전통적 문화와 그로부터 동아시아와 태평양, 그리고 세계의 南과 중역 지대의 대륙들과 동서양 인류사의 거대한 문명체계 전체의 대개벽을 관통하는 한 美學체계를 탐색하려 한다.

2013년 癸巳年계사년,

세계와 우주와 일체 생명과 영혼의 그 貫관을 통과하는 '本音본음', 즉 '우주중심음' 이야기로부터 시작한다.

이미 律呂율려나 呂律마저도 거기에서는 시들었다.

黃鐘황종도 夾鐘협종도 '카오스모스'도 모두 다 시들하다.

그렇다면 그것은 무엇인가? 과연 무엇인가?

冥명 또는 冥界명계다. 이른바 慈藏자장에 대한 文殊문수의 예언의 뜻이다.

그것이 무엇일까?

이제 이로부터 새로운 美學,

'아우라지의 美學'을 시작해보자!

마땅히 객관적이어야 하고 정리·정돈되어야 할 규범성이 번듯하게 지켜져야 할 美學 전개의 첫 서술에서 개인적 이야기가 들어가는 것이 이상할 것이다.

그러나 나는 한다. 그렇지만 짧다.

내가 최근 몇 달간 큰 이유 없이 눈이 어둡고 어깨가 아프다. 그러나 나는 안다. 이것이 생리적인 고통이 아닌, 어떤 징후라는 것을!

'冥'은 아주 어두운 혼란 같은 어지러움인 것이다. 나는 우선 이것을 하나의 開闢痛개벽통으로 알고, 또 그래서 이 美學에서 가장 중요한 뼈대이기도 한 冥菓명과를 찾아가는 길, 즉 '冥開명개의 삼거리'같은 어두운 골짜기라고 알고 있다.

美란, 音이란 머리로만 찾는 것 아님은 누구나 알 것이다.

어제는 바로 九龍嶺구룡령의 700여 미터 고지에 있는 冥開삼거리, 그 골짜기에 다녀왔다.

그곳 이전 길에 미륵암과 아우라지食堂식당이 있었다. 의미심장했다.

그러나 가장 분명한 가르침은 두 번의 팻말에서 '명개→오대산'이라는 글자들 이었다.

오대산은 月精寺월정사가 있는 화엄경 골짜기이고 그곳은 신라의 慈藏律士자장율사가 당나라 오대산에 화엄경 공부하러 갔을 때, 문득 명상 중에 文殊사리를 보는 부분에서 이런 사연을 듣는 것과 연관된다.

文殊는 다음과 같이 말한다.

"화엄을 공부하려면 중국 오대산에 있지 마라. 당신네 나라 동북쪽 그 산 많은 冥界에 산봉우리마다 文殊사리들 1만이 태어날 때부터 도사리고 앉아 있으니 그곳으로 가시라!"

직후 慈藏은 강원도의 오대산, 지금의 月精寺 터에 움막을 짓고 거기서 수행을 시작했다는 삼국유사의 이야기가 있다.

이때 冥界란 말이 나온다.

바로 華嚴화엄의 秘密비밀이 숨어있는 어둡고 혼돈스러운 귀신 골짜기다. 마치 '흐린 눈에 아픈 어깨' 같은(冥) 것이다. 그곳을 열고 가면(開) 과연 '本音', 우주 중심음 같은 '冥菓명과'가 나올 것인가? 나는 지금 바로 그 冥菓를 찾아가고 있다. 나는 美學를 찾아 그 길을 간다. 이 시절의 혼돈 속에서 開闢개벽은 이미 진행되고 있고, 그 길은 冥界의 길이고 그 열매는 海印三昧해인삼매의 화엄, 대화엄일 것이다. 나는 간다.

내가 열고 가는 冥開의 길은 바로 '황골'[1]이다. 이미 여러 번 강조한 바 있지만 황골은 나의 예감가운데서 이미 初眉초미[2], '첫 이마'로 떠오른 것이다. 즉 '아우라지'의 예감으로 다가온 고려말의 시인 元天錫원천석의 무덤자리 石徑寺석경사 근처다. 이것은 간단치 않다.

황골에 '하률사, 물도량'이 있다. 아직 모른다. 그것이 무엇인가를. 그러나 나는 느낌으로 안다. 그것이 한 예감의 체계라는

---

1) 원주 치악산 입석대 밑의 넓은 골짜기 마을 '한골'(넓은 골짜기)의 변음

2) 영주와 봉화 사이에 있는 한 낭떠러지. 조선 중기에 나온 지질학서적인 신경준의 「山徑表」에 기기한 곳으로 묘사된 곳. 나의 책 『初眉』에 소개되어 있다.

것을.

무슨 예감?

화엄경 入法界品입법계품 이후의 거의 절반이 '海印'이다. 바다의 신비와 진리의 세계다.

왜?

이제 인류는 바다로 가야 한다. 그 바다 밑에서 새 우주를 찾아야 한다(아인슈타인, 스티븐 호킹의 예언).

그 물의 예감이다.

왜?

그 물의 근원은 山에 있다. 그 예감의 체계 말이다.

이것이 冥菓일 수 있다.

캘리포니아 제1번 도로의 그 고향길 같은, 인디안 지역 같은 山들과 길 옆 태평양 사이의 부딪침에서 온 한 예감을 23일 '하륟사, 물의 도량' 골짜기에서 발견한다.

이제 25일부터 새 美學, '아우라지 美學'의 기술에 들어간다.

내가 오늘부터 찾아가는 것은 엄밀히 말해서 美學이 아니다. 즉 유럽 관념론시대의 정통 美學史의 그 美學이 아니라는 것이다.

그러나 역시 美學이고 더군다나 참다운 美學이다. 나는 美學을 '美의 學問'으로 생각한다.

틀렸는가?

'感性學감성학' 따위, 당대 인간 內面내면 탐색의 실증과학적 체계 안에 규정한 '感性學' 따위를 '엄밀'이란 말로 꾸밀 수는 없다. 여기엔 일체 논쟁 따위는 필요 없다.

美의 규범은 본디 없다.

그러나 美學이라는 체계가 생긴 뒤부터 규범이 발생했다.

규범, '규범美學'은 가능한가?

한 자칭 맑시스트 미학자처럼 공부도 안 해보고 덮어놓고 부정해야 될 헛지랄인가? 규범미학이?

그렇지 않다.

그러나 그럼에도 不拘불구하고 가능한 한 우선은 '규범적 소급'을 삼가고 탐색해가도록 하자. 그래야만 참다운 美의 규범, 규범적 美의 영역에 도리어 제대로 이르게 된다. 그것이 더군다나 '아우라지 美學'이다.

九折里구절리, 九美亭구미정, 九聲구성진 아우라지의 그 기이한 아름다움에 이르는 길은 그리 쉽지 않다.

天符經천부경의 '9×9=81'의 교묘함이 서리기도 하고 예맥 山海經산해경의 몽롱함이 어리기도 한다.

또 아우라지를 스쳐가는 元曉원효의 判比量論판비량론의 그 미묘한 또 하나의 '판단력 비판'의 세계에 이르기도 한다.

그러나 아무리 애매하고 기이해도 우리는 이 '아우라지 美學' 그 자체의 핵심규범에 꼭 이르러야만 한다.

이미 세계는 그렇다.

임마뉴엘 월러슈타인과 폴 크루그먼 같은 전문경제학자들 자신이 "현대 경제의 살길은 소비패턴의 생산시스템에의 대거 반영이고 그 소비패턴은 여성 소비판단력의 우수성에서 기인하며 그 여성 소비판단력이 경제 대원리를 좌우한다"고 공언하고 있는 현실이다.

그런데 미국의 마트와 몰mall에서 그 여성소비판단력의 밑바닥에서부터 이른바 '문화자본주의' 그 자체를 뜻하는(유타 베름케) 칸트의 '판단력비판'의 날카로운 快·不快쾌·불쾌의 趣味批判취미비판이 최근 절대화되고 있고, 일상화되고 있는 것이다.

이것은 질병이 유행하고 금융자본주의 쇼크와 반년에 걸친 '1% 對 99% 세계 대행동'을 유발한 현대 경제 속에서 무엇을 뜻하는가?

그런데 동아시아 태평양에서 새로운 경제, 새로운 문화, 새로운 문명과 정치가 요구되고 있는 이 시점에서 바로 그 칸트의 '판단력 비판'보다 월등한 '판단력 비판'인 元曉의 判批量論이 한국 Neo-Renaissance의 상징인 정선의 아우라지, 그 '자궁우주'('보지-한'이라고도 한다)의 장터에 연결되어 있다면, 바로 그곳에서 공부하던 元曉의 아들 설총과 한때 중노릇하던 율곡의 그 공부한 바가 바로 天符經과 山海經과 判批量論이었다면, 또 나아가 훗날 율곡에게 華嚴經화엄경이었다면 문제는 간단치가 않다.

快·不快의 날카로운 상품소비판단이 과연 佛性불성의 깨달음을 통해 成佛성불과 해탈의 길에 이른다면 어찌할 터인가? 거대한 인류사상사의 대개벽이다. 그래도 여전히 '맑스'요, '레닌'이요, '안드레 군더 프랑크' 타령을 할 터인가? 거기에다 '주체' 똥구멍타령까지? 이른바 종북 말이다.

허허허허허.

웃음밖에 안 나온다.

美學으로 돌아가자!

'아우라지'는 아마도 개벽기 美學의 총괄테마요, 개벽을 통과하면서 현실화 될 大華嚴世界대화엄세계, 海印境해인경의 바로 우리말이다. 그것은 '아우라지'로부터 오는 말이요 근원에는 아우라Aura, 즉 초현실의 혼돈 또는 초현실적 본체, 이른바 冥 또는 冥界가 있다.

오늘 아우라지가 새 美學의 중심 테마로 떠오른 것도 '정선아리랑' 때문이고, 그 정선아리랑이 남도민요와 동남부, 중북부 탈춤 등 일체 民藝민예 속의 숨은 恨한과 신명의 미학 원리인 '시김' 또는 '시김새' 등(!)의 핵심비밀의 열쇠라는 동편제 鬼笑聲귀소성의 名人명인 송흥록의 마지막 말이 있었기 때문이다.

물론 정선아리랑은 아우라지로부터 시작되었어도 충청도 등의 메나리의 '미드필더'의 중화과정을 거친 것이다. 이 점을 잊어서는 안 된다(그리고 또 있다!).

또 그것은 '극 上古'가 아니고 '극 原初원초'가 아니라 신라말, 고려 초의 文化문화이동기(여러 원인이 있다)에 일어난 예맥계 女人 山間生活산간생활과의 연관이 그 중요한 시원인 것이다. 이 점이 잊혀져서는 안 될 것이다(三國初期삼국초기 시원의 치악산 '아라리' 시원설화가 또 있다!).

내가 지금 짚어서 말하고 있는 것은 역사라기보다 '體質論的체질론적인 진단'에 지나지 않는다. 중요한 것은 그러나 지금부터다.

즉 아우라지가 아리랑의 시원이라는 것, 그리고 한국적 창조경제, 이른바 신령한 시장인 神市신시 또는 비단 깔린 장바닥의 시작이라는 것, 그리고 기이한 神物신물이란 이름의 藥物源약물원의 근원이자, 근본적이면서도 우주융합적인 힐링의 예술차원의 한 미묘한 중심음 冥, 冥菓의 창조원이라는 점이다.

이 점은 두말할 필요 없이 새로운 美學을 요청한다.

나는 바로 그 요청에 응하여 집필을 시작한다.

벤야민의 아우라Aura가 유럽심층 과학과 탐색 일반의 목표가 되어 있다.

물론 아우라는 '근본, 근원, 심층무의식, 초월성, 우주무한, 혼돈의 맨 밑바닥, 끝 또는 시작'과 같은 뜻을 지닌 말이다.

그렇다면 그 말의 근원(아우라의 아우라)은 무엇일까?

벤야민 연구가들은 여러 가지로 그것을 짚어내고 있다. 그러나 아직껏 정확한 밝힘은 없다. 모두 제 결론에 매달려 첫 시작을 오도하는 꼴이다.

분명히 말한다.

아우라의 근원은 '아우라지'다.

아우라지의 가장 현실적인 뜻은 <자궁우주(보지-한)>이다.(현장인 정선군 餘糧里여량리 노인들의 현장 언어다.)

그것도 또 무엇일까?

이제 조금 긴 서장을 열어가야겠다.

나는 나의 긴 美學的 思惟사유의 역사에서 단 한번도 거대한 융합의 한 아름다움을 생각해본 적이 없다. 중간 중간 여러 형태로 접근해 본 적은 있으나 현대적으로는 도리어 토막토막 끊어진 제임스 조이스 식의, 질 들뢰즈 식의 절단에 관심이 갔지 아우라지 같은 사유를 해본 적이 없다.

기이하고 기이하다.

그런데 이제 일제강점기 동편제 鬼笑聲귀소성의 名人 宋興祿송흥록의 단 한마디, "판소리 시김새의 근원은 정선아리랑이다"에서 그 아리랑의 고향인 정선 九折里구절리의 아우라지에로 모든 것이 집중되었다.

文化는 백범 김구 선생의 주장대로 현대 한민족의 중심과제요, 우리 민족의 숨은 큰 힘이자 현대세계의 청년인류의 중심영역이 되었다. 그 중심 중의 중심인 여성들의 소비판단력, 소비패턴의 근본 동력이 快·不快의 趣味判斷으로, 그 문화 자본주의 근원인 Kant의 판단력 비판으로, 아아! 그러나 아시아, 태평양 신문명시대의 참다운 문화, '참다운 판단력 비판'의 핵심인 元曉의 判批量論이 거론됨으로써, 그리고 그 판비량의 온상이 조선 최고의 고전인 天符經천부경으로, 그 天符經 81字의 살아 있는 실현태인 '9×9'의 '九折里, 九美亭구미정의 九聲구성진 아리랑'의 구멍市場시장 아우라지임이 확증되고, 그곳이 곧 엄나무 무성한 정선의 약초장인 아우라지 장터임이 확실해짐으로써, 아아! 그러나 거기에 이르는 구불구불구불 산길과 물길과 恨에 찬 신명의 구불길, '한탄, 미탄, 여곡, 소탄'이 내게 슬픈 美學的 충격을 일으키고 거기서부터 흘러내리는 귤암, 가수 등 東江과 그 東江의 큰 절정인 연포와 골덕내, 白雲山백운산 나리소와 뒷터, 그 밖에 水精山수정산 밑 芳林방림의 아름다움과 安興안흥의 흥겨움이 내게 그 恨에 대비된 신명의 구름을 일으킴으로써, 그렇다! 작은 너그니재와 큰 너그니재 너머, 아홉 구비 산길에 아홉 맛 자리 너머, 揷唐嶺삽당령 뒤, 백두대간 그 너머 그 너머 ……이리 시작되었다!

나의 대학 때, 그리도 미쳐 헤메었던 전라도, 경상도, 충청도의 남도예술 마니아의 근원, 그 정선아리랑과 아홉 춤사위의 고향 아우라지, 자궁우주(보지-한), 金鳳漢김봉한의 정밀진단인 혼돈혈 중 會陰腦회음뇌의 그 天應穴천흥혈, 我是穴아시혈(唐代당대 孫思邈손사막의 발견) 영롱한 부활에 드디어 도달한다! 文殊舍利문수사리의 계시인 동방산간의 冥界가 바로 이것이다.

나는 여기서 분명히 단언한다.

지금 유럽과 아메리카 등을 내면에서 흔들고 있는 벤야민의 아우라는 희랍신화나 북구신화나 동북 고지대신화가 아니다. 그것은 분명 간다하라의 서방 쪽 확산 지향의 역사를 통해 바다 건너 유럽까지 전달된 동방 쪽의 신화가 아닌, 山間산간설화나 風水풍수 前단계 지리개념이거나 혹은 원시문화 개념인 아우라지 즉 자궁우주(子宮자궁속의 아흔 아홉 구비 우주魂혼)의 ORIGIN의 형태로 전파된 것이다.

아마 그 시기는 두 개의 착종기, 즉 서기 2세기 경(알렉산더 동방원정기), 아니면 그 뒤 14세기 경(실크로드 형성기)일 것이다.

이것은 우선 분명히 해야 한다.

왜냐하면 이제부터의 여성들의 시장 소비판단력의 우수성은 세계 경제의 실무적 현장 풍경을 바꾸게 되고, 그 밑에서 작동하는 Kant의 快·不快 취미판단 → 元曉원효의 判批量의 근원 佛性 인식가능성 → 天符經의 妙衍萬往萬來묘연만왕만래의 근원적 우주생명의 아우라지 인식체험의 실천으로서의 '美的 市

場시장 형성' 즉 새로운 神市(Karl Polanyi의 획기적 재분배의 호혜시장)의 나타남으로 이어지게 되기 때문이다.

결코 夢想몽상이 아니다.

역사는 이 방향이고 현실도 그렇다.

미국에서의 현장 리포트와 강원도 정선으로부터의 네오-르네상스(목포-부산의 '장보고' 움직임과 함께)는 전혀 일치되는 艮兌合德간태합덕-山澤通氣산택통기-山上之有水산상지유수의 還歸本處환귀본처 이외에 아무것도 아니다. 이미 제레미 리프킨의 『제로 공유사회』나 롯데그룹이 손대고 있는 이천·여주의 Premium Outlet과 정선 5일장의 상호 연관은 벌써 그 시작이다.

이제 우리는 본디의 美學的 탐색을 正論정론으로 세워나가 보아야 한다.

벤야민의 Aura는 그렇고 그렇다 치더라도 일반적인 아우라의 뜻은 그저 '氣기, 毒氣독기, 雜氣잡기, 미친 조짐, 性的성적인 만족의 조짐' 따위 등으로 쓰인다.

어제(2013년 4월 30일 오후) 나는 아우라지의 東川, 北川의 合水處합수처 강가에서 갑자기 커다란 大圓滿대원만을 체험했다. 그것은 또 무엇일까? 그런데 오늘 아침 나는 기이한(아직은 무엇인가 확언하기 힘든, 계속 추적해 봐야 할 -아마도 첨예한 현대적 아우라 감각일 듯 -그런 것 같다) '아우라'의 느낌이 들었다.

어찌 찾아야 할까?

원주 치악산 황골의 하률사, 즉 물도량-돌도량 아닌 볼란타쪽을 탐색해 볼 것이다. 부처님 보다 더 편안한 자리라는 간다하라 불교의 定言정언이 있는 흩어진 골짜기로서의 큰 볼란타 그 뒤 또다시 접근해 보자. 산 너머의 뒤쪽이겠다.

그러나 그 숙제 이전에 나는 우선 며칠간 아우라와 아우라지의 미학적 규범을 약간은 전통적(동·서 양쪽의) 접근 과정에서 찾아보고자 한다. 볼란타 탐색은 그 뒤에 다시 확언할 것이다(솔거사리와 달고개로서 이 탐색은 아라리 시원 탐색에서 매우 중요하다).

볼란타 탐색과 내가 미리 弓弓處궁궁처로 예상한 원주 주변의 회랑 탐색을 통해서 뜻밖에도 아우라와 아우라지의 중첩과 이어서 몇 가지의 謙겸을 체험했다.

간단히 기술하면 아우라는 황골 法龍寺법룡사 좁은 골짜기 춘앵이네의 아름다움(심지어 생전 생각 않던 내 무덤자리 - 원천석의 시구절 '在世不生唯山間재세불생유산간, 세상은 살만하지 않고 오직 산골짜기(볼란타)만이 가능하다'까지 생각하며) 을 생각할 정도를 경험한 것이다.

단순한 아름다움만이 아니다. 날카롭고 깊다. 그러나 현실적으로는 얄팍하다. 자세한 것은 다음 기회에 하겠다.

그리고 행구동을 거쳐 금대리 궁예의 큰곰바위와 양길의 예맥계 入山三千의 영원산성 사이의 義湘의상의 領願寺영원사 - 궁예의 본부였던, 그리고 제 아내와 두 아들을 스스로 죽인 神林신림의 石南寺석남사 자리, 벼루 박달과 紫陽影堂자양영당(제천의병 전시장, 公田里공전리) 그리고 박달재(정도령의 山市 솟대자리 포함)를 거쳐서 牧溪목계 波市파시 자리(나루터와 선창 마을이 분리되어 있다) 그 다음, 단강 옆을 달리는 月村 - 복여

울 - 소태 - 부론 - 좀재 - 月峰 - 흥원창(단강 섬강 한강 三江 合水處, 강원 충청 경기 三道 合道 지점)과 仰巖路앙암로(견훤로 - 法天寺趾법천사지 등)를 거쳐 문막 - 여주 사이의 부평에서 '韓百謙墓한겸백묘'를 들러 왔다.

이것이 곧 내 人生 初有의 체험, 아우라-아우라지 - 謙의 회랑체험이다.

황골 법룡사는 어제(4월 30일) 아우라지에서의 문득 체험한 大圓대원의 아우라보다 훨씬 더 아기자기한 어여쁜 아우라였고 단강 옆의 황혼녘의 아우라지와 흥원창 月峰의 아우라지 그리고 韓百謙 묘지에서의 謙의 강한 필연성의 한 체험, 이것은 이제부터의 아우라지 미학의 중요한 체험적 근거가 될 것이다.

그렇다면 이제 동서양 양쪽의 아우라, 아우라지의 미학적 규범과 그에 따른 체험의 반성적 사항을 짚어보도록 한다.

지난 二日間 統營통영에 갔다가 바다로 30여분 나가서 '잠사도'(동백섬)란 기이한 섬에 내렸다. 南海남해의 아우라였다. 나는 그곳 주인의 부탁에 따라 그곳을 無涯方무애방이라 이름지어주고 왔다. 그야말로 머언 섬들 이외에 無涯의 물, 이른바 海印이었으니 바다의 아우라지였다. 이것의 美, 아름다움의 정체는 과연 무엇이었을까? 없다. 텅 빈 것도 아니고 무엇이 있는 것도 아니다. 정선 아우라지의 며칠 전의 大圓과도 또 다른 '툭 터진-한' 그야말로 '氣'였다. 이것을 잠정적으로 무엇이라 이름 짓는 행위 자체가 우선 지금의 나의 새로운 미학(아우라지 미학) 행위의 규범은 아닌 것이다. 그러나 찾아가 보자. 애매하지만 역시 '冥菓명과'라고 해놓고.

왜?

바다 역시 冥이 아니겠는가?

산과 마찬가지 '未知미지'다. 그것의 열매菓이니 冥菓 아니고 무엇이겠는가?

잠사도, 우선은 동백섬이다.

아름답다만 그것은 정확한 아우라 규범은 못된다.

무엇일까?

내가 이제껏 강조해왔던 아우라, 아우라지, 冥界 그리고 그 冥開와 冥菓 등은 모두 이전 시대의 동·서양 美學에서 규범으로 돈독하게 모셔왔던 극진의 가치들, 숭고, 심오, 祥瑞상서 등등이다. 단순한 아름다움 따위와는 크게 구별된다. 이제 우주생명학의 방향은 어디로 가고 있는가? 어디로 가기에 美의 규범이 이리 크게 다른 곳을 향하기 시작하는 것인가?

오늘날 절실히 요구되는 새 美學의 살아 있는 생명의 규범은 무엇인가?

'살아 생동하는 아우라living vivid Aura'이다. 그 표현과 언어 규정은 많다.

그러나 그 가장 고전적 규범은 역시 '산 아우라'인 것이다.

먼저 벤야민의 아우라를 살펴보자. 그것은 짧게 줄여서 "이익이 크면 클수록 점점 더 작아지는 존재 탐색의 본래적인 큰 가능성의 은유"라고 압축하면 가장 쉽다.

그것은 이렇다.

예컨대 돈이 많이 생기면 그 돈의 쓰임새가 연관된 일체 경제행위 그 자체를 미학적 판단에 귀속시킬 수 없는 한(이제 변해가고 있다. 이점을 유의해야 한다. 이것이 개벽이다. 진정한 개벽!) 결국은 삶, 존재, 우주, 생명 등 또는 가치라든가 美에 대한 근원적 모색이나 고민이 줄어들 수밖에 없는 그 상관율을 바로 아우라라는 計置계치로 표시해왔다.

문제는 바로 이 계치로부터 시작해서 바로 이 계치가 포함한 둔탁한 인간탐색의 모자람을 도리어 그 계치 자체를 근본 개벽을 통해 바꾸는 것, 그것이 다름 아닌 나의 아우라지 美學에서 아우라 가치관이고, 이제 그 미학의 시절이 시작되는 것이다. 낡아빠진 計置로 낡아빠진 가치관을 설명하려고 발버둥치는 미학적 논객들은 빨리 사라지는 것이 좋다.

아무나 이렇게 말할 수 있다.

"나에게 누가 돈을 준다면 펑펑 쓰고 나머지 돈을 값있는 일을 위해, 아니면 가난한 사람을 위해 쓸 수도 있지…"라고.

그렇다.

매사에 이처럼 아우라는 한정돼 있는 것이다. 참으로 아우라가 진정한 집중적 가치를 위해 몰입하는 일은 별로 없었다.

이제 바로 그 아우라가 애당초부터 진정한 가치에로 집중하는 일을 생각해보자는 것이다. 또 그런 때가 왔다는 현실변화의 계기도 되었다는 것이다. 그리고 그 계기를 타고, 그 아우라를 타고난 형식(先天的선천적 태생 조건)으로 밀고 나오는 한 지역, 한 민족, 한 문화가 있다면 어찌할 것인가?

민족주의 따위 헐값의 싸구려 이념이 전혀 아니라, 한민족, 그 중에도 '강원도 산간의 여성적 대지의 그늘의 삶'으로부터 그것이 솟는다면, 차라리 '일종의 귀신 동네 같은 혼돈과 추악이 지배하는 곳'에서 그것이 솟아오른다면 어찌할 것인가(文殊가 冥界라 지칭했던 곳이 바로 강원도다.)?

이야말로 참다운 美인 것이다.

秋史추사가 강조했던 '怪괴' 즉 山崇海深산숭해심의 깊은 고향인 '怪'(즉 冥이다)로부터 일 것이다. 이것이 참 아우라인 것이고 참다운 힐링의 아름다움인 것이다(毒藥不二독약불이, 不然其然불연기연이다.).

秋史의 怪란 무엇인가?

또 그것은 冥과 어떤 관계인가? 또 있다.

그것이 大方佛廣華嚴經대방불광화엄경의 그 海印과 맺고 있는 연관관계는 도대체 무엇일까?

이것을 보지 않으면 안 될 것이다.

그것은 아우라지의 그 실체인 아우라 즉 '자궁우주'이다. 아홉 구비, 아홉 맛이 '보지 속의 우주 본체인 한'의 드러남이니, 그것이 바로 冥菓이고, 그 冥菓는 맛, 즉 文化로 나타난다. 정선아리랑의 그 시김새 자체인 것이다.

정선아리랑의 시김, 그 冥菓가 겉의 아우라지 속(아홉 구비×아홉 맛=81 天符經천부경)에서 움직이는 아우라 즉 海印이고 그 海印이 이제부터의 文化충돌이며 정치총책, 우주생명의 핵이다. 入法界品, '서다림'(逝多林서다림의 自責자책부분을 말함) 이후 상당량이 곧 바로 우주개벽의 대화엄 노선이 된다.

대체로 보아 지금 2013년 현재의 우주와 지구와 동아시아 날씨가 기이하고 기이한 것은 틀림이 없다. 스모그 지진, 살인진드기, AI, 독감, 기이한 죽음병, 그리고 저 유명한 에볼라 등이 前전과는 판이하게 다르다. 이것은 무엇일까?

변화가 일어나고 있음이다.

이것을 무엇이라 부를 것인가?

NASA도 일체 과학도 정확히는 모른다.

이것이 바로 개벽, 後天開闢후천개벽 정확하게는 '先天後天融合大開闢선천후천융합대개벽'이다. 그러나 분명히 '妙衍萬往萬來묘연만왕만래'(天符經)이니 華嚴開闢화엄개벽이 틀림없다.

따라서 그것의 冥葉는 우선 海印이 그 가장 접근한 명칭이다. 그리고 그 海印은 화엄경 離世間이세간과 入法界品 사이의 '逝多林自責'에서부터 찾아내야 한다. 이제 일반적인 실증적 징후를 찾기 이전에 바로 화엄경의 그 부분 연관 관계에서부터 思惟(!)를 일으켜 가도록 한다.

逝多林(또는 逝多林의 自責)은 그야말로 2500년 佛教불교의 가장 크고 가장 凶흉한 대오류의 自己批判자기비판이며 커다란 새 佛性論불성론의 대돌출이다.

이제부터 그것을 현대의 NASA 등을 중심으로한 Astral Ray (우주線) 현상과 조명하면서 주로 海印·冥開와의 연관 속에서 아우라지(보지-한)를 중심으로 정리해 볼 것이다.

美學은 논리학이 아니다.

Kant도 Hegel도 그들의 美學을 誤導오도했다.

그런 것이 아니다.

그럼 무엇일까?

이렇게 한 문제점을 찾아 파고드는 일이다.

逝多林에서, '숨겨진 대화엄의 보물'이라는 逝多林에서 이른 바 새길 즉 '逝多林 - 아우라지 화엄의 길'을 찾는 일이다.

(밑으로부터 거꾸로 逆行역행 하는 것도 한 방법이다.)

예컨대 이런 것이다.

16권(김탄허本)에

波羅密海바라밀해에 檀단이 最初최초가 되는 연고요

世界海세계해 變化海변화해

一切海일체해는 곧 果과요

初會초회의 十海십해와 會同회동함이니

이것이 무슨 뜻인가?

여기서부터 거꾸로 소급하면서 해석해가는 것도 좋은 방법일 것이다.

또 16권에

-海, 海, 海 가득이다.

- 諸海는 곧 彼피에 助道海조도해요,

  此中方便차중방편은 곧 前에 智海지해니

- 彼엔 乘海승해가 있고

- 곧 이 乘海니

- 因圓果成인원과성이니 곧 佛海불해요
- 演法연법함이니 곧 演說海연설해요
- 곧 世界海세계해요
- 곧 名號海명호해요
- 곧 解脫海해탈해요

이와 같은 例예들도 좋은 검토 자료가 된다.

나는 이제 어설픈 르네상스 기안이나 民族美學민족미학의 방향 따위 낡은 시대의 피동적 自意識자의식 장난 따위는 그만둘 것이다.

무엇이냐?

세계와 인류와 전 중생계의 우주생명학의 기초로서의 美學, 화엄역의 가장 핵심적 定礎정초로서의 妙衍묘연의 美學, 아우라지 美學이라고, 황골과 아우라의 美學 등의 전초적 모색을 거쳐 이제 비로소 正言정언에 이른다.

海印의 美學, 海印美學(물의 美學).

물의 미학이요 水王의 미학이다. 天·地·人을 다 통합하는 그 기초로서의 물, 일체 문화와 아름다움과 삶과 靈영의 기초였음에도 이제껏 잊혀져왔던 그 '물' 海印(화엄학의 기초)의 美學으로부터, 海印의 易學에로 나아간다.

모든 것의 새 출발이요, 참다운 끝이다.

2013년 5월 31(토)

원주에서 간현-양동-용문을 거쳐 양평의 양수리, 두물머리(남한강, 북한강의 合水處)를 간다.

두물머리 짝띠(물가)는 출입금지 돼 있다. 인근에서 물어 볼 수밖에 없다.

거기 물은 있으나 海印은 없다.

무엇이 문제인가?

'如如여여함'이 안 보이기 때문이다.

海印은 如如에서 온다.

바로 이 점에서 海印美學해인미학은 출발한다.

如如가 무엇인가?

가장 쉬운 접근법은 우선 아기스러움 즉 玄覽현람이다.

두물머리의 海印을 발견하려면, 원주에서 양평 가는 길에서라면, 우선 양동 반계리 단석의 작은 황골에서 찾아야 한다.

무엇인가?

또 용문산의 그 기이한 山에서 찾아야 한다.

무엇인가?

그리고 두물머리 입구의 세미원(배다리)에서 그 '물과 꽃의 정원'에서 찾아야 한다. 무엇인가?

마지막으로 묘골(신원리)의 夢陽몽양 여운형 생가, 기념관에서 찾아야 한다. 몽양의 해방 전후한 시기(특히 해방 이후) 민족통일 운동의 좌우합작(두물머리) 노력에서 찾아야 한다.

무엇인가?

무엇을 찾아야 할까?

이제 시작하는 海印美學, 물의 美學은 바로 2013년 지금(癸巳年 계사년)부터 시작되는 새로운 '우주생명시대'의 가장 날카롭고 가장 전초적인 판단력의 체계인 것이다.

이 점을 조금 더 설명해야겠다.

우선 세계와 우주가 물, 바다, 달, 그늘, 그리고 女性과 생명 중심의 시대로 옮겨가고 있고 우리 민족의 오랜 전통과 신화의 중심이 바로 妙衍묘연과 水王수왕과 물에 있으니, 이제 이 우주 대개벽의 시대에 더구나 先後天融合大開闢선후천융합대개벽의 美學이 문화 중심으로 나오고 있는 때에 海印美學이 드디어 시작되는 것이다.

02 미학의 출발점

현대 미학은 어디로부터 출발해야 하는가?

벤야민Benjamin의 아우라Aura다. 초월적 신비성, 본체, 또는 正體정체의 뜻이다.

이것은 과연 무엇인가?

그리고 이것은 극현대에 와서 특히 청소년, 여성, 소외된 사람들로부터 배척당하고 있다.

왜?

抽象的추상적이고 虛妄허망하다는 것이다.

그렇다면 미학은 다시 어디로 가야 하는 것인가?

찾지 않으면 안 된다.

무엇인가?

물. 물이다.

그리고 좀 달리 말한다면 海印해인이다.

벤야민은 "아우라야말로 自然자연 일체를 인간의 창조적 구상에 맞추어 요리할 수 있는, 눈에 안 보이는 잣대다"라고 했다. 그리고 그것을 도처에서 강조한다.

과연 그럴까?

과연 아우라는 그런 눈금 같은 것일까?

아니다.

그런 눈금이 있을 까닭이 없다.

아우라라는 관념이 있는 것이지 아우라라는 이름을 가진 실물적 눈금이 있는 것은 아니다.

그런 것이 있다면 역사는 없다.

그렇다면 우리는 벤야민 아우라의 正體정체를 다시 검토해야 한다.

무엇인가?

본디 유럽 고전신화학은 그 근본이 아시아로부터 전래 과정의 산물이다.

실크로드는 어제 오늘의 사실이 아닌 것이다. 아우라는 벌써 오랜 옛날에 중앙아시아의 동남부, 그러니까 대체적으로 간다하라와 파미르고원 동남부, 또는 그로부터는 조금 머언 극동까지의 원거리를 생각지 않을 수 없다. 그곳의 이곳저곳에 있었던 태초의 근원적인 생명관의 형태인 '물 이미지'의 이러저러한 개념으로부터 나타난 것이 바로 아우라이다.

그 아우라 개념의 한 종류가 곧 아우라지다.

아우라지를 찾아가 보자.

아우라지는 그 본디 이름이 '餘糧여량', 남은 곡식이다. 여분이요, 여유요, 잉여인 것이다. 왜 이런 이름이 주어졌을까?

나는 아우라지에서 또 무엇을 보았을까? 바로 이 '또 무엇'이 곧 아우라지인 것이다. 餘糧이란 말이다. 남은 곡식이니 잉여요, 꼭 필요한 여분일 것이다.

과연 나는 무엇을 보았을까?

송천과 줄천, 그 동쪽과 북쪽의 물, 陽水양수와 陰水음수가 合水합수하는 것, 그 물이 함께 西南으로 흘러가는 쫄쫄 개울 주변의 양쪽 벌판의 장터, 그곳으로까지 구불구불 굽이쳐 오고 있는 길, 九折里, 그리고 合水 지점에 서 있는 처녀상 주변을 빙 둘러싸고 있는 네 개의 산.

그 뿐이다.

그것이 전부다. 그것이 무엇인가?

물론 그곳에서 동해안으로 가는 임계 방향에 아홉 구비 구절리 굽이길이, 九美亭의 지역이, 또 작은 너그니재, 큰 너그니재와 같은 산 귀신 이름의 600미터, 700미터 언덕들이 구불구불 뻗어있고, 그것이 임계 마을에서 왼쪽으로 돌아 백두대간 밑으로 삽당령을 지나 성산, 왕산 쪽으로, 강릉 방향으로 달린다.

그것인가?

그것이 기이하단 말인가?

그렇다.

기이할 뿐 아니라 참으로 호쾌하고 상서롭다.

왜?

삽당령은 백두대간의 奇然水脈기연수맥, 고려 초 중국 풍수 蔡基勳채기훈의 일대 기이한 풍수사상인 奇然風水學기연풍수학에 의하면 風에 해당하는 山脈산맥 가운데 독특한 水脈이 있으니 그것은 중국 四川省산서성 곤륜산界의 山勢산세 일대와 만주 동북부의 鬱漏興米울누흥미 山勢 이외에는 바로 백두대간의 一部(삽당령에만 세 군데 포치한 것으로 큰 大洋의 海印을 결정하는 水勢수세 창출의 숨은 妙力묘력을 갖는다고 하는 바로 그것이다.

이것은 바로 아우라지의 처녀상이 있는, 그러나 사실은 큰 너그니재 밑의 九美亭 밑(송강·줄강) 合水處가 東北에서 흘러와 (東과 北은 우리나라 중조선 반도지형에서 중요한 水脈수맥의 특이성을 갖는다. 이후 설명할 것임) 西南으로 흘러가는 것(西南 또한 반도 水脈上 특이한 중요성을 갖는다. 이 또한 이후 설명할 것임)이 蔡基勳의 이른바 奇然風水에 의하면 바로 涯月處王水脈애월처왕수맥(흐트러진 달이 왕이 되는 수맥)이다.

이후 西南 방향으로 흐르는 물의 전개에 대해서도 설명이 필요할 것이다.

중요한 것은 바로 이 삽당령의 기이한 水脈의 운세를 알아챈 사람이 과거에 있었다는 것이다. 누구였을까?

元曉원효다.

그리고 그 영향이 있겠지만 그의 아들 설총이었다. 그의 38종의 제반정책 가운데 여성 및 文化的 톱 이슈가 22종이 뒤섞여 있었다(九折里에서 강릉에 이르는 노추산 길에 2개의 母情塔路모정탑로가 있다. 율곡과 설총의 그것이다. 그러니 하나는 그의 어미 요석궁일 것이다. 후세의 웬 여성이 이 길에 개입했으나 그런 건 중요하지 않다. 또 이 삽당령系가 두타산과 겹쳐 있다. 복잡하다).

그렇다면 이미 고려 이전 蔡基勳 이전에 동양풍수학에는 涯月處王水脈論애월처왕수맥론이 實在실재했었음을 알 수 있다.

어디에?

기인으로 소문난 北國風水북국풍수(아마도 三韓삼한 이전의 북만주 근처의 떠돌이-조선족으로 알려지고 있다) 魏三星위삼성의 「諧嵐水해풍수」에서 奇然山之緣기연산지연으로 드러나고 있다.

그렇다면 우리는 다시 한 번 정신을 가다듬지 않으면 안 된다.

왜?

우리 민족의 물 인연, 바다 인연, 이 땅 山勢의 숨겨진 海印과 나아가 그 자연 속에 들어있는 華嚴經과의 인연 때문이다.

그래서 慈藏자장이 唐당의 五臺山오대산에 화엄수련을 위해 들어간 첫날 文殊의 현몽에서 왈, “당신네 나라 동북쪽 山嶽地帶산악지대에 있는 그 冥界명계에 一萬文殊일만문수가 태어날 때부터 산봉우리마다 도사리고 있으니 그곳에 수련장을 세우시오”란 말이 나왔을 것이다.

冥界!

그것이 어디인가?

慈藏과 그의 추종자들이 집착했던 대로 文殊의 바로 그 冥界는 지금의 月精寺월정사가 있는 五臺山일 뿐인가?

아니다.

두타산 밑 무릉계 곁의 삼화사 역시 慈藏이 세운 절이다

그렇기 때문에 오대산의 華嚴寺刹화엄사찰 영역이 넓은 강원도 산악지역 거의 전체에 퍼져 있는 것일 게다. 특히나 九龍嶺의 冥開 삼거리 쪽으로 돌출한 五臺山 山勢의 융융함은 가히

그 奇然水脈의 호쾌함과 광활함을 충분히 느낄 수 있도록 해준다. 백두대간의 北南一脈북남일맥에까지 확장되고 있지 않은가!

城山성산 일역을 지나 삽당령까지 확세하고 있기 때문이다(두타산 - 오대산이 직접 연결된다. 진부길에서 확인). 뿐만 아니라, 두타산(삼척)으로까지 나아가고 그로부터 멀리 훨씬 뛰어 영월을 지나 단양, 원주, 제천, 충주, 봉양 인근의 치악산, 백운산, 구학산, 감악산, 용두산과 미륵산, 계방산 그리고 박달재의 천등, 지등, 인등의 연맥에까지 뻗어 있다.

이것이 冥界인 것이다. 아흔 아홉 구비의 귀신 산골말이다. 지옥과 같은 도깨비 동네, 마치 아우라지와 임계 사이 고개에선 두 산 귀신들, 작은 너그니와 큰 너그니처럼 시커먼 산도깨비들이 우글대는 삽당령 인근의 노추산, 옥갑산, 두타산 등이 바로 文殊가 외친 그 冥界이다.

그리고 그곳에 一萬文殊가 태어날 때부터 산봉우리마다(아홉 갈래 길 등등) 도사리고 앉아 있으니, 元曉원효와 설총과 율곡이 안 오고 베기겠는가!

문제는 九折里와 九美亭의 그 '아홉'이 거듭된 山勢가 天符經천부경의 아홉 거듭의 81字를 부른다.

이곳은 天符經의 땅이다.

그래서 율곡 등이 天符經 공부를 한 것이다.

그런데 또 그보다 더 큰 문제는 그 天符經과 山海經의 연관 문제다. 고조선과 예맥과의 관계다.

아! 무엇일까?

예맥은 발해만 이북에 살던 동이족이다. 그리고 山海經은 중국 경전이 아니라 동이족의 方士방사, 術士술사(巫俗系무속계)들에 의해 저작된 저술이다. 그 山海經에 好生不殺生 好讓不爭不死君子之國호생불살생 호양부쟁 불사군자지국이라는 구절이 나온다. 동이족의 타고난 한 집단 품성을 말한 것이다. 예맥은 西紀前 2세기경쯤에 한 중국 부족(震진?)의 압력으로 東進해서 남만주와 지금의 함경도, 그리고 강원도에 남하해 살게 된다(이후 행적은 이후 자세히 말하겠다.).

그런데 바로 그 예맥의 好生不殺生 好讓不爭에 도취한 孔子공자가 자신의 天下統一천하통일 실패 직후 노나라에 돌아와(70세 쯤에) '동이에 뗏목으로 건너가 살까?'라고 말했다가 제자들의 반대에 부딪친다. 그리고 그의 주역 계사전을 자신의 明言 즉 개벽발언, '終萬物 始萬物 莫盛乎艮종만물 시만물 막성호간'이 바로 天符經의 妙衍萬往萬來 太陽昻明 人中天地一 一始無始一묘연만왕만래 태양앙명 인중천지일 일시무시일을 보고 난 뒤에 기술한 것(明代 강소성 사람 黃胡東황호동의 '寄萬物移書기만물이서'에서)이라고 한다.

곧 水王史(후천개벽의 실질역사)가 곧 '謙겸의 문화의 역사'인데, 바로 그 水王史가 곧 한민족의 역사적 기원(多勿다물 또는 不咸불함)이라는 것이고 나아가 이제부터 개진하게 될 이른바 삽당령의 水脈수맥 즉 "물의 역사창출의 水王史"이고 아우라지가 바로 '謙'의 시작이라는 것이다.

기이한 역사다.

그러나 강원도 人心의 구체상을 알고 나면 하나도 기이할 것이 없다.

'謙'의 문화의 핵심은 '謙'의 美學이다. 美學의 제1보는 '快·不快의 趣味批判취미판단'이라고들 말한다. 이른바 Kant의 「판단력 비판」의 결과이기도 하다. 그러나 美學이 과연 快·不快의 두 극단 사이의 판단이기만 할까? 美學이 그처럼 단순명료한 판단력이란 말인가?

아니다.

그러면 美學이 무엇인가?

'勞노와 謙겸'

'배부름과 텅 비어 있음'

'신명과 恨'

그리고 그로부터 이루어지는 마지막 판단,

'快와 不快'

이렇게 4가지 중요한 대립 기둥이 美學이라는 판단, 즉 '快와 不快'라는 판단을 세우는 집의 네 기둥인 것이다.

나는 오늘날 이 땅 조선에 유행하고 있는 美學的 판단 流行유행의 상당량이 참으로 잡스럽고 더럽고 기괴망측하다고 보고 있다.

그럼에도 불구하고, 그리고 상당한 정도 부르주아 유한층 지식인에 연결된 思惟사유임에도 불구하고 매우 유심한 주의를 기울여야 할 아이템이 있음을 말하지 않을 수 없는데 그것이 무엇일까?

바로 이상에 말한 '네 가지 美學的 판단력'이다.

그 판단력 네 가지는 그렇다면 먼저 내가 제기한 정선아리랑의 근원인 아우라지와 아우라지의 대융합 이미지 또는 海印과는 어떤 관련이 있는 것인가?

또 산과 바다 사이의 海陸해륙 연관이 文化創造문화창조에 가지는 근원적 共有공유 연관 등과 어떤 연관이 있는 것인가?

이는 또한 東西洋동서양 문화 共有공유의 세계적 성격, 나아가 우주생명학적 공통분포에 어떻게 연관되는 것일까? 그리고 인류와 衆生界중생계 전체의 內的내적 삶의 근원에는 어떻게 깊은 관련을 갖는 것일까?

또 나아간다.

生必品생필품의 구매에 어찌해서 인간 심성의 근원에 연관된 이 네 가지가 바로 그 판단과 결정의 적정성에서 결판이 나는 것인가?

이상하지 않은가?

나는 이미 미국의 일반화된 마트와 몰mall 같은 일선 소비시장에서 소비의 첨단인 여성주부들의 소비판단 근원에서 快·不快의 趣味判斷이 절대화되기 시작한 최근 경향을 지적한 바 있다. 그리고 이 현상은 우리나라의 강남 아줌마들이나 지역 중소 도시의 소수이지만, 대개의 아줌마들 사이에서 유행이 되어가고 있음을 지적한 바 있다.

이것이 작은 일인가?

나의 경제에세이 『춤추는 도깨비』 가운데 '님' 부분에서 Kant의 판단력 비판과 元曉의 判批量論 비교 속에 먼저 유타 베름케의 「미학과 경제」가 제기한 바 있는 문화자본주의의 논의를 통해 그 중대성을 제기한 바 있다.

그리고 이것은 전 세계 현대·초현대 인류경제의 망망한 미래 전망 앞에서 제기되고 있는 '神市경제 부활의 還歸本處환귀본처 가능성' 앞에서 매우 날카로운 중대성을 가진 현상이라고 말한 바 있다.

임마뉴엘 월러슈타인의 '소비패턴 반영에 의한 생산시스템 대개혁'으로 현대 경제를 혁신할 문제, 폴 크루그먼의 「새로운 경제학 이야기」에서의 여성 소비판단력의 날카로운 중요성 강조 등은 칼 폴라니의 호혜시장 제안(대전환)과 페르낭 브로델의 콩종튀르(축적순환의 장기지속적 모심), 그리고 일본의 대지진과 원전사고 이후에 돌발한 미친 것 같은 極右化극우화 경향의 원인을 제공한 바 있는 여성 대다수의 료조(龍女), 레끼조(歷女)에 이은 아메요코의 따뜻한 자본주의, 착한 市場의 돌발(칼 폴라니 추종의 요사노 가오루 제안) 등을 심각하게 고려할 필요가 있다.

그리고 이 일본 여성들의 돌발적 경향이 교토대 철학교수 鶴見俊輔학견준보 선생에 의하면 모두 다 기이한 욘사마의 親韓的친한적 韓流文化한류문화 경향으로부터 왔다는 사실이다.

그렇다면 뉴욕 증권시장 사태의 불을 근본 해결해야 할 근원적 인류경제 혁신이 神市의 현대적 부활이요, 이미 제레미 리프킨의 『공유사회(제로사회)』 간행이 그 시작이다. 그 부활의 동기(?)가 도리어 快·不快의 취미판단과 함께, 신명과 恨, 勞와 謙 그리고 배부름과 텅 비어 있음이라는 네 가지로 大別(그 섬세한 구분과 개별화는 또 이어진다)되는 美學的 원리와 관련된다는 이 문제점을 아우라지, 대융합, 海印 등과 연관시키는 논의는 과연 어떤 의미를 띠는가?

내가 이제와 새삼스럽게 벌써 오래 전에 집필한 책 『흰 그늘의 美學을 찾아서』나 『예감에 가득 찬 숲 그늘』 또는 『탈춤의 民族美學』, 『생명과 평화의 길』 따위를 거론하는 것은 좀 역겹다. 그러나 이미 그 책들에서 나는 누누이 경제, 정치, 과학, 종교를 넘어서서 그것들을 모두 아우르는 "삶의 길로서의 문화, 그 문화의 총괄적 지침으로서의 한 美學"이 필요하다고 강조한 바 있다.

이제 女性들의 시대가 다가오고 있다. 아니 이미 왔다. 달의 시대, 물의 시대, 그늘의 시대다. 그리고 블랙홀 옆에 오히려 화이트홀 즉 '수성 안개띠'가 왕성해지고, 달, 수성, 화성의 물이 생명 탄생을 예감시키는 때이다. 그리고 그 나름의 근원적이고 새로운 초월성인 아우라가 요청되기 시작했다.

한마디만 줄여 말하자.

현대와 초현대의 美學, 새로운 우주시대의 美學을 줄여 말하면 海印의 美學이고 아우라지의 美學이다.

그 안에서 우선 상급한 네 가지 美學 원리가 제기되고 거기서 수많은 규범과 이치들이 細分세분되기 시작한다.

가장 큰 힘은 무엇일까? 이미 1세기 전 여성에 이어서, 아이들에게서, 그리고 이어 남성들에게서도 서서히 생성되기 시작한 腦, 會陰腦회음뇌의 존재요, 그 會陰腦의 가장 날카롭고 융합·총괄적 기능인 '16識식'이다(북한에서 이미 숙청 당한 경락학자 金鳳漢김봉한의 학문적 지론이다).

내가 이제 문득 새삼스럽게 언급해야 할 사안이 있다.

무엇일까?

美學은 애당초부터 조금은 까다로운 작업이다. 그 까다로움을 통과해서 바로 이제까지의 막연하고 애매한, 그리고 조금 뚱딴지같은 이야기들이 美學談論미학담론으로서의 제자리를 잡게 된다. 그래야 그로부터 본격적 細目的세목적인 스케줄링의 길을 걷게 될 것이다.

무엇인가?

까다롭다는 것이 과연 무엇인가?

나는 이미 美學 공부를 시작한 열아홉 4·19 직후부터 대학에서 같은 공부하던 친구들 사이에 자주 세 가지 까다로운 내 자신의 고집을 세워 때로는 미움까지 받은 적이 있다.

하나는 유물론과 실증주의에 대한 혐오감이다. 그것은 철학도 아니고 더욱이 美學으로서는 설 수조차 없는 엉터리 땜질에 불과하다는 고집이었다. 둘은 변증법은 가짜 진리라는 것. 엉터리로 설정한 假構造반구조에 불과하다는 것, 생명과 일체 우주 물질은 이진법적인 것이고 그 밑에 숨겨진 어떤 돌출이 있는 것이지 '하나, 둘, 셋' 이렇게 애들 장난처럼 만들어지는 게 아니라는 것.

셋은 여러 번 이른바 예술가, 진보주의자들에게까지도 대학에서 쫓겨나면서까지 고집해 왔던 나의 미학 철칙이 있다. 그것은 규범미학의 철저한 중요성이다. 규범이라는 말이 문제이지 규범미학이 문제가 되는 것은 아니다. 특히 Normative Aesthetic의 저자 발터 엘리히 저술을 읽어보지도 않은 자들이 규범미학,

특히나 '추, 질병, 혼돈, 죽음의 美學' 나아가 '怪괴와 解體해체의 美學'까지 인정하는 절대조건은 그 안에 절대적으로 숨은 규범의 무서운 엄정성의 美學의 대원칙으로 인정함으로써만 용납되는 자유임을 나는 지금도 강조 또 강조하고 있다.

이 셋은 나의 철저한 美學原理미학원리이다.

나는 내 일생을 통하여 내 美學이 세상의 새로운 삶에 참으로 진정한 모티브가 되기를 바래왔다. 그러나 그만큼 치열하게 美學 작업을 치중해 온 것은 아니다. 하긴 했지만 안했다. 그러나 세태는 달라지고 있다. 다름 아니라 바로 美學이 세상을 새롭게 바꿔야 하는 그런 기이한 시절에 도달하고 있다. 바꿀 뿐만 아니라 고침, 즉 힐링하는 때가 되어 간다.

어째서 이렇게 되어가는 것인가? 그것은 이제 차차 美學 전개 과정에서 밝혀지게 될 것이다. 분명한 것이 이제부터 오고 있는 세상은 이전과는 너무나 다른, 혹은 도리어 원초적인 개벽기의 세상을 닮은, 그러한 때가 오고 있다.

바로 그런 시기에 이 민족은 바로 이 세계의, 나아가 우주의 새 길, 새로운 생명과 치유의 길로 밀고 가는 역할, 참으로 중대한 그 일을 하지 않으면 안 되게 되어 간다. 제목으로 정한 아우라지도, 海印도 모두 다 근본적인 초월적 중심 표적인 현상 자체의 본질이다.

더욱이 山이 바다의 방향과 내용을 결정하는 노래와 문화와 아름다움이 곧 삶의 실질을 지시한, 그리하여 우리의 病병, 중생의 온갖 근원적 질병을 바탕에서부터 치유하는 그러한 시절에 와 있다.

末世말세라 해도 좋고, 가을, 그것도 늦가을이라 불러도 좋은, '그늘의 계절'인 것이다. 그러나 蓮潭연담 李雲奎이운규의 명언처럼 '影動天心月영동천심월 그늘이 우주를 바꾼다.'

내 문자로 한다면 그 그늘은 바로 '흰 그늘'이다.

내가 항상 강조해 온 것도 흰 그늘 즉 시김새였다. 울울한 시커먼 恨의 그늘 그 자체로부터 차차차차 솟아오르기 시작하는 새롭고 힘찬 하아얀 신명의 빛, 그것이 흰 그늘이요, 시김새다.

그것은 바로 우리 민족, 우리 민중의 가장 강렬한 생명의 진리요 문화의 전통이다. 판소리도, 탈춤도, 시나위도 나아가 詩도 그림도 기타 일체의 종교적 그리움의 표현마저도 시김을 떠나서는 그 자체의 예술적 지향 자체가 성립되지 않는다. 시김은 발효이다. 심지어 김치도, 비빔밥도, 인격까지도 그렇다. 그렇다면 시김새, 흰 그늘은 그 스스로 이미 아우라이고 아우라지이며 모든 땅과 삶과 일과 이치의 근원, 대화엄 세계의 본원이요 근원인 海印인 것이다.

다시 말한다.

"흰 그늘, 시김이 곧 海印이다."

따라서 아우라지는 그 스스로 이미 흰 그늘이다.

송천, 줄천, 東쪽 北쪽의 陰水음수와 陽水양수의 合水 자체가 이미 '흰 그늘'인 것이니 그 合水로 형성된 西南向서남향의 쫄쫄 흐름이, 아니 밑으로부터 위로 솟아오르는 아우라지 처녀상 밑의 물구멍('보지- 한'- 현지이름) 자체가 곧 '흰 그늘'이라는 것이다.

그러나 중요한 것은 陰陽음양의 合, 갈등의 통일, 융합, 흰 그늘이 곧 美學的 본체를 이루는 것은 아니다. 그 구조가 그렇다는 것뿐이다.

이 점을 주의하자. 내가 이제 강조해 말하고자 하는 아우라지 미학, 海印美學의 본체, 중점은 그것이 아니라 그야말로 '아우라' 그 자체이다.

그것이 무엇인가?

그것을 찾아가자는 것이다.

그래서 삼당령이니 풍수니 오대산, 두타산, 박달재, 백두대간이니 말이 많아지고, 또 예맥의 이동, 山海經과 天符經, 화엄경 등의 말이 많아지는 것이다.

또 메나리와 북도, 남도의 그 풍성한 민예들의 기원 중의 기원, 아니 도리어 그 기원의 솟아오름의 형태로서의 湧出品용출품(法華經법화경 맨 앞의 從地종지 湧出品)들을 짚어내자는 것이다.

조금 어렵다.

그러나 한 가지 암시를 미리 전제해보자.

李花仲仙이화중선은 일제 때 활동한 남원 쪽 판소리 名人명인이다. 그녀는 東便制동편제의 宋萬甲송만갑, 李東伯이동백의 제자로 일본에서도 많은 공연을 했다. 당시 일본의 유명한 여자 성악가 에도 슈미에江戶順汝 왈,

"조선의 깊은 땅속에서 울려 나오는 수많은 여성들의 怨念원념의 탄식과 울부짖는 통곡 소리다."

그녀의 대표적인 음곡이 여성의 슬픔을 드러낸 '秋月滿庭추

월만정'과 여성의 사랑을 빛낸 '사랑가'다. 그야말로 恨한과 神明신명이다.

여기서 우리는 재빨리 화엄경의 여성 예고편이라고 해야 할 법화경, 그 법화경 중의 가장 압도적 부분인 從地湧出品을 우뚝 떠올리는 것이 좋다.

하늘에서 下降하강하는 것이 아니라 땅속에서부터 그리고 물과 바닷속에서부터 솟아오르는 보살들의 여러 기적과 같은 작태들에 관한 것이다. 그 땅은 물, 즉 海印을 토대로 한다. 보살의 거룩한(흰) 모습들이 땅(그늘)에서 솟아오르는 것, 곧 '시김새(發酵발효)'다.

도처에 그렇다.

이것이 화엄경 속 전체 도처에 솟는 海의 '有世界유세계'(흰 그늘)인 것이다.

그리고 이것이 엉뚱하게도 1,000년 전 淸海鎭청해진(진도 앞바다)과 남태평양을 주름잡은 '장보고'의 '海洋商術해양상술의 기이한 전략적 비결'이었다.

장보고의 근원은 산동성 赤山적산에 있었던 법화원(法華經이 규범)이었던 것이다.

물론 그 근원 중의 근원은 백제 여인들(남도 여성들)의 '땅(그늘) 속의 지혜(흰 빛)들'이 있다. 일본 해적들에 의해 많은 고통을 받은 남도여성들의 흰 그늘 즉 '시김새'였으니 그 근원을 찾아가면 바로 '아우라지'에 이른다.

恨과 神明 사이의 관계가 이렇게 큰 바다의 개척으로까지 湧出하니 그 어찌 보살세계들이 아니겠는가!

李花仲仙이화중선의 소리의 '솟아오름'이 우연이겠는가?

오늘엔 어떠한가?

만약 한국의 네오-르네상스가 남해안에서 태평양 해양 개척의 문화적 창조력의 그 美學으로까지 들어올려진다면 그것은 바로 화엄경의 海印에 법화경의 從地湧出品에 배경을 갖는 그야말로 '아우라의 美學'이 아닐 것인가?

오늘 서구의 과학, 아메리카 과학은 아무리 폼을 내고 해양 경제를 떠들고 있어도 속내는 텅 비어있다.

그 과학의 90%(또 어떤 사람은 99%라고까지 極言극언한다)는 바다에 대해 모른다! 모른다!

90%밖에 모르는 것이 아니라 90%를 모른다! 거의 白紙백지 상태라는 뜻이다.

그런 상태에서 세계 경제는 이미 몇 년 전(뉴욕의 증권파동 직후 미국 국가정보위원회의 공개 브리핑에서) "서쪽(대서양)에서 동쪽(태평양)으로 중심이동"했다.

그런데 그 중심인 미국(일본과 중국 동남아도 同一하다)은 태평양의 90%를 아직도 모르고 있다. 모르면서 어떻게 '바다 경제의 시대'를 열 것인가? 장보고의 1,000년 전 지혜 없이도 가능한가?

큰소리칠 것 없다.

물이 웃고 있다.

새들이 낄낄거린다.

그렇다면 우선 海印의 美學부터 탐색해 가야 한다. 아닌가?

지금 우리나라, 아니 전 세계가 지쳐있다. 그럼에도 일해야 하고 살아야 한다. 여기에 대해 정치, 종교, 사상, 과학 그리고 심지어 경제까지도 까다롭기 그지없고 신경 쓰이게 만드는 걸 제 재능으로 알고 까불어 대서 그리고 피곤하고 역겨운 것이다.

반대가 있다. 한편 그만큼 경제, 즉 상행위나 소비에 약간의 여유와 이력이 발생한 것이다.

바로 그것이 여성 소비판단력의 근거에 快·不快의 趣味判斷이 점차 절대화되고 있는 것이다. 미국은 말할 것도 없고, 유럽과 한국까지도 그렇다.

거기에 잠재적으로 텅 빈 것과 가득 찬 것, 勞와 謙, 그리고 신명과 恨이 머리들 기미가 보인다. 문화와 예술이, 美學의 생활 전면에 그 날카로운 머리를 들기 시작한다.

아닌 것 같은가?

그렇다.

'이미지 컨설턴트'가 대유행이다. 드림·쏘사이어티가 이미지와 힐링음식이 아름다움으로 들어올려지고 있다. '공유사회'의 제로포인터가 美라는 제안이 나오고 있다.

문화가 정치, 경제, 종교, 과학 분야 일체에서 이젠 빠짐없이 절대 필요한 영역으로 등장한지 오래 되어 참으로 그 절대적 영향력을 발휘하기 시작했다. 신문의 문화면은 더 말할 것 없고 텔레비전의 영향력, 인터넷, SNS 일반이 그렇다. 이른바 '창조경제'의 콘텐츠 강조가 똑 그런 것이다.

소리꾼 장사익이 몇십 분씩 교양강좌를 한다.

주로 여성들이 많이 몰린다. 唱劇창극은 예상 밖으로 대매진되고 있다. 말춤이 대장금과 함께 미국, 유럽, 중앙아시아를 휩쓸고 있다. 「별 그대」라는 영화가 중국을 휩쓸고 있다. 보통일이 아니다.

그렇다.

美學은 여성시대, 여성소비시대의 특징이기도 한 것이다. 앞으로 이 추세는 점점 강화될 것이다. 그리고 그 내용과 질, 그 콘텐츠의 구조적 생명력은 날이 갈수록 강화, 심화될 것이며 정치, 경제, 과학, 종교, 사상의 이제까지의 역할, 지금 하지 못하는 역할, 앞으로 어림없는 새 시대의 요구에 대답하는 그야말로 새로운 우주생명학이 된다.

여성, 아기들 속에서, 점차 남성들 속에서까지도 자라고 있을 그 會陰腦, 그 16識의 조짐인 것이다. 바로 冥이 자라고 있다! 어쩔 것인가?

바로 그것이다.

이미 지적한 바 있는 法華經의 從地湧出品의 솟구침, 땅이나 물밑에서 솟아오름이요, 法華經의 '海外有世界해외유세계' 즉 인류의 미래는 '바다요, 그 바다 밑은 낯선 새 우주'라고 한다.

아인슈타인과 스티븐 호킹, 그리고 베링해 노래 속의 '몽골리안 루트의 새파란 새 하늘'의 비유가 그것이다.

그 조짐이 美學으로, 아우라지 미학, 海印美學해인미학으로 솟구치는(밑에서 위로 復勝복승하는 것) 것이다.

마치 시김새처럼.

마치 흰 그늘처럼.

그래서다.

그래서 이 한국의 전통문화, 민요, 예술, 美學이 힐링의 물결로 솟구치고 장보고의 해상경제, 나아가 실크로드의 神市파도로 태평양 경제의 주요한 무기로 등장하는 것이다.

말춤, 강남스타일은 남쪽예술에서의 힐링포인터이다. 그것은 그런데 아우라지와 같은 '사타구니춤'이다. 또는 '보지춤'!

이상할 것 하나도 없다.

그것이 이제 텔레비전, 신문, 인터넷, 스마트 폰이나 SNS 일반과, 여성들, 청년들, 쓸쓸한 사람들, 혹은 강남의 '파스쿠치'들이 모여드는 홍대 앞 같은 곳의 일반화된 풍경인 것이다.

자!

心機一轉심기일전하여 바로 이 '물'을 생각하자.

물은 氣哲學기철학의 핵이고, 회음뇌의 가장 주요한 기능이고 우주자연과 생명의 첨단 기능이다.

어찌할 터인가?

물!

이것이다.

아니라고 우길 터인가?

물.

물이 과연 무엇인가?

물을 모르는 사람이 있는가?

또 물 없이 사는 사람도 있는가?

물 72% 정도 없이 人體인체는 成立不可能성립불가능이다.

그러나 72% 뿐인가?

이 몇 년 동안에 그 물의 量량은 엄청나게 증가하고 있다.

왜 그런가?

그리고 삶에 있어서 세상살이에 있어서 물, 강, 바다의 역할은 날로 더 커지고 있다.

왜 그런가?

생명이 그 스스로 제 내부로부터 부풀듯이 成長성장하고 있는 것이리라. 그리고 우주 도처에, 혹성 사이에, 행성 내부에 생명이, 물이 성장하고 있는 것이다.

달의 6억톤 얼음만이 아니다. 화성, 수성 내부의 물이 엄청난 양이고 혹성들 사이의 '水性 안개띠'이른바 '화이트홀'이라 불리는 생명탄생의 가능성인 '그린 포플러', '블랙 햇지', '옐로우 보우넛' 등이 점점 더 늘어가고 있다.

이제 우주는 '생명의 물의 지배'로 바뀌고 있다.

왜 그런가?

그것을 알기 위해서는 과학이 크게 바뀌어야 한다. 단순한 近代근대 實證主義실증주의의 맹목적 확신상태를 넘어서지 않고는 어림없다.

종교가 고대적인 도그마의 되풀이와 신파조의 강요, 독선 따위를 넘어서지 않으면 어림 반푼어치도 없다. 경제가 '금융'의 美名 밑에 '돈 놓고 돈 먹기 式'의 제 배때기 채우기로 날을 세워서는 참으로 어림없다.

정치가 잘난체하는 놈들의 示威手段시위수단의 형태를 못 벗어나서는 정말 어림없다. 보지 않았는가?

그럼 어찌해야 하는가?

3천 년간 짓밟혀 왔던 여성들이 일어서고 있다. 아니, 일어서야 한다.

남성지배의 易역이라는 美名미명의 '산통'을 깨고 엄마의 신령한 절정의 '물'의 그 神巫신무의 힘으로 나아가야 한다.

그것이 물의 힘이요, 물을 아는 힘이요, 세상을 잇는 물의 自在力자재력이다.

그래서 여성 기철학의 가장 높은 지혜가 '氣의 물', '물의 氣自在力'에의 앎이었다.

任允摯堂임윤지당이 그러했다(李朝이조 正朝정조때 原州원주 사람).

그리고 예술에서, 여성의 예술에서, 여성의 땅속에서 터져 나오는 수천년 짓밟힌 怨恨원한의 울음소리가 솟구쳐 오르는 판소리에서 그야말로 물을 느끼게 했던 李花仲仙이화중선의 소리가 그러했다.

물은 불보다 먼저 있는 생명력이다.

그래서 여성들의 '물의 회복', 그 네오-르네상스를 後天開闢후천개벽이라고 부르는 것이다. 이제 그 테마를 좀 더 자세히 생각해보기로 하자.

심지어 유소년들이 피우는 담배갑 포장마저도 예쁘고 아름답지 않으면 안 사간다. 또 젊은 여자들 옷도 꽃과 잎새들, 아름다운 무늬가 수놓인 옷 아니면 아예 거들떠도 안 본다. 일반화되고 있다. 음식, 가구, 물건들, 상품들 일체가 그렇게 되어 가고 이른바 대통령의 '창조경제'의 콘텐츠까지도 엄청나게 장식적인 과정이 들러붙고 있다. 왜? 멋 부리는 것이다. 일단은 美學 아닌가?

나는 이제 왜 美學이 이제껏 얘기한 바와 같이 정치, 경제, 종교, 사상, 과학 등 사회생활의 이른바 나침반 역할을 해온 각 지도 영역들 전체에 대해 그것들 모두를 융합하면서도 그 나름의 독특한, 신령한, 그러나 살아 생동하는 우주생명학 노릇을 하게 되는 것인지를 간략히 설명해야겠다.

美學은 본디 感性學감성학이다. 그러나 동시에 內面내면의 靈性學영성학이다. 합리적이면서 신비주의적이고, 수리적이면서 동시에 초월적이다.

분명히 과학적 기본에 서 있으면서도 의연히 거룩한 세계를 끊임없이 지향하고 있다.

'땅에서 솟아나는 별'이고 '물속에서부터 솟구쳐 오르는 불덩어리'이라고 하겠다.

陰음이면서 陽양이고, 산이면서 바다이고 그렇다.

왜 그런가?

인간 삶의 모순 그대로의 '반대 일치'요, 카오스모스(Chaosmos)이며 문자 그대로 八呂四律팔려사율이다. 한마디로 그것은 怪奇괴기이면서 祥瑞상서이니 곧 山崇海深산숭해심이겠다. 그렇다. 그래서 水雲수운은 不然其然, '아니다 그렇다'라고 잘라 말한 것이다.

崇高숭고와 深奧심오의 山海世界산해세계 융합이니 그야말로 아우라지 자체다.

내가 이제껏 내리 강조해왔던 새로운 美學의 탐색 과정에서 집착해 왔던 아우라는 무엇이었는가? 어떤 본질, 正體정체 초월성, 근원, 그런 것이다. 그러나 그것만으로 美의 새로운 모습이 찾아질 것인가? 그렇다고 신화적, 디지털 신화 추구의 포퓰러한 경향에서처럼 氣味기미나 분위기 같은 것만을 아우라로 격하시켜서 대중화 시킨다고 해결될 문제일까?

그리고 스타일로 해결될 문제가 아니지 않는가!

그렇다면 어찌해야 하는가?

나는 여성의 출현을 강조했다.

여성의 美學的 중요성은 그야말로 중요하다. 그러나 여성성 자체의 생물학적, 체질적 아우라가 美學的 아우라의 전부일 것인가?

여성들은 이미 上古에서부터 性交의 多方向性다방향성을 체질로 알고 있다. 현대에 와서 그것은 이미 사회화되고 있다. 그렇다면 여성의 性交 속의 아우라가 美學의 초점이 되고 그것이 모든 가치관의 척도가 될 수 있을 것인가?

물론 Sex는 사회적으로 자유로워져야 한다.

그러나 어떻게?

어떤 형태로?

결혼제도는?

Free Sex는?

그리 간단한 문제가 아니다.

내가 이렇게까지 어렵고 어두운 문제점들을 가볍게 들어 올리는 것은 분명한 이유가 있다.

실제로 Free Sex는 남녀간에, 심지어 청소년 속에서도 대유행이다.

이것을 그저 과연 그럴까! 범죄나 俗되다는 이유로 버리려고만 해서 될 일일까!

그렇지 않다.

다만 결혼제도의 문제를 근본에서 다시 물어야 한다.

지금과 같은 一夫一妻일부일처의 結婚制度결혼제도를 가지고 그 긍정·부정 싸움을 해서 소용이 있다는 이야기 차원이 아닌 것이다.

보다 더 근본적인 고민과 모색을 해야 한다. 네오-르네상스가 예술·문화의 再生재생 次元차원일 수만은 없는 이유가 여기에 있다.

이미 우주의 대변동이 시작되었다. 르네상스가 아닌 후천개벽이 되지 않으면 안 된다. 先後天融合大開闢이 되어야 한다. 法故創新법고창신은 말도 안되지만 入故出新입고출신 가지고도 안 된다. 르네상스도, 네오-르네상스도 안 된다.

그렇다.

그야말로 終末이 아니면 안 되고 후천개벽, 原始返本원시반본 아니면 어림없다. 先天後天融合大開闢선천후천융합대개벽이래야 한다는 말이다.

될까?

되고 말고다.

모두들 內心내심에서 잔뜩 기다리고 있다.

그러나 내가 이미 공언한 바와 같이 정치, 경제, 사상, 과학, 종교 따위 이른바 지도지침 따위들은 모두다 여기 반대한다.

그러니 될까?

된다.

그래도 된다.

오히려 그래서 더 잘 된다.

왜?

절망은 새날의 시작이다. 그래서 '흰 그늘'이 곧 '시김새'가 되는 것이다.

문제는 '그늘', 그 절망에 애당초 '흰 빛'이 이미 숨어있느냐의 여부다.

그렇다.

여래춤을 함께 가진 중생춤만이 절벽에 부딪친 춤의 참 살길이다. 절망에 부딪친 삶의 새 길은 곧 美學의 길, 흰 그늘의 길이니 '쑥대머리'의 저 아름다운 기막힌 시김새의 열림인 것이다.

아름다움의 가장 깊고 높은 영역은 再言재언하거니와 '중생춤과 여래춤이 하나임'에 있다.

고통과 해탈이 그 무슨 변증법적 전환이니 自轉的자전적 전복이든, 또는 몽타주처럼 어떤 외적 힘에 의한 것일 리가 없다. 그렇다면 어쩔 것인가?

03 通策통책의 길

나는 이 美學 저술 전체를 들어 한마디로 중국 고대의 이른바 '通策통책'이라고 부르고 싶다.

通策은 殷末은말 周주 前전의 長安장안 서북방 箕村穴기촌혈의 奇人기인 箕逸기일의 述書술서 『庶村通策서촌통책』 三卷으로서 一名 "한 자리에서 온 세상을 바라보는 참 지혜"라는 이름의 일종의 方言冊방언책이다.

이 책을 아는 사람은 중국에서도 극히 드물다. 더욱이 지금은 문화혁명 이후다. 그러나 이 책을 모르면 周易을 제대로 알 수 없다는 것이 중국학의 옛부터의 가르침이다. 그만큼 祥瑞상서로운 내용인 것이다.

나는 되도록 쉽게, 조선의 고대 지혜들, 그리고 山海經산해경, 天符經천부경, 三一神誥삼일신고와 北國風水북국풍수 등을 바탕으로 이 땅과 이 물과 바람 세상의 기이한 아름다움을 오늘과 내일의 초점 위에서 잡아나가도록 할 것이다.

나는 이미 서론에서 여러 번 風水와 山과 바다에 대해 언급하였다. 분명히 잘라 말하거니와 이제까지의 모든 한국예술사 전체와 美學들은 사람 사는 '옥작복작'만을 예술로, 美의 원리로 배경으로 들었지, 단 한순간도 바람, 山, 물의 사람 속에서의 작용과 美現象미현상, 예술현상을 연관시키지 않았다.

잘한 일인가?

지금까지도 여전히 그런가?

그런 모양이다.

그러나 바로 거기에 가장 큰 오류가 있다.

왜?

箕逸의 『庶村通策』속의 (예술, 美 등) 이야기의 핵심은 '通策'에 있다. "쬐끄만, 옥작복작하는 허름한 삶 속에서 온 세상을 바라보는 참 지혜"가 通策이니 '바람과 山과 바다와 물'이 당연히 거론(단순 거론이 아니다!)되는 것 아니겠는가!

잘못한 일인가?

그러고도 自然자연? 환경? 生態생태? 生命생명? 우주?

웃기지 말라고 그런다.

누구가 그러는가?

周易주역이,

孔子의 十翼십익 繫辭傳계사전이.

그렇다면 이제야말로 나의 美學이 가야할 길은 분명해졌다.

그야말로 오늘날의, 그리고 우리의 『庶村通策』일 것이다.

나는 이쯤에서 現代·超現代 美學史의 중요한 다섯 가지 원칙을 먼저 전제하고 나서 내용을 기술해야겠다는 마음의 다짐

이 앞선다.

첫째,

현대와 미래, 초현대 미학에서 반드시 지켜야 할 일은 헤겔, 루카치, 시데보르더 등의 터무니없는 '변증법 규범' 과장은 제거되어야 한다는 것이다.

아도르노의 반박이 문제가 아니다.

金鳳漢김봉한의 '산알 復勝論복승론'이 문제가 아니다.

1천여 년을 지속돼 왔다고 주장된 로마 이래의 태양력 중심 율리우스와 그레고리오 365일 1/4의 윤달체제가 지난 1999부터 서서히 月曆월력 중심의 360일 무윤력 체제 쪽으로 바뀌기 시작했다. 아도르노와 金鳳漢에 의하면 변증법 규범의 合 또는 몽타주, Syn이란 사실이라 하더라도 '윤달'에 불과한 것이다. 착오 없기 바란다. 復勝의 美가 이로부터 강조되기 시작한다.

둘째,

누구나 믿고 있듯이 동서양과 기타 일체 대륙과 도서의 모든 예술에서 가장 중요한 美의 규범은 崇高숭고로 되어 있다. 그러나 바로 그 崇高가 철저히(!) '높이 美'가 아닌 '넓이 美'에 연속되는 '祥瑞상서'로 바뀌어야 한다. 이것은 많은 논쟁이 있을 수 있으나 다른 무엇과도 비교 안 되는 철저한 사안이다.

왜?

이것은 이제부터의 우주생명학, 우주생명 미학의 큰 변화 내용에 속한다.

셋째,

누구에게나 물어보라.

美 가운데 가장 좋고, 애틋한 것이 무엇인가를!

그것은 '玄覽현람'과 '玄牝현빈'일 것이다. '갓난아이의 무심함'과 '여성의 부드럽고 어머니다움'이 그것이다.

이제부터의 美學에서는 이것이 가장 크고 넓고 활동적이고 보편적인 아름다움이 된다.

넷째,

이제까지 동·서양 美學과 예술사에서는 없던 일이 나타나기 시작한다.

그것은 바로 물, 물의 허망하고 한갓됨, 이른바 '水涯수애'가 거대한 아름다움으로 클로즈업된다. 이에 근거한 예술도 발달할 것이다.

다섯째,

'내가 누구에겐가 그대로 보인다'는 의식이다. 이것을 확실한 개념으로 형상화하는 일은 이제부터다. 다만 이것은 옛 우리말로 '내 얼굴'이다.

이 다섯 가지 원리가 모두인 것은 아니다.

여기서 열일곱 가지 원칙으로, 또다시 마흔여덟 가지 규범(?)으로까지 나아간다.

이 모든 것을 나는 일단 天符의 妙衍묘연이라고 명명하고 있고 이를 '奧妙오묘한 推衍法추연법'으로 규정하고 있다. 바로 이것 이 妙衍묘연의 법칙, 즉 妙衍法 없이는 화엄개벽의 진행이 어떠한 미묘한 원리와 사태를 지닌다한들 그것을 규칙화, 정력화, 과학화, 즉 문화화 할 수 없고 '美學化하는 규범'으로 상승시킬 수 없다. 그렇다면 지난 19세기 동학의 왈, '후천개벽'과 正易정역의 왈, '影動天心月영동천심월'이 모두다 헛고생일 뿐, 남는 것은 씁쓰레한 전쟁과 공포의 기억뿐이다.

다시 말한다.

그 다섯 가지는 이제 『庶村通策』 形형의 마흔여덟 가지 원리로 요조모조 확산·분해되어 나아가 그야말로 '경제, 정치, 사상, 과학, 종교'와 일체의 지침적 교양을 모두 현실적 감동으로 움켜쥐어 드디어 '개벽적 대전환에 의한 華嚴世界화엄세계'를 실현하는 길로 참다운 새 易에 문을 열어 大海印의 빛을 발할 것이다.

나는 그 길을 弓弓太極궁궁태극이라 부른다.

그 안엔 五易이 복희역, 주역, 정역, 天符易천부역과 燈塔易등탑역이 다 들어 있고 화엄경과 法華經법화경과 金剛經금강경과 함께 예수의 新舊約신구약, 이슬람의 코란, 그리고 동학이 다 포함되는 큰 집결체를 이룰 것이다. 그래서 나의 책 『初眉, 첫이마』에서 五易華嚴經오역화엄경이라 불러온 것이다. 華嚴易화엄역 이야기다.

그렇다.

새 시대의 새로운 美學없이는 화엄도 개벽도 易도 없다. 그리고 天符經의 그 '妙衍묘연' 없이는 美學도, 水王史도 아예 없다.

네오-르네상스 아우라지도 없고 벤야민이 꿈꾸던 아우라도 아예 들어설 자리가 없다.

그러면 무엇이 있는가?

그렇다.

지옥뿐이다. 이른바 온세계라는 이름의 冥界이다. 그 지옥 속에 冥의 봉우리들이 있다. '䈠봉'이다. 500개의 䈠이 있다. 그것뿐이다.

이제 난 간다. 그 봉우리마다 현명한 일만 명의 文殊문수가 도사리고 있다. 文殊의 말투가 어렵다. 그것을 해석하는 힘이 바로 '妙衍法'이다.

그 무엇보다 먼저 이 시절 문화의 핵심부터 짚어 나가야 하겠다.

누구나 알듯이 오늘날은 대중과 중생이 버얼겋게 상기되어서 사방에서 일어서고 있는 때다.

나는 강원도 원주시의 귀퉁이 조그마한 아파트 한방에서 그저 공부만 하면서 산다. 그런데 우리 집 가까이에 원주 시청 건물이 있다. 문제는 이곳이다. 여기에 맨날 시위꾼들(많지도 않은, 열 명도 못 되는 노조의 뭐니 하는)이 모여들어 데모를 하면서 음악을 틀어대는 것이다. 주로 <산 자여 따르라!>다. 저희들은 죽지도 않으면서(이 곡의 작사자는 광주사태 때 제주도로 도망갔던 자다) 산 자들더러 죽으라는 곡이다. 좋을 까닭이 없다. 이것이 무슨 음악에 속하는가? 비극도 아니다. 더욱

듣기 싫은 것은 옛날 나의 詩 <타는 목마름으로>가 노래가 되어서 나오는 것이다. 그것은 선거 전 소식이다. 이젠 그것도 없지만. 적정한도라고 우기지만 끄떡하면 온 천지가 다 떠나가게 확성시켜서 온종일 시끄럽다.

그래, 민주주의다. 좋다.

그러나 이것은 문화가 아니다.

박정희의 '잘 살아보세'와 김지하의 '민주주의 만세'는 동아일보 허문명의 책처럼, 노엄 촘스키의 찬탄처럼 이미 하나가 되어 어떤 성과에 도달한지 오래이다. 지금은 새로운 국가방향이 나와야 할 때이다. 그런데 옛것으로 제 이익을 채우고자 계속 세상을 '시끄럽게' 하고 자빠졌다.

온 종일 열 명도 못되는 노조원들, 야당원들이 박근혜 나가라고 음악을 틀어, 내가 너무나 잘 알고 너무도 구역질나는 엉터리 5류, 7류 좌파선동 음악들을 귀가 터지게 확대하고 자빠졌다. 어떤 때는 보름, 한 달씩 매일 새벽 7시부터 밤 7시까지 내리내리 그 짓이다.

아아! 배부른산 무실리 내 마음의 지도!

나의 老安地노안지(풍수학에 나오는 늙어서 편히 살 수 있는 마땅한 땅)!

아니로구나!

그러나 어쩌랴!

나는 이제 더는 갈 데가 없다.

글을 써야 한다. 공부는 해야 한다. 그렇다면!

문화,

美學,

이것이 내겐 정치나 사회가 아니다.

누가 누구에게 무슨 말을 하든지 간에 '나는 이 점을 분명히 강조한다'고 매듭짓는 일이 잦다. 나 역시 그렇다. 나의 진술을 거듭 강조하는 바이다. 무엇을 말인가?

이미 거듭한 말이지만 이곳 강원도 원주시는 시장이 민주당 출신이다. 그래서 그런가?

지금 이미 한 달이 넘게 새벽 7시경부터 밤 7시까지 쉴 새 없이 이른바 광주사태 기념가라는 '산자여 따르라!'라는 노래를 비롯, 내 자신의 유신비판 詩였던 '타는 목마름으로'의 노래까지 포함해서 수없이 많은 3류, 5류 잡종 좌익 선동가요들을 시청 뒷산인 鳳華山봉화산과 배부른 산 그리고 그 앞 무실동의 아파트들, 상가들을 드릉드릉 흔들어대며 울려대고 자빠졌다.

뭐어?

허용기준치의 소리 크기를 지키고 있다고?

맨날 그 소리다.

그러나 이것은 순 거짓말이다.

나는 그것이 어느 정도로 거짓말이고 얼마만큼 초과하고 있는지를 상세히 체크해왔다.

도저히 견딜 수 없었다.

그래서 전화를 걸어 시장을 찾았으나 없고, 비서실장이라는 여자가 받았다. 두 번이나. "당장 저 한계 모르는 잡소리를 중지 안하면 고발한다고, 시장 자신을 고발한다. 나는 지금 이 나라 역사가 참으로 필요로 하는 중요한 글을 쓰고 있다. 협조는 못해도 그따위로 허용기준치니 소리 크기니 하며 거짓말만 되풀이 한다면 어림없다. 난 지독하게 고발하고야 말 것이다! 난 한다면 한다!"

이틀 동안 아무 소리도 안 들렸다.

이젠 됐구나 안심했는데 사흘이 지나자 또 시작이다.

똑 현재 '국정원 사태'에서 '노무현이란 자가 NLL 폐기한 것과 그것을 숨기려는 문재인이란 자의 사기꾼 노름'에 꼭 그대로 발맞추는 꼴이다. 그리고 세월호 난동!

좌익 선동가요.

<산자여 따르라!>

<타는 목마름으로!>

이것이 저질이라 하더라도 문화인 것은 틀림없다.

그러나 우리가 지금 구하고 있는 문화, 더욱이 美學이 그런 것들인가?

문화는 늘 변함없는 똑같은 한가지 문화인가?

우리가 르네상스, 네오-르네상스, 法故創新법고창신, 入故出新입고출신, 原始返本원시반본, 後天開闢후천개벽, 그리고 律呂율려와 呂律려율과 八呂四律까지 들먹이면서 찾고 있는, 저 아우라지와 海印과 아우라와 힐링의 문화, 시김새의 문화, 흰 그늘의 美學이 그런 것인가?

先後天融合大開闢선후천융합대개벽인가?

분명 아니지 않는가!

그러면 그것들은 무엇인가?

그것들,

이제 북한에서 맨날 굶는 주제에 돈을 뜯어가며 10만 명씩 억지 훈련시켜 군대 행렬과 같은 아리랑 행사를 치르는 그 문화라는 이름의 '魔行마행'!

그리고 술까지 처먹고, 광화문에서 데모를 하며, 필요하면 함께 일하는 노조 여자동지를 강간까지 해가면서 정규직, 자유노동, 휴가를 강취해가면서 노조 간부란 자들이 강릉 앞바다에 요트를 띄워놓고 여자를 태우고 놀러 다니는 짓 따위를 이른바 '문화'라 할 것인가?

魔行!

나는 마르크스를 그리 좋게 보지 않는다.

그러나 마르크스 자신도 노동당보다 노조를 더 높이 평가했다. 자기 노동이론으로서는 당연하다. 그런데 그 노조가 노조 여자동지를 정치 발언 폐쇄를 위해 강간을 해?

이브 깔베(예수회 신부, 사상가) 가라사대,

"노동자가 도덕적으로 높은 위치를 점하는 것은 그가 착취와 억압아래 놓여 있을 때이다. 그가 집권하거나 처지가 개선됐을 때 그는 한없는 魔行에 사로잡히게 된다."

소비에트 러시아의 수많은 노동자들이 집권 뒤 빠져든 수십년에 걸친 끊임없는 '보트카 중독'이 무엇을 뜻하는가!

오늘이 며칠인가?

2013년 7월 26일, 한국, 북한, 그리고 주변 아시아 정세와 세계의 변화를 정확히 살펴보라!

바로 그것에 대응하는 새롭고 전통적인, 우주생명학이란 이름의 문화, 대융합의 아우라지, 대화엄의 海印이란 이름의 美學을 쓰겠다고 앉아있는 나, 김지하에게 몰려오는, 그들은 작게 틀고 있다고 강변하고 있으나 필요한 때는 온 천하가 다 흔들흔들할 정도로 소란하게(온종일-아침 7시에서 밤 7시까지 지금 두 달째 매일, 끊임없이 그 모양이다!) 魔行을 즐기고 있다.

집권한건가?

시청 정문에 가보면 단지 대여섯 명 정도의 노조, 환경노조, 뭘 바라는 자들이 확성기만 틀어대고 있을 뿐이다. 결국 기계이고 돈 아닌가!

잘하는 짓인가?

해볼 테면 해보라! 이것이다.

<산자여 따르라!>

죽자는 것인가? 저는 왜 안 죽고? 똑 어떤 놈처럼!

나는 여기서 이제야말로 참다운 문화, 진정한 美學이 창조되어야 함은 절감하게 시작한다. 어제 나의 아내, 토지문화관장 김영주씨는 초청으로 서울의 역사박물관에서 행한 문화융성위원회에 참석하여 박근혜대통령과 함께 <창조경제의 토대로서의 문화융성위원회 회의>에서 발언하고 돌아왔다.

이것은 중요한 일이다.

이것은 무엇을 의미하는 것인가?

이 시절, 이 세대, 이 국민과 중생들, 산천과 역사, 동서양 융합의 계기에 우리가 해야 할 문화 창조의 새 일.

어떻게?

<산 자여 따르라!>

<타는 목마름으로!>

그런가? 그것인가?

어디?

이미 말했다. 그 시절은 갔다고. 안 갔어?

여기서부터 美學공부를 참으로, 神佛신불을 모시고 잡다한 세속사 다 놔라! 하고, 그리고 혼자 앉아, 개똥같은 소리가 들리던 말던 獨工독공으로 관통해 보자!

어디 한번 해 보자!

나는 내가 왜 열여덟, 열아홉에 美學을 선택했는지, 이제야 말로 아프게 깨닫는다.

간다.

또 깨닫는다.

내가 왜 4·19직후의 서울대 문리과대학 美學科에서 헤겔·칸트 등 서양미학이 뒤발을 하던 그 시절에 조선말 정승을 지낸 김홍집 선생의 손자로, 그 뒤 중국 북경에서 郭沫若곽말약의 제자였던 金正祿김정록선생에게 그 길고 긴 '동양철학사, 미학사, 예술사'를 되풀이해서 가르침 받았는지, 그리고 또 왜 조동일, 심우성 등과 함께 탈춤, 판소리, 무가, 육자배기, 民畵민화 등 民衆·民族민중·민족예술을 찾아 길고 긴 그 탐색을 거듭했는지, 왜 그랬는지를, 그 까닭을 참으로 이제야 깨닫는다.

그렇다.

내 생애 말년에, 그리고 시절이 그야말로 후천개벽에 이르러 바로 그 개벽, 바로 그 화엄개벽에 임한 동방 네오-르네상스와 바로 그 선후천융합화엄대개벽의 전 세계적 우주생명학으로서의 새 시대의 방향에 관한 책을 쓰게 된 까닭을.

나는 그러나 이제 와서야 내 자신이 얼마나 이 세상에 태어나 잘못 살아왔는지 똑똑히 깨닫게 되었다. 그리하여 그것을 바로 잡는 일이 또 얼마나 내 인생 전체에 있어 마치 피처럼 중요한 것인지, 반드시 흘려야만 될 나의 피처럼 소중한 말을, 글을, 책을 써야만 비로소 내가 어두운, 그러나 고요한 이 시골의 한 귀퉁이 산과 산 사이의 조그만 볼텍스에라도(在世不生唯山間재세불생 유산문을 쓴 시인 元天錫원천석, 이방원의 벼슬 청탁을 피해 볼란타에 숨어 산 그의 자손이 바로 원주시장 원씨다. 허허허) 누워 저 세상으로 갈 수 있을지 깨달았다.

그것이 나의 깨달음이다.

내가 잘 살았다는 으스댐이 결코 아니다.

다시 말한다.

나의 뉘우침, 나의 조그마한 철듬일 뿐이다. 즉 조그마한 '唯山間유산문'을 깨달은 것이다. 그리고 허허허. 그 元市長원시장은 이번 선거에서 노선을 바꿔 '文學都市문학도시'로 일어섰다. 세상은 그런 것이다.

바로 이 글의 모범으로 제시된(그러나 따라가기가 전혀 아닌 그대로 한 참고일 뿐), 삼천년 전 은나라 말, 주나라 이전의 세 권의 책, 箕逸의 『庶村通策』을 따라 "촌놈이 세상 보듯이" 한

번 쓴다는 것이다.

그러나 내겐 하나의 무기가 있다.

그것은 다름 아니라 이전의 동서양 고금의 온갖 책들을 거쳐 온 뒤, 그리고 오늘날 세상의 온갖 '쥐좆 같은' 이야기들을 다 주워들은 뒤, 또 내 안에서 빼글빼글 기어 올라오고 있는 '개씹 같은' 온갖 생각들을, 또 지금 조동이 까고 있는 온갖 주둥이들, 바로 그것들을

한꺼번에 싹~

놔라!

그렇다. 바로 '놔라!'의 내 자신으로부터의 간단한 명령과 또 그 밑바닥에서 수십 년 살아오는 동안 더럽고 더러운 그 고생을 다 겪고 나서도 예절과 할 일을 한 치도 잃지 않는 내 아내 '원보 어머니'와 나의 위대한 장모님 박경리 선생 두 분에 대한 다함없는 '모심'.

모심!

그것으로 이 글을 깨닫고 깨달음을 또 쓰고 있다. 그러므로 이것은 그야말로 '獨工독공'이다. 홀로 공부다

獨工!

그래서 나의 生理생리요, 철학이요, 비밀은 오직 세 마디뿐이다.

모심.

놔라.

독공.

그 다음은 끝이라는 소리.

'땡-'

그리고는 아마도 '그림'이겠지!

나는 이제야 무슨 글을, 이 시절에 그리고 앞으로 오고 있는 저 시절에 온 세상과 우주와 뭇 생령들에게 어떤 말을 해야 할는지. 또 그래야 내가 깨달을는지 생각한다.

그것은 이렇다.

『庶村通策』 三卷 형태를 딴 세 권의 『아우라지 海印 妙衍 美學묘연미학』, 그리고 그 뒤 또 세 꼭지의 <우주생명학>.

처음 세 권은 시김의 조리를 좇는 마흔여덟 가지쯤 되는 妙衍과 妙衍法을 찾아서 그 전단계를 깔아 그 줄기로 하는 '通策美學통책미학' 또는 '美學通策미학통책'이고 그 뒤 세 꼭지도 화엄경 入法界品입법계품의 고통에 찬 미스터리인 逝多林孤獨園서다림고독원의 500釘 속에서 투시된 현대·초현대의 온 세계와 온 우주(그렇다. 동아시아만에 국한된 그 옛 易의 옹졸함이 아니다)의 생명의 실상, 다시 말하면 새로운 '우주생명학'이다.

그리고 나는 떠난다.

어디로? 허허허허허.

우선 지금의 이 글에서 三個 領域영역이 大別대별될 것이다.

아우라지의 美學.

妙衍의 美學

海印의 美學.

아니면 세 권이 한 권으로!

그리고 세 목적 규범은 거기에 48개 항쯤이 주어진다(그보다 더 줄어들 가능성도 있다.).

시김의 규범미학인 셈이다.

바로 이 시김새 규범에 妙衍의 '奧妙오묘한 易, 推衍法의 규범'이 주어질 것이다. 周易 推衍法의 정면 해체다. 그 해체 없이는 易 자체가 죽음이다.

그리고 '逝多林'으로부터 비롯된 大華嚴自責調整대화엄자책조정인 五百鋒오백봉의 '우주생명학'이 주어진다.

세권이 아닌 세 꼭지이다. 몇 권이 될런지 지금은 알 수 없다. 5만권쯤 될까? 허허허.

나는 이 글에서 좀 더 쉽게, 그리고 따뜻하게 美學을 그 스스로 生動생동시키기 위해 구조와 방법론의 영역에서부터 세 번에 겹쳐서 미리 그 설명을 비췄다.

이 글을 읽으면서 모든 이들이 스스로의 새로운 우주적 美學을 산채로 세워나가도록 하라는 뜻이다.

아아.

창밖을 울리던 그 '좆 같은' 소리들이 안 들린다.

이제 살 것 같다. 그러나 누가 알리오? 또 들릴지도 모른다. 본디 깡통빨갱이들은 망하기 직전 마지막에 더 시끄럽고 신나게 악랄해지는 법이니까! 어디 한번 보자!

04 아우라지의 美學

나는 2013년 5월 '餘糧여량', 아우라지의 처녀상 건너편 合水지점의 모래밭에 앉아 있을 때 문득 '大圓대원'이라는 큰 글자를 체험한다. 그리고 똥이 몹시 마려워 큰 똥을 싼다. 비닐로 만든 작은 빈 가게 앞에서다.

똥.

그리고 大圓.

나는 이것이 곧 나의 '아우라지'요, 현지인들의 생활사 속의 '餘糧체험'이라고 생각한다. 그리고 길은 北편의 줄강(陰水음수)을 따라 노추산 쪽으로 아홉 구비를 돌아돌아 간다. 九折里구절리다.

大圓에서 내가 느낀 것은 그야말로 '無'다. 혹은 '無窮무궁'이다.

輕重厚薄非餘糧경중후박비여량

옛 시인 李敦和이돈화(고려 中期중기 北鮮詩人북선시인)의 한 마디다. '아우라지'를 두고 한 말은 아니다. 그러나 이 말에서부터 이제부터의 주제를 이끌어 가보자.

輕重이나 厚薄은 당연한 곡식의 실질이다. 이 당연한 곡식의 실질 내용을 따지는 태도, 계산하는 태도는 '남은 곡식', 餘糧의 가치와 본질을 대하는 태도가 아니라는 말이다.

'남은 곡식', '나머지'의 참다운 의미는 무엇일까?

이것을 동·서양 정통 美學의 가장 핵심적인 뼈대 이론의 규범을 핵심부터 그 해당 문화론에까지 낱낱이 살펴 나감으로써 바로 이 남은 곡식, 나머지의 참다운 의미, 진정한 그 알맹이를 찾아내야 할 것이다.

그 일을 시작함에 있어, 역시 또한 가장 중요한 일은 바로 이것이다.

食素식소.

즉 밥의 알맹이. '밥 안 먹으면 죽는다'는 말처럼 밥은 그렇게 중요하다는 '가치관'이다.

그러나

餘糧.

이 말은 食素에 대치되는 말, "무가치한 말 같지만 도리어 엄청난 가치를 갖는 중차대한 말"이다.

왜?

여기에 들어가는 사회학적 개념이 그 전개로서의 '疏外소외' 이겠는데, 또 疏外 때문에 餘糧의 가치가 올라간다는 뜻이겠는데, 근본에서는 그 뜻도 아니고 도리어 '남은 음식', '나머지'이기 때문에 "오히려 귀중하다"는 말이 된다.

왜?

자, 이 까닭, 이 근거, 근본이치를 동·서양 전통 사상의 근본 뿌리에서부터 밝혀야만 '美, 또는 美學, 또는 文化'가 어째서 現代·超現代에 이리도 중요해지는가가 밝혀진다.

그렇다.

매우 어려운 일이지만, 이제껏 실제에 있어 人類인류는 '美'를 그야말로 '해도 좋고 안 해도 좋은' '나머지'로만 보아왔다. 文化도 예술도, 상상력도 그렇다.

그러나 참으로 그런가?

자,

이제 '아우라지 美學'의 참 공부가 시작된다.

나는 모든 나의 지혜를 다하여 초인간적인 念力염력과 같은 고전적인 종교 스타일의 도움 없이 나의 '아우라지 美學'을 완성하고 싶다.

그렇게 되지 말라는 法도 없지 않은가!

또 그렇게 되어야 하는 게 인간 해방의 큰 길 아니겠는가?

그러나 바로 지금(2013년 8월)의 저 우주적 괴변 속에서 바로 바로 그 완벽한 서구적 휴머니즘의 소박한 희망 사항이 다 이루어질 수 있는 것들일까?

그것을 하나하나 따져나가기 이전에 우리 앞에 다가온 괴변, 그리고 그로 인한 인간과 일체 생명의 불행은 너무나 큰 것이다.

아마도 이 불행은 형태를 바꿔가면서 앞으로 4년 내지 5년은 지속될 것 같다.

이렇다.

餘分여분의 식량.

남은 곡식.

나머지.

바로 이 문제는 다름 아닌 어떤 형태의 '잉여'에 가 닿는다.

잉여.

그렇다.

자본주의와 사회주의 경제학의 가장 큰 갈등과 시련은 바로 이 잉여로부터 발생한다.

그렇지 않은가?

그런데도 아우라지라는 이름 속의 그 대융합, 大圓이라고까지 부를 수 있는 無窮무궁의 경지가 어찌 그처럼 꾀죄죄한 잉여, 그것도 그 잉여에 찌꺼기 氣기가 끼어 있는 말, 남은 곡식에 가 닿는 것인가?

될 법이나 한 소리인가?

그러나 그럼에도 불구하고 餘糧은 그야말로 아우라지의 심오한 우주생명학적 奧妙오묘를 간직한 말이다.

자, 시작한다.

세르비아의 한 숨은 사상가에 속하는 시보라이너 끄홀라이더 빈켄(Sibborainer Chuboraider Binken)의 1790년대 출간된 책,

『Chabbji Bu ikijaira 노동에서 가장 비싼 것』 중에서,

그리고 18세기 淸朝청조때의 甘肅省감숙성 사람 怒忽노홀의 辯

論集변론집 제2권, 敍閑勞서한로('노동에 관찰'을 말함) 두 권으로부터 지혜를 얻도록 하자.

(1) '노동에서 가장 비싼 것'에서 우리는 다음과 같은 '기이한', 비싼 진리를 얻는다.

노동은 많이 먹고 배불리 먹고 남에게 으스대며 자랑하고 뻐기기 위해 노력하는 것이 아니다. 노동은 철저히 최소한으로 배고픔을 이겨내며 최소한으로 생활상의 필요를 채워 주는 것 이외에, 그렇다! 바로 이것이다! 최소한의 필요가 어느 만큼만 충족되면, 그 밖엔 거의 모두가 금쪽같은 '나머지 쌀알' 즉 '餘分여분'을 얻고자 애쓰는 것이다.

왜?

왜 그러한가?

조상에게, 神에게, 자연의 신령에게 '감사의 제사'를 올리기 위해서였다.

이것은 온 세상의, 그 누구와 말해보아도 뻔한 이치다. 그 제사 없이 바로 그 '남은 곡식(餘糧)'이 어디서 그 의미를 찾을 것인가?

(2) '노동에 대한 관찰'에서 우리는 그보다 한 차원 더 높은 '상서로움'을 얻는다.

밭에 들어가 고생하면서 일하는 그 까닭은 단 한마디로 족한 것이다. 가족과 조상과 산천에 감사하면서 상에 밥그릇을 떠놓기 위한 것이다. 그것을 팔아서 돈을 쓰겠다는 생각은 다 그 다음에나 있는 일이다. 이것을 잊으면 그 집은 얼마 못가 망한다.

'기이한 진리'와 '상서로움'을 빼먹고는 餘糧이란 말의 의미를 찾을 수가 없다.

'잉여' 따위가 아니다.

우리는 이제야말로 '아우라지의 대융합'이 가진 깊은 철학적 의미와 그에 못지않은 미학적 진리인 奇然祥瑞기이한 상서로움를 발견하게 된다.

아우라지의 美學은 참으로 여기서부터 이 네 글자로부터 시작이다.

내가 이제껏 아우라지의 이름 餘糧을 뚜렷이 앞세워 오지 못했음은 또한 그 깊은 의미를 드러내지 못한 데서 온다.

그리고 나는 어째서 餘糧이란 말의 의미를 깊이 추구해 보지 못했는가 밝혀야겠다.

우리나라 전 국토, 더욱이나 강원도 山間地域산간지역, 특히 정선 일대와 같은 백두대간의 地名지명들은 상당수가 중국 영향을 받은 儒學유학선비들의 作名작명인 경우가 허다하다. 그 나름의 역사나, 의미체계, 이유를 갖고는 있으나 역시 정확하고 깊지는 못한 것이 사실이다. 아무리 우겨봐야 소용없다.

그러나 그럼에도 불구하고 餘糧의 경우는 좀 특이하다. 그리고 의미심장하다.

餘糧이란 명칭을 지어 붙인 것은 高麗고려 中期중기의 몽고 兵亂병란과 정부의 江華島강화도 피난시절의 그 황황한 공백기, 전란기다. 기이하다.

강릉 杜豪村두호촌(里)의 元伯원백 李圓虎(?)이원호가 나이 79세나 되어 몇 달 간 이곳에 머물러 휴식할 때 지은 이름이라 한다.

또는 이름이 아닌 獻辭헌사라고도 한다.

그때 흘린(흘러나온, 非公式的비공식적으로 전해지는) 설명이 남아 있다.

'西憫東一辰서민동일진'

…서쪽이 어둑어둑해질 때 동쪽에서 솟는 한 샛별…

아!

무엇을 뜻하나?

무엇을 뜻할까?

무엇을 뜻할까?

19세기, 20세기 초 일제 때 동편제의 鬼笑聲귀소성의 명인 宋興祿송흥록이 동아일보와의 인터뷰에서 왈, "조선 문화의 비밀은 판소리에 있고 판소리의 비밀은 시김새에 있다. 그런데 그 시김새의 근원은 어디에 있는가? 바로 정선아리랑에 있다."라고 한 그 한마디는 그야말로 네오-르네상스의 비밀이다.

정선아리랑의 비밀은 아우라지에 있고, 아우라지의 비밀은 餘糧에 있기 때문이다.

오늘 우리가 찾고 있는 네오-르네상스, 인류전체의 새 삶, 새 우주의 참생명을 찾을 그 핵심 비밀, 차라리 후천개벽이라고, 선후천융합대개벽이라고, 또 화엄개벽이라고 불러야 할 이것은 조선문화이고 그 문화의 美學的 핵심 비밀은 바로 이 餘糧에 담겨 있는 것이다.

왜?

왜 그것은 '서쪽이 어두워질 때 동쪽에 떠오르는 샛별 한 개'인 것인가?

고려 중기에 서쪽은 물론 강화도이고 몽고침략 때이다. 그리고 동쪽은 물론 아우라지이고 강원도다.

그러나 지금은 그 서쪽이 어디이고 무엇을 뜻하는가?

그것은 저물어 가고 있는 서양문화, 문명이고 샛별은 분명 동아시아 조선에서 떠올라야 할 새 문화, 새 문명의 조짐, '네오-르네상스요 선후천융합개벽'이겠다.

그리고 그 美學의 핵심은 餘糧이다.

그러나 그것으로 끝나는가?

아니다.

나는 내 인생 전체의 목적이요 신념인 참다운 새 美學의 창조를 위해 내 목숨을 몇 번이고 몇 번이고 살아 있는 한은 한없이 바칠 굳은 각오가 돼있는 사람이다.

왜?

내겐 美學밖에 없기 때문이다.

무엇이?

삶의 유일한 길이…!

언제부터 그러한가?

고등학교 때 '그림'을 완전히 포기하고 그 대안으로서 내 심령에, 내 삶에 美學을 세우면서부터였다.

그리고 또 교수층이 썩어서 미학교수를 그만 두기로 하면서 때가 오기까지 '거리의 美學者'로 비실거리며 살겠다고 결심했을. 때, 그리고 바로 지금, 지금과 같은 때가 오기 시작했을 때, 술과 담배를 완전히 끊고 또 삶터를 옮겼을 때, 정치나 행동의 세계와 그에 연속된 詩를 전면적으로 내 던졌을 때, 그때! 내가 결단한 것은 하나!

'美學'이다.

그리고 美學으로부터 시작되는 새로운 '우주생명학'이다.

그뿐이다.

간단히 말하자.

'김지하의 美學'이 무엇인가?

다시 말한다.

'김영일의 美學'이 무엇인가?

한마디로 말한다.

'나의 美學'은 무엇인가?

그렇다.

단 한마디로 요약한다.

'아우라지'의 美學이다.

그리고 그것은 바로 '餘糧'이다.

그리고 그 아우라지가 발전하면서 그것은 海印의 美學이 되고 나아가 妙衍의 美學이 된다.

그리고, 그리고 나아가 48妙衍法과 逝多林으로부터 시작된 온 세계와 온 우주의 핵심 五百葤의 우주생명학이다.

우주생명학!

나는 여러 번, 이 말을 발음해왔다.

아무도 알아채지 못했다. 그저 막연히 '허허허'뿐이었다.

관심이 없어서였다. 그러나 보라! 이 불과 물! 이 더위와 비!

저기서 저렇게 뜨거운 여름 더위!

미국의 50度도 더위, 중국과 일본의 40度 넘는 더위. 유럽과 한국의 35度. 그리고 한없이 쏟아지는 비와 벼락과 번개, 병들, 에볼라, 지진, 참수, 반란, 죽음들!

거기서 발생하는 온갖 형태의 熱病열병과 끔직한 욤病과 怪疾괴질들에 대해서, 그리고 그 현상의 원인에 대해서 아무도 생각하는 자가 없기 때문이다. 아니 있긴 있어도 미친 생각하는 자들밖에, 옛 생각밖에 안 하는 者들, 이미 다 써먹은 옛날 방식밖엔 관심이 없는 者들, 그러면서 죽어가는 者들, 그러면서도 그러면서 벌거벗고 젖통 내놓고 사타구니 흔들며 춤추고 애교떠는 여편네들, 계속계속 도둑질과 제국주의, 군국주의, 핵폭탄, 또 그것을 숭배하며 혁명이라고 쫓아가는 미친 년놈들! 아예 썩어 문들어진 공무원들! 장사꾼들!

그것뿐!

바로 이 뿐이 나의 美學의 이유다. 어디에도 '참 美學과 우주생명학' 밖에는 길이 없다.

올해의 더위, 이것은 4~5년은 더 갈 것이다.

아닐 것 같은가?

그렇지 않다.

길은 없는가?

있다.

어디 있는가?

나는 지금 그 길을 찾아가고 있다. 함께 가보자!

우선 팻말을 하나 세우자

"나는 내 길을 갈 뿐이다. 그러나 그 길은 자동차로 달리는 길이 아니다. 그 길은 이제 神佛신불이 이끌어야 갈 수 있는 길, 아아! 손곡, 楊東양동길, 水白三郡里수백삼군리, 또는 封陽봉양길. 혹은 세계에로의 길. 그리고 '그림 달'과 '손톱 詩'와 '새 詩'의 어린 아기 영감. 배부른산 無實里무실리 촛불방의 허름한 촌영감 똥개 英一이가 춤추며 가는 길."

그 길을 갈 뿐이다.

나는 이제 나의 원고에서 거의 다 '나'라는 말을 쓰지 않게 될 것이다.

왜?

나는 그리 중요하지 않다.

이것 보라!

현대 미학에서 알던 모르던 가장 중요한 사안은 이것이다.

'상품경제 소비판단에서의 快·不快의 美的判斷力미적판단력'

또 이것이다.

'일체 고급예술 감식에 있어서의 두 가지, 奇異性기이성과 祥瑞상서'

또 이것이다.

'여성과 아기들의 생명, 생활중심 가치성(妙衍)'

그리고 또한 그 모든 것을 아우르는 광활한, 그리고 심오한

'대융합의 海印'

바로 이것의 시작이 곧 '아우라지'다.

그리고 그 아우라지의 작은 이름 餘糧 즉 '남은 곡식, 나머지, 여분'은 무엇인가?

바로 그것이 다름 아닌 시김새일 것이다.

그리고 二進法이진법과 숨은 차원에서 솟아오르는 複勝복승일 것이다.

나는 이제껏 들어가는 入口입구에서 너무 오래 끌었다. 그러나 이젠 참으로 본격적인 美學 진술로 들어간다. 이제까지의 여러 설명으로 이제부터의 美學을 이해해주기 바란다. 조금 어려울 것이다.

게오르그 루카치의 말이다.

> "美的 眞實진실은 노동의 잉여가 어디로 향하는가에 달려 있다."

누구나 아는 말이다. 누구나 아는 마르크스의 공산주의 경제학의 기본 이론의 시작이다. 또 그 美學의!

그러나 그것은 틀렸다.

왜?

다음은 루카치의 美學의 기본 뼈대에 해당하는 말이다.

> "美學은 언제나 노동하는 사람의 바로 그 삶, 즉 노동의 산물인 잉여 속에서 발생한다. 만약 그 잉여가 그 잉여의 산출자인 노동자 자신에게 속하지 않는다거나 그 내

용에서 관련이 없다거나 그 後果후과에서 도리어 노동자 자신을 겁박하거나 위협하는 것이라면, 간단히 말해서, 그것은 이미 美學일 수 없다. 美 자체의 존재 근거가 무너져 버렸기 때문이다.

이것은 세월이 아무리 바뀌어도 결코 바뀔 수 없는 철옹성과 같은 진리의 탑이다. 바로 이 같은 진리에 입각해서 이루어지는 것이 다름 아닌 노동자의 美學이니, 즉 참으로 불변하는 美學 그 자체의 진실이다."(루카치 '美學'에서)

그러나

'잉여' 그 자체가 바로 美, 또는 美學의 본질 자체인가?

차차차차 밝혀 나갈 것이지만 간단히 압축한다면 그것은 '잉여'가 아닌 '餘糧'이다.

분명해야 한다.

분명치 못한 것은 '잘못'이거나 '사기'다.

마르크스는 바로 이것, '잉여'를 잘 모르고 아는 체한데 지나지 않는다.

그것을 잘 아는 자라면 당연히 餘糧이라고 했을 것이다.

왜?

그렇다.

잘 아는 자라면 餘糧은 반드시 '우선 내가 잘 먹고 나서 그 남은 분량의 곡식'으로서 남을 준다거나 장에 내다 팔거나, 새 먹이를 주거나 밭이나 산천에 중생을 위해 뿌리거나 혹은 어떤 필요를 위해 저축하는 분량을 말한다.

그러나 여기서 반드시 짚고 가야 할 것은 그 餘糧의 '남김(餘)'잉여의 절대적 의미가 꼭 두 가지 전제되었다는 것. 고대와 전 세계 인류 모두에게 있어 共通공통되게 一致일치한다는 점이다.

그것은

첫째, 제사(조상, 神, 佛, 산천 신령)를 위해 축적하는 것

둘째, 藥理약리(그대로, 혹은 변형을 통해, 혹은 땅이나 들이나 산이나 강에, 혹은 허공에 뿌림)를 위해 뿌리는 것.

이 두 가지가 가장 먼저 '남김(餘)'의 목적이었다는 점.

이 점을 기억하고 명심해야 한다.

'잉여'는 그 자체로서 주요 사안이 아니다.

잉여를 포함(남김이니까)한 餘糧은 그 주요 사안이 따로 있었다.

제사나 약을 위한 것으로 그 가치관은 명백히 기이함奇然과 상서로움祥瑞상서이다.

바로 이 奇然기연과 祥瑞가 때로, 혹은 훗날 이른바 잉여에 대한(평가로서의 一部인) 자본으로 되돌아(이것도 괴상한 일률화다. 이것은 농업과정, 그 생산과 회귀 과정 전체를 한 부분에서 일율화시킨 서투른 이론가의 작업 - 마르크스 따위 - 에 불과하다. 아무리 떠들어도 소용없다. 여기엔 이미 이론적 지적이 충분히 주어져 있다. 차차 논증과 변벽을 세워 나가자)가는 획일화 과정(마치 농업적 생산 코스를 제가 처음부터 의도적으로 기획·배정·정리하는 것처럼 망상, 가식 - 또 거기에 '과학적 기

호'를 적당히 발라서 위장하는 것 - 마르크스 자본론의 實例실례)인 듯이 일률적으로 고정시킴으로서(마치 농사를 처음 보고 마치 제가 무슨 神이나 되는 듯 이렇게 하는 게 좋겠다, 저렇게 하는 게 좋겠다고 떠들어대는 '진짜촌놈'처럼) 가치관 자체로 餘糧에서 그 한 부분적 개념인 잉여로 축소시켜 물질화시킴으로써 점차 '神氣觀生命學신기관생명학 - 美學'과 함께 물질화 방향으로 변해 온 이제까지의 이른바 근대화 과정의 자연과학 맹신 붐 속에서 본질을 속여먹은 것이다.

그 결과, 그에 결부된 美學的 근원으로서의 아우라가 그야말로 疏外소외되어 버렸다. 이제 그 實例실례를 하나하나 들면서 美學的 규범 소외 상태를 지적해나갈 것이다.

이제까지 기술해 온 루카치의 美學的 규범에서의 잉여論에 들어 있는 노동가치관 안에 힐링Healing이 있는가?

힐링은 오늘날 세계 美學, 예술, 문화 일반에서 이익보다 더 중요한 가치로 부각되기 시작했다. 분명히 말해서 유럽 근대경제학, 더 근본적으로는 유럽 철학과 사상사 일반에서 헤겔과 마르크스 가치관 속에 단 한 꼬치의 藥, 치유 즉 힐링의 가능성에 대한 도대체 작은 암시나마 있었던가?

없다.

그리고 일반은 그것을 '당연한 것'으로 생각한다.

당연할까?

그렇지 않다.

전혀 당연하지 않다.

잉여 운운하는 쪽의 경제관, 가치관 안에는 전혀 참다운 美의 진실한 가치에 관한 의식이 없다.

餘糧에는 있는가?

그렇다.

여량의 그 '나머지 음식'이 기이함과 상서로움을 지닌다는 것은 바로 '기이' 그 자체의 약물적 효과 문제와 '상서' 그 자체의 제사와 관련된 어떤 치유효과 문제가 전제된 것이기 때문이다.

바로 여기에서 美의 힐링, 예술과 문화의 생명과의 연관이 드러난다.

"美는 본디부터 '힐링'이다"라고 불러도 좋다.

美는 본디부터 '萬康만강(무궁무한한 우주 生命力생명력에의 모두 바침)'에서 우러나오는 것이다.

깨작깨작하게 음식 남은 찌꺼기를 동정해서 나눠주는 '온정' 따위의 人心인심이야기가 아닌 것이다.

보라!

판소리 東便制동편제의 名人명인, 그렇다!

鬼哭聲귀곡성보다 훨씬 그 성취가 힘들다는 鬼笑聲(왜? 왜 더 힘들까?)의 名人인 宋興祿이 딱 찍어서 판소리의 가장 어려운 비밀을 '시김새'(바로 여기에 그 힘듦의 까닭이 있고, 또 여기에 판소리가 힐링으로서의 가장 어려운 美의 본질인 '치유력'을 갖는가의 비밀이 함재돼 있다)라고 지적하고 또 그 시김새의 비밀의 근원이 다름 아닌 정선아리랑에 있다고 한 까닭이다.

사실이 그렇다.

정선아리랑의 핵심은 아우라지요, 아우라지의 비밀은 바로, 바로 이 餘糧인 것이다.

그렇다.

餘糧, 남은 음식이 곧 시김새의 비밀인 것이다.

오늘 제기된 이 엄청난 美學的 비밀을 이제 하나하나 세분된 차원에서 해명해 나갈 것이다.

내가 이제껏 내내 아우라지의 본바닥 地名지명인 餘糧의 의미 천착에 집중해 온 까닭은 18세기와 19세기 유럽의 들뜬 실용주의적 자연과학과 사회과학(초보적인 실증과학 만능의 환상들) 붐에 의해 경제학적 최고 가치관으로 들어 올려진(마르크스에 의해) '노동과 그 생산적 잉여'에 사로잡힌 美學的 오해와 편견을 가지고 조선의 민족민중예술의 핵심 사안들 그리고 이제부터 네오-르네상스에 의해 꽃피어날 이른바 새 문화(K-pop, 韓流한류 등의 예감으로 느껴지고 있는), 그리고 그 숨은 원천인 정선아리랑과 아우라지의 비밀, 바로 그 餘糧이 명백히 잉여 따위 현실과 미학을 잘 모르는 자칭 공산주의자들의 사기극으로부터 千古천고의 밀림과도 같은 우주생명학의 비밀 중의 비밀인 美의 본질을 지키기 위해 제 껍질을 벗어야 하기 때문이었다.

아우라지의 東川과 北川 즉 송천과 줄천이 만나 合水하는 곳, 그 현지 발음으로의 '보지' 또는 '자궁우주' 구멍에 서있는 처녀상과 그 뒤쪽에 무성한 풀들은 무엇일까?

'엄나무'다.

엄나무는 정감록 등에 의해 널리 알려진 十勝地십승지로서의 강원도 山川산천에서도 가장 유명한 약초밭 정선에 밀생하는 여러 특이한 殊勝수승한 희귀약초들의 표상이다.

지난 이명박 정부에 의해 약초로 유명한 정선 五日場오일장에 주어진 거액의 지원금은 모두 바로 그 특이한 약초들 때문이다. 정선장은 바로 이 아우라지의 짝퉁장터이고, 지원금 결정 직후 정선군이 바로 정선군 전체에 이제부터 산천의 약초를 함부로 캐지 못하도록 엄격한 금지령을 내린 사실은 바로 이 엄나무의 의미를 상징하고 있다.

아우라지의 山嶽的산악적 계열은 백두대간 쪽의 삽당령이고 삽당령의 山系는 동쪽으로 삼척 뒤편에 있는 두타산인데, 바로 이 두타산이 큰 문제를 안고 있다. 그리고 두타산은 아우라지에서 진부로 가는 진부길에서 오대산과 이어진다. 이것도 중요하다.

三韓一統삼한일통이 눈앞에 다가 온 신라가 발해만 쪽으로부터 중국쪽 정치 압력으로 밀려 東進동진하여 남만주 함경남도, 강원도로 南下남하해서 강릉, 주문진 일대에 모여 살던 山海經산해경의 동이족 '예'계 30만 명을 군사 정치적으로 압박하자 하루아침에 전체가 사라져 버린 미스터리가 한국사에 나타났다. 어디로 갔는지 찾을 수 없던 그 예맥이 바로 삼척 뒤쪽 두타산(차차 자세히 밝히겠다)과 원주의 치악산, 神林신림과 제천 쪽의 봉양 방향 백운산, 구악산으로 피신했다.

그런데 바로 이 두타산에 있는 박달재와 봉양쪽 백운산, 구악산에 있는 박달재가 문제 중의 문제인 것이다.

왜?

약초 때문이다. 산삼, 복령초 등 희귀 산약초의 밭으로 알려진 이 박달재는 바로 그 山岳산악 구조와 그 밑의 물, 그리고 기후 및 인근 동네의 구조 등에서 볼 때 이른바 '조선醫學의학'의 원조인 天符經의 백두산 天池醫學천지의학의 이른바 '天·地·人·水·月' 다섯 협동 요인을 다 갖추고 있는 것이다.

이것은 먼저 예맥 경전인 山海經(정재서에 의하면 山海經은 철저한 동이계 方士, 術士들의 저술이다)과 天符經 비교에 입각한 동방의료과학, 동방의 우주생명학 연구가 전개되어야 할 것이다.

하여튼,

이 두타산의 삽당령 사이의 약초관련 山氣산기 연관 즉 風水說풍수설이 들어오지 않으면 바로 이 '餘糧'의 깊은 의미, 金周虎(혹은 李圓虎)가 '西憫東一辰서민동일진'이라 했을 때의 그 '一辰'의 치유와 생명의 힘을 밝힐 수가 없다.

다시 말한다.

처녀상 뒤의 엄나무는 아우라지와 정선 일대 山間산간의 약초에 의한 힐링 능력의 상징이다.

그렇다면 美는, 美學의 참다운 본질은 힐링과 어떤 관계에 있는 것인가?

또 이제부터 그 있음이 드러나야 하는 것인가?

바로 이 힐링의 능력이 美의 참다운 힘이 아닐까?

'먹는 것과 약효'

우선 간단히 말해서 이 두 가지가 함께 있는 것을 남은 곡식

餘糧의 그 나머지의 譯義역의라 해야 하지 않을 것인가?

바로 여기에서 시김새가 가진 어둠과 밝음, 恨과 신명, 절망과 희망, 한마디로 '흰 그늘'의 역설적인 힘, 카오스와 코스모스의 二重性이중성의 구조, 어둠으로부터 차차 빛이 솟아오르는 발효, 시김의 콘텐츠가 바로 餘糧의 의미가 아닌가?

'東一辰'의, 그 '한밤의 샛별'이 아닌가?

그냥 잉여가 아니라는 나의 강조는 바로 여기에서 비롯된다.

이제 美學史미학사와 思想史사상사의 인용과 분석을 통해 이것을 차근차근히 밝혀 가보자!

먼저 우리는 동양의 큰 사상의 봉우리인 孔子공자의 禮記예기 중에 제시된 '美와 잉여(余裕여유)'의 직결관에 대해 한마디 할 필요가 있다.

왜냐하면 이것은 철저히 周公주공 이래의 多男朝庸人다남조용인(수많은 어른 남자들)이라는 成人성인 남성 통치배들의 推衍法추연법(周易주역 해석방법론)의 핵인 推 즉 比法비법과 衍 즉 생명론 사이의 관계이기 때문이다.

比法은 '興흥'에 대한 대립관계에 있다. 즉 창조나 起出기출이 아니라 대비하고 조율하고 따져나가는 방법이다. 그리고 衍은 그야말로 사람과 사람 사이의 물(또는 흐름)과 같은 생활, 생명을 말하는 것이다. 따라서 이것은 '생명의 창조력'에서 먼 거리에 있는 생활의 조직, 처리방법론이다. '과장'이다. 바로 이것을 余裕라 했고, 이것을 美라 했다.

禮記예기를 인용하면서 따져나가자. 禮器第十에서다.

故必擧其定國之數以爲禮之大經. 禮之大倫以地廣狹, 禮之薄厚與年之上下. 是故年雖大殺, 衆不匡懼, 則上之制禮也節矣. 고필거기정국지수이위예지대경 예지대륜이지광협 예지박후여년지상하 시고년수대살 중불광확 측상지제에야절

예는 재물이 없으면 행하여 지지 않는다. 재물을 쓰는 데 있어서는 제도로서 이를 절도 있게 한다. 이런 까닭으로 예를 재정하는 데는 그 나라의 정해진 賦稅부세를 산출해서 예를 행하는 經費경비의 대법으로 한다. 예의 규모는 그 나라 영지의 넓고 좁은 것에 따라서 다르고 예의 厚후하고 박한 것은 그 해의 豊풍, 凶흉에 따라서 차등을 둔다. 이런 까닭으로 비록 그 해에 크게 흉년이 들어도 민중이 두려워하지 않는 것은 위에서 재정한 예에 절도가 있기 때문이다.

禮예가 곧 美는 아니다. 다만 孔子공자가 속한 周公주공 부류 등의 옛 제도와 국가체제에서 오늘 우리가 美에 집중하는 것과 같은, 우주생명학과 같은 중심성, 핵심을 바로 禮에 두었다는 점에서 대비된다.

그런데 바로 그 禮의 절대 조건을 재물에 있다고 했다. 재물, 그것이 바로 잉여의 所在소재인 것이다.

그렇다면 美는 禮와 똑같이 재물의 핵인 잉여에 있게 된다. 오늘의 中·日도 거의 같다.

또 유럽이나 일체 문명체제도 말을 어찌하든 간에 똑같다.

자본주의, 사회주의, 공산주의 다 똑같다. 이 '똑같음'이 우선 不快하지 않은가?

不快하지 않다면 美란 없다.

美를 생각한다면 不快가 先行선행되어야 한다.

자, 어떻게?

이렇게 까지 해서 도달한 美의 필요불가결성과 같은 어떤 절대성(?)이 과연 餘糧이라는 '남은 음식' 안에서 어떻게 일어서는 것인가?

나는 두 가지 지점을 지적했다.

'奇然'과 '祥瑞'다.

하나는 기이함이고 또 하나는 치유, 즉 힐링이다.

물론 배고파서 먹는 음식기능 이 외에 말이다.

그런데 지금 문제가 되고 있는 것은 바로 그 '음식기능 이외에'라고 말했지마는 사실은'음식기능 안에 포함돼 있는'이 두 가지, 즉 기이함과 치유(힐링)가 마침내 지식인이나 예술가나 사상가가 아닌, 그것도 손으로 직접 물건(곡식, 채소, 고기 등속)을 사고 또 요리하고 밥상에 차려놓는 사람인 가정주부들의 이 전 과정(물건 사는 과정, 요리 과정, 대접 과정 등 전체)에서 나머지의 "이래도 저래도 좋으나 가급적 이랬으면 좋겠다"는 희망사안이 아닌, '남은 음식'이라는 말 자체, 즉 '餘糧'그 자체의 본질이자 가치로서 자각되고 요구되고 제시되기 시작했다는 것이다.

미국과 한국, 유럽, 중국, 인도, 일본 등지에서다.

따라서 美, 美學 그 자체에 근원적 변화, 아니 차라리 '美, 美學의 後天開闢'이라 해야 옳을 것이다.

Renaissance, Neo -Renaissance란 개념으로도 전혀 정확하지 않다.

그렇다면 이것은 무엇을 의미하는 것인가?

5만 년 이래의 대 가치관 변동인 것이다.

孔子스타일의 '禮', 마르크스 스타일의 '잉여', 그 따위가 여기 끼어들 여지가 없다. 있다 해도 그것은 그저 그런 정도의 '밥'이다. 세상이 이렇게 되었다. 그렇게 부유해졌다는 얘기와는 번지수가 다르다. 그 이야기가 아니다.

내 이야기가 그런 이야기와 전혀 종류가 다르다는 것은 이 한 가지만 예로 들면 간단히 설명된다. 누가 나에게 이런 말을 했다고 하자.

"너는 우리 집에 와서 충분히 먹고 마시며 거기서 생긴 여분의 기운으로 세상을 위해 좋은 일을 많이 하거라!"

이 말이 어떤 느낌을 주는 것일까?

좋은 느낌일까?

不快한 느낌일까?

물론 고대 중국의 王朝왕조시대나 봉건시대에 이런 일은 많이 있었다. 이른바 '사랑방 손님' 이야기다.

그러나 그것이 꼭 그리 훌륭한 작용만을 했다고 장담할 수 있느냐는 질문을 내가 던지고 있는 것이다.

그 첫 不快가 결국 무엇을 만드는가?

얻어먹기를 직업으로 하는 사람이나, 얻어먹기를 즐기는 껄렁波 아니라면 不快는 당연하다.

왜 불쾌한가?

바로 이 지점이 문제가 된다.

'내 것' 의식인가?

그것이 본디 근본적 인간의식인가?

그것과는 이야기가 전혀 다른 것이다.

그것이 아니라

'나머지', '남은 음식'이 가진 이른바 奇然祥瑞의 有無유무에 대한 의식에 달린 문제이다.

지금 딱 '미친 놈 집단'같은 日本人들의 극우파, 괴질 파시즘의 한 표현인 야스쿠니 참배를 예로 들어 보자.

아베라는 미친 놈은 미국, 중국, 한국과 세계의 눈치를 제가 의식한다는 제스처 형태로 이번 8·15때 야스쿠니 참배를 하지 않고 옛 저희 조상들 마냥 '곡물참배'로 대신한다고 발표했다.

완전히 거꾸로다.

저희 조상들의 곡물참배가 무엇을 의미했을까?

내가 이제껏 말해온 餘糧은 이 같은 단조한 곡물참배와 같은 것인가? 아니면 다른 것인가? 중요한 것은 곡물, 음식과 같은 물건이 아니다. 중요한 것은 그 곡물, 음식의 나머지, 즉 '남김'인데 그러나 그 남김의 남김 그 자체 즉 잉여가 아니라, 어째서 남기는가에 있다.

어째서 남기는가?

이 남김에 영적인 의미, 우주적인 생명의 작동이 있는 것이다. 그것이 본디는 바로 일본놈들의 옛 곡물참배 아닌가!

그렇다.

그렇다고 우선 대답해야 한다.

일본만 아니라 온 대륙, 온 인류의 역사가 다 그렇기 때문이다. 무엇이 다른가?

그 참배의 대상이 악질 戰犯전범, 학살자, 범죄자들이었다는 점이다. 그래도 좋은가? 참배해도 좋은 것인가? 그러기 때문에 전 세계가 일본인들을 '미친 놈들'이라고 욕하는 것이다.

그 까닭은 현대 사상, 현대 자유주의, 민주주의에 있는 것이 아니다.

분명히 말해서 옛날부터 온 인류가 그런 것은 악마의 짓으로 보아 왔으므로 곡물(소중한 것)을 바쳐서 참배(奇然祥瑞)해서는 안 된다. 아니 그리해서는 도리어 바로 그 奇然祥瑞라는 신령한 우주적 생명관에 대한 반역이라고 보았던 것이다.

그러면 그것이 바로 잉여를 숭상, 그 잉여를 노동의 가치로 보고, 그래서 자본의 생성으로 보고, 그래서 그것을 탈환하는 것을 해방이요 혁명이요 공산주의 낙원으로 본다는, 그것도 말로만(실질적으로는 저희들 몇몇 악질 지배자들이 그 가치를 독점해서 가지고 노는 아주 더러운) 떠벌리는 북한 김가 왕조에서 일본 아베 같은 놈들을 저희 전승일에 초청(200명이나)해서 같이 즐기는(이것이 문제다. '같이 즐기는 것' 바로 이것이 美學行爲미학행위요, 餘糧의 소생이니까 문제다.) 그 따위 작태가 바로 지금 우리가 보고 있는 '怪疾괴질'인 것이다.

그렇다면 곡물참배라는 아베란 놈의 사기꾼 짓, 속임수는 단순한 속임수가 아니라 '개새끼짓'에 불과하다. 또 그것을 들어

올리는 실질친일파요 가짜 공산당인 북한 김정은 정권 또한 개새끼에 불과한 것이다.

내가 왜 이렇게까지 욕을 퍼부어 대는 것일까?

餘糧의 고귀함을 그따위 사기꾼 짓에서 엄밀히 구분하고 '잉여'라는 무식한 看過에서 분리하고자 함이다.

그렇다면 동서양에서 바로 이 같은 곡물참배나 잉여로 착각될 가능성이 있는 餘糧의 奇然祥瑞의 의식과 예절에 관해 좀 더 상세히 짚어 나가야 하겠다.

老子노자는 "以畢其深 餘穀祥慧이필기심 여량상혜"라, '그 깊은 곳까지 다 마쳐야만 남은 곡식의 그 숨은 거룩한 은혜가 드러난다.'고 했고, 莊子장자는 '莊章穀장장곡'이라, '장엄한 문장인 곡식더미!'라고 했다.

그런가 하면 피타고라스는 'YASSDEIL MILLA', '거룩한 곡식이란' 古語고어를 그대로 사용했다.

이것이 '잉여'인가?

이것이 그저 '곡물참배'로 끝나는 그것인가?

아니다!

이것은 도리어 餘糧에 가깝고 한 발 더 나아가 奇然祥瑞의 외연으로서의 아우라지인 것이다. 그래서 그것은 벤야민의 아우라의 근원이 되고 또 현지인들의 숫말로 '자궁우주', '보지 속에 숨은 우주'이게 된다. 우주는 藥약이기도 한 것이다.

북한 공산당과 일본의 미친 깡통들이 야스쿠니참배에서 가지고 놀아도 되는 말 장난감들인가?

그런가?

나는 이미 오래 전에 지금 現存현존한 브뤼셀대학의 유명한 여성철학자 페미니스트 뤼스 이리가라이의 최신 테제인 Sacralion이라는 '겟세마네 테마'를 거론해왔고, 또 이슬람권에서 50년 전부터 움직이기 시작한 地下지하운동 아크발라이 쇼크니아바(저 어둠 위에 참 빛을!) 이야기도 여러 번 거듭했다.

이 둘이 다 똑같이 餘糧을 뜻하는 음식, 곡식을 말하고 그 음식 속에 들어 있는 먹임, 기름, 공양과 환한 빛, 가치, 해방을 그 나머지로써 뜻한다.

Sacralion이 "사람을 먹이고 기르는 것이 하느님의 가장 큰 바람"이라는 뜻이고 아크발라이 쇼크니아바가 곧 '주부여성과 밥을 뜻하는 저 어둠 위에 가치를 주어 환한 참 빛이 비춰지기를!'의 뜻이다.

지금 유럽은 젠다투쟁의 실패로 페미니즘이 몰락한 뒤, 다시금 우크라이나로부터 일어선 여성해방투쟁 FEMEN(토플리스 액션)이 파리로 옮겨와 이슬람과 기독교 여성운동을 복합한 극렬한 충돌 투쟁으로 사활을 결하고 있다. 아직 餘糧이 안 들어와 있다. 그러나 머지않아 시작될 것이다.

그러나 그것은 순식간일 것이다.

왜냐면 Femen의 리더인 리나 세프첸코는 그들의 무기인 '벌거벗은 몸'이 다름아닌 奇然祥瑞의 온존처요, 남성들이 헐떡거리며 찾는, 굶주림의 대상인 바로 그 餘糧과 같은 것으로 보고 있기 때문이다.

그것은 Sacralion이면서 아크발라이 쇼크니아바인 것이다. '삶의 절대가치'인 것이다.

그것은 미국 네오콘이 슬그머니 충동질하고 있는 것이 뻔한 아베 개새끼들의 '곡물 참배'와는 참으로 거리가 먼 것이다.

아베가 후쿠시마(오사카) 또는 이시하라 신타로 등 개새끼들이 이른바 '위안부(한국 등)는 매춘부'라는 妄言망언 中의 妄言을 되풀이하고 있기 때문이다.

반대편에 미국 힐러리 클린턴이 우뚝 서있다. 그녀는 이 사태를 어디로 이끌 것인가?

나는 오직 餘糧의 깊은 의미가 곧 Sacralion이 아크발라이 쇼크니아바와 Femen의 '性극단주의'로서의 hooliganism(폭력적 군중혼란)에까지(확산된 것이 아니라) 도리어 그 근본임을 밝히고 싶은 것이다.

왜 근본인가?

'남은 곡식'은 왜 세계를 흔들기 시작하는가?

나는 바로 그 餘糧, 그 남는 곡식, '도는 Sex'가 다름 아닌 바로 옛 神市라고 믿는다. 하므로 '산위에 물이 있어야山上之有水'한다.

아우라지가 바로 그곳이다.

새 神市를 창조하는 일은 곧 여성들(주부들과 아기들)의 소비판단 밑의 근본인 美的 취미판단, 즉 美學이다.

내가 마치 미친 것처럼 남은 음식, 餘糧을 '아름다움(美)'을 久遠구원한 본질이라고 강조하고 있는 것은 사실상 바로 그 미친놈 아베란 자가 흉물을 떨며 사기치고 있는 야스쿠니 참배 대신 곡물참배 운운하는 바로 그곳에 인류 美學의 새로운 아우라가 사실상 있는 것이고, 그것이 이제부터 시작되는 이른바

'획기적 재분배', 「판단력 비판」과 「判批量판비량」 즉 미학과 경제의 핵심 사안인 세계경제의 핵심 근거로서의 美學을 지지하는 옛부터의(농업 문명 시작 이전부터) 神市의 奇然祥瑞의 물질적 근거라는 것이다.

기이한 일이다.

Kant와 元曉원효에서 도달한 '판단과 비판'의 최고 경지인 이 세계, 한마디로 餘糧의 극은 간단하다.

우리의 최고 경전인 9×9=81字의 天符經천부경, 그것이다.

이제 餘糧과 그 美學의 근원, 또 아우라지와 아우라 등의 참 관련을 天符經으로부터 해석하는 공부를 함으로써 참으로 아우라지 美學 - 海印美學, 그리하여 妙衍美學에 이르는 길을 찾아보자.

天符經이다.

그 餘糧의 오묘한 뜻이 바로 天符經의 핵심 어휘인 妙衍에 있다.

衍은 본디 생명이요 삶이요 곡식이며 밥이다.

그런데 그것이 오묘(妙)하다는 것이니 그야말로 餘糧이 아닌가!

또 그것이 이어 萬往萬來만왕만래이니 바로 아우라의 그 아우라지 자체 아니겠는가!

나는 내 美學의 요체가 바로 이 餘糧, 또한 아우라지에 있다는 내적 소식(영감)에 크게 놀라고 있다. 그러나 그것이 '나의 美學'이기 때문만은 아니다. 그것이 바로 동편제의 鬼笑聲귀소성, 판소리에서도 가장 어려운 동편제의, 그 중에서도 가장 어렵고 또 어렵기로 쟁이들(소리꾼들)은 다 인정하는 '귀신웃음소리'의 名人 宋興祿이 그 마지막 한마디로 알려진 "판소리의 핵은 시김새요, 시김새의 핵은 정선아리랑이다" 이 한마디가 내 美學에 핵심으로 등장한 바로 그 일이다.

왜?

시김새의 비밀인 정선아리랑의 美學的 비밀 중의 비밀인 餘糧 또는 아우라지가 민족 최고의 사상인 天符經의 핵심인 '妙衍萬往萬來' 그곳에 있다는 사실 때문이다.

05 아우라지의 나툼과 시김

나는 하나에서 열까지 부처님의 가르침을 따라 뭐든 기술하고 싶은 열망에 사로잡혀 사는 나이, '70 하고도 셋'이다.

그러나 그리 할 수는 없다.

더욱이 美學이 그렇게 해서 되는 것도 아닐 것이다.

그러나 나에게 있어 불교, 더욱이 화엄경, 법화경, 금강경, 반야경 등은 그리고 나 자신의 독특한 동학적 全身禪전신선(向我設位향아설위)의 체험 또 碧巖錄벽암록 등의 法身禪 등은 독특한 美學思想미학사상과 독특한 易을 포함한 새로운 우주생명학의 참 이론의 길을 열어준다.

나는 그 길을 따라가고 있다.

때로 논리가 엇가고 흐트러져 보일 때가 있는 것도 그 때문이다. 그러나 내게 있어 가장 중요한 것은 학문적 논리 구조가 아니라 무엇을 전달하느냐다.

세 가지만 요약한다.

1. 美學은 단순한 감성학, 예술학이 아니다.
   美學은 삶의 최고의 가치관을 美로 상징하기 시작한 최근 인류, 특히나 그 삶을 구체적으로 책임지는 중년 여성들의 깊은 내적 잠재의식으로부터 솟아오르는 '가치관, 판단력'의 핵심이다.
2. 그것이 가장 가까운 전래의 동서양 사상 등에서는 화엄 및 법화 불교와 禪, 그리고 동양의 易學, 또한 조선의 天符經이다.
3. 그리고 마지막으로 그것은 美學으로부터 정합하기 시작한 우주생명학의 실천 사항을 어떤 형태의 새로운 神市的신시적 실천 구조의 개진으로 귀결한다.
   옛 神市를 개벽하는 것이기도 하고 새로운 삶(아름다운 생명 경제사회)의 개척이기도 하다.

옛 神市를 오늘에 返本반본(原始返本원시반본)하는 것이기도 하고 오늘이 요구하는 그야말로 '새로운 아름다운 神市'를 창조하는 것이기도 하다.

옛 개벽과 새 개벽이 함께 섞이는 화엄개벽인 것이다. 이것이 참다운 "아름다움으로서의 비단 깔린 장바닥"일 수 있다. 先後天融合大開闢이다.

이것을 復勝이라고 부른다.

그렇다.

우리 역사에서 흔히 담론이라고 부르는 어떤 체계적 이론적 논의 과정에는 반드시 몇 가지 원칙들이 전재돼 있다. 그것은 대체로 孔子와의 관계, 佛敎불교와의 관계, 역사적 근거와 실증, 그리고 정치적 성격 등이다.

그러나 이 美學에서 '담론 근거로서의 그것들'은 없다.

다시 말하면 참으로 새로운 美學을 찾아보려는 것이므로 행여 오해나 편견을 갖지 말기 바라는 바이다.

이젠 참으로 잔소리를 다 끝내고 본론으로 들어간다. 먼저 일반적인 신문기사 따위를 제외한 必正필정의 코멘트 수준에서 韓流, 욘사마, K-pop과 Psy의 말춤론 등을 美學的 분석 수준에서 접근해 보겠다. 그것부터 시작하는 이유가 차차차차 이해될 것이다.

누가 내게 이렇게 물어왔다.

"당신은 어째서 한류, 또는 K-pop을 송두리째 하나의 운동으로 묶어서 파악하거나 정립하지 않는 것인가? 당신은 그러고도 남을 사람 아닌가!"

그렇다.

그렇게 물어 오는 까닭을 나는 잘 안다.

나는 대학 때 日帝일제에 의해 압살되고 축출된 민족, 민중문화를 찾아 혼신의 힘으로 탐색과 추출, 기록과 해명과 연구를 거듭해 왔고, 또 대학 이후엔 우선 민족문화 부활운동을 일으켜 마당극, 판소리, 민화, 그리고 민족미학에 몰두해 왔다.

그리고 이후 '한류'에도 손댔으며 최근엔 '네오-르네상스 아우라지' 운동을 일단 일으키는 일을 손써왔다.

그러니 그런 말이 나올 법하다.

그러나 한마디로 정리하자면 이렇다.

"그것은 한류도, K-pop도 아니다. 그것은 잡탕 아니 우리식 비빔밥은 전혀 아니다. 김치 담그는 법, 비빔밥 비비는 시초부터 알고 나서 그런 질문을 하라! 왜? 한류는 중요한 전 인류적, 세계사적 대후천개벽의 시작이기 때문이다."

이제 내 말이 시작된다.

한류는 우선 시김새 이전에 '나톰'이요, '나톰새'인 것이다.

그것이 무엇이냐?

요즈음의 쉬운 말로 하자면

잡탕 같지만, 잡탕에는 없는 해맑은 '물기름'을 먼저 친 다음 밥을 비비는 오묘한 整理法정리법(엄밀한 요리 방법)이다. 무엇이 바로 그 '물기름'인가?'

이 물기름 이야기로부터 한류 이야기의 미묘한 과정, 그래서 그 오묘한 시김새의 근원과 비밀을 찾아내는 일부터 들어가기로 하자!

물기름이란 본디 바로 여자의 자궁에서 나온 물, 그 精液정액이다. 그러나 이미 오래 전에 이것이 알려지고 난 뒤부터 그것을 實用실용하는 사람(여자들 자신도)은 없고 그저 물기름이란 말로서 흔히 뽕잎기름이나 깻잎기름 따위를 사용해 왔다. 이것이 김치의 비밀이요, 비빔밥의 비밀이다. 그렇다면 이것이야말로 몇 년전 프랑스 파리에서 유행했던 전염병(싸스)을 극복한 김치와 비빔밥의 근본 음식공학적인 비밀이 아니겠는가!

그렇다면 한류 음식이 아닌 한류 음악이나 한류 예술에서의 나톰의 비결인 물기름은 과연 무엇이겠는가?

그리고 나툼, 나툼새는 과연 어떤 美學的 규범이나 기교이겠는가?

내가 이제껏 되풀이 되풀이해서 강조해온 바 핵심요소인 그 물기름이 美學的으로 무엇이며 어떤 성질의 것이냐를 묻는 데에서 우리는 미묘하게 餘糧과 여량 속의 숨, 아우라 그리고 아우라지를 느끼게 된다. 왜 그러한가?

물기름은 한 가지 맛을 촉성하기 위한 비결이 아니고 여러 가지 맛, 때와 경우, 또는 그릇과 음식과 사람에 따라 달라지는 여러 미묘한 '맛의 차이들'을 만들어내는 핵심 비결이요 일종의 '우주생명의 근본'이다. 그것을 우리는 아우라지라는 말로 표현할 수밖에 없고, 그 재료 상태로서는 餘糧으로 표현할 수밖에 없다. 잉여 따위로는 어림없다. 멍청한 Zero의 뜻밖에 없는 깡통유물론에 불과하다.

그런데 여기서, 비록 그것이 精液정액단계를 지나 뽕과 깨의 잎기름, 잎물에 의한 것이라 하더라도 그 촉발단계로 나아가 시김, 비빔 등의 길에 들어서는 것을 무엇이라 규범화하는가?

바로 나툼이요, 나툼새인 것이다. 수천, 수만, 수천만 가지 다양한 경우에 다양한 천차만별의 맛을 형성하는 과정과 창조의 영역을 일러 나툼이라 하느니 이것을 製造제조의 뜻이 아닌, 바로 그렇게 되어짐, 그렇게 나타나게 됨, 그렇게 나타남의 뜻이니 아아! 그야말로 奇然祥瑞 아니겠는가!

나툼은 "드러나는 일체의 현상을 서로 이리저리 연관시켜서 다양한 전체적 융합 양상을 띠우는 큰 형식의 촉발"을 말한다.

그러한 형국이나 기교나 규범을 나툼새라고 한다. 그런데 사실 이것은 이제껏 시김, 시김새의 그 정감적 형세에 밀려 큰 문제로 드러나지 못하고 한쪽으로 치우쳐져 있었다. 전라도 판소리나 예술 일반의 남도 특유의 情感爲主정감위주 때문이겠다.

그러나 우리가 아우라지의 아리랑만 아니라 그 계통의 일체 노래와 예술을 관통하는 핵심은 도리어 바로 이 나툼이요, 나툼새이며 시김, 시김새는 거기에 얹혀서 살아 오르는 형국임을 쉽게 감지하게 되는데 그것이 무엇 때문일까?

몇 가지 원인이 있겠으나 그 중 세 가지만 찍어서 지적하자.

하나는 물거름이 이미 소문이 난 뒤로도 상당히 오랫동안 고집스럽게, 비밀리에 원액 그대로 활용되었다는 점, 이것은 정선쪽 강원도 여성 唱者창자들이나 기예가 일반의 독특한 '山間산간고집'(아마도 그 배후엔 예맥계 흐름이 있을 것이다)이 작용하고 있을 것이다.

둘은 "나 혼자, 단칸방에서라도 일단 시작만 하면 금강산 일만 이천 봉을 끝끝내 '넓게 그리고 샅샅이' 다 올라채겠다"는 큰 각오가 소리나 춤, 그림 일반에 이미 공인된 규범이라는 점.

셋은 나 없이는 아무도 그 깊은 恨을 들어 올려 그 밑에 밑에 숨어 있는 '신명'의 하얀 '한'(우주)을 해방시킬 수 없고, 또 신명과 함께 그 어두운 恨마저도 다 같이 넓은 세계로 나가야 한다는 하나의 "氣質化기질화된 생명력"의 작용이 깔려있다.

이것이다. 바로 이것이 '아우라지 美學'의 근원이다.

시김·시김새라는 宋興祿 극장에서처럼 한국 문화전통의 핵심을 인정할 때 그 시김보다 더 근원에 자리잡은 규범으로서의 나툼, 나툼새를 들어 올리면서 우리가 항상 피해가는 문제가 있다. 물흐름, 물기름의 실질적인 '美學的 의미'다.

그것은 곧 시초에는 김치나 비빔밥에 들어가는 시초의 물, 즉 여성 자궁의 精液인데 그것이 노래나 춤이나 그림에서는 어떤 美學的 규범이나 원리나 비밀로 짚어지는 것인가? 우리 민족의 기이한 전통 이외에 어디, 서양, 동양, 다른 대륙들, 또는 고대와 현대와 그 중간 역사 시기 어디에서든 있기는 있는가? 누구인가? 무엇인가? 어떻게 나타나는가?

없다.

全無전무하다.

딱 하나의 例外예외가 있긴 있다.

어디 있는가?

(1) 華嚴經이다. 화엄경 入法界品 내에 慈行童女자행동녀의 해탈설명에 나오는 '無勝幢解脫무승당해탈'이 그것이다.

(2) 그것은 곧 入法界品(김탄허 本 『신화엄경총론』제18권 p.200)에 "참다운 춤은 衆生중생춤과 如來여래춤이 언제나, 어떤 경우에나 함께 하나인 춤이다" 부분이다.

(3) 이것은 구체적으로 무엇인가? 여기에서부터 새 시대의 우리의 새로운 美學, 아우라지 美學과 餘糧의 비밀이 흘러나오게 된다. 이른바 奇然祥瑞이겠다. 어디 있는가? 그리고 그것이 이제 어떠한 美學的 고도理論이론의 높은 규

범으로까지 격상되어 가는가? 어디?

원주에 살다 죽어 원주(지정면 무장리 신평 못 뒷산)에 묻힌 정조 무렵의 여성기철학자가 있다.

允摯堂윤지당 任淑임숙이다.

그녀는 여성 신체와 氣의 유통에서 水液수액, 즉 물이 지니는 중요성을 강조했다(寄妖液精事書기요액정사서).

물이 氣體기체의 기본이고 氣流通기류통에 있어서의 神的신적 主體주체임을 강조한 것은 이제껏 동·서양 어느 누구도 건드리지 못한 初有초유의 영역이다.

그야말로 水王史수왕사 중의 水王史임에도 어느 누구도, 남자든 여자든 允摯堂의 이 작업과 업적을 스스로 창조는커녕, 주목하지도, 기억하지도, 평가하지도 않았다.

남성이야 그러려니 하거니와 그것도 기철학 전공자 대부분이 이런 부분을 놓치거나 무시해 버리는 게 일상인데 과연 물을 모르는 것이 氣哲學기철학, 氣의 科學과학, 生態系생태계, 生命系생명계의 진면목인지 묻지 않을 수 없다.

모든 것은 이제부터다. 페미니즘만 아니라 참다운 우주 생명학에 기초한 새 美學의 첫 횃불은 아마도 '允摯堂, 任淑', 文幕문막 原州원주의 바로 그 任梅實軒임매실헌부터 일 것이다.

나는 이제야 비로써, 내 나이 73세에야, 참으로 이제야 비로소 내가 해 온 '美學 專攻전공의 으뜸 자존심'을 들어 올린다.

왜?

달에 6억톤의 얼음이 있고, 수성 내부에 엄청난 물이 있고

(NASA 최근 보고), 혹성과 혹성 사이의 '블랙홀'이 아닌 화이트 홀로서의 물, 즉 水性 안개 띠들, '그린 포플러', '블랙 헷지', '옐로우 보우넛'들이 나타나고 있다. 이것들은 모두 물이며 생명 탄생의 가능성 지표들이다. 슈퍼 박테리아라는 유럽 항생제의 광범위한 내성이 지배하는 속에서 생명 치유의 유일한 물질은 바로 물이라는 저서들이 쏟아지고 있는 때다.

달, 물의 또 하나의 거봉인 여성이 세계 주도의 주체로 등장하고 있는 요즈음(폴 크루그먼의 「새로운 경제학 이야기」나 월러스틴의 「경제지표론」)에, 그리고 性的 욕망이 최대로 증폭되고 있는 이 시대에 그 욕망이 그 욕망 너머의 그 어떤 무한한 우주적 새 차원에의 그리움으로 확산되고 있음을 사방에서 고백하기 시작하고, 또 페미니즘의 강력투쟁이 여성들의 완전 나체를 무기로(FEMEN의 토플리스) 유럽과 이슬람을 동시에 압도하고 있는 요즈음,

그리고 중국, 한국 등 동아시아에서 19세기 말부터 이미 수천 년 전에 사라진 여성 특유의 '회음뇌' 또는 여성 특유의 경락(이른바 당나라 때의 명의 孫思邈손사막의 유명한 天應穴천응혈, 我是穴아시혈 등)이 다시 살아나고 있다는(북한의 숙청당한 경락학자 金鳳漢과 허균의 동의보감 書外서외 진술 등) 소식 속에서,

任允摯堂의 바로 그 물의 氣哲學, 특히 여성 회음 속의 물의 중요성, 이것이 美學의 새 길을 열 수 있다는 그 소식은 결코 작은 일이 아니다.

우리는 아우라지가 바로 그 현지 여랑 마을 늙은이들의 本名

본명이 '자궁우주(보지-한)' 즉 보지 속의 우주 능력, 보지 속에서 작동하는 물의 숨은 우주 생명력임을 잊어서는 안 된다.

또 海月해월 崔時亨최시형 선생은 말했다.

"후천개벽은 북극태음의 물(大氷山대빙산)의 변동으로부터 오고 그 물의 변동은 여성들 몸속의 月經월경의 변동으로부터 시작된다."

아아!

나는 이제까지 美學을 헤겔, 칸트, 그리고 니콜라이 하르트만 정도의 線선에서 마무리 지어 왔다.

그러나 美와 美學이 그 정도에서 끝날 수 있는 것이 아님을 알고 있기에는 헛헛하고 공허해 왔다.

물론 거기에 루카치 따위 맑시스트 美學은 이미 美學이 아니라는 전제가 앞세워져 있었다. 동양, 특히 중국美學은 자기들이 아무리 떠들어도 학문 자체로서는 시원찮다. 옆으로 비켜선 학문이거나 곁다리 부수 분야에 불과하거나 억지로 꿰어 맞춘 것들이다.

현대 중국미학의 張波장파 따위가 그 대표적인 例다.

그러면 어디로 갈 것인가? 나는 고민도 하고 방황도 해왔다. 그러나 길은 열리지 않았고 아무리 둘러 봐도 그 길은 보이지 않았다.

끝인가?

그런데 아우라지 르네상스의 계기가 열리고 이어서 任允摯堂의 氣哲學의 계기가 드러났다.

물론 允摯堂이 직설적으로 그 물을 말한 적은 없다. 그러나 그녀의 氣哲學 담론과 女性性여성성에의 접근 과정은 그 규격과 탐사 태도의 精度정도 자체가 이미 바로 '자궁우주'로서의 물과 회음뇌를 상징시킨다.

더욱이 해월 최시형 선생의 거의 생애 최후의 말씀, "북극태음의 물의 변동이 후천개벽인데 그 변동은 여성 몸속의 물, 즉 月經의 변동으로 인한 것이다"와 뤼스 이리가라이의 페미니즘 테마의 최근 제안인 겟세마네의 저 Sacralion, 그리고 金鳳漢의 경락학적 발견의 소식 "19세기 말경에 동아시아 여성들 몸속에서 이미 수천 년 전 또는 가까이는 초기 唐나라 때 孫思邈의 진찰과정에 이미 한 번 잠깐 나타났던 경락인 天應穴천응혈과 我是穴아시혈이 다시 회음뇌로 나타나 작동하기 시작한다"는 제보, 동의보감의 허준이 동의보감 밖의 진술에서 이 점을 언급한 점, 그리고 天符禪천부선 수련가인 허천우의 기이한 '아랫도리 체험', 마지막으로 박재성, 즉 싸이Psy의 말춤에 의해 이미 그것은 현실로 나타난다.

말춤은 전라도 남쪽 鎭安진안의 김광화가 南學남학의 수련 수단인 詠歌舞蹈영가무도에서, 그리고 판소리 일반과 춤에서 벌써 오래 전부터 보지춤, 사타구니춤, 똥구멍춤으로 유행하던 것이고 걸뱅이 각설이 춤인 품바품바의 일반형 즉 "아랫도리 기운을 위로 끌어올려서 상체를 시원하게 하는 춤"으로 널리 알려진 것이다. '오금질'!

그것이 氣哲學기철학에서 유일하게 임윤지당에 의해 접근되었다는 點점, 바로 그것이 놀라운 것이다.

"七情칠정이 四端사단"이라는 폭탄선언이 그것이다.

"女人도 공부하면 聖人성인이 된다"는 내려침이 또한 그것이다.

女人의 무슨 공부인가? 아하! 찾아라!

그 공부는 어디에서 시작되는가? 아하! 이것은 새 시대의 우주생명학이다!

이슬람에서 50년 전 유행으로 시작된 여성들의 지하운동 아크발라이 쇼크니아바의 참 뜻이 무엇인가?

'저 어둠에 참 빛을!'이 무슨 말인가?

저 어둠은 그냥 '여성·일반'인가?

그렇다! 그러면 그 '참빛'은?

단순히 '해방'인가?

그러나 그보다 더 구체적이고 깊다. 근원적이다.

무엇인가?

여성의 '어둠'의 어디인가?

FEMEN의 토플리스는 왜 벌거벗고 투쟁하는가?

"그 어둠에 광명을 근본적으로 비추는 행동 자체다." 그 보스인 니나 세프첸코 자신의 진술이다.

따라서 그 어둠은 바로 '보지', 그것이다.

왜 리나의 FEMEN은 그 말썽 많은 우크라이나에서 시작하는가? 우연인가? 지금 여성들은 우크라이나에서 러시아편을 들고 있는 남성들과의 性交성교를 전면 거부하고 있다. 이것이 작은 일 같은가?

왜 이것을 기피하는가? 왜 고개를 외로 꼬는가? 더러워선가? 스스로 양반이고 귀족이라고 생각하는가?

왜? 왜?

대답하라! 왜냐?

Gogon?

Bachoffen의 '母權制모권제(On Matriarchy)'에서 수천 년에 걸친 동서양 전 인류의 풍속 일반의 "여성성 멸시와 누르기, 감추기"를 기억하라!

우리는 남녀가 다 그 영향을 받고 있는 것이다. 우리 내부의 잠재의식이 이미 말만 나오면 '더럽다'고 느낀다. 왜 그것이 더러운가? 왜?

바로 이것이 '先天선천'이라는 물건이다.

그렇다면 '後天후천'은?

바로 任允摯堂의 한마디 그것이다.

周易의 핵인 推衍의 '산통'은 그 이전 공동체 단체의 神官신관이요, 史巫사무였던 여성(신라의 '미실'같은)의 보지체험의 極극(性交의 극단적 희열 단계)에 기도와 함께 들어오는 神境신경의 깨달음을 몰아내기 위한 남성들의 흉계에서 비롯된 것이다. 특히 周公패거리의 易운용사례인 '推衍術추연술'이 그것이다.

오늘 우리는 후천개벽(陰開闢음개벽) 그리고 화엄경의 저 慈行童女의 '사자당 분신' 즉 無勝幢解脫무승당해탈이란 바로 이것 '자궁우주 -보지속의 우주 생명학'의 깨달음을 말하는 것이다.

그리고 그에 準준한 〈衆生중생 춤과 如來여래 춤의 하나의 근원적 同一性동일성〉따위인 것이다. 아아! 그렇다.

바로 이것이 물기름이고 거기서 비롯되는 나툼, 나툼새 즉 그야말로 아우라지인 것이다!

그리고 그것이 시김새의 근거 아니 바로 餘糧, 남은 음식이겠다. 그렇다. '모심'이요, 向我設位향아설위 그 자체다.

이것을 모심 실천이 바로 예술이요 文化요, 美學으로 들어올리는 것이다. 즉 '美'다.

아우라지는 왜 九美亭으로 나아가고 그 정자 밑엔 외로운 처녀상이 혼자 서 있는가?

그 옆은 왜 그 큰 노추산까지 九折里인가?

9×9=81은 天符經이다.

내가 어느 날 임윤지당의 여성적 창조력에 놀라 좀 호들갑을 떨면서, 아니 호들갑이 아니라 '철학적 걱정'이 들어와, 이 위대한 여성 會陰, 會陰腦회음뇌의 창조력을 요즘 여성들의 지난 3천 년간의 짓밟힘에서 反動반동으로 싹터난 더러운 심성의 물은 어찌할 것인가?

나의 일찌감치 계시처럼 와 닿은 美學체험인 '흰 그늘'(白闇)을 이런 경우에 더욱 강화하고 보강할 수 있을 지혜를 얻을 수는 없을까하여 문득 생각이 내가 잘 가는 충청도·강원도의 그 상서로운 山들로 뛰어간 적이 있다.

'흰 그늘의 자연'인 셈이다. 제천 쪽의 明暗湖명암호 위에 있는 감악산 꼭대기 白蓮寺백련사와 그 밑에 있는 요부골, 그리고 청풍호 길에 있는 鶴峴학현의 '자지-보지바우'다. 거의 한낮을 그곳에서 보내고 무엇을 깨달았을까?

美學談論미학담론 안에 넣는다. 다만 한마디만 한다.

'요부골'에서다.

그곳은 깊은 숲으로 들어가는 길이 이미 앞에서 끊어졌다.

葬地장지다. 얼마 전에 그 장지에 큰 똥을 쌌다. 그리고 크게 마음에 깨달음이 왔었다. 그곳을 또 갔다. 오메! 그 장지 바로 앞 작은 개울물이 한 없이 맑다. 해맑다! 그리고 개울가 돌 뒤에 일곱 송이의 붉고 노오란 꽃들이 활짝 피어 있다. 내 발밑 가까이 하아얀 백로가 한 마리 걸어 다닌다. 내가 느낀 것은 '요부의 보지물은 해맑다!'라는 말이다.

그리고 나서 근처 시골 식당에서 잘 아는 유식한 한 노파에게 호들갑을 떨며 흥분을 털어놓았는데 얼마 후 그 노파가 연락을 해서 "그 책에 그런 구절은 없는데" 라고 항의를 해왔다. 바로 원주 시청의 그 임윤지당의 유고집 이야기다.

나는 "두 곳을 보라! 그 얘기가 그 얘기다. 무엇인가 하면-여자도 공부만 하면 성인이 될 수 있다와 또 하나는 七情도 四端이다 두 마디다. 잘 생각해 봐라."

오늘 이야기는 바로 그 이야기다.

유고집(원주시 간행)에 있는 그 두 마디가 왜 바로 그 '물'이야기 일까? 이제 그 이야기를 좀 해 보자. 물론 원주시 간행 원고는 원액인 『寄妖液精事書기요액정사서』는 아니다.

'여자도 공부만 하면 聖人이 될 수 있다'와 '七情칠정도 四端사단이다'가 바로 그 물에의 哲學的철학적 접근임을 증명하는 다음 東西 古典思想的고전사상적 근거 '열두 가지'를 例示예시한 다음, 그것들을 타고 餘糧과 아우라지의 나툼과 시김 등 美學的 諸제규범 및 原理원리의 근원을 찾아가 보기로 한다.

전통 美學의 길

(1)

孔子의 禮記 중

'至藝己者春也지예기자춘야'

'지극한 아름다움은 밑바닥의 불 같은 것'이라 했으니 바로 樂記第十九악기제십구에서 事者民之風雨也사자민지풍우야라 하여 聲敎성교(노래)와 容敎용교(춤) 중에 '事사' 즉 음악교육 중의 억양교하와 무용교육 중의 굴신 부앙으로 백성을 다스림이다.

그러므로 '춤과 노래는 民(己者기자)에 있어서 하늘에 바람과 비'(春춘)라 했다. 그러나 아무리 '하늘의 바람과 비'라 하더라도 聲敎, 容敎는 '事'로서 권력자가 民을 가르치는, 그야말로 事이지 美 자체, 즉 餘糧이 아니고 더욱이 아우라지는 아니다.

다만 그 근본에 '己者春'이란 본색만은 '숨길 수 없는 것뿐'이다.

'것뿐'이라 했다.

그러니 '옳지는 않다'는 뜻이다. 다만 '하늘의 바람과 비'에 핍진한 '餘糧'으로서의 물을 존중해야 하고 그것을 스스로 알아서 공부해야 함이다. 또 그러한 물의 춤과 노래로서의 七情이 바로 四端이니 이 '물'공부(自責자책)가 곧 聖人의 길, 옛 시절의 그 史巫사무요, 神官신관의 길인 것이다.

(2)

이래서 孔子공자의 윤리학과 논리학이 그대로 다 정당할 수 없다. 老子노자의 비판적 대안이 불쑥 등장하는 이유이고 莊子

장자의 거의 虛無허무에 가까운 逆勢역세가 파도를 이루는 까닭이다. 그렇다면 老子는 어떻고 莊子는 어떠한가?

우선 한마디만 하자. 玄覽性현람성(갓난아이 성질)은 누구의 주장이고 玄牝性현빈성(여성 성품)은 누구의 대안인가? 老子 아닌가!

또 莊子의 저 유명한 폭탄, '混沌혼돈'은 무엇인가?

그것이 孔子의 禮가 비교가 되겠는가?

예전에는 가능하다.

지금도 그러한가?

지금?

지금이라는 때의 본질이 무엇인가?

'지금'은 분명 孔子의 禮가 美, 특히나 그 美의 奇然祥瑞나 '餘糧의 아우라지' 또는 그 '자궁우주'의 물을 대신할 수 있는 때가 전혀 아니다.

그것은, 그 禮와 樂記의 聲教, 容教 따위는 文王 이후 周公의 경우 多男朝庸人다남조용인들이 "여성, 아기, 늙은이, 일꾼들과 낯선 사람들"을 통제하고(가르치고) 다스리는 (예절) 방법이었지 생명을 左右하고 비밀에 접근하고 질병을 고쳐주는 美의 근본 어우러짐 따위와는 하등 인연도 없었다.

좋게 말해도, 그저 昇平期승평기의 律呂일 뿐, 혼돈기·개벽기의 八呂四律과 같은 呂律일 수가 없었다. 나쁘다는 것이 아니라, 다만 '限時的·限定的한시적·한정적'이라는 것이다.

나에게 지금 밀어 닥치고 있는 사상사적 압력은 한마디로 공산당을 한 수단으로 이용하려고 꿈꾸고 있는 껍데기 기독교와 불교 일부 촌뜨기 - 도적놈 승려들의 억지 소리들이다. 그들이 한때 유신을 반대하며 민주화운동의 한 추진력을 감당한 것은 사실이다. 그러나 그들이 지금 옳은 것인가? 옳지 않은 데도 억지 쓰는 게 맞는가?

그들이, 그들 天地開闢천지개벽을 제멋대로 그 무슨 엔트로피론이나 낡은 혁명론 따위로 오해하는 짓이 과연 이 우주사, 세계사, 민족사, 그리고 美學 위주의 새 文化史에서 옳은 위치에 서는 것인가?

반대다.

전혀 엉망진창이다.

그렇다고 그들이 종말론을 주장하는 것도 아니고 大華嚴대화엄의 海印三昧해인삼매를 주장하는 것도 아니다.

한마디로 개똥이다. 그렇다고 이브 깔베도 아니다. 어찌할 것인가?

그들이 몽땅 똑같다. 그들이 美를 안다고 했을 때, 무엇을 美라고 엉큼을 떨 것 같은가? "시커먼 상처투성이 보지 속의 그 해맑은 물" 그것이 美의 근원이라고 할 것 같은가? '허허허'다. 벌써 나왔다. 3월 28일 독일 드레스덴에서의 대통령 '통일독트린'을 보고 어떤 신부란 자가 "똥 안 싸고 밑 안 씻어서 더러운 냄새가 진동한다"고 했다. 이것이다. 일본과 중국이 서로 다투어 센카쿠가 저희 것이라 앙탈을 부리고 있는 데도 비행기를 타고(!) 제주까지 내려가 강정 해군기지 건설은 反平和반평화임을 악을 악을 쓰며 주장해 데모까지 하는 깡통 신부도 있다.

수염은 왜 길게 늘어트리고 폼을 잡는가? 그러고도 도시에서는 술집을 차려놓고 으스댄다. 허! 그자가 바로 깡통 빨갱이 아니고 무엇인가?

그렇다.

그자는 필시 마테오리치는 알아도 장보고가 누구인지는 새카맣게 모를 것이다. 장보고를 죽인 것이 곧 '염장'의 칼임도 모를 것이다. 염장이 누구인지도! 그 칼을 모르고서 비행기 타고(!) 데모하러 다녀?

한마디만 한다.

독도는 알 것이다. 그런데 제주도 바로 앞에 있는 섬 아닌 섬 이어도가 곧 독도 꼴이 될 것이고 센카쿠 꼴이 될 것이다.

또 장보고는 태평양을 새 시대의 세계경제 비약의 새 토대를 보고 있는 미국, 유럽과학의 최고봉인 미국 과학이 "바다에 관해서 90%를 아직도 아득히 모르고 있는 이때"에 그 미국이 아시아, 동아시아와 大望대망의 해양경제(TPP)를 시작하려면 당연히 희랍 시인 쏘비루리아 게메아네의 「미친 바다에 관한 일기」나 「오딧세이」, 「일리아드」, 「白鯨백경」 따위 감상문 가지고는 안 되고 오로지 집중 집중해서 장보고의 「赤山法華院적산법화원 기록」이나 그의 측근 韓良子한량자의 '於海於岸經어해어안경'을 검토해야 한다.

平和평화는 平和 자체에서 오는 것이지 개새끼만도 못한 이시하라 신타로나 아베 따위의 '적극적 평화주의라는 집단적 자위권' 따위로부터 오는 것은 아니다. 개새끼들!

그렇다면 자그마한 나라의 해양방어, 나아가 큰 바다 경제의 관문인 제주도에 해군기지 들어서는 것이 무엇이 그리 나빠서 수염까지 기르고 지랄 발광하는가? 그렇게 긴급하면 수염이나 깎고 덤벼라!

누구 지시로 그 지랄 발광이냐?

그 자의 직업이 神父신부란다?

神의 애비?

그런데 왠 전주 시내에서 술장사냐?

하하하하하! 이것이 바로 현대라는 '때'다. 더러운 '잉여'에서 오는 '좆같은 유희'다.

美는 우주의 '씹 같은'이 아니라, "그 씹(보지) 자신의 내부로부터 솟아오르는(法華經의 '從地湧出종지용출') 우주(神) 자신(한)의 기묘하고 성스러운 산통"으로서의 奇然祥瑞기연상서다.

奇然祥瑞가 무엇인가?

무식하게 헛짓 하지 말라!

'지금'이라는 '때'의 本質본질이 무엇인가?

낡아빠진 종교 도그마로 틀어쥐거나 좌우하거나 고치고 뜯어낼 수 있는 때가 전혀 아니다.

착각하지 말라!

헛짓하지 말라!

이 깡통 도적놈들아!

예수가 회초리를 휘두른 그것들, 그 근본의 '바리새'들!

'지금이라는 때'가 곧 終末종말이고, 開闢개벽이고, 더욱이 先天後天同時大開闢이니 다름 아닌 미륵會相회상이요, 海印三昧요, 妙衍萬往萬來의 바로 그 太陽昂明태양앙명의 때다.

그래서 달이 돋아 오르고, 물이 솟아오르고, 그늘과 함께 아기들이…. 그래서 종내는 '여인'이 '엄마'다.

그리고 그 '엄마의 美'와 '재분배的인 획기성'(칼 폴라니 문자)이 솟아오르고 '비판적 판단력' 다시 말하면 判批量판비량의 美感미감, 餘糧여량이, 아우라지가 떠오른다. 모두 다 複勝복승이다. 湧出용출과 같다.

그것은 이미 두물머리와 兩岸峙양안치의 弓弓궁궁에서 다 떠올랐었다. 신구교의 4대강 반대 시위에도 참가를 안 한 자들이 왜 지금 종북 발언에만 이상하게도 열심인가?

그것이 이제 단순한 정감록의 利在處이재처만이 아닌, 전쟁과 질병의 피신처만이 아닌 여성, 엄마, 미륵, 관세음 등의 冥, 보지-한, 보지-물이다. 모르는가? 세계 개벽, 先天後融合開闢선천후융합개벽의 비밀!

모르는가?

더러운가?

아직도 禮記 차원에서 헐떡이는가?

자!

그러면 이제 아껴뒀던 열두 가지 공부로 넘어간다.

품바품바, 씨구춤, 오금질, 보지춤, 사타구니춤, 강증산의 이른바 後天律呂후천율려, 아아, 싸이의 말춤으로 넘어간다.

그것이 무엇이냐?

우습다.

전혀 알 것 같지 않았던 대통령 박근혜씨가 러시아에서 그것이 바로 '창조경제의 새 씨앗'이라고 명언하는 판인데 자칭 정치가는 물론, 철학자, 신부, 목사, 스님, 미학자를 자처하는 자들은 아예 꿈도 못 꾸고 기업가도 이를 모른다!

왜?

박씨는 여자이기 때문에, 여자임에도 나라와 民生민생, 통일을 위해서는 '보지 물'도 아깝지 않다는 각오('內空내공'이다!)이어서 그 말이 나오는 것일 게다! 좀 배워라! 이 깡통들아! 아닌가? 뭐? 똥 안 닦아서 냄새난다고? 그것도 신부가 미사에서 할 말이냐?

孔子공자, 孟子맹자, Kant, Hegel, 야나기 무네요시 또는 고유섭의 아가리에서 나올 말이 아니다.

더욱이 스티브 잡스나 빌 게이츠 같은 돈쟁이들에게서 나올 꾀가 전혀 아니다.

마르크스 따위 "일이 뭔지도 모르는 깡통 촌놈 아가리"에서 나올 말이 아니다.

내가 '일'을 모른다고?

어떤 놈이 그랬다! 저는 '일'을 해봤다고!

내가 목포 내 고향 땅에 도망가 커다란 치욕 속에서 몇 달을 도로공사판 스테바 삽질을! 조영래 사건 때 수배되어 광산으로 피신해 석 달을 막장에 들어가 얼굴을 가리고(아아! 막장에서도 얼굴을 가리고) 일이라는 것을 한 사실!

바로 그 사실 자체가 참된 일이다.

그곳에서 내가 찾은 것은 둘!

진짜 삼촌과 진짜 형님이다.

나의 자서전 『흰 그늘의 길』에 다 나온다.

봉제 삼촌(자살했다)과 윤배 형님(암으로 죽었다)이다.

나는 그것을 참 美라 부른다. 그리고 그렇게 느낀다. 또 깨닫는다. 왈, 奇然祥瑞다. 숨겨진 우주생명미학의 비밀이다.

그리고 지금 이 글을 쓰면서 울고 울고 또 운다.

이제 열두 가지, 마치 부처님 十二緣起십이연기에 들어가듯 그와 똑같은 天符經천부경 81字에 들어가듯 妙衍法묘연법으로 길을 비추며 들어간다.

간다.

이제 본격 미학 담론으로 들어가기 위한 맨 마지막 결론에 선다. 무엇인가?

내가 치욕과 고통속의 바로 그 '일'에서 얻은 두 사람의 아름다움(美)이 무엇인지 말하고 나서 가자!

목포 도로공사판 스테바 삽질에서 깡패 십장인 봉제 삼촌은 소주를 나에게 따라주며 왈,

"너 빨갱이지? 그것 갖고는 안 돼! 우리 형님도 왼손잡이였어. 다 봤어. 안 돼! 혁명 그거 여기 동양에서는 그 따위로는 안 돼! 이태백이가 하거나 김삿갓이 해야 돼! 안 그러면 어림없어! 왜? 왜? 그것을 찾아봐!"

이것이다.

강원도 도계 탄광에서의 막장 노동 때 그곳 소장이던 윤배 형님은 나를 세 시간 동안 두들겨 패고 나서 가라사대,

"야 임마! 주둥이로 부르조아 어쩌고저쩌고 해서 되는 게 아니야! 할려면 본격적으로 해! 너 그렇게 가면 혼자서만 뒈져! 길에서 목사도 만나고 중도 만나고 주정뱅이도 만나야지! 야!

할려면 임마, 네가 싫어하는 하버드의 백낙청이나 네가 미워하는 리영희를 오히려 구워삶아서 도리어 앞장을 세워! 그놈들이 더러워도 전반적 민주화에는 쫑긋한 앞장이 필요해. 당분간은 임마!"

자!

이렇게 되었다.

그 두 분께 배운 것이 근본적인 '美' 바로 奇然祥瑞다. 이상한가? 그것이 奇然이다.

할려면 벗어부치고 하는 것! 그래야 병이 낫는다. 그것이 祥瑞다. 그것이 바로 美, 나는 그 두 사람에게서 美를 보았다.

美는 열두 가지로 풀어 정합되는 것이 현대·초현대 美學의 시각이다.

동양음악 十二律呂십이율려, 우주운행의 十二干支, 그 측정학술의 十二度數십이도수가 그것이다.

왜?

이제부터 본격 美學이 시작된다.

물론 과거 동양, 특히 중국을 지배했던 이 十二律呂나 十二干支십이간지나 十二度數 따위가 지금에도 역시 그대로 정확한 우주원리인 것은 아니다. 천만에! 그럴 리가 없다.

그러나 그럼에도 불구하고 그것은 지금의 우주운행과 우주생명에 얽혀 있어서 바로 그 '十二'를 우선 형식적 체계로 해놓고 오히려 그와는 영 다른 내용들, 생명들을 밝혀 나가야 하는 일이 바로 그 일이다.

律呂, 干支간지, 度數도수, 이 세 가지 영역이 다 그렇다. 그러므로 참으로 섬세성과 대담성, 엄밀과 과감을 다 갖추고 임하지 않으면 안 된다.

장난할 때가 아니다.

게으름 부릴 여유도 없다.

하나,

들어가기 전 한마디를 미리 전제해야겠다.

지금 우리가 찾고 있는 조선사상, 그리고 그 조선사상의 핵으로서의 우주생명학은 우선 첫째로 美學이다.

이미 말한 바와 같이 중국제이지만, 3,000년전 箕逸기일의 세 권의 『庶村通策서촌통책』을 통과하지 않으면 文王과 周公과 孔子의 易에 제대로 이르지 못한다. 그러므로 우리는 『庶村通策』의 핵심 흐름인 美의 본격 精花정화라고 할 바로 그 美學 영역부터 본격 탐구해야 한다.

그리고 그와 동시에 易, 易學의 기초인 日과 月, 즉 해와 달 중심이 아니라 물(水)과 빛(華화)을 중심으로 하고, 日(해)와 月(달)을 보충적으로 동행시키는 탐색을 차츰 본격화(우주생명학에서) 해야만 하리란 것이다.

그리고 또한 이 과정에서 우리는 대담한 모험을 "피하지 말아야 한다". 그것은 巫俗무속의 철저한 검색을 전제해야 한다는 것이다. '佛教불교와 巫俗의 결합(?)'말이다.

왜?

시절이 그리 돼간다.

왜?

그것은 NASA와 NASA뿐만 아닌 온갖 우주관측 기구로부터 올라오는 정보들, 이른바 막연한 Astral Ray(宇宙線·宇宙光線우주선·우주광선)란 이름의 애매한(우리는 그것을 정확히 모르고 있다), 그래서 도리어 그것을 밝히기 위해서 그것의 인류사적인 전단계 인식체계이었던 巫俗무속(Shamanism)과 광범위한 佛敎的認識불교적 인식을 융합해야 한다는 말이다.

이제 <열두 가지의 길>로 찾아 들어간다.

06 열두 가지의 길

자! 첫 길이다.

내가 이제까지 한 밑바닥 이야기들은 모두 다 새로운 시작을 가리키는 '구멍'이다.

바로 그 구멍이 곧 아우라지, 아니 다름 아닌 餘糧여량이다.

논의를 餘糧으로 집중하겠다.

이미 잠깐 나왔으나 이제야말로 餘糧과 잉여의 비교를 시작한다.

가타부타 말이 많으나 결국 유럽발 현대美學의 핵심은 '잉여론'이다. 경제와 예술문화, 사상이 다 그 출발점을 잉여로 보고 있고 하나도 의심하지 않고 있다. 그런데 바로 오늘의 경제, 오늘의 문화와 아름다움의 더러움, 누추함, 엉터리가 다 바로 이 잉여와 잉여론으로부터 시작되는 것이다.

따라서 그 대안은 바로 여량 즉 나머지 음식, 음식 나머지, 남는 곡식인데 먹고 나서 찌끔 남기는 따위 나머지가 아니라 애당초부터 어떤 이유(奇然祥瑞기연상서이었다)로 '음식을 일부러 남기는 것'이다.

바로 여기에서 참다운 美는 발생한다.

잉여와 같은가?

어떤 년놈은 "바로 그게 그거다", "잉여가 여량이다" 할 것이다. 그러나 어림 반푼어치도 없는 헛소리다.

왜?

이제부터 나온다.

우리는 저 유명한 데까브리스트(본래는 해밀턴 추기경 중심의 新宗教신종교 東西동서융화정책의 대중문화화 운동체)의 리더인 이시하르트 주오노 벤(Isihart Juono Benn, 독일인)의 다음과 같은 주목해야 할 한 문장이 그의 名著명저라고 할 『기이한 유럽 西北部서북부의 神話신화속에서(1822년 켓빌레더움빌출판사 刊行간행)』 가운데 솟아오르고 있음을 보자!

> "우리는 저 유명한 신화학의 명수인 추우노 헨비나임(Chuono Henvinaim)의 말속에 길고 긴 이른바 「명품농사 예절(神을 위한 제사용으로 짓는 특수한 농사 방법들)에 관하여」 속에 바로 '나머지' 즉 잉여에 대해 세 가지 강조를 하고 있음을 눈여겨보아야 한다.
>
> 하나는 '잉여'는 반드시 이끌어 내야만 하는 하나의 은총이다. 그러므로 끊임없이 노동과정 그 자체에서 의식해야 하고 명심해야 한다.
>
> 둘은 잉여는 '별스런 소출'이어야 한다. 잘 생기고 여물

고 단단해야 하며 벌거지 따위가 범할 수 없는 '한 거룩함'이 있는 소출부분이어야 한다.

셋은 잉여 부분에 대한 농민들의 의식은 애당초부터 '돈'과는 거리가 먼 '하늘과 땅 사이의 차이'가 있었다. 따라서 잉여는 이미 농사짓는 그 당시부터 하나의 '하늘의 빛 같은 열매'이었다. 농사는 그런 점에서 하나의 '거룩한 聖事성사'가 아니었을까? 그것은 기독교 훨씬 이전부터 그러했었던 것이다.

이것을 우리는 새 시대에서 잊지 말아야 한다. 잊지 말고 우리의 삶에 적극적으로 고려해야 한다. 강조해야 할 것은 그것은 절대로 돈과 바꿔지지 않는다는 것. 그래서 귀한 것, 그래서 아마도 '먹지 않고 모셔야(崇尙숭상)할 聖物성물'로 취급되었다는 것, 그렇다. 그것이 핵심문제다. 잊지 말아야 한다."

간다.

마르크스가 『자본론』에서 힘들여 강조하고 있는 잉여의 산출지로서의 이른바 온대지방의 농업에서의 '잉여관'은 과연 어떠했는가? 그것도 資本자본의 산출 근거일 수 있는 것이었던가?

아니면 餘糧이었던가?

溫帶온대 중의 온대라 할 스페인, 이태리, 그리고 동양의 필리핀과 중국 남부지역, 그리고 베트남을 例로 들어보자!

먼저 베트남의 경우부터 시작한다.

베트남의 아주 커다란 학자 중의 한 사람인 지인귀민민(1879-1928)은 (책이 아니라) 말한다.

"남방 아열대, 온대 농업에서 우리가 가장 중요시해야 될 초점은 다음 세 가지다.
첫째는 곡물 낟알의 질이 비교적 낮은 정도의 수확일 때 우리는 먼저 그 곡식으로 참배하는 제사에 거는 '宗教的종교적 效力효력'의 정도를 또한 낮게 건다. 이 점은 어떤 경우에도 상시적으로 잘 알고 있어야 한다.
둘째는 곡물을 바깥으로 이동하거나 팔 때에도 그 곡물의 질(이것은 따로 점검할 필요가 있다)에 대한 안팎의 평가는 항상 거의 '신경질적일만큼' 까다롭다. 왜냐하면 그만큼 그 곡식의 쓰임새의 '祥瑞상서로운 목표'를 중요시하기 때문이다.
셋째는 우리의 전체 농업에서 차지하는 위와 같은 곡물의 질의 내용 문제는 이른바 경제학자나 외부 관찰자들의 피상적 평가 따위와는 거의 무관할 정도로 우리들 내부의 정신적, 전통적 중대사이기 때문에 농업에 있어서는 사실상 항상 가장 중차대한 것이므로 이를 '시오시리요(불 밝힘)'라고 부를 정도다."

사실상, 공산화된 지금의 베트남 농업에 있어서도 역시 간단히 줄여 말해서 정부 당국은 바로 이 문제를 '기디어리온 비민(중대결정사항)'이라고 못 박아 말하고 있는 정도다.

왜?

이것을 마르크스의 『자본론』(김수행 번역본 제2권 p. 176)에서 처럼 'U'니 'u'니 'n'으로 과학 숫자로 둔갑시켜 'n=U/u' 따위로 위장한다고 자본이나 노동 문제에로 회전될 수 있는 것이냐?

또 그 따위 가짜 과학에 입각해 자본주의가 설 수 있는가?

정신 차려야 한다.

왜?

스페인의 경우다.

이미 누구나 알고 있는 바스크지방 독립 협업체인 몬드라곤의 유명한 곡물과 농업관의 핵심 테마다. 거의 선언문 수준이다.

> "우리는 밀이나 귀리, 또는 옥수수라는 그 낱알, 낱알 하나하나가 결코 자본으로 환치될 수 없는, 그 자체로써 고귀한 영적 생명체임을 확신하고 있다. 그렇기 때문에, 그것이 잉여를 산출하여 그 잉여가 자본을 만드는 것이므로 그 근원의 노동이 가장 귀중하다는 식의 '아동적 오판'을 믿지 않는다. 곡물은 그 자체로서 살아 생동하는 우주적 생명체다."

그럼에도 불구하고 몬드라곤은 똑같이 이스라엘의 기브츠나 일본의 야마기씨와 함께 몰락했다. 왜? 마르크스類류의 노동관, 共産主義的공산주의적 노동관 따위를 근본적으로 벗어나지 못한 탓이다.

내가 이제껏 말해 온 베트남과 스페인의 몬드라곤의 例가 우리들 동아시아인의 눈에는 별로 농업적 현실성이 느껴지지 않는 지점일 가능성이 있다. 딴은 그런 점이 전혀 비현실적임에도 불구하고!

그렇다면 중국 남부의 온대지역은 어떠한가?

그것도 일찌감치 마르크스가 자본주의 온상이라고 지칭할 만한 그런 지역의 농업적 예증에서 말이다. 三南삼남의 광범위한 예이다.

이 경우에는 어느 누구를 지적할 일도 아니다. 너무 흔한 예이다.

농사일에서 가장 중요한 것은 농사가 끝나고 그 뒤 수확이 시작될 때 하늘의 공기와 농사를 비교하는 일이다.

왜?

어떤 成果성과이랄까. 어떤 祭品제품이랄까, 또는 어떤 기이할 정도의 祥瑞로운 기적이 나타나기를 기다리는 일이다. 그야말로 '天需천수'다. 그것이 무슨 자본이나 무슨 이익이라고 생각될 수 있는 여지는 아예 없었다. 그럼 무엇인가?

쉽게 말하면 '하느님의 선물' 같은 것이겠는데 그것을 요즈음 경제문자로 잉여니 '노동의 성과물'이니 떠드는 것은 전혀 '賤薄천박'에 불과하다. 비록 그렇다 하더라도 그런 문제점을 중요하게 보아서는 안 되는 것이다. 농사, 농업, 天地천지를 가는 일은 그런 것이 아니다. 이 점은 아무리 세월이 가도 不變불변이다. 공산주의가 된 오늘에도 그런 말하면 천박하다고 욕을 하는 것이 바로 남쪽 중국의 농촌 풍경이다.(1978년 일본 저널과

의 담화에서 三南 지방사람 箕戱之기희지 왈,)

이미 다 나왔다.

한국은 어떠한가?

전라남도 무안 2007년 가을, 한 농부의 말이다.

> "그런 소리 하는 사람, 잉여니 자본이니 노동이니 떠드는 걸 많이 들었는데 농사가 뭔지 모르는 사람들 말이다. 농사는 그런 말 떠드는 사람은 관계없는 일이다. 농사는 꼭 물과 같고 햇빛과 같은 것이다. 그건 목숨이나 선물같은 것이고 '모심', 모심이다. 모셔야 되는 선물 아니겠는가?"

내가 직접 들은 말이다.

'모심'이란 말이 나왔다.

그렇다면 모심은 바로 잉여가 아니라 餘糧으로 이어진다. 餘糧으로서의 모심은 바로 축적순환, 축적순환 또는 환류의 장기지속 즉 Conjonture라는 아날학파의 망딸리테에 가까워진다. 이것은 아주 큰 사건이 된다. 또는 거의 종교나 숭배에 이르는 경지인 것이다.

事前사전보다 事後사후가 더 문제다.

즉, 그렇게 잉여니 자본이니 노동이니 하고 난 뒤의 문제, '망해버림'이 문제란 것이다.

끝이다.

왜?

이태리와 필리핀의 例를 더 들어보자.

더 지독한 例證예증이 솟아나오는 것을 보자.

이태리의 18세기 초반이다.

쌍빠울루스라는 남부 이태리 지역의 한 同名동명의 신문에 표현된 1800년대 말의 한 농부의 말,

"농사는 노동이 아니다. 공장하고 비교하면 큰일 난다. 농사는 그야말로 거룩한 인생이다. 그걸 뭘 자꾸만 일이니 수입이니 소출이니 하고 떠드는 거냐?"

또 있다.

2003년 정월 필리핀의 '필리핀 오날리아'란 작은 매스컴에서 한 여성에게 물었다.

"당신은 일을 해봤는가?"

"나는 일꾼이다."

"무슨 일을 해봤는가?"

"인생"

"그게 무슨 일인가?"

"일하지 않는 인생도 있는가? 그런 인생은 죽은 인생이다."

"농사 지어 봤는가?"

"하늘 밑에서 땅 위에서 숨 쉬며 사람들과 함께 곡식을

먹으며 물을 마시며 사는 것 이것이 곧 농사 아닌가?"

"인생은 일이다. 그 일에서 돈은 무엇인가?"

"돈은 중요하다. 그러나 중요하다 중요하다 자꾸 그러면 돈은 달아난다. 그만하자!"

대담 상대인 그 여성의 직업은 농민이었다.

이것이 무엇인가?

餘糧여량이다.

또 모심이다.

그래서 이것이 곧 아우라지가 되는 것이다.

이제 열 두가지 길의 두 번째 길로 간다.

두 번째 길이다.

나툼 또는 나툼새에 견결되는 餘糧의 美學的 규범의 길이다.

'새'란 본디 "…하는 가락", "…하는 뽄새", 또는 "…하는 기세" 같은 말인데 이 경우의 나툼새에서는 도리어 나툼이라는 사방팔방으로의 大擴散대확산 경향을 통해 어떤 메시지를 분명하게 드러내고 들어 올리는 기운참, 세력, 힘을 '새'라고 붙여 말하는 것이다.

따라서 나툼새는 나툼과는 약간의 차이를 두고 다루어야 할 것이다.

餘糧이 우선, 남은 곡식, 곡식 남김의 경우, 그 나머지 곡식보다도 그 곡식의 총괄적 우주생명력의 뜻, 목표, 의미에 더욱 기운다는 것은 이미 우리가 알고 있음이다.

그렇다면 나툼은 그것을 그저 형식적으로 확산시키는 단순한 기교에 끝나는 것이 아니라 오히려 여량의 본질에 속하는 것이다.

그러므로 나툼의 본색은 도리어 나툼새에 있다. 나툼이나 나툼새를 세세히, 또 깊이 알고 있는 민예전문가가 드물다.

왜?

그 민예전문가들이 민예를 전공하고 연구하던 그 시절(아마도 거의 해방이후, 4·19이후부터 일 것이다)의 (일제탄압이래서 몇몇 분과나 人士들 이외엔 거의 전부가 부딪친 억압 아래서) 겨우 기량을 익히고 기법을 연마해 넓히려는 그 무렵이었기에 나툼類(이런 유행의 규범이나 기법 또 크게는 '妙衍術묘연술'들)를 알거나 익히기엔 턱없이 모자란 상태에서, 그 또한 그들을 보고서 연구해야 했으니 오죽했겠는가!

그러나 이 점에서 도리어 우리는 餘糧이라는 미학규범이 단순한 잉여 云云운운 개념 구분 따위에 가둘 수 없는 훨씬 복잡한 그 자체 역사와 恨 많은 시련의 드라마를 동반하고 있음을 알 수 있는 것이다.

따라서 잉여에서 자본으로, 또 노동에서 잉여로, 그것이 다시 회귀하고 어쩌고 하는 일종의 깡통 경제학이 여기 美學의 생산과정 자체의 파란만장한 우주생명학에 끼어들 여지가 애당초 없는 것이다. 까불지 말라!

무식 이전에 겸손하기를 요구하는 것이다.

나는 아우라지(餘糧)美學과 海印三昧美學해인삼매미학을 지나 '妙衍묘연의 美學'에 이르면 48가지에 이르는 제 기법들, 시김새와 나툼새 등등의 美學的 規範규범과 그것의 이러저러한 混沌的혼돈적 기법 변화 원리 등을 세세히 가늠하게 될 것이다.

그 과정은 어쩌면 맨 먼저 우리가 말하고자 한 원칙적인 美學 규정의 대원리 따위들이 도리어 작은 '새'에서부터 새어나오는 과정을 뚫어져라 주목하고 그것을 세밀한 기법으로 사용하게 될 것이다.

내가 이 말을 하는 이유는 오늘날 대원칙에 따로 있고 그로부터 점차 이러저러한 방법적 분화과정이 있은 뒤에 技法기법이 있다는 따위의 멍청한 낡은 구닥다리 '美學 너절이론' 따위를 아예 걷어치우라는 말이다.

이렇게 되었다.

오늘의 우주생명체의 혼돈은 혼돈이라고 부르기에도 머쓱한, 알 수 없는 새 질서의 생성과정이니 엄정하게 대응해야 된다는 것이다. 일단 그 과정에서 가장, 그리고 우리가 최소한 할 수 있는 가장 좋은 방법은 呂律的 律呂요, Chaos에 의한 Chosmos요, 夾鐘的협종적 黃鐘황종일 수밖에 없는 것이다. 또 그것이다. 항구적 진리라는 생각은 아예 버리고, 방법적으로 해보는 것. 그것이다. 그 과정을 통해서 우리는 새롭게 우주생명학을 다시 배워야 한다.

이것이다. 이것이 두 번째 길이다.

무언가 소쿠리 같고 큰 궁정이나 저택 같은, 많은 시행표가 달린 상위개념 같은 법칙이나 규범 따위 아니면 아무것도 아니라고 생각하는 사람들이 하고 많은 세월이요, 세상이라 전제하는 열두 갈래 길이다. 그 사람들의 실제 삶이나 생각은 모두 다 마치 '時間制시간제 일자리' 즉 품앗이 같은 것이다. 그렇다. 그 자체로서는 의미가 크고 깊다. 그러나 여기에서 '소쿠리와 품앗이' 사이의 융합이 일어나야 하는 것이다. 그것이 바로 餘糧의 참 뜻이다. 그것이 慈行童女의 無勝幢解脫이고 '중생춤과 여래춤이 함께 움직이는 한 참다운 춤'이며 包含三敎의 '包포'(소쿠리)와 接化群生접화군생의 '接'(품앗이)이 함께 움직이는 동학의 包接制포접제이고 餘와 糧이 하나로 살아 생동하는 餘糧인 것이다(최치원의 난랑비서, 동학의 조직론 정역의 十一一言과 十五一言, 三八同宮삼팔동궁).

이것이 아우라지다.

벤야민의 바로 그 초월적 근원성인 아우라이면서 모든 것을 다 아우르는 대융합으로서의 실천인 아우라지, 즉 '자궁우주' 그것이다. 정선아리랑이란 이름의 정선 예술, 정선 美學의 핵심이다. 이것이 조선인의 우주비밀인 'ᄏᆞᄃᆞ'이다.

또 이것이 九折里의 아홉과 九美亭의 아홉이 결합된 <81> 數의 天符經의 비밀인 妙衍이다.

그리고 그것이 萬往萬來의 대개벽과 太陽昻明태양앙명의 天地之政천지지정 그리고 人中天地一인중천지일의 대화엄 세계의 시작인 美學, 곧 아우라지 美學이다.

餘糧은 그 핵심 규범이다.

내가 이제껏 餘糧이라고 불러온 범주의 기능은 사실상 모심이요 向我設位요, 無勝幢解脫이요 축적순환·환류의 장기 지속을 뜻한 Conjonture인 것이다. 그래서 시김새요, 혹은 나툼새가 되는 美學규범인 것이다.

餘糧이 모심이라고 했다.

餘糧이 이처럼 모심이 될 수 있고 海月 東學동학의 핵심사상인 向我設位일 수 있으며 화엄경의 無勝幢解脫이고 경제학적으로 나아가 아날 망딸리떼의 비밀인 Conjonture일 수 있기까지 된다면 이것은 인류사 전반의 거대한 사상사적 고지가 아닐 수 없다. 마치 山上之有水처럼 '유목과 농경이 만나는 神市의 첫 시작'인 '산 위의 물'과도 같은 것이고 더 나아가 인류 靈령의 우주생명학적 대전개의 개벽적 전환점이 될 수밖에 없는 것이다.

어째서 그러한가?

Hegel은 그의 美學에서 인간 감성적 창조계기의 절정을 Synthese의 단계 즉 合(종합)으로 결정적 발언을 하고 나서도 명백히 말한다.

> "合은 반대와 반대 사이의 플러스만을 말하는 것이 아니다. 그것은 마치 기적처럼 현실 바깥으로부터 들어오는 날쌘 어떤 형태의 창조력 비슷한 것이다."

이 짧은 표현을 프랑크푸르트 현대철학의 巨星거성 아도르노는 그의 변증법 파괴의 공식인 『부정의 변증법』의 근거인 '혼돈'의 前例전례로 들고 있다.

마르크스까지도 『資本論자본론』 속의 잉여론에 무엇인가 어설픔을 느껴서였던지 그의 글의 일종인 당대적 時論시론, 「비히린처 공작의 질문에 답하는 세 가지 수수께끼(독일잡지 '바하린스크 아날', 1849년 8월)」에서 다음 두 가지 '해괴한 자기 부정'을 發발하고 있다.

"나는 독일의 전통적 농민전설 가운데에서 다음과 같은 두 가지 수수께끼를 대답으로 제시한다. 만약 이 수수께끼가 대답이 안 되거든 문제 제기학적 질문을 아예 거두라.

(1) 우리는 城성 꼭대기에서 아래로 흘러내리는 '구정물(不淨水부정수)'이 도리어 神을 위해 바치는 우리 자신의 예배 곡식보다 더 고귀하다고 말한 '엘할린' 城主성주의 말씀을 굉장한 神呪신주로써 떠받드는 바이다.

(2) 우리('테한루엔 텔' 지역의 농사꾼들)가 미친 듯이 농사 곡식의 소출에 집착하는 것은, 그걸 팔아서 돈을 벌기 위한 것이 아니라 그 곡식이 팔려 나간 뒤 무엇이 되어서 우리 주변에 돌아오는가에 대한 일체 근심을 아예 잊어버리기 위한 것이라는 교회 목사님의 말씀을 존중하고 있는 까닭이 아니다. 다만 예부터의 마음의 습관일 뿐이다."

이 두 개의 수수께끼는 마르크스가 수수께끼라고 부르는 것이지 전혀 수수께끼가 아니다. 오히려 是非시비인 것이다.

간단하다. 곡물의 생산 공정을 U니 u니 n이니 = 따위 수학 공식으로 떠벌려 자본의 발생과정과 일치시키고자 했던 마르크스 자신의 전혀 '非科學的비과학적 妄望망상' 그 자체에 대한 전 인류 농업사 전체의 是非에 해당한다.

나아가자!

마르크스가 영국에서 『자본론』에 땀을 빼고 있는 동안 독일에 있던 엥겔스가 한 발언이다.

"우리(마르크스와 자기를 포함한 Communist)가 지금 창조하고자 하는 세계는 이 세계의 미래가 전혀 노동이나 곡물로부터는 허황한 자본의 착취가 불가능한 그런 세계경제를 이룩하는 정의로운 그것이다.

그것(자본의 착취·이익 등)은 꿈에 불과하다. 인간이 생산노동을 시작한 이래 인간에게 주어진 잉여는 다음 세 가지 뿐이었다.

① 괴로움 ② 자식 생산 ③ 약간의 밥."

과연 이 말이 맞는 말인가?

마르크스가 말한 잉여는 도대체 무엇인가?

예수가 겟세마네에서 마지막 말 '빵'이야기에서 강조한 Sacralio - 먹이고 기르는 것의 성스러움-는 거짓말이었던가?

가톨릭의 영성체(Sacramentarium)는 무엇인가?

누가 누구에게 이리 가라, 저리 가라 지시하거나 또한 그 말을 듣고 그대로 따라 할 시대는 이미 지나갔다. 지금은 그러한 시대가 아니다. 그렇다고 그만큼 완벽한 질서가 새로이 건설돼 있는 것이냐 하면 그런 것도 아니다.

내가 나더러 '이것이 옳다. 저것이 그르다'해도 내가 스스로 그 말을 그대로 따르는 것도 아닌 시대가 지금이다. 그럼에도 텔레비전과 신문과 강의실 따위에서는 여전히 신부, 목사, 중, 교수들과 지식인들이 끊임없이 끊임없이 "이리! 저리! 이렇게! 저렇게!"를 왁왁 신파조로 떠들어대는 시절이다.

구역질이 난다.

드디어 아이들과 아낙들, 비실비실한 사람들이 신부, 목사, 중, 애비, 에미, 선생님들을 발로 걷어차고 덤비고 때려죽이기까지 하는 사태가 벌어지고 있다.

그렇다면 이렇게 덤벼들고, 때려죽이고 발로 걷어차는 반항이 옳다는 것이냐?

그렇지 않으니 문제 아닌가!

그럼 어찌 할 것이냐?

문제는 여성과 아이들의 회음에 새로운 뇌 기능이 움직이고 있다는 것이다. 이것을 어찌 할 것이냐? 그것은 물과 연결되는 것이다.

요컨대 가르침이라는 것이 안 맞는 시절이다. 또 가르침이 구역질나는 시절이다. 우주생명의 비밀이 그 방향으로 가고 있지 않은 것이다. 내가 이 말을 하는 것은 나 자신부터 그것을 음으로 양으로 느끼기 때문이다. 막연한 이야기가 아니다. 수많은 지혜자들의 이야기가 먹히지 않는다. 요컨대 때가 변했다. (그래서 뇌도, 물도, 藥약도 그리고 美도 변하는 것이다. 요컨대 우주생명학이 요구되고 있다)

어떻게?

가르침이 아니라 스스로 깨닫도록, 스스로 느껴야 한다는 말이다. 바로 그래서 종교, 과학, 교육, 도덕 따위가 아니라 새롭고 참다운 美學이 중요해지는 것이다.

美學이 새로운 易, 華嚴易화엄역, 慈行童女자행동녀의 無勝幢解脫무승당해탈을 시작으로 하여 중생춤과 여래춤이 하나로 추는 새 춤을 통해서 스스로 알고 스스로 실행하며 부처를 이루도록 하는 참다운 美學이 절실히 요구되는 시절이다.

아닌가?

그렇다면 餘糧여량이 중대해진다.

왜?

"이미 어찌어찌해야 한다는 목적 따위를 애당초 아예 드러내지 않고 다만 '아름다움'을 위해서 곡식 즉 춤을 준비하는 것" 그것이 餘糧이기 때문이다.

이것이 無勝幢解脫무승당해탈이요, 모심이요, 向我設位향아설위요, Conjonture이니 바로 餘糧인 것이다.

그래서 여량이 곧 아우라지인 것이다. 모든 것을 함께 아우르는 아우르기뛰(정선 합작춤)요, '함께 손잡고 함께 어울려 살아보자'는 아리랑, 그것도 恨과 신명이 '붉곰(不咸불함-흰 그늘)'으로 어울려 기가 막힌 시김새를 또 나아가 나툼새를 産出산출해내는 저 '쑥대머리'의 그 '아우라지 餘糧의 정선아리랑'이 되는 것이다.

그래서 일제 아래서도 최고의 東便制동편제인 鬼笑聲귀소성 판소리의 名人명인 宋興祿송흥록이 거의 마지막 말씀으로 "조선문화의 핵심은 남도 판소리요, 판소리의 핵심은 시김새요, 시김새의 핵심근원은 정선아리랑이다"라고 한 것이다.

자!

이제부터다.

이제부터 참 美學은 시작된다.

미학이 무엇인가?

美學은 '아름다움의 학술적 체계화'인 것이다. 그것은 感性감성을 통한 價値認識가치인식의 方法방법과 方向방향 등 체계화의 技述기술이다. 그러므로 論理的논리적이고 理性的이성적인 哲學的철학적 認識인식이나 物質條件물질조건, 또는 生命體생명체의 實質的실질적 力動性역동성에 관한 實證的실증적 탐색 위에 기초한 관찰과 檢量검량 따위, 證明증명 따위에 의한 自然科學자연과학이나 社會科學사회과학과는 애당초부터 거리가 멀다.

더 나아가 막연하고 애매한 인간 내면과 우주적 초월성의 세계에 대한 宗教的종교적 拜仰배앙에로 나아가는 神學的신학적 기술체계인 基督教기독교, 佛教불교, 이슬람教, 조로아스터教 따위와는 아예 길이 다르다.

물론, 일반 문화 비평적 Criticism과도 다르다.

그런데 왜 이 美學이 최근의 복잡하고 해괴할 정도의 혼돈(그렇다! 混沌혼돈이라고 밖엔 표현할 수 없는 것이 막상 우리가 부딪치고 있는 지금의 이 2013년, 2014년경의 우주와 세계와 내면 현실인 것이다) 앞에서 이상에 기술한 철학, 과학, 종교, 그리고 비평 따위가 건드려 온 바로 그 混沌에 대해 한꺼번에, 아울러서, 융합적으로, 진단하고 체현하며 그 방향을 제대로 잡고자 나서고 있는 것인가?

왜?

이 경우 질문이 왜라고 제기되는 것 자체가 일단은 왜?이다.

왜?

물어야 할 것은 그것(왜?)이 아니라 '어떻게?'이어야 하는 것 아닌가?

보통 識者식자들은 그렇게 물을 것이다.

물론이다.

그러나 그렇지 않다.

현대는, 그리고 초현대는 바로 그 질문부터 문제시해야 하는 시대이다.

왜?

자!

보아라! 근본 질문 자체가 '어떻게?'라는 방법론적 탐색이 아니라. '왜?'라는 근원적 質疑질의일 수밖에 없는 것이다.

왜?

세상이 그만큼 기이할 정도로 변하고 있기 때문이다.

그러나 질문부터 천착하고 난 뒤 대답을 찾는 것 자체가 현재로서는 무리다.

대답을 해나가면서 그 문제점에 대한 근원적 인식에 도달하는 수밖에 없다.

더군다나 '美學'이다.

이제 우리는 바로 이 '왜?'에 대한 접근 과정을(먼저 전제된 12가지 길 안에서) 다섯 가지로 요약해 보기로 한다.

(1) 인류 역사 시작(동·서양 모두) 5만 년경 이래 이제까지의 막연하지만 통괄적인 인류 전체 인식의 포괄적 명칭 즉 美, 아름다움이 대체로 무엇인가를 검토한다.

(2) 동·서양 다같이, 혹은 서로 다르게, 또한 그 중간 대륙이나 역사 속에서 다 각각 다르게 나타난 바로 그 美, 아름

다음에 대한 例證예증의 사례들의 목록과 체계들을 整合정합한다.

(3) 현대, 초현대에 왜, 어째서 철학, 과학, 종교, 비평 대신 그 모든 기능을 다 아우르는 美學의 대담한 규정과 방향이 주어져야 하는가를 따져본다. 그 근본 이유의 정합이다.

(4) 그 아우르기 자체가 그리 간단치 않다. 그 역사적 실상을 내리 동·서양, 모든 경향에서 모조리 훑어내는 짓은 어리석다. 그 전체를 일관하는 잘못된, 그러므로 그것만 바로 잡으면 올바른 아우르기와 정확성과 미래성이 주어지는 한 개념(美의 한 개념)을 추출해내는 일.

(5) 그럼에도 불구하고 美學은 대충 설정된 중심 개념과 正論정론만으로 해결되는 영역이 아니다. 더군다나 현대적인 '美學에의 강한 요구' 자체가 이미 그렇다. 따라서 상당한 정도로 細分세분된, 지엽적이고 分派的분파적인, 때로는 암시적이기까지 한 '기교적 규범'을 잡아내야만 한다. 이것이 가장 어려운 문제다. 그러나 이것 없이는 현대가 요구하는 美學的 해결은 불가능하다.

이 다섯 가지 추구를 12가지의 큰 길 안에서 해결해가는 것이 이제 우리가 '아우라지 美學'에서 해나가야 할 과제다.

자!

美學은 본디 西洋學서양학이다.

그러나 명칭의 영역이 아니라 그 실제적인 추구와 담론의 質질로 보아서는 도리어 東洋學동양학이다.

왜?

西洋學은 美를 感性감성의 한 영역이나 現象현상으로 돌려버리는 곳에서 출발하고 지금 역시 그러하나 東洋學에서는 그 美를 도리어 하나의 독립된 實體실체로서까지 立身입신시키는 영역들이 이미 古代고대에서부터 여기저기에 일어났다.

더군다나 東洋學과 西洋學 영역에서도 아득히 먼 곳, 캄차카와 간다하라, 그리고 마야와 같은 좀 옛날 학문, 神話신화 영역에 나타난 현상들인데 나는 바로 이 현상을 매우 중요하게 본다.

왜?

동·서양이 다같이 美를 이미 다른 영역의 부수적인 것, 그래서 잉여니 여유니, 한가한 나머지 영역으로 비켜 세우고 즐기는 현실인 데에 對대해서 이 세 곳은 도리어 그것을 최종적 目的목적으로 하여 미리 준비하고 마련하는 중요한 영역으로 모셔왔다는 말이다.

그렇다.

모셔왔다!

모심이다.

나는 지금 강원도 원주 주변의 산천과 弓弓處들과 치악산 최고봉 밑의 황골에 다녀오면서 잔잔한, 그러나 커다란, 그리고 무서운 (결론이 아닌) 시작에 도달한다.

그것은 餘糧이 곧 모심이지만, 거기서 더 나아가 동학 海月 선생의 向我設位 그 자체라는 것. 또한 그리고 화엄경 入法界品입법계품의 핵심인 慈行童女의 無勝幢解脫이라는 것!

또한 入法界品 중 예술 원리의 핵인 '중생춤과 여래춤이 하나인 하나의 춤'이라는 것.

그래서 모심이요 '축적순환, 환류의 장기지속인 아날 망딸리떼의 저 Conjonture라는 것이다.

끝!

아우라지의 美學은 이제 바야흐로 높은 高地고지 위에 올라섰다. 그야말로 이제부터 내려다보이는 산골짜기들 사이사이 드넓은 세계 미학의 역사적 전개는 마치 황골(한골·드넓은 벌판·골짜기)처럼 팽팽하다. 자! 가보자! 문화는 이제 조선으로부터 시작, 아우라지에서 남도로 북도로 퍼지며 전 세계적 새 시대 새로운 우주생명학의 대화엄 美學의 때로 간다.

시김새만이 문제가 아니다. 나툼새만이 문제가 아니다. 마흔여덟 가지 오묘한 民藝민예의 기법과 규범만이 문제가 아니다. 노동과 잉여와 자본, 종교와 과학과 일체 문화가 새 길을 연다.

내가 누구에게든 범상하게 말씀드리는 '美의 예절'이 있다. 이것이다.

'나는 이것을 아름답다고 봅니다. 그것은 이것을 말합니다.'

그리고 나서는 내 말은 끝난다. 그리고 작은 미소뿐이다.

'無무' 말인가?

아니다.

'침묵' 말인가?

아니다.

그럼 무엇인가?

중요한 것은 이것이다.

그 말을 했을 때 백사람이면, 백사람 모두 다 똑같이 고개가 쓰윽 낮춰지며 '다소곳해진다'.

즉 자기 마음 안에 저도 몰래 모심이 싹트는 것이다.

또 이것도 있다.

어떤 여자에 관하여 이야기가 나왔을 때, 내가 그녀에게 '좋다'고 했다가 뒤통수 맞은 이야기를 하면 남녀불문하고 누구나 웃는다.

그 웃음 뒤에 바로 자기도 모르는 어떤 모심이 싹튼다.

이것.

이것이 美, 아름다움의 시작이다.

그리고 이것이 다름 아닌 餘糧이다.

이 흔해빠진 마음의 예절 같은, 여유 같은, 저도 모르는 모심이 참다운 美의 시작이요 餘糧의 핵심이라고 했다.

그러나 그것만으로는 설명이 안 된다.

만약 그것이 조상이든, 한울님이든, 부처님이든, 아니면 어떤 미래의 목적이든, 또 아니면 제 자신의 가장 큰 사상이든, 제 자신의 가치관이든 간에 바로 그것을 미래, 미래의 투영으로서의 앞, 壁벽, 내일에 놓고 거기에 공을 드리고, 예컨대 제사 경우엔 옛부터 지금까지 동·서양과 중간의 그 어디든 간에 벗어나지 못하고 있는 向壁設位향벽설위(벽에 다 음식을 차려놓고 거기에 절하여 모시고 빌고 또 비는 제사 방식)를 훌쩍 뛰어넘어 바로 그 '대상(이것이 중요하다)'을 지금 여기 살아있는 '나', 제 자신 안에 살아 있다고 보고 '나', 제 자신 앞에 음식과 神

位신위를 차리고 제가 제 자신에게(자신 안에 살아 있는 제 자신의 神이나 佛이나 조상이나 영이나 미래나 가치관에게) 절하고 모시고 빌고 또 비는 向我設位로 일대 혁명(이것은「모심의 水王史」에서 밝힌 바 1895년 동학혁명 실패 이후 이천군 설성면 수산1리-앵산동-에 숨어 있던 海月 崔時亨최시형 선생이 음력 4월 5일 오전 11시 水雲선생 得度日득도일 제사 때에 단행한 것)을 결행하는 적극적 모심, 그 모심의 일상적 실천일 때는 그야말로 그것이 곧 餘糧이니 다시없는 아우라지 즉 美의 최고 아우라이다.

나는 또 하나 흥미 있는 일을 발견한다. 한 마르크스 심취자의 向我設位에 관한 감격이다. 向我設位가 이제껏 제 몸 바깥에 설정했던 神, 佛, 미래, 목표, 이상, 조상, 생명과 신령 등 일체를 제 몸 안에 끌어들여 모시고 그 모심을 강화(제사)함으로써 도리어 제 자신으로부터 실제로 삶을 통해서 실천과정에서 밖으로, 삶으로 나가게 되는 과정이 여지없이 마르크스의 잉여와 노동 사이의 관계와 같다는 뜻인 것이다.

그럴까?

그렇다.

그러나 그렇지 않다!

왜?

여기에 이제껏 설명해 온 餘糧과 잉여 사이의 현격한 차이가 있다. 그리고 역사는 그것이 그리 간단하게 餘糧이 아니라 잉여라고 쉽게 말해버리는 마르크스의 18세기-19세기 유럽의 초기 과학 盲信期맹신기의 들뜬 바보스러움을 비웃고 있는 것이다.

어느 지역(온대만 아니다), 어느 대륙, 어느 나라에서든 또 어느 역사 시기에서든, 餘糧은 잉여를 이미 제 안에 안은 채 그대로 美, 美的 價値가치를 목표로(물론 그것은 神, 종교, 문화, 신령, 풍속 등 당대적 가치) 미리 마련되고 준비되는 것이다.

바로 이 점을 '자각'. '자각적으로 깨달음', 또는 師子幢사자당의 여러 가지 노력이나 행위(분신)를 통해 목표, 가치, 교리, 원칙 따위 없이, 스스럼없이 깨달아 부처를 이룬 解脫해탈.

즉 慈行童女(화엄경 入法界品)의 無勝幢解脫 바로 그것인 것이다.

그리고 그 해탈이 美로써 드러나는 경우가 곧 '중생춤과 여래춤이 하나인 춤'(화엄경 立法界品)인 것이다.

중생춤과 여래춤이 하나인 춤 이상의 '춤의 美'를 더 찾을 수 있겠는가?

그것이 바로 美學, 아우라지 美學의 최고봉인 아우라Aura인 것이다.

餘糧으로부터 출발한 춤의 極극이다.

그러나 여기 餘糧은 끝나지 않는다.

餘糧은 바로 또 경제에 있어서, 현대 경제에 있어서 가장 중요한 공산주의, 자본주의, 중도 및 종교적 일체 호혜의 자선과 정식 교환이 함께 있는 市場시장, 즉 인류 고대 시장인 神市신시에로의 還歸本處환귀본처(칼 폴라니의 「대전환」이 주장하는 호혜시장 복귀)라는 대전환을 준비하는 '축적순환·환류의 장기지속'이라는 아날 망딸리떼(페르낭 브로델의 산업혁명 준비 기간의 유럽 산업 사업기), 즉 Conjonture이기도 한 것이다. 문제가 아주 커졌다!

내가 이번 美學에서 수없이 되풀이해서 단호하게 강조해 온 주제 중의 주제가 화엄개벽이다. 그리고 그 개벽은 지금(2013년 10월 현재) 현상하고 있는 우주실상이고 인류와 중생의 생명 풍경이다. 다만 그것이 충일한 조짐을 가득 안고 있음에도 불구하고 대화엄에로 하나하나 차근차근 나아가는 실증을 못 보여주는 것은 인류의 지식이 화엄학의 지혜를 그저 종교적 깡마른 教條교조로만 떠들고 있거나 잊어버렸거나 옛 풍물자랑으로만 즐기고 앉아 있어서인 것이다.

그러나 이것 보라!

餘糧이 모심으로, 나아가 向我設位로 또 성큼 慈行童女의 無勝幢解脫로 나아가며 아날 망딸리떼의 Conjonture로까지 발전했다.

앞잡히는가?

華嚴經화엄경안에는(立法界品) 慈行童女의 無勝幢解脫이, 나아가 부처의 五因오인을 조건으로 접수하면 그윽한 비로자나의 華嚴藏殿화엄장전을 이룩한다고 강조되어 있다 화엄경 본고장이다!

즉 화엄경이 아닌 미륵에 의한 새로운 화엄개벽 그 자체이겠다.

그렇다.

五因이 무엇일까?

사람이다.

어떤 사람일까?

初唐초당이래 五易오역의 일반 易貫行역관행(세상에 통용되는 易의 유행성 일반)의 다섯 기능을 말하는 것이다. 그리고 거기에 맞는 적합한 사람을 말한다.

① 順순(따르다)

② 徹철(꿰뚫다)

③ 珉민(존중하다)

④ 解해(해석하다)

⑤ 變변(革혁)(바꾸다)

덮어놓고 내리닫이로 주입하고 어거지로 가르친다고 解脫이 되는 것 아니고, 또 그 해탈이 개벽을 통해 대화엄의 우주완성에 이르는 것은 천만 아니다.

그렇다면 華嚴藏殿의 바로 '藏'의 숨은 뜻을 잘 새겨야 한다. 새겨야 거기서 실천자 미륵의 산 지혜가 나온다. 주장한다고, 체계를 갖추었다고, 세상이 알아준다고, 역사가 오래 되었다고, 마땅히 그래야한다고, 주장이 먹혀 들어간다고, 또는 새로운 꾀를 내서 혁신을 한다고 일이 되는 것이 아니다.

그래서 이 藏이란 말이 殿앞에 붙는 것이고 그 '五因'은 五易의 역사적 우주지혜의 결론으로서 부처님 자신이 선택하는 것이다.

어렵다.

그러나 그렇기 때문에 신뢰할 수 있는 것이다.

東學에서의 後天開闢 실천은 물론 모심이지만, 더 상세하게는 바로 風流仙道풍류선도의 實行실행이었다.

'風流仙道의 實行' 은 과연 무엇인가?

하하하하하

웃음밖에 안 나오는 질문이다.

'노래 부르고 춤추며 노는 것'이다.

이것도 모르겠는가?

우리 민족은 애당초부터 한번 마당에서 노래 부르고 춤추기 시작하면 밥은 먹는 둥 마는 둥하고 열흘, 보름씩 내내 춤추고 노래 불렀다.

그래서 'ᄇᆞᆰ곰', 환웅시대부터 이미 습관이 돼 온 사회적 관습이다. 고려 초에 이것을 국가가 制度化제도화한 것이 곧 八關會팔관회였다.

다시 말한다.

"밥을 먹는 둥 마는 둥하고 열흘, 보름씩 내내 춤추고 노래 불렀다."

이것이 곧 'ᄇᆞᆰ곰'이고, '八關'이었다.

다시 말한다.

바로 이것이 다름 아닌 餘糧의 핵심 본질이다.

풀어 말하면 밝은 어둠이지만, 이것은 빛인 桓雄환웅과 곰(어둠)인 熊女웅녀의 결합의 상징이기도 하고 한 없이 자유로운 '빛'의 잉여와 더없이 가뭇스러운 '물'의 물질성 사이의 융합에서 '물로부터의 빛', '빛에 의해 밝아지는 물', '물속에서 다시 태어나는 빛', '빛에로 이미 기울어 있는 물', '빛에 의해 새롭게 빛으로 변하는 빛물' 즉, 그것이 바로 餘糧인 것이다.

우리 민족은 바로 이 餘糧속의 붉곰이 곧 제 文化의 핵심이다.

東學에서의 개벽(原始返本)이 바로 '風流仙道의 실천'으로부터 시작되는 것이요 바로 이 본성을 개벽하듯 회복하는 일이었다.

그러나 중국의 억압(바로 그 八關의 유행을 방치할 경우, 그것이 중국으로 확산될 경우 民衆反亂민중반란의 가능성이 있다고 판단, 고려에 지속적 억압을 가한 결과)에 의해 줄어들고 제약된 것이 우리 역사에서의 큰 恨의 발생 과정이다.

그 결과 민족의식과 문화 안에 근원적인 신명 위에 恨이 덮어씌워진 것이다. 그래서 우리 문화는 신명과 恨을 거의 본질로 하게 되었다.

'붉은 악마'?

'촛불'?

이것을 함께 넘어서는 길은 무엇일까?

나의 美學, 더욱이 아우라지의 美學은 바로 이것, 餘糧을 실천하고 신명-恨의 붉곰을 본질적으로 실현하는 것이다.

따라서 그것은 "풍류선도 실천으로 개벽을 이룩하는 길"이다.

오늘 우리의 妙衍華嚴(先後天融合)開闢 모심을 실천하는 첫걸음이 곧 美學에서부터 임을 명심해야 한다는 말이다.

나는 이제야말로 餘糧의 美學, 아우라지의 美學, 붉곰과 나아가 파미르 1만 4,000년 전 麻姑마고시대 이후의 多勿의 '八呂四律의 美學' 실천에 의해, 그 뒤를 이어 대화엄 불교의 海印三昧의 美學으로, 나아가 48시김새 중심의 섬세하고 신선한 奇然祥瑞의 妙衍美學으로까지 나아갈 때에 아아, 비로소 우주생명학이라고 불러야 할 위대한 華嚴易의 비밀이 우리의 삶에, 구체적 삶의 깨달음으로 떠오르기 시작할 것임을, 그리하여 자그마한 흰 꽃 근처에 美學的 새 神市, 저 甲午年갑오년에 잠깐 남도에 나타났던 '비단 깔린 장바닥'이 우리 삶에, 전 세계에, 골목골목에 다시 나타나기를 기다리고 있다. 나의 美學의 꿈이다. 그리고 그것이 곧 餘糧의 아우라지 美學의 희망이다.

세계 美學은 이제 달라진다. 餘糧의 아우라지에서부터, 벤야민의 아우라Aura를 드디어 확고히 발견하기 시작할 것이다. 南道, 中道, 北道의 민요나 예술만이 아니다. 文化가 市場시장을 옛 神市대로 새로이 還歸本處환귀본처시켜 삶을 전혀 새롭게 할 것이다. 분명히 말하자! 바로 그것이 美다.

宋興祿 名人이 한 구절로, 정선아리랑으로부터 日帝일제때 益山익산에서 동편제의 판소리 南道唱남도창의 저 가슴 벅찬 시김새를 발견하듯이, 세계는, 인류는, 중생은 이제 餘糧에서 개벽을, 先後天融合선후천융합의 새 개벽, 대화엄 세계를 찾게 될 것이다.

그럼 이제 정선의 저 恨많은, 그러나 신명으로 가득 찬 '소리와 춤의 세계'를 찾아가 보자.

아이들이, 여성들이 욕설, 욕설로 날을 지새우고 '일진'이니 조폭이니 하며 애비, 에미를 발로 차고 죽이며 제 선생님을 두들겨 팬다. 이것이 웬일이냐? 그러나 이것은 이제 日常일상이다. 'ㅈ나', 'ㅆ발', '새끼', '개-', '쩔다', '씨', '병신', 'ㅈ라', '빡치다', '개새끼'에서부터 제 어머니를 보고 '옘창'(창녀), '찐따'라고 마구 욕해댄다.

어떤 큰 신문은 마치 제가 공자나 되는 것처럼 '허허 참 큰 일났네, 말세로구만!' 하면서 공교육과 가정교육만 욕을, 욕을 해댄다. 똑같은 욕이다. 대신문사인 제가 지금 무엇을 해야 되는지를 전혀 모르는 것이다. 우리나라가 제일 심하다. 그만한 이유가 있다. 水雲의 '我東方아동방이 먼저라네'인 것이다.

분명히 말한다.

"가르쳐서는 안 된다!"

때가 변했다!

3천 년 전 伏羲易복희역, 文王易문왕역 시대의 '象상', 1백여 년 전 正易시대의 '曆력', 공간과 시간의 天道천도를 교육으로 가르치는 시대가 가고 있는 것이다.

그래서 先後天融合開闢선후천융합개벽이 바로 지금의 華嚴開闢화엄개벽인 것이다(柳南相유남상의 『周·正易綜合編주·정역종합편』을 찾아보자![硏經院연경원])

그럼 무엇이 요청되는가?

여성과 어린이와 쓸쓸한 민초들이 스스로 느껴서 깨달아야 한다.

어떻게?

무엇을 통해서?

바로 이것이 문제다! 덮어놓고 교육, 정치, 종교, 철학, 과학, 경제, 군사력, 역사, 그 따위로는 어림없다!

이제 우주생명의 대변동의 핵을 짚어야 한다.

물론 先後天開闢으로 天道천도의 象상(공간)과 曆력(시간)의 易역을 바탕으로 단단히 잡되 象과 曆만으로는 못 잡는 美가 불쑥 솟아나야 한다.

바로 그것이다.

문화가, 예술이, 美學이 확산되어 華嚴易 형식의 우주생명학이 창조되고 유행되어야 한다. 妙衍으로! 오묘한 推衍法의 어린이, 여성, 민초들을 主體주체로!

"여성과 아기들과 쓸쓸한 民草민초"를 주체로 해서 스스로 깨닫고, 스스로 느끼고, 스스로 변혁하고, 스스로 실행하도록! 그것이 화엄개벽이고 그리로 가는 길이 바로 우리의 새 시대의 美學이다.

아우라지의 美學이고

海印의 美學이고

妙衍의 美學의 새 길인 것이다.

가자!

잊지 말자!

이 혼돈과 욕설과 不孝불효와 배신과 폭행의 더러운 시대!

이 더러운 시대가 바로

先天의 象!

後天의 曆!

그리고 大融合開闢의 美!

象, 曆, 美의 새 시대임을 꼭 잊지 말자!

바로 '復勝복승'이다.

변증법, 삼진법이 천만 아니라 二進法이진법 밑의 復勝(開闢)이다!

07 冥의 美學의 길

나의 찾음!

아아! 그렇다.

나는 비로소 동·서양 사이에서 그 문명의 새로운(융합만이 아닌) 하나의 길을 찾았다.

그것은 '餘糧여량과 女哭여곡'이 旌善정선에서 한 노래로, 한 춤으로, 한 美學으로 하나의 象상과 하나의 曆역으로 일치하는가를 찾았다.

그 찾음이 곧 아우라지와 아우라의 일치이고 부처와 중생의 일치, 여성 및 아기의 妙와 그것을 세우는 과정의 남성인 미륵의 衍의 비밀, 즉 萬往萬來만왕만래(이후 전부)의 핵심을 몸으로 알았다. 그것이 이제 울려오기 시작하는 아라리다. 반대로 그 아라리를 부르며 미륵을 남자든 여자든 아기든 스스로 몸으로 알고 실현하고 그 부처 우주의 생명을 펴는 美를 새겨 올리는 길 '풍점'을 찾았다. 또 그것은 이제 세 사람의 외국 여자를 통해 울리고 있다. 일본, 미국, 프랑스. 누군가?

풍점이 물론 復勝 즉 개벽이나 啓示계시나 산알 같은 것은 아니다. 先天期선천기에 깔려 있던 어려운 문제 영역, 정산리 居頓寺거돈사의 禪宗선종과 부론-선곡 法天寺의 法相宗법상종 사이, 그리고 神市 市場까지 포함한 法相과 미륵과 개벽과 九龍寺의 華嚴宗화엄종, 그리고 왕건, 궁예, 견훤의 갈등과 신라 경순왕과 고구려 武將무장들의 긴긴 끊임없는 투쟁과 갈등이 모든 것들 사이의 해결 안 되는 격랑으로 13人의 수도자가 죽어간 "험한 毒草독초와 쑥부쟁이와 갈밭의 고개"가 바로 풍점이다.

이 고개에서 새 시대의, 卽 餘糧과 女哭여곡의 융합과 상관 사이에서 문득 솟아오르는 미륵의 復勝복승을 생각하지 않을 수 없다.

이 모든 사안들을 이론적으로 정립하면서 또한 섬세한 1,200여 정선아리랑의 시김새를 그 큰 흰 그늘의 틀 안에서 南道남도소리와 춤의 디테일, 北道와 外地외지 민요 및 文化와의 관계를 정립해 나아가야 할 것이다.

우선 冥界명계의 비밀, 冥開 삼거리의 문제점 등을 풀어가 보자. 아우라지와 餘糧의 초보적 접근이겠다. '보지', 또는 '자궁우주(보지 - 한)'의 문제다.

冥界란 慈藏자장이 唐당의 五台山오태산에 화엄 공부하러 들어갔을 때 현몽한 文殊문수가 한 말에 나온다.

"화엄은 여기 없다. 당신네 나라 동북쪽 冥界에 봉우리마다

一萬文殊가 태어날 때부터 도사리고 있다. 그곳에서 화엄공부를 시작하라!"

慈藏은 돌아왔고 지금의 五台山을 冥界로 보고 움막을 지어 공부를 시작한 것이다. 그 오대산에서 九龍嶺구룡령 700m의 冥開 3거리까지는 어떤 山系일까?

冥開 3거리는 미천골(미친골) '불보시락'의 붉은 약수골과 똑같은, 陰穴음혈의 큰 지형일 뿐 마찬가지 '보지골'이다. 이 穴處혈처는 곧 대간 '城山성산'에로 연속되어 삽당령에 이르고 그 삽당령이 저미하여 餘糧의 아우라지 물구멍, 그 한-보지가 된다.

수많은 보지골짜기들이다.

보지골짜기들은 토속적으로 말하면 陰穴로써 귀신 골짜기, 일종의 지옥굴이다. 이른바 冥, 冥界다.

왜 이곳이 華嚴의 공부자리가 되는 것일까?

華嚴經의 핵심은 入法界品입법계품에 있고 또 그 핵심은 '逝多林서다림'에 있으며(감추어진 진실 - 이것은 앞으로 계속 두고 두고 중요하다), 또한 사자당분신의 주체인 無勝幢解脫무승당해탈의 慈行童女자행동녀 자신에게 있다.

이것을 비켜나가면 화엄은 사라진다. 이점 명심하라!

서다림과 慈行童女의 無勝幢解脫 類류의 분신 사례 등이 무엇이냐?

보지라고 덮어씌운 숨겨진 부처의 비밀 부분이고 우주생명학의 미래다. 그리고 그것은 이제 맨 먼저 美學을 통해 生起생기하기 시작하고 그것은 먼저 餘糧을 통해 이른바 '東方의 빛'으로 드러나게 된다. 그것이 '흰 그늘'이요, '시김새'이다.

즉 정선아리랑인 것이다. 또 거기에 쌓인 이미 감추어진 Aura들이고 화엄경, 山海經, 天符經들이다. 화엄, 山海, 天符의 아우라, 아우라지, 餘糧이 이론의 핵이다.

어렵다.

그러나 그것은 일단 '자궁우주'에 압축된다.

한은 우주다.

'자궁우주'는 여자 사타구니 구멍 속에 들어 있는 우주생명학, 바로 그것이다. 물과 빛의 미스터리다. 바로 그것이 아우라지의 餘糧이요, 정선아리랑이다.

오래 전에 北韓에서 숙청당한 경락학자 金鳳漢김봉한은 수천년 전 母權制모권제와 함께 유행하던 女性 會陰腦회음뇌, 初唐代 名醫명의였던 경락학의 孫思邈손사막이 짚어낸 天應穴천응혈, 我是穴아시혈이 그 뒤 완전히 자취를 감췄다가 19세기 후반에 중국과 한국 여성들 속에서 부활하기 시작했다고 보고한 적 있다. 이것은 冊外책외에서지만 동의보감의 허준과 天符명상가 허천우도 한 말이다.

이 穴 즉 '자궁우주'인 會陰 속의 기이한 우주생명력을 가진 腦의 존재를 '아우라지(餘糧)'의 보지-한과의 관계, 또 그 山系인 '揷唐嶺삽당령'과의 연관에서 어찌 보아야 할 것인가?

삽당령과 삼척 두타산 관계는 어찌할 것인가? 두타산과 강릉쪽에 집결해 살던 濊系예계(山海經 보유 巫俗무속 東夷系동이계) 30만의 신라 三韓一統期 軍事的군사적 干涉간섭을 피해 사라진 미스터리 - 두타산에 우물자리 50곳, 비석터 7곳, 제천 봉양 - 충주간의 藥物山약물산 고조선系로 알려진 박달재와 똑같은 이름과 山系 등을 갖춘 박달재가 두타산에도 있는 점, 三和寺 앞 무릉계 너럭바위(朝鮮期조선기로 보이는)의 討捕使토포사 큰 이름 새김 10여 군데(山賊산적 출몰의 근거는 두타산의 集團居住집단거주 증거다.)는 무엇인가?

진부길에서 두타산은 오대산에 연속된다. 이것은 산해경과 화엄경의 관계에서 아우라지와 어떤 인연인가? - 사이의 山系 관련은? 아우라지 처녀상 뒷숲에 藥華약화굴의 상징인 엄나무가 있는 점, 삽당령과 관련된 初唐풍수 蔡基勳채기훈과 그 이전 떠돌이 東夷系 風水 魏三星의 三山出水論삼산출수론의 관계는 어찌 해석할 것인가?(곤륜, 북만주 하랄루루, 삽당령의 三山)

九折里구절리 - 九美亭구미정 사이의 <9×9=81>의 天符經과 前及전급한 山海經 사이의 관련은? 그것과 東邦醫術동방의술이나 山藥草산약초 관련은? 醫術과 山風水와 美學의 관련은? 설총, 율곡, 요석궁 및 사임당 관련은?

또 東江과의 관련은? 女哭여곡, 小歎소탄, 恨歎한탄과의 아리랑 시김새, 흰 그늘과의 美學的 구조론의 직결관계, 정선군 관료사회와의 관계, 고려조 南面 등의 불교, 유교, 선비 등과의 관계, 더 나아가서는 고성 연포 덕천리, 거북이 마을과 골덕내 제장마을, 백운산 나리소와 뒷터의 관계에서 기이한 冥界는?

그 冥界에 연결된 오대산 月精寺월정사와 화엄학과의 관계 등은 복잡다단하다. 그 核핵은 무엇인가?

'자궁우주?'

이는 어찌 보아야 하는가?

봉양 박달재, 원주 치악산의 楊吉양길 山賊산적 3천명의 근거

(入山三千, 入野四千의 근거 - 영월군 흥월리 태화산 옛 世達寺세달사의 전설 - 지금은 없다. 그러나 궁예 연관 濊예의 전설)의 巫俗무속 근거, 박달재와 충주호 인근, 부론, 문막, 興原倉흥원창의 月峰월봉, 法天寺 중장터의 경제사상사적 八呂四律팔려사율 - 山上之有水의 麻姑마고경제 - 神市신시론 연관 등은 어찌 할 것인가?

또 여주, 이천 쪽으로 利涉大川이섭대천(海月해월 묘소와 鶯山앵산의 신비 - 水雲수운 詩시의 '圓滿원만'의 문제)와의 연관, 또 있다.

두물머리는?

기독교 연관은?

아!

많다. 많다. 많다.

이를 어찌 해결해 나갈 것인가?

하나다!

그것은 神市-月峴월현(달고개 애기골) 巫俗으로부터 시작이다.

한마디만 암시하자.

月峴, '달고개'의 애기골(치악산 反對반대편)에서 그 한 근거(매우 중요하다!)를 찾아야 한다.

무엇인가?

그 근처의 地名들과 연관된 탐색도 중요하지만 직접 山系와 影陰영음을 느껴야 한다.

美學과 아라리와 시김새, 즉 흰 그늘과 Aura의 문제다. 그로부터 실제 역사가 기어 나온다.

기록이 문제가 아니다.

갔다.

달고개 건너편 애기골은 모두 모른다고 한다. 길 가는 행인과 경로당, 마을 회관도 주거지역들도 모른다. 도예공방 '음향원'도 마찬가지다. 애기골은 어디에 있는가?

분명 치악산 쪽에 '달고개 마을(月峴)'이 있다. 그 건너 '음향원'은 아니다.

어디인가?

치악산 국립공원 부곡지구, 강림 가는 길옆의(영월군 수주 이후의) 월현 속담길을 찾아냈다.

내가 너무 성공에 초조했는가? 찾기가 쉽지 않았다. 그러나 택시 운전수 '이씨'의 수고로 저 기이한, 호젓한 고갯길 월현 속담길에 올라서서 드디어 '여기다!' 선언을 했다.

애기골!

달고개 애기골! 그리고 디딜방아 洞山亭동산정, 그 옆 개울, 속담길의 통나무 학교와 흰 자작숲 골짜기다. 아리랑 고개(안흥쪽 봉천동까지), 바로 月峴 속담길이 애기골이다.

'속담길'이란 아마도 해방 뒤 이승만 정권 당시 토지조사 사업 과정의 행정명칭 정리 과정에서 애기골이라는 우스운(?) 낡은(?), 옛(?) 명칭을 정리하느라 속담길이라는 더 우스운, 더 낡은, 더 옛스런 이름이 등장한 것일 게다.

이곳이다!

이곳이 三國時代 初, 이른바 아라리라는 소리가 처음 發起발기한 곳이다.

돌아오는 길에 오늘이 오일장 '7일'임을 깨닫고 원주 시내 쌍다리 밑의 平原洞평원동 풍속시장에 들렀다.

첫 번 내 눈을 사로잡은 것이 파, 고추, 마늘장인 '소사리'란 가게의 이름이다. 물론 잘 아는 곳이지만.

왜?

애기골과 소사리는 어떤 인연인가?

달고개라는 큰 그늘 아래서?

아라리의 출생과정에서?

아하!

크다! 문제가 크고 또 크다! 여기에 이번 아우라지 美學의 길의 가장 거대한 美學史的 復勝의 주제 정립이 시작된다.

소사리(해인과 같이)는 濊 및 山海經 연관과 옛 神市 연관의 '市場과 소리美 관련'이니 뒤로 미룬다.

우선 달고개의 애기골이 山系와 산길로 보아 영월군 수주로 연결되고 黃屯황둔으로 연결되며 잇달아 제천 쪽의 감악산 白蓮寺백련사로 이어진다.

자! 이것은 무엇인가?

세 가지 역사가 떠오른다.

첫째, 신라의 三韓一統 前後전후한 그 미묘한 시기에 감악산 白蓮寺(義湘의상이 창건함)에서 세 차례에 걸쳐 신라의 김유신과 고구려의 연개소문이 만나 회담을 했다는 사실이다. 여기서 무엇이 논의 되었을까?

물론 군사적 충돌의 최대한 완화와 인민 피해의 최소화, 그리고 당시 가장 문제였던 평창 - 인제 - 철원 線선의 상호 할양 여부였겠다. 중요한 것은 이 만남에서 바로 달고개의 애기골에서 '숙수진 · 애리마리의 초아라리'가 다섯 번 연주(연창)되었다는 점이고, 그 노래가 김·연 兩人에게 큰 平和평화의 민족적 동질성의 호소로 어필했다는 항간의 전설이다.

둘째, '애번아리'라는 한 여인(아마도 濊系의 이월민 女巫인 듯하다)이 지금의 충청도에 해당하는(충주 밑의) 梵洞범동? 무속인 추모에게 바로 黃屯황둔번에서 초아라리를 메나리쪼로 여러 번 가르치고 이를 一種의 巫歌무가로 활용시켰다는 사실이 있다. 고려중엽 무렵이다.

셋째, 태백 - 소백을 오르내리던 山間行商산간행상들을 통해 바로 安興안흥(地名지명이 그때는 다르다), 부곡, 강림, 芳林방림 등과 미탄에 이르도록 거의 공개적으로 전라도 쪽(그리고 나중에는 경상도 쪽까지도) 상인 - 무속 - 민중예술인(이른바 예담꼴들)으로 메나리쪼의 초아라리 등(수많은 曲곡과 '아우르기 뛰') 같은 춤들이 전승되었으니 이것이 고려 말, 조선 초중기이고 또한 조선 초에 인근의 神林 코드(유문동 등 예미-함백과 가탄, 정선의 영월系 東江 라인)로 濊系의 풍속전승과 함께 아라리가 '지역방地域方'으로 확산되었다는 점을 지적해야겠다.

또한 잊지 말아야 할 것은 이 지역의 이러한 2,000년에 가까운 역사 · 문화 · 경제 - 풍속적 전승과정에서 꼭 잊지 말아야 할 것은(濊 및 北方북방과도 연속성이 있는) 무속계의 고조선 코드의 달고개 - 애기골과 초아라리의 핵심 아우라가 분명했다는 점이다.

그것이 곧 '궁궁(弓弓의 한자표기는 나중이다)'이다.

이것이 정감록 등의 전승록과 임진란 때 중국 李如松이여송이 묘향산 珍沒池진몰지에 죽여서 파묻은 중조선(원주 - 충주 - 여주 - 제천)의 弓弓老人들 273名의 전설, 그리고 여러 풍수전설의 論記론기 및 東學 呪文주문에까지 연결되는 것이다. 이것의 출생지가 바로 달고개 애기골이란 說이다.

이제까지 얘기해온 달고개 - 애기골이 三國初, 그러니까 지금부터 2,000년 전 경의 "동아시아 東北方의 새 시대(?)"를 열어갈 한 영험한 샛별(東一辰동일진)이 떠오른 바로 그 장소라는 이야기는 당시의 俗談속담 안에 펼쳐진다. 이래서 달고개 - 애기골의 지금 이름이 月峴월현 속담길이 된 것이다.

어떤 속담일까?

다음 열 일곱가지(十七) 이야기를 압축하고 있다.

(1) 동쪽의 저 큰 바다(東海동해)는 '아무도 나무라지 않는 섬(獨島독도)' 밑에서 솟아난 '땅속의 물(地中水지중수)'이다. 그 지중수의 '흰 빛 안개띠(白烝帶백증대)'의 '산 끝 촉수'(육지의 산악에 연결되는 해양 파도 군락의 수증기 촉수영역)가 바로 치악산의 달고개(月峴)이다.

이 달고개와 같은 산 끝 촉수는 러시아 근대초기(17세기

초) 산악학자 에모라이너 코이지(Emollaine Coeze)의 책 『데테리이너 미이라이라』(DETTERIEN MEERINRA, 높은 산 그 밑 깊은 물)에서 지적된 에투진가라(ettuzzinkra)의 한 형태다.

이것은 곧 山間의 그늘로서 일종의 볼란타(Volanta 奉蘭西봉란서)인 것이다.

속담으로는 그저 "동해 바다 밑 물이 이 고개에서 혀끝을 날름거린다" 정도 이지만 그 實相실상은 이처럼 기이하고 '이상과학적'이다. 동아시아 과학이 이제 증명해 내야 할 것이고 東海동해와 獨島독도관련 사항들이 모두 제대로 실증되어야 한다.

또 있다.

(2) 이 말 하는데서 꼭 따라 나오기 마련인 이른바 '弓弓太極說'문제다. 이것은 어디가 근원일까?

간단하다.

근원은 먼저 이곳 이른바 동쪽(치악산 달고개 애기골 자체)에 있고 다음 근원은 파미르 麻姑時代마고시대에서 바이칼을 지나 南進남진과정에서 발해만 일대의 동이족 濊脈系예맥계의 巫俗무속에 남아있었다.

그리고 세 번째 근원이 인도의 古代 '弓'수련(이것이 파미르 - 간다하라 기원일 것이다)이다. 또 있으니 캄차카 중북부 코리악族의 고대 神話신화 속의 "두 갈매기(흰 수컷과 검은 암컷이 서로 엇갈려 交尾교미하는 천국 - 太極)

그림이 곧 움직이는 'ㄹㄹ' 비슷한 모양으로 드러나는 것"으로 이것은 베링海에 당시에 일어난 바닷불(熱海열해 - 이것은 싸모아 발랑카의 뜨거운 海中水해중수와 연관된 것 같다)에 바치는 기도 효과 같은 것이다.

또 있다.

알라스카 부근의 인디안 說話설화 중에 열 여섯가지 비슷한 것들에서 세 가지 비슷한 어휘 "아리 아세 아라이(흥겹게 먹고 춤추자!)"란 어휘, 그리고 그 소리에 붙은 리듬의 비슷함이다. 이 아리 -아라이의 형상화가 바로 'ㄹㄹ'인 것이니, 이것이 圓滿원만이고, 太極태극이고 또한 '바다 밑의 새파란 새 우주의 꿈'이라 한다.

요컨대 아라리(달고개 애기골의 起點기점)가 곧 ㄹㄹ이고, '원만'이고, '태극'이니 베링의 바로 그 큰 바다 밑 새파란 새 하늘, 이카이카루 데에무 와이스미 코낭카 투이의 그 미래, 아인슈타인과 스티븐 호킹의 예언인 인류 미래인 바다 밑 새 우주인 것이다.

(3) 우주는 무한정이고 무규정이니 無窮무궁, 또는 無極무극이라 불러왔다. 그 접근이 그 어떤 세속적 어휘의 은유나 근사어로 부르던 간에 역시 그 본질은 무한정, 무규정이요, 불확실성 그 자체다. 그러나 바로 그렇기 때문에 어느 시대, 어느 조건, 어느 인간류 등에 의해서, 또 어떤 연구나 접근법에 의해서는 구체적인 사실로 드러날지 알 수가 없는 것이다.

달고개 애기골의 三國時代삼국시대 初초의 정선아리랑의 起點기점이 된 超초아라리가 內包내포 또는 外延외연한 여러 우주적 상징성을 과장이라거나 망상이라거나 허상이라고 보는 실증과학적 판단이나 인식 그 자체가 룸펜 과학이다.

Factum이 아니면 내 버리는 쫄따구 촌놈 장사꾼 태도 이외에 아무것도 아니다. 하므로 문제는 바로 그런 우주적, 초시대적, 超海陸的초해륙적 說話설화가 품은 새 시대의 의미 가능성을 짚어야 한다는 것이다.

그리 볼 때에 달고개 애기골의 속담 속의 여러 전설과 의미 접근들은 신중히 살펴야 할 새 시대 文化·文明의 암시일 수도 있음이다.

(4) 그렇다면 그 속담들 중에 드러나는 다음 열 가지 이상의 이상한 이야기를 통해, 이미 餘糧과 아우라지 접근의 초기에 제기했던 여러 가지(아직 노트로 확정 대답하지 못한 사안들)와 함께 성큼한 美學理論미학이론의 奇然祥瑞기연상서에로 승화될 수 있는 아름다움에의 접근 코드를 정선아리랑의 구체적 분석에 직전해서 접근해 보기로 한다.

그리고 그 과정에서 우리는 레오-르네상스와 先後天融合大開闢의 여러 문제들, 그리고 지금 우리가 찾아가는 우주생명학 中 세 가지 틀인 象道상도와 曆道 이외의 가장 미묘한 틀인 復勝의 城에 접근해 보기로 한다.

(5) 달고개 애기골의 숨은 차원인 초아라리가 '산악 촉수'요

베링의 암시처럼 바다 밑의 새파란 새 하늘의 조짐 같은 것이라면 바로 유럽 과학의 성큼넝큼 발견인 '磁氣場자기장'일 것이다.

자기장이라면 實效실효는 가깝다.

바로 가까운 부곡(강림) '솔거사리' 산골 개울 속의 희한한 약수 芳利鐵방리철이 바로 자기장이게 된다. 자기장이란 그런 것이다.

달 고개 근처와 그 산 너머 堤川 쪽의 송악산, 용두산, 황둔 쪽의 감악산 등 산지에 흔한 여러 藥草, 藥水들의 '氣學的기학적 동기'가 되기 때문이다.

또 이곳이 고조선이래의 전통적 조선 醫術의 숨은 고장인 까닭이기도 하다.

심근경색이나 고혈압, 즉 '身體신체 內의 기괴한 鐵철성분 과잉'에 대해 즉효약이 芳利鐵水性방리철수성이라 한다. 옛날에 그리고 약성분이 조선 山間醫術산간의술에 있었다고 한다. "鐵應鐵철응철의 毒藥不二독약불이"다.

그렇다면 애기골의 초아라리, 즉 정선아리랑의 근원적 시김새의 흰 그늘 美學의 약효 - 힐링의 근원적 에너지야말로 이것 아닌가!

아닌가?

Aura란 실체가 없는 것이다. 그럼에도 실체를 지배하므로 아우라지라는 擴充力확충력 즉 復勝의 힘이 된다.

그렇다면 달고개 애기골이야말로 이 위험한 시대, 'AI'와 에볼라, 그로부터 시작될지 모른다는 각종 괴이한 전염

병의 시대, 怪疾괴질에 대비한 약방문이 아닌가! 노래, '아라리, 아리랑, 정선아리랑'이야말로 참 Healing이 아닐까!

봉안 박달재와 明暗湖명암호, 淸風湖청풍호, 노목(옥전)의 세명한방병원의 전통 조선 의술의 숨은 의료 차원이 이제 복면(바이오 시티, 세명대학 의술 따위 서양 짝퉁 냄새)을 벗고 자기 나름의 Healing 효과를 드러낼 때다.

단순 말춤(사이의 창작 운운 따위 공갈이 아닌)의 본면목인 오금질, 보지춤 즉 품바품바의 입방구, 그래서 南學, 正易의 詠歌舞踏영가무답으로까지 본질 드러내기로 해야만 걸뱅이 각설이 타령 안에 있는 참 復勝(강증산의 '율려'라는 암시는 이것이다)이 현실화 된다.

정선아리랑의 실제적 레오-르네상스, 弓弓太極, 시김새의 힐링化, 復勝의 실질 개벽化는 바로 달고개 애기골의 비밀을 밝힘으로부터 시작된다.

이것이 달고개 앞 개울 즉 주천강의 물의 비밀을 밝히는 것이고 이것이 정선아리랑에로의 아라리 비밀인 東江 백운산(봉) 앞의 뱅뱅 도는 河回를 밝히는 것이다. 왜 그 '河回'가 아라리가 되는가?

復勝의 비밀이다. 이것은 이후 '연포' 거북이 마을을 밝혀야 밝혀진다.

천부경, 山海經, 華嚴經을 數수로 풀려는 者는 마치 조선 의술의 함축인 復勝, 또는 五復勝, 十五復勝과 <9×9=81>을 희랍 피타고라스 數學으로, 그 비슷한 숫자로만 풀려고 드는 단순사고에 가깝다.

復勝의 비밀은 당연하지만 數가 아니라 音음이다.

(6) 다시 말한다. 아라리로부터 시작해서 (애기골의) 정선아리랑 1,200曲을 다 풀어야 한다. 어떻게?
'소리'가 '자기장'의 비밀에의 길이다.
이제 연포의 깊은 冥界의 비밀, '자궁우주'로 나아간다.
그것이 약효요 노래다.

나는 이즈음에서 다시 한 번 달고개 애기골의 기이함을 강조해야겠다.

그 길 '月峴 속담길'은 영월군 수주로부터 부곡 즉 강림의 태종대, '솔거사리'로 통하는 달고개 루트(月峴)다.

중요한 것은 이 태종대(조선 개국 직후 이성계의 아들 이방원이 그 스승인 원천석을 찾아 두 번에 걸쳐 치악산을 방문한 자리)의 '솔거사리'란 볼란타(奉蘭西봉란서 Volanta)에서 芳利鐵이라는 쇠성분의 물기운이 출현한다는 사실과 바로 그 골짜기 뒤편이 치악산의 主山인 思盧峰사로봉(1,270m - 화엄종 九龍寺의 뒤에 있는 岸山안산) 바로 아래쪽이라는 사실이다.

이것은 매우 중요하다.

왜냐하면 文殊의 계시에 속하는 오대산의 그 冥界(귀신굴, 보지 어둠, 지옥을 뜻함)에서만 가능하다는 '화엄의 비밀'이 다름 아닌 芳利鐵에 속하고 또 그것은 오대산 中台중태의 비장처인 적멸보궁의 이른바 숨은 藥창조의 한 요소일 것이라는 전설과 관련이 있어서다.

그렇다면 우선 아라리가 곧 芳利鐵이요, 달고개 애기골의 초아라리 근원의 弓弓이 곧 다름 아닌 화엄경과, 神林(수주, 황둔의 연결 코드)의 山海經과 봉양 백운산의 天符經이라는 三經융합의 合乘處합승처가 되기 때문이다.

이것은 참으로 참으로 중대한 숨은 사실이다. 청풍호, 용두산, 감악산, 明暗湖명암호의 한방명의촌 세 군데의 전통 조선 醫術의술과 그 숱한 藥草약초들, 거기서 이어지는 봉양 박달재의 五極오극치료의 天符醫術천부의술의 풍수적 비밀, 그리고 화엄경의 참 冥界가 정확히 발견, 이어진다면, 山海經까지 이어진다면 이것은 보통이 아니다. 이미 이곳을 예견한 정감록의 十勝地십승지는 시늉에 불과하다.

名醫명의 장병두翁옹의 白雲과 名藥草명약초골 이야기도 한 부분에 불과하다.

여주, 이천의 곤지암 주놋거리와 두물머리에서 감곡으로 충주로, 다시 문막, 부론, 박달재에서 영월 동강과 치악산, 오대산, 두타산, 노추산, 삽당령과 정선 아우라지에 이르는 이 강력한 弓弓勝地를 우리는 이 怪疾괴질의 시기에 어찌 보아야 할 것인가?

연포는?

골덕내는?

나리소는?

뒷터는?

서양약 내성화, 중국약 가짜판의 유행 속에서 조선 의술의 핵심이 이곳이라면 우리는 무엇을 생각해야 할까? 현대, 초현대

예술과 美學미학의 핵심은 우선 Healing이라고 했다. Aura는 근본 치유의 핵심을 말하는 것이다. 또 모든 낡은 가르침을 넘어선 새 復勝복승의 힐링을 여성과 아기들, 못난 민초는 갈망하고 있다.

아라리, 초아라리는 바로 그 힐링의 아우라, 즉 아우라지인 것이다.

그것이 곧 달고개 애기골의 Aura, 그것이다.

여기다.

芳利鐵이 고혈압과 심근경색과 身體內신체내의 鐵철성분에 대한 즉효약이라면 이것이 바로 山徑表산경표에 小白山脈소백산맥의 酸산 流出유출에 특효약인 初眉초미의 해뜨는 무렵 방사되는 核酸핵산미립자의 비결, 바로 그것이 아니겠는가!

그렇다.

아라리다. 아니 超아라리다.

마치 밑으로부터(아랫도리)의 오금질, 보지춤, 씨구춤, 똥구멍춤이요 입술 방구인 품바품바, 걸뱅이 각설이 타령인 詠歌舞蹈영가무도(남학, 정역의 影動天心月영동천심월 수련춤)에 속하는 '밑으로부터의 상승 팝'인 싸이의 말춤과 임재범의 K팝이 몇 달 걸린 毒感독감의 직각 치료제라는 사실, 또 판소리와 똑같은 (정선아리랑의 美學 기본 원리인) '맛'의 시김새인 김치와 비빔밥이 서양 독감인 SARS의 정화제 노릇을 한 사실, 이 사실들이 곧 모두 다 달고개 애기골의 바로 그 '弓弓비밀'에 속한다.

이제부터다.

무엇이?

Healing이 Neo - Renaissance다. 이것이 곧 先後天融合大開闢 선후천융합대개벽이요, 대화엄개벽, 海印과 龍華會相용화회상의 시작의 실체이고, 이것이 곧 이른바 통일이요, 통일대박의 바로 그 '대박'의 핵심내용이자, 弓弓太極궁궁태극, 그것인 것이다.

바로 달고개 애기골의 초아라리로부터 시작되는 'Healing의 새 美學의 길', 정선아리랑의 확산, 바로 그것이다.

또 그것이 새로운 神市 市場의 새 세계다.

새 주체, 여성, 아기들, 民草민초들의 새 主體가 실제로 우뚝 등장하는 시절이다. 이른바 玄覽涯月民현람애월민의 復勝이다.

르완다 여성(64%)들의 대궐기, 아프간 여성 부통령, 우크라이나 출신의 이슬람·기독교 합작의 리나 세프첸코 주도의 토플리스 FEMEN!

'復勝복승'이라 했다.

분명 正反合따위 깡통 역사 서술이 아니다.

도리어 開闢개벽에 가깝고, 그 生成생성에서는 啓示계시에 가깝다 하겠다.

나는 이른바 신세계 새經濟경제에 대한 Karl Polanyi 패밀리의 「대전환」, 이른바 '호혜시장'이란 이름의 옛 神市의 현대적 復活부활의 우주생명학적 生成이 바로 이 復勝에 의해서만 이루어진다고 보는 사람이다. 그리고 그 復勝은 미국, 뉴욕의 금융파동이후 '전 세계적 1% 대 99% 대결'이라는 금융위기 속에서 작지만 이미 그 싹이 텄다고 보는 사람이다.

안젤리카 조안나의 프랑스 시골 도시 시장의 '神의 우물' 유행, 미국의 마트와 몰mall에서의 상품구매 과정에서의 여성 소비판단력의 快·不快의 美的 趣味判斷취미판단의 절대적 압도, 일본 도쿄의 아메 요코에서의 이른바 요사노 가오루 스타일의 '따뜻한 자본주의'라는 700만 女性人力의 대횡일, 그리고 한반도에서 작지만 전국적인 현상인 5日場(喜悲籠희비농)의 부활과 먹거리 再生재생바람이 그것이다.

그리고 정선의 5日場의 대박이 그것이다.

이것은 初期초기의 작은 스타일이어서 그 전환의 크기를 잘 살필 수가 없지만 적어도 서울 종로구 통인시의 변화를 통해 그 변화의 심각성을 눈치 챌 수가 있다(먹거리, 떡볶이 등의 대판 변화가 시장 변화의 핵심이다). 또 있다. 이천 · 여주 · 문막의 Premium Outlet과 5日場의 연관관계이다.

이른바 復勝이다. 그리고 시김새요, 네오-르네상스인 것이다.

여러 가지 혹독한 전환이 동반하지만 이것이 다름 아닌 先後天融合大開闢선후천융합대개벽의 實相실상이다.

先後天融合大開闢은 어찌 나타나는가?

水雲은 이를 燈明水上無嫌剋등명수상무혐극이라 했다. 海月은 여자의 '몸속의 물'이 北極북극의 물을 바꾼다 했다.

나는 나대로 하나의 요즘의 대답을 찾아간다.

그것이 奇然祥瑞기연상서로서의 어떤 point다.

그 대답은 이것이다.

復勝으로서의 '美學'의 출현이고 그 한 표현으로서의 춤과 노래요, 그 다른 표현으로서의 藥과 醫術이다.

그래서일 것이다. 막연하지만 現代현대 예술, 美學의 새로운 핵심 주제는 다름 아닌 Healing인 것이다.

그러나 현실적으로 보아 Healing은 오늘날 결코 낡은, 그리고 뻔할 뻔자의 이른바 科學云云과학운운의 저급한 魔術마술 따위로는 안 된다.

물론 사기로도 안 된다.

그러니 역시 復勝이라고 부를 수밖에 없는 예술과 미학적 '창조적 출현'일 수밖에 없는 것이다. 불교식으로 말한다면 復勝 이외에 미륵이라고 부를 수밖에 없는 독특한 개벽적 출현인 것이다. 復勝과 미륵의 우뚝 솟은 두 기둥이 바로 달고개 애기골에서 시작된 '弓弓', 즉 정선아리랑이란 이름의 아우라지 美學의 길인 것이다. 卽즉 餘糧의 '동방 새 샛별'의 떠오름이다.

따라서 나에게 주어진 우주생명학 구성의 책임은 크고 막중하나 능력이 있고 없음 따위로 하고 말고가 좌지우지 될 일이 아닌 것이다.

나는 대학에서 美學을 전공한 사람이다. 그러나 그래서 지금 내 인생을 美學으로 끝내고자 하는 必過論的필과론적 태도 따위로 말하고 있음이 아님을 명백히 해야겠다.

우주생명학 즉 현대 · 초현대의 東西洋동서양과 온 세계, 인류와 全衆生界전중생계에 절실히 요청되는 참다운 易은 바로 周易의 象道상도와 正易의 曆道역도 즉 공간과 시간을 다 합치는 先後天融合大開闢이라는 큰 소리만으로, 또는 水雲詩 燈明水上無嫌剋등명수상무혐극만으로 터득되는 세계가 아닌 것이다.

우주생명학은 正反合 따위 촌뜨기 논리로 무엇이 이루어지는 그 따위 세상이 아닌 것이다.

내내 제기된 餘糧, 復勝, 그리고 彌勒미륵의 길, 東一辰의 奇然祥瑞의 새 길 아니면 象도 曆도 빛을 잃는다.

더욱이 'AI'나 에볼라의 대 유행이라는 흉한 현상 등은 기타 大氣대기와 自然자연의 변동과 함께 怪疾괴질 이상의 凶疾흉질을 몰고 올 조짐이다. 그럼에도 그 기이한 기후와 물빛들 속에 이미 그 凶疾을 넘어설 대치유와 大海印의 새 세계를 열어갈 대소통의 새 길이 열리고 있음을 보아야 한다.

그것이 무엇일까?

한마디로 초점을 집약한다면 무엇인가? 전 세계적 형편 모두를 고려하는 집중점이 단 하나로써 나타나는가?

나타난다면 무엇인가?

이제껏 말해왔다.

달고개 애기골의 아라리요, 弓弓이다. 南辰圓滿北河回남진원만북하회요, 西憫東一辰서민동일진이다. '아우라지'요, '餘糧'인 것이다.

자! 그렇다면 우선 美學의 길 위에서 이 이치를 이곳저곳을 들춰 어디 한 번 들어 올리고 또 海印과 妙衍과 南道文化남도문화 및 北道鄕謠북도향요, 海外의 여러 가능성들과 비교 검토함으로써 이제껏 여러 번 제시된 여러 개 항의 문제점들에 대한 미뤄온 대답을 모두 풀어가 보자.

우선 칼 로젠크란츠(Karl Rosenkrantz)의 『醜추의 美學미학』(Aesthetik des Häßlichen)에서부터 시작하자.

醜가 美로 하여금 하나의 論理논리가 아닌 어떤 神의 경지, 이른바 '숭고와 祥瑞와 심오'로까지 깊게 하고 높이 들어 올리게 하기 위해서는 반드시 醜의 계기를 등장시켜야 한다.

그런데 만약 우리가 이제껏 계속 논의해 온 것과 같이 復勝과 Healing, 나아가 미륵의 화엄실현의 개벽적 세계에까지 나아가려한다면 깊든, 얇든 간에 醜의 契機계기를 인정하고 그 과정과 이후에서 중국, 아시아, 유럽과 기타 대륙 및 여러 시대의 서로 다른 美學들의 경향 관계를 검토해야 할 것이다.

혹은 후자 관계 안에 醜的 契機계기가 확연해질 수도 있다.

그러나 여전히 이 문제는 평상적, 통상적, 日常的일상적인 취미, 文化, 예술의 이러저러한 實相실상보다 무엇인가 개벽적이고 화엄적인, 그렇다! 妙衍의 모심의 길을 가고 있다.

그러므로 醜가 먼저 '문제제기학' 차원에서라도 제시되어야 하겠다.

먼저 제기되어야 할 문제가 바로 현대 서양문화, 그리고 현재 그 영향 밑에 있는 한국의 대중문화, 그리고 여성과 유소년, 청년 등의 미칠 듯한 열광에 직결되는 팝이나 랩이나 쏘울 등이 모두 다 실제에 있어 이제껏 문화에서 감추어 왔던 醜를 슬슬 건드리면서도, 안 그런 척 위장하고 있고, 다른 것처럼 포장하고 있다.

그런데 그 모든 것을 툭 치면서 튀어나온 싸이의 '말춤', '강남스타일'은 무엇이냐?

도리어 그 선부른, 그리고 뻔할 뻔자의 '위장'과 '포장'을 툭 벗어버리고 튀어나온, 그러나 아직 그것도 위장이나 포장을 못 넘어섰지만, 여하튼 동서양 문화 일반에서 우리가 이제껏 위장, 포장, 감추어 왔던 醜의 영역인 이른바 욕망, 섹스, 아랫도리, 사타구니, 똥구멍, 두 다리, 배꼽, 방구, 자지 그리고 보지의 역동성을 마구 드러내기 시작한 것이다.

마치 '리나 세프첸코'의 토플리스 FEMEN처럼. 그것이 일단 毒感독감이나 SARS 등의 Healing을 가져 오고 있고, 아직 美感미감으로 정제되거나 정연되지 못했으나 이제 그 길을 밟아가고 있다.

그러나 어렵고 시끄럽다.

이 문제를 본격화해야 한다.

아우라지의 餘糧은 이 문제해결·문제제기에 있어 늠름한 발자욱과 함께 전진하게 될 것이다. 도리어 '醜의 美學'이 필요한 순간이 아니겠는가?

왜 그 더러운 보지, 사타구니, 똥구멍, 방구, 씨구의 흔들림과 노래가 毒感의 Healing을 가져오는 것인가?

이 문제부터 대답해보자!

보지가 도대체 무엇인가? 에너지인가? 물의 밑에서 부터의 이 같은 돌연한 上昇상승이 바로 復勝인데, 예컨대 金鳳漢김봉한의 경락에서의 '산알'은 무엇인가?

산알은 그대로 復勝이다. 과학 아래서 인류사는 바로 이 문제를 제대로 정립해야 한다. 復勝도 해명 못하는 학문을 과학이라고 부를 수는 없다.

창피한 노릇이다.

그렇다면 이렇다. 아도르노의 '正反反'의 부정의 변증법도, 오파린의 外挿法외삽법도, 디나토트의 '周易에서의 太極의 비유법'도(合이 아닌 啓示계시다) 모두 다 復勝이다. 이것을 科學으로 해결하지 못하기 때문에 난리다. 아도르노도, 오파린도, 디나토트도 모두 그렇다.

그러나 科學은 萬能만능인가? 神의 능력이 바로 科學인가? 이것을 물어야 한다. 18세기, 19세기 우리는 科學萬能의 神話신화와 幻想환상속에서 미쳐서 살아왔다. 그 이전 세기가 神과 佛과 超越的초월적 迷信미신에 너무 의지해 살아온 것에 대한 쓰라린 反動반동이었다.

그러나 그것은 正當정당했는가?

이른바 科學이란 말로 표현되는 이른바, 易에서 '象' 즉 '공간'과 '曆' 즉 '시간'이라는 두 가지 실증적 체계에 의해 증명할 수 있는 어떤 實證性실증성 이외에는 인간의 믿고 따르고 활용할 수 있는 차원은 없는 것인가? 그런가?

묻자!

美學은 무엇인가?

그것은 현실이 아닌가?

예술과 문화는 현실이 아닌가? 치유와 소통은 인간의 마음과 몸에 일어나는 하나의 現象현상이 아닌 순 가짜 환각에 불과한가?

그런가?

김봉한의 '산알'도 그런가?

석가모니 부처의 사리도 그런 것에 불과한가?

만약 사리가 현실로서의 酸의 오염을 불식 정화하는 하나의 실증적 현실로서의 핵산미립자라면 어찌할 것인가?

산알이 경락학적 치유요, 그 五運之氣論에 입각한 五復勝, 十五復勝으로, 또는 '영성컴퓨팅'이나 '우주복합제 컨설팅'에 의한 무궁확산적 현실 소통과 치유효과로 나타난다면 그것도 역시 환각일 것인가?

하하하하하!

한 유명한 서양 맑시스트는 오랜 정신병을 앓고 난 뒤 제법 똑똑한 척 한마디 했다.

"착각도 사실이다"

그러나 그런 머저리 같은 소리는 미쳐있던 18세기, 19세기 유럽의 과학 미신시대에나 할 소리다.

지금은 다르다!

어떻게 다른가?

내가 무엇을 이렇다 저렇다 규정적으로 말하는 방법 그 자체가 이미 19세기 유럽식 과학 만능시대, 논리 만능시대와 다르다.

무엇이 그러한가?

쉽다.

우주생명의 판단을 고대 유럽, 즉 희랍이나 고대 중국, 그것을 짝퉁하는 근현대 과학 만능 사유력들처럼 '數수'로 판단하지 않는다는 점이다.

그러면 무엇으로 그리하는가?

소리(音)다.

무엇이 다른가?

數와 音(소리) 사이에 무엇이 다른가?

이미 나왔다.

象이나 曆, 공간이나 시간은 수로 판단할 수 있다. 그러나 그것은 움직이는 현실은 현실이로되 낡았다. 지금은 소리(音)가 더 큰 현실이다. 마치 復勝이, 옛날의 啓示나 開闢처럼 우리의 우주생명 일체에서 압도하고 있는 것이다.

이미 그런 것을 아니라고 할 것인가?

나에게 누가 와서 다음과 같은 질문을 던진다고 하자.

"天符經은 그 해석 기조가 數인가 音인가?"

내 대답은 명료하다.

만약 그것이 數라면 이 民族민족은 이미 그 歷史的역사적 奇然기연은 끝났다. 다만 엄연한 數속에서도 復勝 자체의 復勝인 '音'이 생성하는 民族이기 때문에 오늘 이 '아우라지 美學의 길'도 쓰여지고 있는 것이다.

08 아우라지 美學의 길 31개 항목

1. 우리 민족의 神話·歷史·文化신화·역사·문화는 어째서 數수가 아니고 音음이냐? 또는 '數이면서 도리어 音'인 것이냐?

2. 내가 누구에게든 하는 말 중에 이 말이 있다. "누가 이 민족을 강원도 밖으로 내쫓았느냐? " 왜 이 땅 강원도에는 역사가 없느냐는 것이다. 정말 없는가? 관심을 안 가졌던 것인가? 왜 내팽개쳐 버렸던 것인가? 왜?

3. 우리가 왜 현대를 '갈팡질팡하는 錯綜착종 자체'로 표현하고 있는가? 과연 錯綜 자체인가? 아니면 우리가 잘 모르기 때문인가?

   後者후자다.

   그러면 왜? 무엇이 錯綜인가?

4. 내가 이 모든 세상사를 한꺼번에 묶어 한마디로 錯綜이라 부르는 까닭의 배후에 美學的으로는 한마디로 醜추를 상

정하기 때문인 것이다.

그렇다면 참으로 그것은 醜인가? 이제 서양의 경우 Karl Rosenkranz의 『醜의 美學』이 다시 정면 논의돼야 할 시점에 이르렀다.

5. 醜는 붕괴인가?
怪奇괴기인가? 解體해체인가?

6. 美와 醜 이외에 '근원적 美學'에서 말하는 어떤 상서로움이 그야말로 復勝복승하는 것 아닌가? 그 復勝은 오늘 어떤 美學的 質질을 주어야 하는가? 나는 그저 奇然祥瑞, 그저 餘糧여량이라고만 불렀다. 그러나 그것이 합당한가? 그렇지 않다면 그것이 다시 논의되어야 한다. 어떻게?

7. 그밖에도 기존의 동서美學에는 기타의 '잔만스런 餘白여백의 문제들'이 많다. 그것은 무엇인가?
분명한 것은 그것이 단순한 餘白이 아니라 하나의 문제라는 것이다. 어찌 접근하고 어찌 해명할 것인가? 더군다나 그것은 아시아, 아프리카, 라틴 아메리카와 섬들, 山들, 벌판들, 민중 예술들에 흔히 '버려져 있다'.
정면으로 들어가야 한다. '現代'에까지도.

8. 애당초 '여성예술'이란 것이 있었다. 아마도 유럽에서 17세기 초, 동양(중국, 인도 등)에는 16세기 중기까지. 그 뒤 '막음' 되었으나 실질적으로 그런 영역이 있다. 우스운 일만이 아니라, 그 안에 무엇인가 숨은 사실이 있다. 잡아내

도록 하라!

오늘, 내일 그것은 '새로운 중대성'으로 클로즈업 될 것이다. 틀림없다.

9. 나는 정선아리랑의 例예에서 특히 나툼, 나툼새를 강조한 바 있다. 이 나툼새의 특수한 역사성에 관해 독특한 시선을 줄 필요가 있다. 그것은 '강원도 역사의 특이성' 때문이다.

10. 이 책의 후반에 남도문화에 대한 정선아리랑 쪽의 연관관계를 지적할 때에 특히 '열 일곱 가지 기법의 細目세목'이 적시될 터인데 거기서 '나툼, 나툼새'의 확산성이 具體的구체적 板狀판상이 모두 드러난다. 이것은 앞으로 다가올 것으로 보이는 'K팝' 일반이나 '말춤' 따위의 Healing 및 Neo - Renaissance 혹은 先後天融合大開闢선후천융합대개벽의 구체적 생명양상이 될 것이다.

11. 누구든 이젠 잘 알고 있는 영월군 - 정선군의 '東江(桐江) 풍광지' 일대로 임계 백봉령 밑 백두대간 약초나라 - 아리아리 정선 -와 함께 본격적인 힐링美學 - 奇然祥瑞地區기연상서지구로 들어 올려야 한다. 정감록에 예언된 기타 강원도와 동해 백두대간 山間一帶산간일대의 勝地승지와 함께다.

이것은 역사, 사상, 실용의 큰 영역이 될 것이다.

왜?

연포 - 거북이 마을과 골덕내 - 제장마을 그리고 白雲山백운산-나리소를 비롯해 東江 전 영역을 체험해보면 안다.

12. 그 밖에도 한반도 중심영역인 富論부론 -文幕문막-仰城앙성의 강원, 경기, 충청과 섬강, 한강, 단강 三江合水處삼강합수처인 흥원창-月峰월봉 영역은 유심히, 깊이 탐색해야 할 영역이다.

역사, 의술, 문화, 풍수 영역에서 매우, 매우 중요할 것이다. 견훤의 저 기이할 정도의 집착 지역인 손곡-풍점고개-정산-좀재 지역이다.

13. 그 중에도 좀재 고갯길의 서작길에 서 있는 늙은 느티나무 자리는 왈, 敍(積)新木冥서손신목명이란 '冥界 中의 十冥'이다.

14. 이리 가든, 저리 가든 한반도의 중부지역은 깊고 크고 풍성한 '圓滿원만의 땅'이다. 그러므로 지난 세기말 水雲선생의 詩 '南辰圓滿北河回'는 단순한 詩가 아니다.

여기서 圓滿은 앞에 '中'이 요약된 것이다.

金光華김광화이후의 南學이 歌詞가사에서 "西學·北學·東學·南學이 나왔으니 이젠 中學이 이를 모두 통합한다"는 五方思想오방사상이 나온 것도 결코 우연이 아니다.

강증산 후예인 보천교가 일제의 탄압으로 시들 때 그 一線의 지식인 金呑虛김탄허가 오대산 월정사에 올라와 漢巖한암 밑에서 화엄경과 正易정역으로 새 시대를 열려고 했던 일 또한 그렇다.

中朝鮮중조선엔 지리적으로 유난한 지역이 '세 곳' 있다.

경기도, 충청도, 강원도가 서로 섞인 두물머리, 충청도, 강원도가 연결되는 兩岸峙양안치, 그리고 東川과 北川이 合流합류하는 정선의 아우라지(餘糧)가 그곳이다. 세 곳이 다 '갈라져 있는 두 대립을 융합하는' 원만의 땅이다.

남한강, 북한강 사이의 두물머리, 미륵산, 백운산 사이의 兩岸峙, 九美亭이 있는 東川과 九折里가 있는 北川 사이의 아우라지(餘糧)다. 무엇을 뜻하나?

한국의 현대 시대정신의 핵심은 왈, '통일대박'론이다. 바로 이상의 세 개의 융합과 원만이 그대로 통일대박이 아니던가!

더욱이 兩岸峙의 五峰회촌은 興業흥업이라는 이름까지 가진 十五一言處 즉 十無極십무극과 五皇極오황극과 一太極의 三極의 山水를 아울러 가진 기이한 圓滿興業이다.

이 세 개의 원만이 아우라지의 餘糧으로부터 울리는 藥效약효를 동반한 아라리로 함께 울린다면 그야말로 중조선의 원만이 이루어진다. 양안치, 두물머리, 아우라지가 함께!

이것이 DMZ의 평화동산, 금강산, 판문점 등과 함께 하나의 통일을 위한 원만의 땅으로 현실화한다면?

15. 내가 여러 번 반복해서 말하고 있는 冥의 바로 그 '보지 자궁우주'(아우라)는 중국 가까운 (중국에서 시작된 風水의 조선地質지질 운명설에 다분히 밀려 있는) 西北과 西南地域서남지역에 그 十本陰십본음(열 가지 근본 그늘)이

서려있지 않다.

그것은 당연히 東北과 東南地域에 집중되어 있다. 白頭大幹백두대간의 큰 東方集中동방집중이 이미 그러한데도 西方集中을 떠들고 있는 이제까지의 조선風水와 歷史地理學說역사지리학설(현재도 역시 그렇다. 못 벗어나고 있다)들은 우선 佛敎쪽의 華嚴學的 큰 원칙인 文殊師利의 東北方 山嶽산악의 一萬 文殊가 태어날 때부터 도사리고 있는 冥界를 기점으로 다시 태어나야 한다. '개벽'이다!

정감록, 격암유록 등이 일반적인 風水學풍수학과 맞지 않는 이유가 이것이다.

이것을 고치지 않으면 조선 풍수는 우주생명학적 世界性세계성을 획득 못한다.

왜냐하면 冥의 화엄 풍수는 조선과 동방과 세계와 우주의 先後天融合大開闢의 '대음(陰)개벽적 전환'을 地理에서부터, 다음 역사와 사상에서 크게 가져올 것이기 때문이다.

조선風水풍수여! 눈을 번쩍 치켜뜨라!

16. '못난이 美學'이라는 美學 流行유행이 있다. 한국에도 있다. 유럽에서 "쬐끔 공부하고 돌아와 못나게라도 쬐끔 조국의 젊은이의 '美感養成미감양성'에 플러스만 하면 그것이 곧 美學의 본질이다"라는 참으로 '더러운 촌뜨기 식민지 근성'이 우리 주변에 있다. 누구라고 지적은 않겠다. 左派좌파 냄새도 쬐끔 풍긴다.

이런 건 하지 않는 게 낫다.

꾀죄죄한 것이 아름다움인가?

어떻게 그런 생각을 하는가?

美學인가?

微學미학인가?

아름다움은 이용 대상이 아니다.

17. 나에게 누가 이런 말을 한 적이 있다.

"당신은 아름다움을 실제로 본 적이 있는가?"

이 질문은 대답하기가 어렵다.

왜?

다음 세 가지 우뚝한 문제성 때문이다.

이 문제성은 파 들어가서 접근하는 과정에서 그런 질문이 사실상 성립되지 않는 질문임을 알게 되는 것이다. 그 셋이란 무엇인가?

18. 美는 存在인가?

19. 美는 유전자인가?

20. 美는 이익인가?

21. 이 질문 셋에 대답해나가는 과정이 어쩌면 아우라지 美學의 그 길 자체에서 가장 중요한 '동서양 현대미학'의 핵심 사안일는지도 모른다. 그리고 또 우리 민족이 지금 요구하고 있는 진정한 '문화창조집단'이 되기 위한 선결 문제일는지도 모른다. 아마 그럴 것이다.

22. 30대 초반부터 지금까지 발표되어 온 나의 100여 권의 저서들(詩集시집을 제외하고 -)은 이리저리 여러 갈래의 길을 걸어가고 있다. 그러나 몇 권의 책(그 중 중요한 3권의 미학책)에서 그 이론적 투명성이 집약된다. 그것을 간결히 정리하겠다. 그래야만 거꾸로 나머지 여러 책들(詩集들까지도 포함해서)의 저마다의 의미와 중요성이 성큼성큼 드러나게 될 것이다.

23. 나는 본디 아주 어려서부터 (네 살 때부터 -) 그림에 뛰어났다. 그것이 어머니의 억압(물론 가난 때문이겠지만)의 중복 때문에 포기했다. 그러나 그것은 내 평생의 恨이 되었다. 내가 그림을 포기하고도 잊지 못했던 바로 그 恨이 곧 대학을 美學科로 선택한 이유였다.

이제 나의 美學에서 나의 숨은 그림에의 지향이 다 드러나기를 빈다.

24. 이제 정선아리랑의 노래 리듬의 문제와 歌辭가사 등을 우선 정선군이 발표한 내용을 존중하면서 이상에 제시된 나의 美學, 예술학, 음악론적 이해와 앞으로의 민족 - 세계 문화제 비전에 맞추어 대답을 되도록 간단히 정리하겠다.

25. 이 과정에서 내가 '아우라지 美學의 길' 서두에서부터 여러 번에 걸쳐 제시한 아이템들 여러 가지 숫자들의 내용을 가능한한 다 채우겠다. 그것을 비워놓고 끝낼 수는 없는 일 아닌가! 그러나 그것을 다 채울 수 있을까?

26. 한국 美學史 전반의 관계를 선명히 주려고 한다.

27. 중국과 유럽, 기타 모든 전 세계 美學史의 모든 중요 사항들이 山海經이나 南學歌辭남학가사 등과 함께 인용되고 검토될 것이다.

28. 海印美學의 예고된 전개가 있을 것이다. 화엄미학, 미륵과 龍華美學용화미학의 본령이 될 것이다. 또 미래의 우주미학이 바로 그것이다.

29. 妙衍美學(天符經) 중심의 조선 玄覽·玄牝美學현람·현빈미학의 핵심, 특히 여러 技巧기교(시김 등) 문제 등이 다양하게 제출된다. 이것이 도리어 중심일 것이다.

30. 南道唱남도창, 전라도 판소리, 육자배기, 경상도 탈춤, 충청도 메나리, 北鮮의 여러 형태의 愁心歌수심가와 鄕歌향가와의 관련이 전폭 가름될 것이다. 아마도 아우라지 美學의 주변세계(중국, 일본, 아시아, 캄차카, 유라시아, 아메리카) 연관관계를 다 포함하여 이전 그리고 이후의 전 세계적 韓流 流行유행의 전 세계적 네오-르네상스 先後天融合大開闢의 중심 방향을 예감하도록 노력할 것이다.

31. 이는 앞으로 있을 우주생명학의 중요한 주제 부분에 연속된다. 특히 '한님'에 깊이 연속될 것이고 앞으로 있을 전 인류의 우주생명문화 창조에 큰 걸음을 열 것이다.

(1) 필히 유념해야 할 사안이 또 있다. 이 며칠 안에(2014년 4월 15일부터 지속되는) '진도 앞바다 세월호 침몰 사태'의 경과다. 이것은 지난 60여년간 진행돼온 이른바 근대화 과정 전체를 한꺼번에 말아먹어 버리는 암흑적 사태로써, 지난날 두 번에 걸쳐(붉은 악마와 촛불) 터져 나온 인류문명사 전체의 숨은 차원의 대변혁에 대한 '여성-청소년-못난 민초'들의 근원적 요구의 신령적 우주역사의 진행 과정의 일부로써 또다시 '여성-청소년-못난 민초'의 근원적 요구인바, 현대·초현대사에 1,000년 전 장보고의 태평양경제의 새 전개의 부활을 강박하고 있다.

진도 맹골수도, 팽목항, 가치리, 병풍섬이 바로 '장보고 청해진' 바로 그곳이고 거기서 죽어간 300명의 청소년들이 바로 '붉은 악마'와 '촛불'의 그들이다.

그리고 이 시기 來韓내한한 미국 대통령 오바마와 한국 대통령 박근혜 사이의 근접 회담 내용 중 가장 주요한 사안은 ①북한 ②일본 우경화 ③TPP(한미 FTA의 환태평양적 자유통상에로의 대확산 경제 문제)이다.

앞의 ①과 ②가 '극좌'와 '극우'의 위험이라면 ③은 그야말로 태평양이라는 새 세계에서 싹터 나올 동서양의 새로운 '여성-소년-민초'들의 '대 장보고 역사'다. 그 속에 청해진의 여성-소년-민초 등의 해양지혜다.

산동성 적산법화원의 "法華經법화경의 從地湧出品종지용출품 따위 숱한 보살들의 해인삼매의 지혜"가 빛나는 새 시대가 열리는 것이다.

이것이 곧 아우라지 미학의 길이요, 우주생명학의 새 易經역경의 시작이 아니겠는가! 새 시대다!

그야말로 陰음과 陽양, 그리고 그 밑 숨은 차원에서 개벽하는 復勝이라는 새 시대(개벽 그 자체인 先後天융합대화엄개벽)의 '산알'인 것이다.

(2) 이 산알에 관한 나의 세 번의 말.

① 5월 16일 건국대 강의 초입의 서론

② 5월 5일 유럽 신문과 인터뷰에서의 그 산알(통영 미륵섬)

③ 5월 8일 윤명철, 하철구, 김익두, 김두규 등과의 '연포, 거북이마을(冥)'과 임계 백봉령 밑 '백두대간 약초나라 - 아리아리정선'에서의 산알론을 정합하는 글이 나간다(이것이 곧 나의 현 시국관이 될 것이다.).

(3) '글'은 틀렸다.

그 대신 13일 동아일보(허문명 오피니언 부장)와의 대담으로 시국담이, 그리고 16일 건국대 강의 초입의 청소년 문명사 입론 부분에서 세월호 건이 나갈 것이다.

그리고 8일 백봉령 밑 '백두대간 약초나라'에서 그 책임자 안씨 등 앞에서의 '현지 여성들에 의한 새로운 冥界秘藥명계필약 방향모색'을 약 1시간 20분가량 말했다. 그 내용은 기억나지 않는다. 마지막에 다만 삼척 두타산과 제천 봉양에 박달재가 함께 있고 그곳은 天符經천부경의 天·地·人·水·月의 五極原理오극원리의 藥草약초가 원칙이라는 표본만 제시(장병두說설임 밝힘)했다.

(4) 6월 26일에 윤명철, 김익두 등과 戀浦연포(硏浦연포)와 그 옆의 골덕내를 다시 간다. 골덕내의 이름이 '제장마을'임을 다시 새기기 위해서다.

제장마을은 '사마르칸트', '여러 사람이 만나는 마을'이니 지금 박근혜 대통령의 방문지(오늘 아침 신문)요, 유라시아 시장 실크로드 시작 예감의 한국적 土地와 山의 영역이다.

戀浦의 거북이 마을이 부산 海雲臺해운대의 靈龜碧海영귀벽해로 '태평양 중심의 TPP를 노려보는 영험한 거북이 경제'를 뜻하는 것과 대비된다.

하나는 '실크로드'요, 또 하나는 '장보고 비전'이다. 이것이 弓弓 즉 弓乙다. 민족의 비전이다.

이것이 白雲山 나리소에 연결된다. 그리고 東江의 '아리아리'다.

그 시작이 戀浦와 골덕내의 美學!(우주생명학에서)

錯綜착종과 醜추는 끝난다.

醜의 붕괴, 怪奇괴기, 解體해체로 끝이다.

整合정합과정에서 Karl Rosenkranz 논평이 주어질 것이다.

도리어 그것을 넘어, 美와 醜를 넘어서는 復勝으로서의 '나리소의 河回'가 奇然祥瑞로서, Healing으로서 대두할 것이다.

그리하여 가수리요, 귤암리, 하귤화의 '할미꽃'이다.

자! 순서를 밟아가 보자.

09 아우라지 美學 31항에 답하는 글

1. 우리 민족의 神話·歷史·文化는 어째서 數가 아니고 音이냐?

또는 數이면서 도리어 音인 것이냐?

나의 이미 발간된 저술인『水王史』에서 그대로 인용하겠다.

> 민족의 고향인 1만 4천년전 파미르 키르키탄한의 거주지는 파미르고원이니 엄연히 산중의 산이다. 또한 알타이 산맥과의 깊은 연계도 있고 이후에도 그렇다. 그러나 파미르고원 시대에도 물과 달과 음과 여성성, 모성의 중요성이 클로즈업 되었으니 신화 그 자체가 이미 최초에는 '아직 없는' 오로지 八呂팔려였다.
>
> 呂는 풍류에서 陰律음률을 말하는 것이다. 律의 반대다. 따라서 남성성에 대한 여성성이요, 태양에 대한 달이요, 불에 대한 물인 것이다.

뒷날 黃穹氏황궁씨 등의 남성신, 남자 파트너십 등장시에 성립된 天市, 神市체계의 원리인 八呂四律에서는 그 비례는 남성성, 불, 태양보다 여성성, 물, 달의 비율이 두 배가 더 크다. 陰이다.

그런데 이것은 희망사항이나 작위적인 것이 아니고, 마고성의 巢소, 즉 지규라트(관측소)에서 관측된 인근 천공의 성운군들, 天市垣천시원, 紫微垣자미원, 太微垣태미원 중 특히 天市垣으로부터 들려오는 소리, 음률을 관측한 결과, 지배적인 宇宙律우주율이었다.

훗날, 신화가 남하하여 지리산의 山神이 된 마고, 마고할미 이야기, '오줌을 싸갈기니 오대양의 물이 다 쏟아져 나왔다'고 한 것은 바로 이 八呂의 물 해석이다. 다름 아닌 여신으로서의 水王史이겠다.

우리나라 최초의 마고 기록인 신라 재상 朴堤上박제상이 지은(훗날 金時習김시습이 보관, 발표) 符都誌부도지에는 '실달성과 허달성'이 모두 音에서 나왔다고 했다.

음은 八呂라고 했다. 呂는 곧 여성 陰이다. 天女(여성, 여신)는 呂를 관장하였고 天人(남성, 남신)은 律을 맡아 보았다. 音과 數 가운데서 音이 천지를 창조했다는 신화는 부도지가 처음이다. '音의 창조설(여신창조)'은 한국 민족이 처음이다. 중국과 서양(피타고라스) 모두 數의 우월성을 내내 강조한다. 한 수 뒤라고 하겠다.

중요한 것은 音의 창조설과 함께 呂는 여성 음인데, 그 呂, 즉 八呂를 여성이 관장하고 律, 즉 四律을 남성이 관장했다는 부분이다.

신시의 남녀 이원집정제(단군 즉 단골이 八呂를, 왕검 즉 임금이 四律을 관장한 고조선 전통은 이로부터 연원한 것이다)의 원리다.

八呂, 즉 삶의 획기성(세목성, 생활성, 혼돈성과 우연성, 개체성)은 여자가 四律, 즉 경제의 재분배(대칭성, 규칙성, 질서성과 필연성, 집단성)는 남자가 맡았던 이야기인 것이다.

고대 중국인들도 音과 數를 중요하게 여겼다. 그러나 그들은 모두 數우위론자, 律우위론자였다. 즉 물이 아닌 불과 남성성 우위론자들이다. 天文訓천문훈은 律曆의 數는 天地천지의 道라고 했고, 漢書한서 律曆誌율력지는 數가 律을 낳고 器기를 만든다고 했다. 그러나 數는 자연의 用에 불과한 것이다. 唐書당서인 律誌와 數는 자연의 用이라 했다. 피타고라스는 고대 중국인보다 더 이 점에서 적극적이다.

그는 자연이 숫자로 다스려진다고 가르쳤다. 그는 자연에는 하모니가 있다고 하고 자연이 숫자로 다스려진다고 했으며 자연의 다양성 속에는 통일성이 있고 그 나름의 언어가 있으며 그것이 곧 숫자라고 했다. 그는 음악적 하모니와 수학 사이에 근본적인 관계가 있다고 했다. 그는 만물의 근원을 數라고 했다. 천체의 운행을 음악의 음정과 관련시켜서 계산해낼 수 있다고 했다.

그렇다.

그 결과가 오늘날 서양문명의 不毛性불모성과 물질문명 일변도의 과학의 파격이다. 지금 기세를 떨치고 있는 중국의 律呂萬能율려만능과 孔子의 合理性합리성 또한 그 내일이 서양 비슷할 것은 뻔할 뻔자다.

현대·초현대는 분명 물과 달라 여성과 玄牝현빈과 音과 呂, 그것도 八呂로써 거기에 四律이 補合보합하는 '기우뚱한 균형'을 원한다. 그것이 화엄개벽 모심의 흰 그늘의 길이고 그것이 곧 妙衍묘연의 人中天地一인중천지일, 즉 水王史인 것이다. 억지부려봐야 소용없다.

현실은 못 속인다.

희미하지만 그것을 실감하기 때문에 중국인들은 黃帝황제가 熊族웅족(곰족)이고 즉 熊女웅녀가 자기네 조상이라고 우긴다.

우긴다고 되는 게 아닌데 그런다.

坎감, 즉 熊族이 최근 동북방 농업의 시작과 연계된 동북방 신화망의 출발 연원이고 최초의 왕권사회의 출현이며, 서북방 바이칼과 파미르로부터의 여성성, 水王·不咸불함이나 多勿의 신권사회의 현실문명화의 역사적 기저부분이기 때문에, 홍산문화, 伏羲氏복희씨와 함께 모조리 저희 것이라고 독점하려고 떼를 쓴다. 그러나 그런 것이 얼마나 가겠는가? 그들이 진리의 엄엄함을 뼈저리게 실감하는 날이 곧 온다.(『水王史』 p. 107- 109)

數는 인간이 자연을 이해하는 데 큰 도움을 준다. 지금도 그렇다. 그러나 이제 인간이 이해를 바짝 들어 올려야 할 자연은 도리어 생명이다. 우주 중의 생명, 물론 數도 필요하다. 그러나 그보다 더 音이 절대적으로 요청된다. 생명의 핵심 요체를 접근하는 데엔 音이 없어선 안 된다.

물론 그 밑에 數를 바탕으로 하면 더 좋다.

이 민족은 애당초부터 그리하였다. 그래서 이 민족은 이제부터의 인류와 우주와 중생계 전체의 '聖杯성배의 민족', '메시지 민족'으로 들어 올려지게 될 것이다. 강대국 따위가 아니다. 운명, 天運이라고 해야 한다.

2. 누가 이 민족을 강원도 밖으로 내쫓았느냐?

이 민족은 본디 파미르와 바이칼로부터 東進동진해온 것으로 돼있다. 그러나 그것은 이른바 '빛'의 到來도래, 즉 유목민적 神市확산(촐폰아타 - 卒本城졸본성 - 적인 文明史문명사)의 역사에 중심을 둔 것이다.

그러나 '곰(어둠)'의 근거는 어찌 할 것이냐? 例컨대 '빛'을 桓雄환웅이라 한다면 '곰(어둠)'은 熊女웅녀다. 桓雄(빛)만으로 이 민족사가 성립되는가?

熊女 즉 '곰(어둠)'으로 상징되는 최초의 농경민의 존재를 무시할 수 있겠는가?

둘은 결합하여 '한'민족이 된다.

유목과 농경의 결합이다.

桓雄의 거점이 바이칼 쪽이라면 熊女의 근거는 어디인가?

발해만(山海經 - 濊脈예맥)과 백두산 일대가 된다(天符經).

그렇다면 '강원도'는 무엇인가?

무엇을 가지고 강원도라고 부를 것인가?

한마디로 하라면 山이다. 그러나 거기에 東海라는 水(물)가 있다. 그래서 江原道일 것이다.

그래서 山海經이 출원한다.

山海經이 무엇이냐?

또 天符經은 무엇이냐?

경상북도 軍威군위를 지나 ①안동과 하회 ②영주와 봉화 ③예천 ④단양 ⑤월악산과 제천 ⑥원주 ⑦충주, 문막, 여주, 이천, 횡성으로 백두대간이 진행되는 과정을 검토해야 한다. 이른바 '山'이다. 그리고 '冥'이다. '陰符음부'다. 이것이 무엇이냐?

이른바 누미초우스(Numichouso, 구렁자리와 같은 음습한 그늘로써 그 나름의 생태적 가치가 있는 지역)의 한 형태로서의 산악 즉 '암산'이다. 특히 藥草약초와 藥水약수, 藥精약정이 많은 지역이니 山中에서도 귀한 山이겠다.

오늘(2014년 甲午年 세월호 사건으로 박근혜 下野論하야론이 대가리 드는 미친 세월, 5월 8일) 나는 東江의 연포 덕천리 거북이 마을을 다녀온다. 다녀온 뒤 강원도 件에 관한 좀 더 접근하는 글을 쓰겠다. 정선과 임계의 백봉령 '백두대간 약초나라 아리아리 정선'까지, 그리고 두타산 - 오대산 연계의 진부길까지 다녀온다.

강원도에서 민족의 역사의식이 희미한 것은 물론 산이 강해서 일 것이다. 그러나 그리 간단치는 않다. 경기지역, 평양지역, 부여지역, 경주지역(王朝史왕조사 중심지역들)의 풍수에서 볼 때 정치지리학으로서의 풍수의 중심 흐름으로부터 떨어져 있는 거의 逆風水역풍수에 가깝다. 이 강원도는!

차라리 陰符음부요, 冥界명계다. 현실 실증 역사에서도(정치, 군사, 경제 따위) 뒤처진 것이다.

자! 이것이 오늘 어찌 취급되어야 하는가? 또한 逆이다.

이 逆이 바로 開闢風水요, 開闢歷史이며 文化인 것이다.

따라서 심층 의미론으로서는 逆역이 아니라 역시 冥명일 것이다.

내가 오로지 강조해 주장하는 先後天융합대개벽은 先代선대의 逆역이로되 反이 아닌 冥이니 단순한 陰개벽이 아니라 근원 돌출의 復勝이라는 이야기다. 이제 그것이 탐색되고 있는 것이다.

이 말은 한국민족사 전체와 동시에 동아시아 태평양 역사, 그리고 이른바 제3세계를 중심한 전 세계사와 우주사가 크게 기우뚱하며 그 각도를 변화하며 변한다는 말이다. 무엇이 어떻게, 왜 변하는가?

한마디로 그것은 復勝복승 때문이다.

復勝은 五運六氣論오운육기론으로부터 시작된다.

우선 결론부터 내린다. 우리 민족 역사의 復勝이 바로 '강원도의 돌출'이다. 그리고 또한 진도, 목포 등 전라도 '청해진에서의 青少年청소년 새문명창조사의 돌출'이다.

어떻게 그러한가?

이제 이 이야기를 해나가야 한다.

復勝의 五運六氣論부터 시작하자.

본래의 중국 五運六氣論에서 復勝은 五層오층, 五단계의 중층작용구조다.

이 五단계의 중층작용. 五層은 復勝의 우주적 移行同收斂이행동수렴(옮겨가면서도 동일화하는 수렴형식)을 말한다.

移行同收斂이란 단순한 成長過程성장과정(成 - 移 - 定정 - 結결 등)이 아니라 독특하게 '변화하면서도 자기 동일화하는 기이한 變化作用변화작용'이다.

五運六氣論은 본디 다섯의 기본 단위의 거의 확정적인 運命과 여섯의 그로부터의 기막힌 變化運動변화운동의 가능성과 실제 사이의 일종의 靜정과 動동사이의 상관관계의 추구요 탐색이다.

여기서 맨 먼저 가장 중요한 것은 五의 고정성의 근거에 風水의 五行이 자리 잡고 있다는 점이다. 五行은 곧 金木水火土다.

그리고 그에 대비한 六氣의 六의 運動性운동성 구조가 이른바 차례에 해당하는 一二三四五六이다.

이로 말미암아 발생하는 寸數촌수들의 다양한 數律수율들의 번화한 移變이변들은 모두 드러내지 않는다 하더라도, 우선 金木水火土의 行과 一二三四五六의 數사이에서 벌어지는 오묘한 상관관계에서 우선 우리는 行을 따르는 構造的구조적인 順序순서와 數를 따르는 任意的임의적인 進行진행사이에 불쑥 다섯 군데(例컨대 金과 木과 水와 火와 土사이, 그리고 一과 二와 三과 四와 五와 六 이전의 五位)에서 發生발생(실제로는 그 심층에 '숨어 있는 상태로서의 구조'가 드러남)이라는 한 不然其然불연기연('아니다' 할 수도 있고 '그렇다' 할 수도 있음)의 현상을 부딪치게 된다.

이것이 바로 生命現象생명현상이다.

이것을 이른바 復勝 또는 五復이라 한다.

그러나 여기 역시 五의 行과 六의 數 사이에서 살아 있는 不然其然이 발생한다.

이 발생부터 부딪쳐야 五運六氣論이고, 그로부터 어마어마한 우주생명학 테마에 부딪칠 때 비로소 <현대·초현대의 아우라지 美學의 길>이 열린다.

復勝이 바로 그것이다.

나는 이 復勝의 이치를 北韓북한의 숙청당한 경락학자 金鳳漢김봉한의 '산알'이론에서(19세기 末부터 작동되기 시작한 女性會陰腦論여성회음뇌론에서부터) 會陰→表層經絡표층경락까지의 五단계 復勝에서 生命身體系的생명신체계적 결론을, 朴景利박경리의 「김약국의 딸」에서 "맨 첫딸에서 맨 막내딸까지의" 다섯 딸의 성장과정에 비추는 그 아버지의 '빛(離卦이괘 - 周易)'이 어떻게 여성 속에 숨은 가능성을 키워내는가, 즉 <畜牝牛축빈우>

卦괘의 五단계(女性陰開闢여성음개벽과정)를 읽어내었다.

이것은 곧 『土地토지』의 大先後天融合開闢대선후천융합개벽으로 옮겨간다(坤卦곤괘).

마찬가지 우리는 金鳳漢의 復勝을 우주생명학의 가장 큰 원리로 周正易의 '象-曆道' 위에 '十'해야 한다.

오늘 5월 22일, 평원동 5일장에 간다. 그리고 호저면 갑오리에 간다. 곧 있을 목포의 '흰 그늘 바다로 가는 길'의 씻김굿을 생각하기 위해서다.

오후 東亞日報와의 "씻김굿-시김새-흰 그늘-블곰 그리고 세월호 사건" 이야기를 끝냈다.

내 마음 같아서는 아마도 온 유라시아 대륙과 온 유럽과 아메리카를 다 올려 바로 이 <씻김-시김-흰 그늘의 '블곰'이 文明문명의 現代-超現代的초현대적 우주생명학>에 관한 예감을 말하고 싶지만 아직 때가 이르다. 그 때 안에 지금의 先後天融合大開闢이 개이고 大海印대해인의 미륵 세 세상의, 그야말로 龍華會相용화회상이 오는 시기가 포함된다. 그러니 '아우라지 美學'에서는 참기로 한다. 다만 그 길만 비칠 뿐.

이제 신문에서는 언급되지 않았으나 장보고의 매골 수도 실항과 韓良子한량자의 「於海於岸經어해어안경」에 비쳐진 여러 無名무명 菩薩보리의 젊은 물꾼 이야기들을 言及언급만 할 것이다. 그리고 그것을 빌미로 美學의 길을 개척해 나갈 것이다.

한량자의 「於海於岸經」에 드러난 장보고인지 또 어느 道士

인지는 알 수 없으나 젊은 물꾼들에게 가르친 한마디,

"이 기인 물길의 저 머언 끝에 있는 새 땅 뒤에서 어떤 산봉우리가 너를 새 말로 새롭게 부르고 있다."

그것은 무엇일까?

베링海에 있었다는 노래 '이까이까루 데에무 와이스미 코낭카투이(새야 새야 네가 가는 곳이 어디냐 내가 발 담그고 있는 이 큰 바다 밑의 새파란 새 하늘 아니냐)' 그것인가?

박경리 소설 「김약국의 딸들」에서 넷째 딸 용옥이가 가덕도 앞바다의 그 미친 바다에서 침몰해 죽은 뒤 어부들이 그 시체가 껴안고 있는 아기를 떼어냈을 때 그 아기 밑에서 떨어져 나온 하얀 십자가의 비밀 같은 것인가?

아인슈타인은 "인류의 미래는 바다 밑 새 세계"라 했고 스티븐 호킹은 "인류의 미래는 바다 밑에서 찾아내는 새 우주일 것"이라고 했다. 그것인가?

인류는 아직도 희랍과 사라센, 그리고 장보고 이외에 거의 90%를 모르고 있는 이 바다(서양과 미국의 최정예 과학도 바다를 90% 밖에 모른다고 명백히 밝히고 있다)의 저쪽 끝에 있는 새 땅의 새 산봉우리가 우리 젊은이들을 부르고 있다. 그 산은 무엇일까? 그 부름은 무엇일까?

이 부름과 관련된 것이 바로 우리 민족의 미래일 것이요, 바로 '아우라지 미학의 길'일 것이다.

나는 이 길에서 바로 잃어버린 인류의 꿈의 삶길, 易道역도를 새롭게 되살려 보고 싶다. 그러나 周易주역과 正易정역, 또 그 짝퉁만으로는 그 꿈의 삶길은 不可能불가능하다. 그러나 완전한

理他道이타도로도 不可能하다. 象상과 曆력의 周正易주정역을 충분히 활용하면서도 '숨은 運氣운기의 드러남'인 復勝이 여러 西洋科學서양과학의 利點이점들과 現代 - 超現代的초현대적 우주 개입현상의 이해가 함께 고려돼야 '새 꿈의 삶길'이 열린다.

나는 이것을 易대신 우주생명학이라 부른다. 그리고 그 길을 여는 시작이 곧 아우라지 美學의 길인 것이다. 아우라지 美學의 길은 우주생명학 즉 새 易學의 첫 길잡이다.

그러나 이 길은 어디서부터 시작되는 것인가?

그 초점을 찾아야 하고 밝혀야 한다.

무엇인가?

정감록에는 利在弓弓이재궁궁이라, 동학주문에는 弓弓太極궁궁태극이라 해서 弓弓이 강조되어 있다.

弓弓이 무엇인가?

弓弓이 곧 이 길, 바로 그 새로운 山길, 그리고 내가 찾고 있는 이 강원도의 길이다.

무엇이 弓弓인가?

弓弓은 애당초부터 弓乙이다. 그것을 편의위주로 상서화하여 弓弓이 되었다.

弓弓은 본래 고대 인도의 수양기구였던 히빌리야타라니(Hiviliattarrani)의 경전격인 이핍誌에서 나온 '우주근본草초'를 뜻하는 弓에서 시작한다(아마 서기전 20세기 경). 바로 그 弓이 이 轉化전화하여(아마도 간다하라와 중국 서남쪽 여러 지역을 통과하면서) 그 살아 생동하는 力動性역동성까지 加味가미하여 弓乙의 反對一致반대일치의 二字成語이자성어가 된 것이다.

그 수십 세기에 걸친 과정에서 주어진 뜻은 '살아 움직이는 온 우주의 本體본체', '일체로도, 반대로도 자유자재로 변화하는 不變불변의 本體'를 말하게 되었다.

이것이 水雲思想수운사상에서의 不然其然 : 아니다, 그렇다를 상징하게 된 것이다.

그러나 그 유통과정에서 3가지 뜻을 함유하게 되었다.

① 살아있는 不變性불변성

② 반대를 포함한 찬성의 大力動性대역동성

③ 여자(陰·女·月)를 뜻하는 남자(陽·男·日) 즉 '彌勒미륵'이다.

나 '김지하'가 아닌 '勞謙노겸 김영일'의 길은 원하던, 원하지 않던 간에 그 자체가 이미 미륵에로의 길이다. 이제 나의 美學의 길, 아우라지 美學의 길이 바로 미륵에로의 길, 弓弓의 길, 弓乙의 戀浦연포의 길을 분명히 밝히면서 '강원도의 침묵'과 錯綜착종을, 醜추를 밝히며 이어 復勝의 길, 餘糧여량을 개척해 나가기로 한다.

戀浦연포는 완연히 '弓'形형의 물과 '弓'形의 山이다.

그러나 새올마을 뒷산 길에서, 戀浦길과 갈라지는 골덕내길은 그와 정반대의 乙형의 길이요 山이다.

골덕내의 또 하나의 이름은 제장마을인데 여러 가지 장(場-시장)이 서는 마을이란 뜻이다. 문제가 커졌다. 골덕내 자체가 진도의 매골 수도와 똑같은 의미와 발음구조인데 이곳이 漆足嶺칠족령이라는 딱 매골 수도나 팽목항과 같은 드세고 거친 식물들로 가득 찬 白雲山백운산 줄기의 기이한 지역이다. 박쥐나무, 꼬리나리 등 복잡하고 기이한 암석과 식물들로 가득찬 怪巖괴암이다.

이 옆에 戀浦가 있다. 그리고 그곳에 거북이 마을이 있다.

또 戀浦 입구에는 창말(선창마을)과 새나루(새 나루터) 같은 바다 옆 浦口포구 이름이 붙은 마을들이 있다.

왜?

"山이 바다의 참 시작이다."

"내 마음속에 몸이 있다."

이것은 미국의 어느 한 교육철학자의 말이다. 이제 이런 思考사고가 인류와 세계의 도처에 퍼져 나간다. 즉 서로 反對반대되는 것 속에 영향을 형성하는 것들 속에서 사물의 참다운 본질을 발견하기 시작하는 것이다.

마찬가지로 古代고대부터 바다의 참다운 성질이 山의 일정한 地形·地勢지형·지세 속에서 바다의 그것이 미묘한 형태로 나타나고 있음이 風水풍수와 地政學지정학 등 여러 분야에서 나타났고 심지어 "유목민(山으로 상징됨)과 농경민(산 위의 물로 상징됨) 사이의 융합(山上之有水 - 崔水雲의 詩, 神市가 그 대표적 융합구조임)"으로 나타나기도 했다.

우리 민족의 원형적 조상인 '환웅과 웅녀의 결혼'은 바로 그것이다.

우리 민족의 바이칼 이후 큰 전통인 ᄇᆞᆰ곰(밝은 어둠)에서 환웅(밝음 - 유목민)과 웅녀(어둠 - 농경민)의 결합이다. 이것이 모두 '八關會팔관회'라는 고려 초, 공적인 민중 문화의 핵심이요, 恨

한과 신명의 결합, 시김새의 근원이니 곧 흰 그늘이겠다.

이것은 근본에서 바다와 山 사이의 본원적 상관에 뿌리를 두고 있는 것이다.

이것이 다름 아닌 宋興祿송흥록의 "한국문화의 핵심은 판소리의 시김새이고, 그 시김새의 근원은 정선아리랑이다" 한마디에 있다.

그렇다.

시김새는 현대 미학의 최고 테마다.

혼돈적 질서, 밝은 어둠, 숨음과 드러남, 강과 약, 그리고 절망과 희망의 상호연속성에 입각한 힐링의 상징으로서의 발효인 것이다.

내가 이제껏 이 '아우라지 美學의 길' 저술 과정에서 내내 강조해 왔던 바로 그것, 餘糧의 여러 가지 의미와 기능들, 그리고 이제부터 다가오고 있는 超現代的초현대적인 여러 문제들, 火星화성에로 나아가 우주적 삶을 개척하려는 미국과 NASA의 문제에 있어서까지도 절대적으로 요청되는 바로 이 시김새나 餘糧의 근원적인 弓弓의 美學的 본질은 이 戀浦의 거북이 마을과 골덕내의 제장마을의 弓弓에 있다(白雲山의 나리소까지 合쳐서…).

그리고 그 마을의 근거인 '浦와 내'의 冥, 즉 '자궁우주'에 있다.

이 弓𢎥의 물과 山形의 리듬은 나리소 앞의 白雲山에서 흐르기 때문이다.

이 白雲山 앞의 冥所명소는 거대한 우주적 문제를 안고 있다. ‘이무기 전설’ 때문만이 아니다. 백두대간과 한반도, 동해안과 오호츠크海, 캄차카와 베에링 등 지구 東北方 天氣천기와 대륙, 半島반도, 태평양 등의 자연, 석회암·화강암 등 지질과 寒冷混沌形한랭혼돈형의 기이한 大氣대기 따위, 그리고 인류사 전체에서의 지난 9천년 동안의 유목민 이동의 신화적 축적인 7,000개 이상의 스토리 등은 바로 그 冥 속의 새로운 우주 변화의 번뜩임을 內包내포하고 있다.

이것이 베링海의 전설적인 노래,<이까루이까 데에무 와이스미 코낭카투이>의 숨은 뜻, 그 ‘새파란 새 하늘’인 것이다.

아인슈타인과 스티븐 호킹의 말

‘인류의 미래는 바다요, 그 바다 밑의 새 우주다’에서 새 우주에 연결되는 변화일 것이다. 그리고 그것이 바로 화엄경의 핵심인 海印해인이다.

바로 이것을 확실히 발견하지 못하면 미국·중국 등의 화성개척과 이주계획 따위는 말짱 헛꿈으로 전락한다. 핵폭탄처럼!

그러나 그것을 개척하는 과학이전에 우리는 이 冥이 弓弓 등에 대한 심도 있는 美學的 접근이 절대 필요하다. 바로 戀浦 골덕내, 거북이마을과 제장마을과 東江 전체, 정선의 ‘아리아리’를 통한 대접근, 미학적 접근, 그리고 백두대간 大勝地대승지에의 醫學的의학적 탐색과 ‘아리아리’의 美學的 힐링의 접근 등이 요청되는 것이다.

한 마디로 이 접근이 곧 ‘아우라지 美學의 길’인 것이다.

누가 이 테마에 감히 도전할 것이냐?

못한다.

다만 모자란 부분에 관한 충고가 있을 수 있을 뿐이다. 나는 그것을 충분히 받아들일 것이다. 그리고 그것을 이제 나의 우주생명학에 받아들여 활용할 것이다.

그러나 나는 안다.

그 사이 이에 틀림없이 자칭 進步派진보파의 흔해 빠진 '데마고기'가 설칠 것이다. 이미 수없이 있어왔다. 그러나 그런 것들은 도리어 나의 큰 성공을 도울 것이다.

그 성공은 나의 이론적 우수성에 있는 것이 아니라 전혀 현 시국과 현 젊은 세대 및 특히 여성 젊은 층의 내부에 자라고 있는(김봉한이 지적한 바 있는) 기이한, 이른바 會陰腦회음뇌의 특이한 '우주적 지향'에 의해 좌우되는 것이다.

나는 그것을 일러 이제 이름하여 戀浦美學연포미학이라고 부르겠다.

누가 누구에게 이렇게 말하는 경우, 다들 '틀렸다'고 판단할 것이다.

어떻게?

이렇게-.

"나는 너를 사랑하기 때문에 너를 틀려먹었다, 醜추하다고 말한다. 정신 차려라. 그렇지 않으면 나는 너를 버릴 것이다!" 이렇게!

이것이 옳은 말인가?

'틀려먹었다'는 錯綜착종의 일종이고 醜란 美의 반대말이다.

錯綜과 醜를 사랑이나 友情우정의 경우에 사용할 수 있는 것인가?

비록 錯綜과 醜가 객관적(?)으로 사실이라 하더라도 '사랑한다면(!)' '錯綜사실', '醜한 실상'을 말할 수 없는 것이다.

왜?

사랑은 바로 이 錯綜과 醜를 그 사실과 실상으로부터 지우는 일이며 뒤바꾸는 일이기 때문이다.

아니 그게 아니라 사랑은 그 錯綜과 醜에서 도리어 한 독특한 새로운 질서와 새 아름다움을 發見발견하기 때문이다.

그 發見이 바로 復勝인데, 그 復勝 속의 질서와 美가 바로 내가 奇然祥瑞기연상서라고 부르는 그것이다.

그리고 그것이 일어나는 사태가 대체로 餘糧이나 아우라에서 일어나는 것이다.

내내 이야기해 왔던 바와 같이 錯綜은 마르쿠제의 프로이트 理論이론의 哲學的철학적 硏究연구인 『에로스와 文明문명』에서, 그리고 醜는 카알 로젠크란쯔의 『醜의 美學』에서 西歐人서구인의 대응을 검토해 보아야 할 것이다.

첫째 마르쿠제의 『에로스와 文明』에서 다음과 같은 말을 주의해서 보라.

"'세계가 깨어났을 때 언어가 잠들었다'

현실원칙을 거부하는, 승화되지 않은 형태의 환상은 꿈, 백일몽, 놀이, 의식의 흐름과 같은 下部하부 현실적이고 초현실적인 과정에서 더욱 익숙하게 된다. 현실원칙을 넘어서 만족을 극단적으로 요구함으로써 환상을 확립된 개별화의 원리를 취소한다. 여기에 일차적 에로스에 위탁된 환상의 근거가 있을 것이다. 성욕은 개인을 넘어 확장되고 개인과 인류의 관계를 보장하는 '살아있는 유기체의 유일한 기능(Freud, A General Introduction to psychoanalysis p. 358)'이다. 성욕이 현실 원칙에 의해서 조직되고 지배되는 한 환상은 주로 정상적인 성욕에 대항해서 자신을 주장한다(우리는 이미 환상과 도착의 유사성에 관하여 논의했다. -Freud의 제2장) 그러나 환상의 에로스적인 요소는 도착된 표현을 넘어선다. 그것은 삶의 본능이 억압 없는 충족에 도달하는 에로스적인 현실을 목적으로 한다. 이것은 현실 원칙에 반대하는 환상 과정의 궁극적인 내용이다. 이러한 내용에 의해서 환상은 정신의 동력학에 있어서 특이한 역할을 한다."

그렇다.

그러나 현상으로의 착란과 착종은 분명 지리멸렬한 과거와 전통의 파멸을 초래하여 무질서를 종용한다.

그러나 사랑은 바로 그 같은 지리멸렬까지도 넘어서는 새 질서를 낳는다. 이 새 질서에 만약 山과 물(바다)의 질서가 들어간다면 어찌 될까? 아니라 해도 인간이 그것을 희망하고 갈구한다면?

마치 戀浦처럼, 마치 戀浦 입구의 창말(선창마을)이나 새나루처럼!

山을 바다의 자유로움, 그 弓乙으로 바란다면?

미리 말한다만 이것이 곧 餘糧이다. 잉여 따위 촌스러운 짓이 아니라 그 나머지 기능까지 다 포괄한 자본과 노동과 종교와 환상과 에로스의 대문명을 잉태한 그야말로 샛별, 南辰남진을 포함한 圓滿원만, 그래서 北河回북하회(개벽·통일 모두 포함)를 제 안에 품은 東辰으로서의 餘糧이다.

그러므로 제 안에 남은 음식(餘糧)을 품은 큰 잉여로서의 창조적 노동의 음률(노동에서 음률은 치명적인 요소다)인 정선아리랑이 바로 단순한 文化를 넘어 힐링(Healing)이요, 나아가 '민족의 힐링인 통일'이며 동북아의 평화와 화해이며 또한 세계와 인류의 새 미래를 可起가기시키는 새 文明문명을 창출할 것이다.

고로 水雲의 絶句절구인 南辰圓滿北河回남진원만북하회의 바로 그 圓滿원만으로서의 餘糧여량이 東辰으로써, 전 세계와 인류와 전 중생계를 海印과 大華嚴方廣대화엄방광의 미륵 龍華世相용화세상으로 이끄는 그 圓滿開闢원만개벽인 妙衍묘연의 촉수, 戀浦연포와 골덕내의 太極태극인 것이다. 즉 冥이다. 그리고 白雲山과 나리소와 戀浦입구 창말, 새나루와 칠족령 등을 울리는 아리아리인 것이다.

그 아리랑은 이것이다.

가사만 넣는다.

네가 간다면 말리지 않는다
네가 가서 십년 뒤 돌아올 때
가져올 무거운 상처는 어허야
사랑이니까 사랑이니까

어허야 아리아리 아라리요
사랑이니까

내가 남에게 이렇게 말한다면 어떨까?

"너는 나에게 있어 죽여도 시원찮은 그런 원수 같은 존재다."

그러나 이렇게 말하는 사람은 세상에 별로 없다. 없지만 그런 마음을 품은 사람으로 세상은 가득하다.

바로 이것이 錯綜이다.

그러므로 이것은 마르쿠제 스타일의 분석이나 재단으로 해결되는 게 아니라 그야말로 餘糧의 사랑으로 넉넉하게, 정선아리랑과 같은 '함께 노래 부르며 함께 손잡고 살자'고 '아우르기 뛰'를 춤추며 그야말로 冥을 느끼며, 아우라를 실현해야 해결되는 것이다.

餘糧과 戀浦와 골덕내와 東江의 아리아리의 세계는 그야말로 弓弓의 실현장인 太極의 세계, 대화엄과 海印과 龍華의 세상인 것이다.

그것이 地形지형과 노래로 주어졌으니 바로 勝地승지요, 冥界요, 弓弓이 아니겠는가!

이것을 '美'라고 밖에 더 부르겠는가!

'아우라지 美學의 길' 바로 그것이다.

다만 이것이 실상의 삶으로 整然정연하게 인식되고 實踐실천으로 自責자책되는가만 남는다. 이래서 先後天融合大開闢선후천융합대개벽이자 네오-르네상스의 구체적 목표로서 '弓弓으로서의 戀浦와 골덕내의 정선아리랑'이 제기되는 것이다. 그 구체적 문제에 대해서는 이제부터다.

그렇다면 醜는 어찌할 것인가?

이제부터 내가 부르는 대로 받아 적기 바란다.

"醜는 그 자체로서 存在존재하는 양식이 아니다. 醜는 반드시 美를 前提전제하고 存在하는 대립적 感性板감성판이다. 그러므로 醜에는 반드시 解體해체나 怪奇괴기나 붕괴와 같은 이른바 錯綜이 條件化조건화되어 있다. 이것을 일러 Hegel이나 Kant 美學 等등에서는 다같이 必要惡필요악 또는 先天的선천적 條件조건으로 취급한다. 운명이라는 말이다. 그러나 그럴까? 아니다! 나는 분명히 아니다고 말했다. 왜?

그것은 없어져야 하고, 없어질 수 있으며, 없어져야 마땅한 영역인 것이다.

왜?

그것은 正反合 等의 만들어진 假論理가논리에서는 필요요, 선천이겠으나 陰陽음양 외에 숨은 차원(不然)이 드러난 차원(其然)으로 復勝하는 餘糧의 次元차원에서는 도리어 제거되어야 하는 영역이다.

그것은 도리어 白闇백암(흰 그늘)과 같은 경우 逆轉역전의 순간적인 變化過程변화과정의 混亂혼란 같은 染色염색 정도에 불과하게 된다. 마치 不咸文化불함문화(붉곰)의 진행과정에서의 배달국(17개 부족의 취합 사회국가)같은 것이겠다."

나는 이렇게 말하고 싶다.

그것은 不咸의 바로 '흰 그늘(invienttamentliche Ausbrachtheit : 야코브 부르크하르트의 이탈리아 르네상스文化 미학에서 제시된 피렌체 르네상스 14세기 美學원리)'만이 아니라, 그것까지 내포한, 그리고 1만 5,000년 전 파미르高原고원의 八呂四律의 神市원리인 多勿다물까지 끌어안은 復勝복승, 五復勝, 十五復勝으로서의 아우라지 美學인 餘糧인 것이다.

그것은 남은 음식으로서의 잉여와 노동과 자본과 풍요 등의 핵심 美學으로서 錯綜과 醜와 여백의 온갖 문제의 근원들을 다 내포한 그 근본 Aura로서의 餘糧이니 바로 圓滿이고 샛별(南辰)로서의 東辰이고 유럽 17세기 초, 동양 16세기 중기의 분명한 女性藝術여성예술, 그리고 그보다 先行선행했고 또 그 뒤 19세기 末에 부활했던(손사막, 김봉한의 경락학) 女性會陰腦機能여성회음뇌기능이고, 부분적으로는 김봉한의 산알 효과인 것이다.

이것을 좀 더 정리하고 또 그를 중심으로 해서 동서양 핵심 주요 美學 전통 중의 창조적 부분들을 잡아내 보도록 하자.

女性예술이란 그렇게 이름이 붙여진 것은 아니다. 다만 여성적 취향과 모성적 지향이 강하기 때문에 그리 이름이 주어진 것일 뿐이다. 그러나 이미 16세기나 17세기에 그 같은 흐름이 나타난 것 자체가 결코 단순한 우연은 아닐 것이다. 그 밑에 강한 종교적 여성 지향과 미학이나 예술·문화에 있어서의 여성적 취향이 중요시되는 시대적 경향이 반영된 탓일 것이다.

간략히 말해 16세기 중기의 동양에서는 예컨대 매우 드문 현상이지만 중국의 경우, 娼女창녀들의 설움과 고뇌가 얼핏얼핏

스치는 '哀愍志 文學애민지 문학'이나 그런 類류의 노래들이 있었고, 印度인도에도 비슷한 경향이 있었으며 유럽의 17세기 초 이태리와 스페인, 프랑스 등에 집시風의 Salccasiozi 노래가 유행하였다.

이것들은 Fachoffen의 母權制論모권제론(On Matriarchy)에서 기이한 變種流行변종유행으로 예외적 형식 취급을 하고 있으나, 오늘 그것을 상세히 관찰한다면 도리어 마치 40여 년 전 북한의 金鳳漢이 '19세기 말에 다시 등장한 女性會陰腦'라고 부른 그 경락경향이 그보다 천여년 전에 이미 잠시 나타났다 사라진 初唐초당때의 경락학자 孫思邈손사막이 짚어낸 여성경락의 天應穴천응혈, 我是穴아시혈 등과 같은 時代超越的시대초월적 豫感形態예감형태 아니겠는가!

여하튼 중요한 것은 그 哀愍志나 Salccasiozi에서 강하게 드러나는 哀愁애수 또는 恨이다.

이것이 유럽의 경우에는 그 뒤로 現代에 와서 Feminism예술의 기초를 이루었다는 점이다.

그런데 바로 이 점에서 볼 때, 그 哀愍志나 Salccasiozi가 중국, 인도, 유럽 등에 Fachoffen의 이른바 기이한 變種流行이었던 시절에도 한국의 민중예술(판소리, 탈춤, 俗謠속요, 짜배기 등)에서는 그야말로 恨 일변도의 유행이었다는 점을 잊지 말아야 한다.

또한 잊지 말아야 할 것은 오늘의 한국의 예술, 女性藝術에서 거꾸로 이(과거의 전통인) 恨이 귀신같이 홀연 사라져 버렸다는 점이다.

왜?

물론 경제상승이나 여성생활 번잡화에 따른, 그리고 욕망과 연관한 생활의 변화에 따른 '恨의 弱化약화나 消滅소멸'이지만, 그와 함께 정선아리랑 및 그로부터의 강한 저 민중문화에의 영향력 형태의 나툼새 등의 확산이기도 하다.

시김새 못지않게 이 나툼새를 잘 검토해보아야 하겠다.

이 과정에서 먼저 전통적 女性藝術의 그 恨의 어떤 限界性한계성이 있었던가, 아니면 그 한계를 넘어선 無限志向무한지향의 祥瑞상서로운 깊이, 즉 冥명이 서려있었던가를 검토해 보아야 한다.

恨과 冥의 동시검토가 요청된다. 누가 이렇게 말하기도 했다.
"恨은 제 운명에 대한 心理的심리적 고뇌를 말하는 것이지만 冥은 마치 귀신 소굴처럼 음영이 북적북적 거리는, 마치 지옥 같은 어두움이요, 그늘(陰음)이다. 그러므로 이들은 恨의 극단적 과정으로서의 冥, 冥의 압축된 삶의 어둠으로서의 恨을 서로 연결해서 제시한 테마" 라고.

그럴듯하다.

그러나 분명 둘은 다르다.

恨은 神明신명이라는 명칭(옛부터의 이름)을 가진 활기 띤 생명력에 대한 반대 경향으로써, '음울한 침체를 동반한 슬픔'이다.

冥은 하늘에 대한 반대를 뜻하지는 않는다. 冥은 그 스스로 어떤 큰 하늘과 같은 해방에로의 독특한 出口의 한 형태인 것이다.

그렇다면 恨도 그런 것 아닌가?

恨에 대한 생각이 깊어지면서 차차차차 도리어 冥과의 비교 단상이 유행하고 깊어진다. 고려 말, 조선조에 그러하였다.

그러나 명백한 것은 冥은 자연, 즉 山川의 음영, 陰山과 陰水의 영역이다. 이 점에서 분명한 區分구분을 먼저 주어야 한다. 그래놓고 나서도 恨과 冥의 비교 은유나 감성이 유행한다면 그것은 도리어 그 은유나 감성 자체가 이미 人心이나 自然자연의 한계를 넘어서는 초경계적 詩的시적 비유의 영역에 이른 것이다. 또는 哲學的철학적, 美學的미학적 개념이게 된다.

지금 한국 여성예술에서의 '恨의 사라짐'은 恨과 冥의 완전 소실이 아니다. 여성들의 생활적 恨이라는 신세 한탄의 영역에서 恨을 넘어 冥으로, 우주적 우울과 그늘의 깊은 영역으로 크게 나아가는 그 나름의 커다란 나툼새의 영역이 나타나기 직전의 허공이다.

나툼, 나툼새가 무엇인가?

간단히 줄여 말하면 '확산'이다.

그것은 작기도 하고 크기도 한 여러 종류의 확산일 수도 있다.

따라서 단순한 범위 확장이나 넓이의 경우도 있으나 거대한 우주적 확대일 경우도 있고, 그 다양성과 종류의 다수라는 縱的擴散종적확산도, 質的擴散질적확산도 역시 나타난다.

한국의 女性藝術여성예술 그리고 이에 연관된 아기藝術에서 즉 老子의 이른바 玄牝현빈과 玄覽현람에서, 바로 이 같은 나툼새가 나타나고 있다. 그 징조는 여러 가지다.

그래서 이전과 같은 단순한 신세 한탄류의 恨이 줄어들거나 사라지고 도리어 그 恨은 점점 커져서(단순한 女性種여성종 Femin의) '種的종적 우울'도 아닌 거대한 冥的인 恨으로 확산되기 시작한다.

무서운 일이다! 바로 이것이 先後天융합대개벽이다. 이것을 莊子장자는 混沌혼돈이라 줄여서 표현했으나 그 내역을 따져나가면 결국 나툼새와 冥의 영역에로 나아가게 된다. 莊子는 混沌 즉 無를 天地의 아름다움(天地之美)이라 불렀다.

최근에 출간된 이성희의 『미학으로 동아시아를 읽다』에서는 어찌 취급되었는가?

바로 이 같은 나툼의 확산근거로서 여러 老莊學的노장학적 原理원리들을 다루고 있다.

세 군데를 인용한다.

1) 대붕이 날아오른 북명과 도착지인 남명의 '冥'을 주석가들은 대체로 바다로 해석하는데 본뜻은 '어둡다'는 뜻이다. 어둠으로 끓는 바다. 그것이 混沌이다. 대붕은 혼돈의 바다에서 떠올라 다시 혼돈의 바다로 날아간다. 그런데 우리 무의식의 저 깊은 근원에 자리하고 있는 混沌, 원형의 바다는 사실 子宮자궁이 아닐까. 흥미롭게도 冥자의 갑골문을 보면 아기가 들어있는 자궁을 두 손으로 열고 있는 모습이다. 혼돈은 모든 것이 해체되는 곳이기도 하지만 동시에 새로운 생명이 창조되는 자리이기도 한 것이다.
   그러고 보면 자궁의 冥에 살던 물고기의 이름이 鯤곤이라는 점도 심상찮다. '곤'에는 물고기 알이라는 뜻도 있으니 말이다. 알이야말로 생명의 시초이며 원형이다.

혼돈 속에서 이루어지는 창조를 20세기의 위대한 철학자 화이트헤드는 '合生합생'이라고 불렀다. 대립적이고 이질적인 것이 만나서 창조적으로 공진화하여 차원을 변경하는 것을 말한다. 생물학자 린 마굴리스는 원핵세포에서 진핵세포로의 전환이라는 생명계 진화의 최대 사건이 적자생존의 투쟁이 아니라 협력과 공생에서 발생되었음을 밝히고 있다. 예컨대 박테리아 원핵세포 안에 다른 박테리아, 즉 타자가 침입하는 사건이 생겼다고 해보자.

여기에서 투쟁을 통하여 주인이 이기면 타자는 주인에게 소화(동화)되는 것이고, 반대로 타자가 결정적으로 승리해 버리면 주인은 감염되어 죽고 만다. 만약 이 둘의 힘이 팽팽한 균형을 이루어, 공존하게 될 때 주인은 타자로부터 자신의 유전정보를 보호하기 위해 핵막이라는 성을 쌓은 채 공생하게 되는데 그것이 바로 진핵세포의 탄생이다.

한쪽의 일방적인 파괴가 아니라 각자가 자기동일성을 유지한 채, 타자라는 차이성을 포용하며 공생할 때 새로운 차원의 변경이 일어나는 것이다.

우리 몸의 세포가 타자였던 미토콘드리아와 공생함으로써 생명 활동을 폭발적으로 증진시킨 사건도 그러하다. 合生이야말로 생명의 창조성이다.

주역으로 보자면 지금은 생명이 박탈되어가는 혼돈과

위기의 시대, 剝卦박괘 (☶上☷下)의 시대라고 할 수 있을 듯하다. 박괘는 흔히 도가 지나쳐 오만과 사치와 방탕에 빠진 문명을 상징한다. 박괘는 다섯 개의 음효 위에 하나의 양효가 있는 모습이다. 끝에 있는 양효의 효사는 碩果不食석과불식. 王弼왕필의 주석에 따르자면 씨가 되는 과일은 먹히지 않는다는 뜻이라고 한다. 늦가을 가지 끝에 남아 있는 감 하나!

박괘 다음에 이어지는 것이 復卦복괘(☷上☳下)이다. 복괘는 박괘와 정반대로 5개의 음효 밑에 하나의 양효가 올라오고 있다. 복괘는 절기로는 冬至동지에 해당되는 괘로서, 음이 극한에 다다른 가운데 한줄기 생명의 양기가 가장 밑바닥에서부터 회복되어 나오는(一陽來復일양내복)괘이다. 가지 끝의 외로운 씨과일이 기어코 봄을 몰고 오는 것이다.

어둠의 자궁 속에 창조되고 있는 생명 같은, 우리 시대의 그 씨과일은 무엇일까? 나는 감히 그것이 詩가 아닐까 생각해 본다. 詩는 대립과 갈등 속에서 새로운 '合生'을 품고 있는 씨이다.

2) 石濤석도는 '옛것을 빌려 오늘을 연다(借古以開今차고이개금)'고 하였고, 秋史추사는 '옛 속으로 들어가서 새로운 것으로 나온다(入古出新입고출신)'고 하였다. 옛 사람들이 고투를 통해 성취한 업적은 뒷사람에게 근원으로 들어가는 표시가 된다. 다만 그것은 머물러야 할 거주처가 아니라

하나의 길이다. 그 길을 통해 예술가는 근원으로 향한다. 石濤와 秋史는 옛 전통을 공부하되 그것에 얽매이지 않았던 것이다. 그들은 옛길을 거슬러 거슬러 가장 근원인 '고향'에 닿았다. 그리고 그곳에서 '一劃'을 얻었다. 그 일획은 가장 근원적이면서도 가장 개성적이다. 가장 기이하고 괴상하면서도 가장 보편적이다. 그 일획은 우주적 고통과 환희, 그 모순적인 창조력에 닿아있다.

3) 삶의 신산고초가 또한 근원의 부조리와 혼돈으로 우리를 이끄는 힘이다. 石濤의 예술 역시 치열한 '蒙養몽양'과 처절한 '生活'을 통해서 가능했던 것이다. 이 몽양과 생활을 통해서 비로소 '수(感受性감수성)'의 과정은 하나의 창작과정으로 완성된다. 특히 자연의 창조력을 본받는 생생한 생활의 체험이 창작으로 이어지는 여정을 石濤는 '脫胎탈태'의 과정으로 제시하고 있다. 탈태라는 말은 도교의 술어로서 옛날의 몸을 벗고 새로운 몸으로 다시 태어나는 것, 즉 신선이 되는 것을 말한다(…).
물론 이러한 미학의 뿌리는 莊子의 '物我一體물아일체'에까지 거슬러 올라간다(『미학으로 동아시아를 읽다』, P.175에서).

그렇다.
바로 冥이다.
즉 현대 한국 美의 감성은 여성예술의 경우, 恨에서 冥으로 나아가고 있다.

이 과정에 美學의 仲介중개가 드러나기 시작한다. 그래서 文化운동의 어떤 움직임이 있어야 하는 것이다.

이른바 대개벽이다.

여기에서 우리는 아우라지의 冥, 곧 文殊문수가 예시한 '강원도의 冥界', '一萬文殊일만문수가 태어날 때부터 도사리고 있다는' 대화엄의 陰山帶음산대, 즉 '자궁우주'의 미학적 正體정체가 이성희 미학의 진전에 구체화 되어 있다.

그리고 이 아우라지가 왜 '대화엄'인가가 선명히 드러나기 시작한다.

스님 明法명법의 美學『미술관에 간 붓다』에서

> "불교에서 美와 예술은 '천개의 강에 다 달리 비치는 하나의 달'이다.
> 서양미학 같으면 실제는 하늘에 떠있고 강에 비친 건 허상이라 할 것이지만 동양사상에서 특히 불교에서는 하늘에 뜬 것도 나머지 천개도 다 달이다. 각각이 다 고유한 아름다움을 지녔고 존중해야 될 '상서로움'을 다 지녔다. 예컨대 山水畵산수화에서 여백의 美란 단순히 비워놓은 것이 아니라 담지 않음으로서 전체를 도리어 '완성'하는 것이다.
> 그 전체, 그 본성을 살펴야 한다."

다시 돌아왔다.

그 전체, 그 본성이 무엇인가?

바로 恨의 바닥에서 열리기 시작하는 冥이다. 여성예술에서 바야흐로 恨이 恨, 그 자체의 서러움을 멈추고 깊은 설움 속에서 도리어 몽양을, 탈태를, 일획을, 드디어 海印과 華嚴화엄의 세계를, 混沌을 통해 無를, 天地천지의 아름다움을, 合生을 표현하려 한다.

그러나 결코 合生은 아니다. 변증법은 착각이거나 사기다. 그것은 復勝복승인 것이다. 숨었다 드러남이다. 合 따위가 冥을 드러낼 수는 없다.

도리어 冥의 復勝 과정에 부분적으로, 간헐적으로 合이나 生이 드러나는 것일 게다.

이 과정이 바로 시김새이다.

그러나 구체적으로는 무궁무극의 확산지향이니 나툼이요, 나툼새이다.

이것이 뚜렷하게 餘糧여량의 양식으로 창조되고 있음이 곧 정선아리랑인 것이다.

천여년 전 慈藏자장에게 文殊는 '화엄의 꿈' 中 분명하게 강원도와 충북, 경북의 산악지대를 冥, 冥界라고 표현, 지적했다.

그런데 그 冥이 바로 石濤와 秋史의 그것, 곧 莊子장자의 바로 그 混沌이고 老子의 玄牝현빈이고 玄覽현람인 것이다.

다시 말하면 餘糧이요 아우라지인 것이다. 따라서 당연히 그것은 '시김새'이니 흰 그늘이고, 무궁확산이니 응당 나툼새인 것이다.

전라도 판소리 등 南道남도예술에서 시김새와 나툼새 등은 마치 효과(恨의 기능과 비슷하다!) 차원을 크게 못 벗어나서 하나의 美學的 機能기능의 역할을 하지만 정선의 경우에 그것은 본질적 영역이다.

그렇다면 백두대간(백두산에서 함경, 강원, 충북, 경북을 거쳐 전라도의 지리산-한라산까지 巨形으로 비틀어진)의 근본인 戀浦-골덕내-나리소의 弓巨는 冥中의 冥일 수밖에 없고 美의 美인 Aura(벤야민의 '초월적 우주본체')일 수밖에 없으며 그로부터, 그에 의해, 그의 힘으로 촉발된(여성들의 恨으로부터 신명과 함께 흰 그늘의 원리로 성장한) 정선아리랑의 餘糧의 창조력은 그야말로 '美의 美' 즉 奇然祥瑞기연상서이게 되는 것이다.

앞의 (10)과 (11)의 문제제기에 대한 해답들이다. 바로 이것이 현대 예술의 최고 테마인 Healing의 비밀의 열쇠인 것이다.

그렇다.

정감록 등에 어째서 강원도, 충북, 경북의 백두대간 山地가 '勝地승지'로 상승하는 것인가?

왜?

바로 冥을 얻은 陰山음산으로서의 弓巨의 秘訣비결때문인 것이다.

여기에 美學이 없겠는가?

무엇인가?

(12) (13) (14)부터 살펴보도록 하자.

우선 '손곡'부터 들어간다.

손곡은 허공으로 죽죽 일직선으로 뻗쳐 올라간 나무들의 기이한 上向氣상향기로 인해, 또 둘러싼 산봉우리들이 그리 크지 않음에도 上昇氣運상승기운을 내 뻗어서 바로 손곡이 된 것이다.

그래서 三國末삼국말의 後百濟후백제의 견훤이 초기(尙州상주 직후)에 제 王國왕국을 건설코자 精兵정병 15만명을 잠복시키고 文幕문막벌판을 노리며 흥원창(月峰·三江合水處월봉·삼강합수처)과 좀재(술미마을)를 이른바 弓治궁치라 칭하고 몇 년간 제 땅으로 지배했던 것이다.

문제는 정산리의 居頓寺거돈사(禪宗선종)와 부론의 法天寺(법상종) 사이에 있는 풍점고개다.

이 길은 약 700년여에 걸쳐 두 절 사이를 오가는 論法的논법적 爭論쟁론 때문인지, 內的 苦惱고뇌 때문인지 모르겠으나 두 절과 밖으로부터 개입한 인물까지 합쳐 열세 명의 스님이 여러 가지 형태의 죽음을 맞이하는 곳으로 알려져 있다.

그것은 근본적으로 禪宗과 法相宗의 워낙 거리가 큰 宗派的종파적 차이 때문인 것으로 알려져 있으나 실질적인 것은 더 알 수 없다.

지금까지도 도로를 아스팔트로 봉하지 않고 갈대와 독초가 가득 찬 흙길로 놔두고 대신 고개 마루에 화장실과 쉼터를 세운 것은 기념을 위한 것일 게다.

그러나 문제는 왕건이 궁예를 패퇴시킨 뒤 원주 동쪽과 산악쪽(오대산 등)의 화엄사찰 등에 일종의 균형을 세우기 위해 호저면의 興法寺흥법사와 부론면의 法天寺라는 두 개의 거대한

法相宗 사찰의 중건을 특히 신경 써서 직접 출두해 지휘하거나 그곳의 큰 스님을 위해 비문을 써 남기는 등 안배를 한 사실이다.

거기에 곁들여 居頓寺거돈사라는 거대한 禪宗사찰이 가까이 오래전부터 있었다는 사실이다. 이것은 당시의 정치에 민감했던 종교 정책으로 볼 때 무엇을 뜻하는가?

또 있다.

法天寺와 부론마을 사이에 있는 거대한 중장터의 존재와 바로 그에 연속된 月峰월봉, 즉 단강(충청도), 섬강(강원도). 한강(경기도)의 三江合水處삼강합수처에 펼쳐진 興原槍흥원창이라는 창말 즉 거대한 선창마을의 존재다.

영서지방 최대의 船槍선창으로서 조금 남쪽의 牧溪목계나루와 함께 흥원창은 유명한 고대시장이었으며 月峰의 다섯 봉우리의 두 번째 큰 봉우리위에 큰 샘물이 있어 山上之有水 즉 周易의 山澤通氣산택통기나 正易의 艮兌合德간태합덕같은 고대 神市의 영적 기운을 그대로 내려받고 있는 점, 화엄경의 경제원리를 이어받은(화순 운주사 앞의 중장터와 똑같은) 중장터가 강가에 크게 펼쳐졌던 점 등은 참으로 큰 탐색을 요구하는 역사적 사항이다.

이와 같은 사실은 車가 없던 시절에 큰 수송을 전담했던 배들이 수십 척, 수백 척씩 닿았던 위의 세 큰 강물에 연결하여 본격 검토해야 할 안건이다. 더욱이 바로 한반도의 지리학적 중심(흥원창)이요, 종교에 있어서도(불교, 동학, 기독교, 그리고 무속 등 토착 풍속) 중심이며, 박달재(단강도 그렇다)의 고조선

솟대 풍속과 정도령의 山市 흔적(목계의 波市와 15리 정도 간격) 등은 치명적인 역사 탐색의 요구 사항 등이다.

이것은 무엇을 뜻하는가?

한반도의 진정한 숨은 역사의 참다운 전개는 이제까지의 평양의 고구려, 경주의 신라, 부여·공주의 백제, 그리고 개성의 고려와 한양의 조선 따위와 같이 王都왕도 중심의 政治史정치사가 아니다.

왕건, 궁예, 견훤과 경순왕, 그리고 고구려의 수많은 장수들이 북적거렸던(정감록의 이른바 利在弓弓의 十勝地의 핵심 영역들, 경북·충북·강원 등 山地의) 中朝鮮중조선이 이제 바야흐로 선후천융합대개벽을 맞아 그 땅의 본질과 그 시간의 숨은 뜻을 드러내기 시작하는 것이다.

이른바 '水王史'다.(물과 바다의 숨은 뜻은 山에 있다)

기이한 역사다.

Rudolf Steiner 문자로 '聖杯성배의 民族史민족사'인지 모르겠다.

그렇다고 지금 강증산敎에서 강조하고 있는 국수주의적 환단고기風풍을 말하는 것이 아니다.

지금 진행 중의 세계사, 우주사 속의 동아시아 태평양의 독특한 전향 속에서 그것을 보고 있는 것이다.

이제 거기에서 冥을 살펴보기로 한다.

이리 보나 저리 보나 결코 재, 또는 고개라고 부르기 힘든 술미(정산 2리) 즉 좀재를 좀스런 고개라는 이름 붙인 것은 물론 그곳 동네사람들이었겠지만 아무리 보아도 그곳은 고개라고 부를만하지 않다. 고개는 두 산오리 사이를 말하는 것이지 좀재처럼 강물과 허름한 언덕 사이의 고불고불한 언덕길을 고개라고 부를 사람은 없다.

그런데도 그곳을 좀재라고 부른 것은 무엇 때문일까?

좀재란 우리말의 깊은 의미망을 들춘다면 조피리미재(조그만 송사리들이 뛰노는 언덕)같은 말이다.

이 지역 토착지명을 좀재로 들어 올린 것은 실제에 있어 견훤이었다고 한다. 견훤은 상주에서 신라 벼슬을 살다 올라와 새 王朝왕조를 세울 야심으로 손곡에 군사를 매복시키고 文幕문막을 노리던 몇 년의 시절, 강으로 열린 이 언덕길을 弓治궁치라 부르며 그 연속성의 연장에서 신라를 망하게 할 거라고 큰 소리를 버릇삼았다 한다.

즉, 당시 세상에서는 신라는 궁녀와 왕비들의 女風 즉 '보지기운'이 나라를 망하게 만들었다는 소문이 파다했다. 거기에 빗대어서 견훤은 늘 버릇처럼 "내 자지는 조그맣지만 기운이 굉장하다. 그 힘으로 신라 보지들을 짓이겨 버리고 새 나라를 만들 것이다."는 말을 일삼았다고 한다. 이것이 곧 弓治란 말의 속뜻이다.

그러나 그 인근의 속 깊은 늙은이들과 여편네들은 일삼아서 그런 견훤을 흉보았다. 좀재, '꾀죄죄한 좆쟁이'라고!

그래서 '좀재가 부론에 퐁당 빠져죽을 게다'라는 말을 공식화했다고 한다.

富論부론은 좀재와 문막 사이에 있는 마을로서 법천사 중창터 바로 그 장거리로 성장했다. '풍부한 먹거리'의 뜻이고 또한 '論'은 배론, 귀론, 회론 따위와 같이 물을 론이라고 발음하는 이 곳 사투리의 일종이다.

또 부론은 三江이 合水하는 곳이다.

그래서 큰 물이다.

그러므로 큰 보지를 뜻한다.

"꾀죄죄한 자지가 큰 보지에 퐁당 빠져 죽는다"는 의미, 신라 女風여풍에 도리어 망할 것이라는 뜻이 된다.

결국 견훤은 훗날 이곳에 정착하지 못하고 경주로 내려가 과연 그곳의 궁녀, 왕비들의 女風을 강간, 겁탈로 휩쓸었으나 성공하지 못하고 도리어 지금의 전주 이남의 전라도(본디 견훤 조상들의 고향)로 피해가서 그곳에 후백제를 건설하게 된다. 그리고 뒤가 짧다.

이것이 말하는 것은 무엇일까?

冥이다.

좀재엔 드물게(동네 사람들은 '좀재'라는 이름을 싫어한다) 좀재마을이라는 돌비석을 세운 곳이 있다. 이 근처가 사실 불교풍수학에서 十冥으로 부르는 지역이다.

쉽게 말하면 極陰地극음지란 뜻인데, 기이한 것은 이 고개에 한때 시끄러웠던 법무부 차관 '김학의 성접대' 사건의 장소인 별장이 있다. 왜 하필 그곳인가? 아마도 그것은 冥 때문일 것이다.

이 冥이, 그 중에도 十冥이, 암시하는 역사지리학적인 政略的정략적 深義심의는 무엇일까?

바로 中이요, 圓滿원만이다.

이것은 原州, 忠州, 여주, 이천의 역사적 의미망, 그리고 정감록과 동학 부적의 숨은 의미망의 형성과 연관된다. 그리고 견훤의 손곡, 왕건 궁예의 문, 고구려 신라 사이의 충주 등이 갖는 기이한 의미망이 바로 이 十冥과 관련되고, 앞으로의 '동아시아·태평양' 세계 변동의 한 Aura로 작동할 것으로 예감된다. '창조적 Buffer'?

14.에 관해 생각해 보자.

水雲 崔濟愚최재우 선생의 詩에 '南辰圓滿北河回'가 있다.

'남쪽에서 떠오르는 샛별이 중조선의 원만을 얻으면 북쪽의 강물 방향을 바꾼다'는 뜻이다.

남쪽과 북쪽 사이는 중간이다. 圓滿은 중조선을 말하는 것이다.

水雲이 감옥에 간 뒤 海月해월이 중조선에서 활동을 주로 한 것은 이 詩의 지침 때문이다.

전라도에서 甲午改革革命갑오개혁혁명이 일어나고 海月이 옥천 都所도소를 떠나 경기도 利川이천으로 옮긴 것은 바로 그곳 鶯山앵산에서(봄 꾀꼬리 같은 원만함) 기운을 얻어(그래서 그곳에서 금강산 당취 두목 彬杉빈삼, 정역·남학·백두산 天符천부 수련자들을 모아 여자인 蝨슬 밑에 화엄개벽을 위한 水王會를 세움. 1895년) 그리하여 대개벽(燈明水上등명수상)을 이루는 北河回(北은 北韓만 뜻하는 것이 아니다. 역사적으로 대문명국, 선진국들을 통괄하는 '北'이다. 거기에 비해 '南'은 제3세계를 말한다. 따라서 北河回란 대 문명국들의 역사적 관행의 방향이 근본적으로 바뀌는 '대개벽'을 말한다)를 시도하기 위해 1895년 음력 4월 5일 11시(水雲의 得度日득도일)에 向我設位향아설위라는 동서양 인류역사 전체의 제사풍속을 완전히 뒤집는다.

아직도 이것은 완전히 뒤집어지지 않았다.

그렇다.

이것을 뒤집는 것이 곧 지금의 先後天融合大華嚴開闢선후천융합대화엄개벽인 것이다. 그래서 海月은 스스로 中朝鮮중조선에 묻힌다(이천강 옆 元積山원적산 天德峰천덕봉에 묘소가 있다).

이것은 利川이 中朝鮮일뿐 아니라 주역의 이른바 利涉大川이섭대천의 자리 즉 여성의 역사상 돌출의 장소였기 때문이다.

지금 易전문가 宋在國송재국(淸州청주)은 분명히 현재를 선후천융합대개벽이라고 못박고 있다.

그렇다면 이 중조선에서 맨 먼저 일어날 개벽은 무엇이어야 할까?

여러 가지가 있겠으나 우선 '통일대박'이 아닐까? 그것이 융합이다.

그리고 그것은 남북만 아니고 동서양, 육지와 해양, 남성과 여성, 세계와 우주 등이겠다.

이곳에 미륵산과 백운산 사이의 兩岸峙양안치, 남한강과 북한강 사이의 두물머리, 九美亭구미정의 東川과 九折里구절리의 北川 사이의 아우라지가 있다. 실질적인 통일대박의 예감이 아닌가!

이제 차차차차 兩岸峙와 두물머리와 아우라지의 선후천융합의 화엄성격이 밝혀질 것이다.

그리고 여성이 일어서는 때이어야 한다.

중조선에 지금 Premium Outlet이 한창이다. 미국 유행이지만 자세히 살펴보면 神市, 五日場의 확대판 느낌이다(예감 차원에서).

이천, 여주, 원주 세 군데인데, 그 장의 주요 CEO들이 주로 영향 받는 곳이 어딜까?

기이하게도 정선 5일장, 10만, 16만씩 몰려드는 약초와 아리랑노래의 판매장인 것이다. 정선 5일장이 '창조경제의 씨앗'이라는 박정권 쪽에의 두 번의 내 귀띔은 헛소리가 아니었다.

그런데도 이른바 창조경제는 그것대로 Premium Outlet과 정선장은 마구 또 그것대로 흐르고 흘러간다.

그 가장 심각한 원인이 공무원들이 국가 대사에 게으른 것이겠지만, 자세히 들어가면 경제학이나 사회학 하는 者들의 게으름과 서양짝퉁 때문이다. 神市의 예감은 뉴욕 금융사태 이후 '1% 대 99% 세계 폭풍'만이 아니다.

프랑스의 작은 市場시장 - '神의 우물'만이 아니다. 일본 主婦주부들의 아메 요코만이 아니다. 한국 중소도시의 5日場의 부활만이 아니다.

FTA나 TPP만이 아니다.

미국의 마트나 몰mall에서의 40대 主婦들의 흥정과정에서 예전과 달리, 유난히 날카롭게 快·不快 쾌·불쾌에 대한 물건의 美學的 효과에 민감한 반응이 일반화되고 우리나라의 강남 지역과 중소도시 중산층 이상의 主婦들의 흥정 과정에서 그것이 유행하는 점이다.

이것은 좁혀 말하면 Karl Polanyi의 이른바 '호혜, 교환, 획기적 재분배'의 통합구매가 美學的 快感쾌감을 앞세워 일반화되는 현상이다.

'정부의 섬세한 개입 없이 여성들의 소비섬세화에 의한 날카로운 조절'이라는 월러슈타인의 요구가 관철되기 시작한다는 뜻이다(소비가 생산시스템을 조절).

즉 현대적 호혜시장의 욕구가 여러 형태로 드러나는 것인데 바로 아우라지의 '東川의 九美亭구미정과 北川의 九折里구절리'가 암시하는 天符經천부경 9×9=81의 핵심인 妙衍묘연이 실제 경제현장에서 作動작동하기 시작했다는 증거다. 물론 현재는 재벌기업이 그것을 관계하고 있다. 제레미 리프킨의 '공유사회' 이른바 Zero가 무엇인가?

즉 餘糧의 作動작동이다!

餘糧은 그야말로 '남은 음식의 여유로운 우주적 생명력'인 것이다.

문제는 그 생명력이 '여유로운 우주적 필요만 아니라 다급하고 초초한 매일 매시간의 급박한 필요까지도 다 함유하고 있다'는 점이다.

이래서 餘糧은 도리어 Marx의 '잉여이론'이나 막스 베버의 '프로테스탄 캐피털리즘'의 常餘상여(지속적 잉여론)이론을 함께 沒價值몰가치한 것으로 밀어버린다.

바로 이것이 정선아리랑의 가치요, 冥의 美學이 들어 올리는 통합적 우주생명학의 가치관이며 새 시대의 새로운 세계경제학의 시작, 즉 참다운 神市의 還歸本處환귀본처, 그야말로 선후천 융합대화엄개벽의 *妙衍法*인 것이다.

妙衍法. 妙衍!

드디어 天符經의 핵심인 *妙衍*이 나왔다. 기이한 일은 지금 미국 유행을 들여와 중조선의 利川이천, 驪州여주, 原州원주에 커다란 규모로 '정선 5일장'의 부분적 흉내를 기초로 해서 진행되는 Premium Outlet은 갈 데 없는 餘糧의 아우라지장터다.

그러나 아직은 일정한 限界한계 안에서 그렇다.

즉 '*妙衍*萬往萬來묘연만왕만래'의 6字 限界한계 안에 있다.

즉 女性(主婦들의 美學的집착 소비관행)과 아기들(*妙衍*)의 '生命·生活中心價値性생명·생활중심가치성추구'의 중심가치와 함께 萬往萬來의 萬事융합적 대판매시장의 발현, 즉 그야말로 대개벽이다. '제장 시장'이다.

이 6字는 그대로 호혜, 교환, 그리고 차차차차 '획기성과 재분배'의 길을 더 많은 현대·초현대의 여러 기업 요소와 함께 융합하면서 나아갈 것이다. 그러나 다만 징조가 그렇다는 것이다.

이것은 그대로 神市, 오일장과 함께 天符經천부경, 山海經산해경, 華嚴經화엄경의 광대한 융합의 還歸本處환귀본처를 목표로 나아가고 있는 것이다.

참다운 아름다움, 海印의 길이요, *妙衍*의 길이요, 龍華용화의 길인 것이다.

우선 *妙衍*과 *妙衍法* 이야기까지 나왔다.

그러면 문제가 제기된다.

· 美는 存在존재인가?

· 美는 유전자인가?

· 美는 이익인가?

이 세 가지가 대답되어야 드디어 海印, 妙衍, 龍華의 길이 열리고 還歸本處의 神市論신시론이 등장할 것이다.

· 美는 存在인가?

이성희의 『미학으로 동아시아를 읽다』 p. 272에서 美의 存在論의 근거를 찾아보자.

> "一劃일획은 無法무법과 有法유법을 가로지른다. 그것은 法이 형성되기 이전의 무한한 가능성의 자유와 법이라는 제한 사이에서 진동하고 움직이고 생성한다. 화가의 一劃일획은 유한한 형태를 창조하는 인위적 행위이면서도 무위와 무한한 자유를 지향하고 품는다. 그리하여 유법 속에 품어져 있는 무위의 무한한 자유가 변화를 만들어 낸다. 石濤석도는 말한다. '모든 사물에는 잘 변하지 않는 원칙적인 것(經)이 있는가 하면 상황에 따라 변화하는 것(權)의 양면성이 있다'. 법칙이 있으면 반드시 변화가 있는 것이다"(변화장).

이러한 모든 변화 역시 근본적으로 一劃의 생성력이 만들어 내는 것이다.

이러한 石濤의 一劃은 일정한 법에 고착된 정통파의 양식을 타파하는 것을 넘어서 동아시아 美學의 핵심을 가장 탁월하게 드러낸다.

이상에서 보듯이 美에 있어서 존재는 '形似형사'가 아니라 '神似신사'에 있는 것이다. '신비주의' 따위와는 다르다. 본디의 美는 그러하다는 것이다.

또 있다.

같은 저작(이상희)의 p. 334에 '街談巷說가담항설' 즉 '巷'이라는 골목의 거리, 조선 후기의 '委巷文學위항문학'이란 중인 이하의 계층이 주도한 '술이 배인' 골목에서 핀 문학, 슬럼 이른바 달동네에서의 美란 무엇인가?

내가 아는 한 그 어떤 美學的 사안도 결코 물질적 存在 상태로서의 自認자인을 승낙하지는 않을 것이다. 그러나 물론 이러저러한 묘안 안에서 存在를 주장하고는 있다. 분명히 말하건대 '美는 存在가 아니다.'

西洋美學서양미학의 압도에 의해 거의 실질화된 이 존재론의 허망함을 이젠 상식으로 衆知중지해야 할 일이다.

다만 그 '存在에의 환영'이 일어나게 되는 근거가 무엇이냐를 해명함에 있어서 石濤의 위대성을 우리는 존중해야 하겠다. 그렇다면 美가 그저 허망한 虛像허상인 것만도 아니다. 그러므로 美는 도리어 이제까지의 모든 價値的가치적 實體가치적 실체에 대치하는 새로운, 그러나 본디부터 근원적인 '실체가 아닌 참 實體'로서 이제 막 인증되기에 이른다.

이것이 무엇인지, 실체 아닌 참 실체가 과연 무엇인지 이제 생각해야 할 때가 되었다. 그것은 일종의 유전자인가? 지금 에드워드 윌슨의 '유전자론'이 元曉원효의 '統涉통섭'이란 어휘로 휘장을 두르고 나타나 예컨대 '원해' 같은 스님의 흥분을 발휘시키고 있다.

가당한 짓인가?

참으로 우습다.

여기에 대해서는 이미 융합과학의 이인식 박사 지휘로 10여 명의 과학자들이 철저한 反擊반격을 감행한 바 있다('통섭, 지적사기'-나의 반론도 잔뜩 실려 있다).

유전자로 인류의 질병 전체를 문제없이 한꺼번에 다 치료할 수 있다는, 똑 어디서 많이 본 듯한 만병통치 사기꾼의 행각이다.

왜 이미 한 세기 전에 사라진 다윈의 엉터리 진화론이 또다시 대가리를 드는 것인지 그 몇 가지 가닥만 살피고 가자.

EU 국가통합론이 제기되면서 바티칸과 영국 聖公會가 제 필요에 따라 예수회의 이미 추방된 진화론자 떼이야르 드 샤르댕을 복권시키기 위해 그 진화론의 중요한 3원칙 中 세 번째인 "種종은 個別化개별화한다(Union differentiates)"를 合法化합법화시키면서 그 시발인 강육강식의 집체적 공동체주의자 찰스 다윈을 들어 올린 것이다(거꾸로 Union을 부각시키기 위해서!). 그것을 元曉의 '統涉'론에 갖다 부친 것은 순 '사기'다. 이미 논박이 끝났고 그 짓을 한 최재천이 벌써 오래전에 '통섭'을 '융합'으로 바꾸었는데 뒤늦게 한 중이 나서서 만세를 부르고 있으니 참으로 우습다.

명백한 에코 파시즘(Eco Fascism)이다. 서구사회에서 누구나 다 인정하는 이 같은 에드워드 윌슨의 오류와 그것을 또 동양사회에서 사기쳐먹고 있는 최재천의 잘못을 그냥 놔둘 수는 없다. 조선일보도 마찬가지다.

프랑스 소르본느대학 게놈 하일라이트라는 특수생명학연구소의 여성연구원 조제피니에 로르루앙 씨앙 박사의 따끔한 한마디를 듣자.

"유전자 통섭론이나 유전자 지도 따위로 인간을 집단적으로 이해하고 집단적 증상에서 일괄 구원하겠다는 촌스러운 의술은 이제 머지않은 날 또 하나의 생명계의 빅 브라더 '에코 히틀러'의 홀로코스트 사태를 저지른다. 틀림없다. 유전자는 초보적 뇌기능에 불과하다. 제발 흥분하지 말라. 흥분은 참다운 과학과는 거리가 멀다. 이제 한 개체 개체의 독특한 생명요인을 신성하게 연구하는 일본의 동양 경락학계로부터 배울 차례다."

일본 분자생물학 연관의 경락학자 제헬라이노 다노(世慧羅の端)' 박사의 한마디다.

"인간이 꽃보다도 못한가? 꽃은 한송이 한송이가 다 개체적 생명요인을 갖고 있다. 유전자 프로젝트는 오니(女神)를 다다에(男神)로 뒤집은 일본 사무라이(武士무사)들과 똑같은 무식한 反科學반과학 反文化반문화이다."

어떤 자들은 몇십년 전 북한에서 숙청당한 경락학자 金鳳漢의 復勝이론에 의한, 산알과 유전자를 함께 묶으려는 흉내를 내고 있다.

그러나 이 또한 가당찮은 흉계다.

일본의 유전자통 분자생물학 연관의 최고 경락학자 가스에 미로시(加明敬夫)는 말한다.

> "유전자 지도는 그 원리가 단편적이거나 부분 부분이고 산알의 특성은 총체적이며 전면적·우주적 개체 압축이다. 전혀 다르다."

美는 存在존재도 유전자도 아니다.

차라리 金鳳漢이 수천년 전, 혹은 初唐초당시절에 나타났다가(孫思邈손사막 경락학에서 天應穴, 我是穴로 잡혔다가) 사라진, 19세기 말에 한국과 중국에서 다시 부활하고 있다고 주장한 女性會陰腦의 바로 그 기이한 '會陰' 行과 같다고 할 수 있다.

환한 '빛'이다.

그 연구 결과가 나와야 한다.

분명한 것은 美는 存在도 아니고 유전자도 아니다.

그러면 美는 '이익'인가?

분명한 대답을 하자!

그렇다.

美는 분명 이익이다.

왜?

옛 朝鮮時代조선시대에 분명 그것은 '이익'이 아니라고 했는데 왜인가?

論語논어에

'子曰 君子 喩於義 小人 喩於利자왈 군자 유어의 소인 유어이'라고 했다.

공자 말씀하기를 君子는 義에 밝고 小人은 利에 밝다.

공자는 義와 利가 君子와 小人의 '가름길'이라고 明言명언한 것이다.

'喩유' 즉 밝음이 곧 美의 영역이다.

그런데 이 밝고 밝은 美의 영역이 君子의 義가 아닌 小人의 利, 이익의 영역이라는 것이니 어찌된 일인가?

이럴 수가 있는가?

또 이래서야 되겠는가?

그러나 명백한 것은 명백한 것이다.

美는 분명 이익이다.

왜?

세상이 바뀐 것이다.

구구하고 시시한 논쟁이 필요치 않다.

大開闢이라고 불리는 근원적 '뒤집어짐'이 온 것이다. 그래도 잔소리 하겠는가?

이익은 오늘의 세계에서 뭐라 해도, 본질에 속한다.

그러므로 옛 시절에 본질에 속하지 않던 '밝음' 즉 美가 곧 이익인 것이다. 이제 이익은 천리나 만리나 멀고 먼 아프리카나 고비 같은 사막, 대서양이나 태평양 같은 험한 바닷길을 가게 한다.

바로 경제가 곧 하느님이 되었다.

옳든 그르든, 現狀현상 자체가 그렇다.

그러나 '이익으로서의 美'의 본질, 본체 같은 것을 밝혀야만, 오늘날의 우리의 美學이 설 것이다.

이른바 쌍놈들, 小人들의 喩유가, 오늘 대중의 美가 나타난다.

무엇이냐?

제1차적으로 그것은 이미 이른바 옛 시대, 전통시대의 聖人성인이라 불렀던 이들이 내내 강조하고 밝히고 들어 올렸던 가치, 즉 '빛'이 분명하게 오늘날 세상을 헤엄치는 여성들, 젊은이들, 아기들, 못난 民草민초들에겐 美이고, 또 그것은 진정한 이익인 것이다.

그리고 이익은 반대로 美요, 가치, 즉 밝음인 것이다.

어째서 미국 중소도시의 빠꿈이 여편네들이 빠꿈이 시장인 마트와 몰mall에서 일용 상품을 구매하고 흥정하는 데에 있어 아연 확연하게 快·不快의 美醜判斷미추판단을 날카롭게 세우기 시작했는가?

물론 월러슈타인, 폴 크루그먼 경제학은 이미 확정적으로 말한 바가 있다. 그러나 이것이 마트와 몰만이 아니라는 데에 문제가 있다. 전면적이다.

또 한국과 같은 작은 나라의 강남 같은 지역의 중산층 소시민, 그야말로 小人 속에서도 그렇다는 點점은 결코 범상한 일이 아니다.

이제 분명히 말할 때가 되었다.

美는 이익이다.

Healing, 건강까지 포함한다면 그것은 너무나 분명하다.

美는 오늘 보편적 사회현실로 등장한다.

헛꿈 구거나 헛소리 난발하지 말라!

물론 이익 이외의 여러 요소가 美, 또는 美意識미의식 안에는 있다. 그러나 그 모든 것에 앞서는 이 시대의 美가 있다.

시대가 많이 바뀐 것이다.

'말춤'이 왜 그리고 인기를 끄는가?

여러 요인이 있으나 그 가장 큰 요체는 또한 이익이다.

어떤 이익인가?

Healing과 그에 동반한 快感쾌감이다.

毒感독감 따위들이 슬그머니 사라진다는 것, 그리고 그와 함께 이제껏 더러운 것, 低級저급한 것으로 내리깔았던, 똥구멍, 사타구니, 자지, 보지, 아랫도리 근처로부터 그 Healing의 힘이 미묘하게! 上昇상승한다는 점이다. 바로 이 上昇이 곧 한국 美라는 것이다.

이미 그래서 남도 소리와 춤에서는 이것을 詠歌舞踊영가무용이라 하여 수련형식으로 들어 올린 바 있다. 즉 '正易波정역파'와 '南學남학'에서다.

왜?

'아랫도리'가 건강해야 마음도, 몸 전체도 건강하다는 것이다.

'입방구'를 뜻하는 품바품바라고도, 걸뱅이 각설이 타령이라고, 문둥이 춤이라고도 한다.

강증산은 이 춤을 두고 후천시대의 율려라고 들어 올리고 "이 말 듣고 웃는 놈은 그 자리에서 즉사한다"고 까지 극언했다.

왜?

시대가 바뀐 것이다. 이른바 先後天大開闢선후천대개벽이다. 그리고 주체(여성, 청소년, 아기들, 못난이들)가 바뀐 것이다.

당연히 美의 위상도, 이익의 방향도 달라질 수밖에 없다.

동서양 현대미학의 핵심 사안이자 지금 우리 민족이 요구하고 있는 진정한 문화 창조 집단이 되기 위한 선결문제 해결의 길이 바로 위의 세 문제의 핵심(존재, 유전자, 이익)이다.

나의 별지의 글 「문화를 중심으로 본 대한민국의 미래」를 촘촘히 참조하라.

한국과 동서양 美學에서 바로 美의 오늘날의 영역을 한번 살펴보자.

어려웠던 일제 식민지시대 민족의 美를 어렵게 어렵게 탐구했던 우현 고유섭의 힘든 접근을 한번 살펴보자.

「구수한 큰 맛」 p. 266에서

> "물 깊은 곳에 녹아든 조형의 정숙한 입체감이 광륭사 관음에서 가장 아름답고 선명하게 표현되었다.
> 여기서 반라부와 착의부와 대관부가 구조에 있어 삼부의 다른 흐름을 이루고 있다. 신체 각부에 흐르는 표면에 간

단명료성이 조각체의 통일을 구성하였다. 간단한 주름으로 의복의 재료적 실제성을 묘사하였다. 실제적 체형을 무시하므로 비로소 뜻과 물체를 떠난 작품이 성립되었다. 무한히 부드러운 감이 살에서 흐른다. 이 정서적 입체감이 냇물의 긴 파도같이 나무속을 흐른다. 두 팔은 섬세하고 유연하다. 가슴은 고스란히 불러 있고 어깨는 맺고 끊는 듯 꺾여 있고 두 손은 곱고도 연약하다. 생명의 맥박이 관절마다 뛰고 단정한 인격이 내부에 싹트고 나무의 담백성이 어지러운 인생의 고락을 지워버렸다. 새로운 유기적 기운이 생동하고 원형 대좌로부터 정상의 보관에 이르기까지 어느 곳에나 늘씬한 맛이 없이 자연적 동태를 휩쓸어 파악하여 초자연적으로 정화된 태도로 유기화 하였다. 돌로 층층이 쌓은 덩어리 집이 아니라 성장하는 목재의 생명이 생체 속에 흐르고 있다. 곳곳의 칼자국과 경건한 끌 자국이 입체미를 살리고 목재의 무늬가 유연한 피부와 같다.
우리도 위에서 광륭사 관음의 형식 파악의 극한을 논하였다. 그는 도상성을 자연 종합으로부터 끌어내려 하지 않고 오로지 관념적 이상을 실제적으로 구체화함에 있다함을 의미한 것이다."

1930년경의 글이다.

중요한 것은 우현이 불교적인 '美의 부드러움'이라는 관념적 이상을 리얼리티로서 구체화하려고한 美意識미의식을 끝까지 추구하는 것이다.

여러 차원이 있으나 이 역시 '교적인 이익(이것을 잘 생각해 봐야 한다)을 표현함에서 하나의 구수한, 즉 감미로운(또는 아름다움으로 이익이 되는) 큰 맛(불교의 우주적 장엄)을 잡으려 함을 잡으려 한 것이다.

현존 중국 미학자인 張法의 『동양과 서양, 그리고 미학』에서

> "미학의 두 번째 기초는 주체 심리의 분류이다. 고대 중국인은 주체 심리를 서구의 기하학 분류처럼 지성, 감성, 의지로 명확히 구분하지 않았다. 오히려 인간의 심리를 하나의 정체로 파악하고 그 정체 공능을 파악하고자 했다. 중국의 性, 心, 意, 志, 情은 서로 다르면서도 상호 교류하며 침투한다. 이는 이들 개념에 대한 고대 중국인의 언급에서 잘 드러난다. 程顥정호는 語錄十八어록십팔에서 心과 性의 상호교류에 대해 이렇게 서술하고 있다.
>
> - 心은 곧 性이다. 하늘에 있으면 命이라 하고 인간에게 내려오면 性이 되는데 그것을 주된 것으로 하는 것이 心이다(心卽性也 在天爲命 在人爲性 論其所主爲心심즉성야 재천위명 재인위성 논기소주위심)."

張法의 '서양, 동양, 미학' 등에 사방으로 분산된 이상과 같은 미적 가치의 분해현상은 한마디로 '흰 그늘의 美'에서 융합된다. 그리고 '흰 그늘'은 '구수함과 큰 맛'의 참다운 통합이기도 하다.

'흰 그늘'은 Invienttamenlliche Ausbrachtheit(야코프 부르크하르트의 르네상스 싸인)를 훨씬 능가하는 조선 민족의 블곰 즉 八關팔관이요 시김새다.

그렇기 때문에 Chaos와 Cosmos 사이의 해체 속에서 방황하는 생명계 전체에게 참다운 Healing이요, 진정한 美이며 여량인 것이다. 그래서 정선아리랑이 곧 판소리의 근원이 되는 것이다.

이성희의 『미학으로 동아시아를 읽다』에서의 老莊노장, 石濤석도와 秋史추사등의 일면 道家的도가적, 혹은 佛家的불가적 美學論미학론도 그것을 바로 Healing과 餘糧여량의 측면에서 보면 다름 아닌 흰 그늘로 歸一귀일된다. 흰 그늘은 야코프 부륵하르트의 Invienttamentliche Ausbrachtheit 와 다르다.

그것은 한자 표기로서는 白暗백암이 아닌 白闇이다.

그 글자는 어떻게 다른가?

白暗은 그저 '흰 어둠'이지만, 白闇백암은 '흰 빛의 자극에 의해 문(門) 안에 갇힌(闇) 근원적 우주율로서의 소리(音)가 문 밖으로 해방되는 것', 이것이 '흰 그늘'이다.

단순한 카를 융 스타일의 흰 그림자, 흰 어둠 즉 Schatten이 아니다.

또 그 흰 빛도 Religio가 아니다.

물론 Religio, Schatten의 요소가 있다. 그러나 근원적으로 보아 Religio와 Schatten과는 거리가 멀다.

따라서 흰 그늘(白闇)로서의 餘糧은 잉여(칼 마르크스)나 常餘(막스 베버) 따위로는 해석되지 않는다. 물론 잉여나 常餘的 요소도 섞여 있다. 마치 白闇안에 白暗이 이미 있는 것처럼.

중국미학은 전통적으로 美를 道德規範도덕규범으로 보아왔다. 그 표현이 어찌 되었던 간에(『중국미학사』 李澤厚이택후 p. 355).

서양미학은 전통적으로 美를 快感쾌감으로 간주하여 왔다. 그 표현이 어찌되었거나 간에(헤겔, 칸트 등 일체).

그러나 틀렸다(물론 그 안에 도덕과 쾌감이 들어있는 것이 사실이지만).

온 세계, 온 인류요, 現在현재, 그리고 점차 일치된 한 견해에 접근해가고 있다. 오늘, (큰 테두리에서부터) '美는 利益이익이다'.

美는 道德이나 快感 따위가 아니라 復勝이다.

그리고 그 利益의 본질과 근원에서 우리는 정선아리랑의 餘糧의 시김새를, 즉 흰 그늘을 보아야 한다. 큼직한 차원에서 말이다.

이것이 곧 우리 민족의 전통 불곰(不咸)이요, 八呂四律(多勿)인 것이다.

이제 정선아리랑에 구체적으로 접근해 보기로 한다.

10 미학의 常軌상궤를 드러내며

이제 우리는 餘糧의 땅. 아우라지의 바로 그 아우라Aura(초월적 본성)에 접근한다. 바로 美, 그 자체다.

이미 여러 가지 설명을 한 뒤다. 그것이 이제 하나의 노래로, 춤으로, 예술과 문화로 어떻게 나타나는가를 탐색해나가야 한다.

餘糧, 남긴 밥이 아니라, 나머지가 아니라, 애당초부터 먹지 않고 아껴서 '떼어놓은 밥'이라 했다. 조상이나 하느님, 부처님, 님이나 아름다운 文化창조를 위해 애써 준비하는 바로 그 모심이요, 向我設位요, 나아가 無勝幢解脫이니 '佛의 五因'이 조건으로 충족되면 비로자나의 華嚴藏殿을 이루는 그 씨앗, 산업혁명을 이루기 위한 '축적순환의 장기 지속'이라는 아날 망땅리테의 그 Conjonture라고 했다. 그러니 이제 전 인류가 기다리는 새 세상, 還歸本處로 돌아가야 할 호혜·교환·획기적 재분배의 '아름다운 현대 神市'에의 가장 아름다운 실천적 준비행위 그 자체라고 했다.

그리고 붉금의 춤과 노래요, 다물의 八呂四律이라고 했다.

어디 보자!

정선아리랑과 정선군의 짧은 해설문까지 함께 인용한다. 황진이와의 비교까지다.

"삼사월 진진해에 점심 굶구는 살어도
동지슫달 긴긴밤에 임그리워 못살아

이 노래는 다음과 같은 황진이의 시조를 생각나게 합니다.

동짓달 기나긴 밤을 한허리 버혀내어
춘풍 이불아래 서리서리 넣었다가
어른님 오시는 날 밤에 굽이굽이 펴리라

이 두 노래는 동짓달의 긴 밤의 외로움을 강조하고 있습니다. 황진이의 시조는 우아합니다. 긴 밤을 잘라 두었다가 임을 만나는 짧은 밤에 이어서 임과 오래도록 함께 있고 싶은 마음을 깔끔하고 감칠맛 나게 그리고 있습니다.

정선아리랑은 비유도 현실적입니다. 끼니를 해결하는 일은 매우 중요한 일입니다. 그런데 점심을 굶다니요. 밥을 못 먹을지언정 임과 함께 있고 싶다는 마음은 밥보다도 임이 좋다는 뜻으로 내 생명줄이 밥이 아니라 임에게 달려 있다는 암시입니다.
사랑하는 사람이 얼마나 좋은지 다음 노래는 사랑하는 사람 얼굴에서 광채가 난다고 합니다.

우리 님 얼굴에는 금보석이 박혔나
어두침침 야반삼경에 간드레불일세

얼마나 좋으면 임의 얼굴이 보석처럼 보일까요. 칠흙 같은 어두운 밤에도 임의 얼굴은 환한 빛이 납니다. 마치 어두운 탄광 안에서 밝게 빛나는 등불 같습니다. 그게 정말 빛이 나서일까요? 그런 마음으로 보아서 그런 것이지요. 사람은 스스로 빛을 낼 수 있는 동물이 아닙니다. 그럼에도 그렇게 보인다는 것은 '사랑에 눈이 멀었다'는 표현이 정답입니다."

정선아리랑 문화재단의 책 『정선아리랑』에 쓴 유명희씨의 글이다.

정선아리랑의 시작은 여러모로 보아 고려 중후반부터라고 생각한다.
그리고 정선 인근 山間의 깊은 볼텍스(산골짜기)들인 小澤소택, 女哭여곡, 迷灘미탄, 漢灘한탄 등이 분명히 신라의 三韓一統期삼한일통기 군사작전의 시작과 함께 (옛 東進동진·南下남하해온) 강릉 근처의 濊族예족 30만의 갑작스런 증발(한국 역사의 미스터리)과 연결된 바로 그 濊族 女人들의 山間避身산간피신으로부터 시작된다고 보인다.

그렇다면 이것은 곧 아우라지라는 東水(송천)와 北水(줄천)의 合水處합수처의 배경 山源地산원지인 삽당령과 한 山系산계인 삼척 두타산에 직결된다.

첫째, 두타산은 강릉에서 사라진 濊族 30만이 흩어져 피신한 곳(山海經 연관)이자, 동시에 그 山頂에 제천 봉양리의 朴達嶺박달령(박달재)이 똑같은 이름으로 있는 것으로 보아 백두산계의 古朝鮮과 직결돼 있다고 보인다(天符經 연관).

이것은 또한 北水(줄천)쪽 九折里구절리 끝의 노추산과 함께 화엄경의 본고장 月精寺월정사 뒤의 오대산계인 九龍嶺구룡령의 冥開명개삼거리에 그 山系가 直結직결돼 있음으로 보아 다음과 같은 다섯 가지 추론을 낳게 된다.

① 신라말 唐당나라에 갔던 慈藏律士자장율사가 그곳 五臺山오대산에서 꿈에 文殊문수보살로부터 받은 계시중 '華嚴화엄 근거지로서의 조선 동북방 山地산지의 冥界'가 다만 지금 月精寺가 있는 五臺山만이 아니라 바로 이 冥開와 노추산, 삽당령 그리고 두타산 또한 아우라지 水脈과 연결되고, 그 앞산인 玉甲山옥갑산 등이 다 크게 확대 해석되며, 나아가 제천의 감악산과 神林신림의 치악산, 봉양의 天燈천등·地燈지등·人燈山인등산과 그 옆 白雲山백운산, 구학산 등이 모두 다 冥界임을 알게 한다. 이것은 물론 풍수전문가의 깊은 탐색을 통해 검증되어야 하겠다 ('冥界

탐색'이다).

② 두타산의 우물터가 50군데, 비석 자리가 7군데, 그 앞 계곡의 수상한 風水풍수와 무릉계 너럭바위의 여러 개의 討捕使토포사 글씨 새김 등으로 보아 신라 三韓一統삼한일통 당시에 濊族 수십만의 피신처가 분명하다.

그렇다면 濊脈系예맥계 경전(정재서에 의하면 중국계가 전혀 아닌, 동이계 方士방사, 術士술사들의 경전 모음인) 山海經산해경의 사상 및 풍속경향과 두타산에 제천 봉양의 天燈·地燈·人燈山 山地산지의 박달재와 똑같은 박달재가 그 풍수요체에서 똑같은 山水 즉 '天·地·人·水와 月의 五大要因오대요인의 合成합성'이 겸비되어 있다면 이 또한 고조선 天符經천부경의 사상 및 우주생명학과 직결시켜서 그 집약지점인 아우라지의 餘糧美學여량미학의 근거로써 주요시되어야 한다.

③ 古代고대 떠돌이 北國風水북국풍수(동이계) 魏三星위삼성의 三山論삼산론(곤륜산, 北만주의 하룰라라 그리고 삽당령)이 五大洋오대양의 巨大水脈거대수맥을 결정하는 山系산계라고 한다면 이 문제는 그 확산 범위가 매우 넓어지고, 우리의 새로운 美學의 확산 영역도 엄청나게 커진다. 누가 이것을 마다하겠는가?

④ 신화망의 배포로 보아, 한반도만이 아니라 일본, 중국 동북부, 러시아 연해주 일대, 캄차카와 사할린, 북미 대륙과 중남미 대륙 일부에까지 확대되어 있는(나의 '豫感예감' 등에 제시된 자료, 9천년 몽골리안 루트 속의 캄차카

7,000개 고대 신화, 베링 관련 등) 신화, 풍속, 민요 등의 재검토는 앞으로 올 동아시아, 태평양 新文明신문명에서의 美學 역할에 결정적 영역을 담당한다(나는 '신화학의 美學 관련'을 강조하고자 한다).

⑤ 가장 중요하게는, 아우라지, 餘糧의 天符經, 山海經, 화엄경과 仙道美學선도미학의 결합을 주축으로 이제부터의 새로운 조선 사상을 이룩해야 한다는 점이다. 여기에 복희역, 文王易문왕역의 象法상법과 正易의 曆法에 대한 '復勝型으로서의 새 美學'의 상관을 우주생명학 형식의 새 시대의 전 세계적인 華嚴易으로, 그것도 妙衍華嚴開闢易 모심의 사상으로 들어 올리는 것이 매우 매우 중요하다.

어디 정선아리랑을 하나하나 좀 더 자세하게 검토해 나가보자.

내가 이제껏 강조해온 바 있는 "餘糧의 그 음식 관련의 종교나 문화창조 관련의 모심, 向我設位, 無勝幢解脫이나 Conjonture"가 '생산 노동과 資本자본 사이의 잉여'의 문제와 어떤 관련이 있는가에 대하여, 마치 자본주의적 우익이론과 공산주의적 좌익이론 사이에서 필사적인 투쟁을 하듯 요란을 떨 필요가 아예 없음을 강조해 두고자 한다.

지금은 易學者 柳南相 교수가 강조하듯이 周·正易사이의 先後天融合大開闢(이 점은 이미 19세기에 수운 최제우 선생의 강조에 의해서도 환히 밝혀진 바 있다)이고 新舊신구기독교 神學신학이 이제껏 상상도 못했던(엔트로피 이론에 따른 지구 붕

괴론 따위가 아니라 NASA의 현실 우주정보가 이미 神學을 훨씬 超越초월하고 있는) 大終末대종말이고, 佛敎가 꿈도 못 꾸던 아니, 지나간 시절 7세기에 걸친 아시아의 대규모 화엄경 결집이 그처럼 떠들어 대던 '海印三昧一切'의 '미륵 變革변혁' 시절인 것이다.

따라서 서구가 스스로 자랑해쌌는 科學과학, 그 중에도 만능의 經濟科學경제과학(Economy)이 손도 못대는 '經濟學 바깥의 汎經濟범경제 세상'이 목표로 된 것이다.

나의 至論은 이 시절의 돌파구인 '여성, 애기들, 쓸쓸한 사람들'(玄覽涯月民현람애월민), 이른바 저주받은 사람들(네페쉬하야), 자신의 유일사상인 美 또는 美學과 華嚴易만이 이 우주를 참으로, 스스로 이해하고 돌파할 수 있는 길이라는 이야기다.

그것이 진정한 '아우라로서의 아우라지 美學'과 海印美學해인미학, 妙衍美學묘연미학과 그것을 지나야 도달할 수 있는 참다운 우주생명학으로서의 華嚴易화엄역이다.

개벽을 모시지 않고는 太平태평에 이르지 못한다.

경제에 있어서의 개벽모심이란 上古상고 아시아의 위대한 호혜시장 神市에로의 還歸本處환귀본처뿐이다.

역사는, 가장 획기적인 역사의 비밀은 야만에서의 진보이다.

그러나 그 진보는 과거는 야만이고 미래는 진보이라고 맹신한 '진보적 야만'이 아니라, 그 따위 線的선적 발전을 믿는 바보스런 야만을 넘어서서 참으로 본래의 자리에로 되돌아가는, 단호히 되돌아가는 還歸本處의 진보인 것이다. 칼 폴라니의 「대전환」이다.

그것이 先後天融合開闢의 모심이다.

그것이 참모심이요, 참 向我設位요, 참 無勝幢解脫이며, 참 Conjonture다.

이 결단이 바로 화엄개벽이고, 妙衍華嚴開闢이며, '妙衍華嚴開闢 모심'인 것이다.

易에 이런 말이 있다.

> "1이라는 성큼한 출발이 없으면 우주 완성을 뜻하는 10, 十無極십무극도 없다. 10을 전제 안한 1은 애당초 없다. 1은 무엇인가? 한 개인, 한 가족의 一太極일태극이다. 바로 이것이 다름 아닌 5, 즉 세계평화라는 五皇極오황극이다."

나는 다리를 다쳐서 걸음걸이 연습이 절실하다.

매일 새벽 뒷산에 '앙금이'를 보러 간다.

앙금이는 위험이 오면 꼼작 않고 웅크려 '空'의 아름다움을 실천한다. 그 앙금이에게 나는 많은 것을 배운다.

그런데 그 앙금이가 사는 작은 언덕에 올라가는 오름에는 열 개의 나무계단이 있다.

나는 이곳을 내가 매일 가 외로움과 獨工독공을 배우고 결심하는 '앙금이 오름'이라고 부른다.

앙금이 오름은 내가 다섯 살 때 배운 세상살이의 지혜다(자서전 『흰 그늘의 길』에 나와 있다). 그 지혜로 나는 그 중앙정보부 지하실의 고통으로부터 나를 지켰고, 이제 더 혹독한 혼돈 속에서 나를 지키고 있다.

바로 그것이 '진리'다.

그러나 그보다 더 중요한 것이 있으니, 그것이 진리이기 이전에 다섯 살 어린애도 알 수 있는 가슴시린 아름다움, 문화, 美라는 그 사실이다.

정선 노래다.

고무골 잿말랑에 새밭 파는 총각아,
새조밭 파지 말고 화전놀이 가세

(고무골 : 정선 남면 자미원 서쪽에서 신동읍으로 넘어가는 고개. 잿말랑 : 산등성이의 토박이 말. 새밭 : 새조밭이라고도 하며 화전을 일컫는 말)

보릿고개라는 말을 들어보셨나요? 나물, 나무껍질, 잡곡 등으로 춘궁기라는 봄을 넘어가야 합니다.
요새는 별미로 먹는다는 여러 음식들은 사실 이때 쌀이 없어 밥을 못 먹고 살던 시기에 나온 음식들입니다. 나무술, 나물밥, 올챙이국수, 메밀전병, 메밀전 등이 그것입니다.
이 노래는 화전밭을 일구던 사람들이 일이 힘들고 고될 때 위로삼아 부른 것입니다. 매일매일 계속되는 노동에 지친 사람들이 노래로나마 즐거운 상상을 하는 것입니다 (『정선아리랑』 P. 73).

이상한가?

'노동에 지친 사람들이 노래로나마 즐거운 상상을 하는 것'
이것이 이상한가? 우스운가?
그러나!
이것이 餘糧이 아닌가?
이것이 美 아닌가?
아니란 말인가?
나가자!
이에 연속되는 餘糧의 美는 무수히 많다.

① 개구장가 포름포름에 날 가자구하더니
　온 산천이 아우러져도 날 가자구 안하네.

(개구장가 : 얕은 시냇물.
포름포름 : 새싹이 막 돋아나 산뜻하고 푸르스름한 모양)

② 꽂 본 나비 물 본 기러기 탐화봉접인데
　님자 보구서 그냥 갈소냐

(探花蜂蝶탐화봉접 : 꽃을 찾아다니는 벌과 나비라는 뜻으로, 사랑하는 여자를 그리워하여 찾아가는 남자를 비유적으로 이르는 말)

③ 산 차지 물 차지는 나라님의 차지요
　그대 당신 차지는 내 차지로다.

①은 네거티브 이미지로 노래하는 사랑이다.
'얕은 시냇물가에 파릇파릇 풀이 돋을 시절인데도 날보고 방

긋 웃으며 사랑을 보이던 님이 온 천지가 다 아우러지는 아름다운 계절인데도 사랑의 끝도 안 보여준다.'는 이 말에 바로 오묘한 사랑의 美, 아름다움 즉 餘糧의 오묘함이 숨어 있다.

이 오묘함이 남도 민요와 판소리, 또는 다른 지방(북도 등에도)의 극도로 섬세한 사랑의 까다로움으로 확산·발전된다.

바로 餘糧이라는 美의 확산이요 발전이겠다.

나는 이 세상에서 그 누구도 '이것은 내 것이다!'라고 큰 소리로 장담할 수 있는 것이 전혀 아닌 것, 즉 '오묘한 사랑의 餘糧을 '내 것'이라고 우악스럽게 주장하는 이른바 '잉여가치론'의 "우스꽝스러움"을 비꼬는 말로 이 정선아리랑을 인용하고 있다.

현대에 와서, 특히 우리 사회의 여성, 젊은이, 어린이, 심지어 늙은이들 속에서마저 자본주의 맹아들, 또는 그와 까끌러 깡통 공산주의자들, 노조의 파업에 미친 왈 노조간부들(노조정치 이익을 위해서 같은 노조동지인 여자를 강간해서 그것을 미끼로 입을 다물게 하려고 시도했던 노조간부 집단의 이른바 '잉여가치-노동가치론' 말이다. 그러고도 입만 벌리면 정의요, 평화요, 혁명이다. 그들은 더 많은 보수와 부르주아적 안일을 탐해 끽하면 부산이나 강릉 앞바다에 요트를 세내어 타고 놀며 비싼 미인 콜걸들을 불러 '씨-섹스'를 즐긴다)에게 있어 '餘糧의 이 오묘함'이 이해되기나 할까?

그러나 노동과 생산의 근원에서 餘糧은 잉여 따위가 아닌 미묘함의 본질인 것이다.

바로 그것이 사랑에서, 그리고 천지관점에서 확실히 나타난다.

어찌 할 것이냐?

그럼에도 다음과 같은 아리랑은 어찌 할 것이냐?

아침저녁에 돌아가는 구름은 산 끝에서 자는데
예와 이제 흐르는 물은 돌부리에서 운다.

한일병합늑약이후 1916년경 한 숨은 선비가 지어 불렀다는 아리랑으로 일본이 아무리 탄압을 해도 우리 민족혼은 어쩔 수 없다는 것을 노래한다.

이 역시 지극히 "미묘한 餘糧의 슬픈 아름다움"이다.

그렇지 않은 것 같지만 심층공부를 해보면 저 아름답고 섬세하기로 유명한 전라도 소리들에 수없이 많은 이 같은 민족혼의 '미묘한 아름다움', 즉 餘糧이 살아 숨 쉬고 있음을 도처에서 깨닫고 숨은 눈물을 흘리게 된다.

이것이 작은 일인가? 美學이 작은 일인가?

짝이 없는 뻐꾸기는 솔밭 밑으로만 돌고요
임이 없는 이내 몸은 빈 방 안으로 돈다

짠지 한 가지 김치 한 가지 변변치는 않애도
이런들 맛있게 잡숫고 안녕히 놀다 갑시다

찔레낭구 이파리는 삐쭉빼쭉하구
큰애기 마음은 싱숭생숭하구나

비어있는, 비었으면서도 스스로 빈 줄을 확연히 모르는, 그러나 님이 없음, 즉 不在를 보고 서서히, 그러나 날카롭게 깨달은 '빈 사랑의 아픈 아름다움'이 이처럼 소박하고, 소탈하게, 그러나 "이처럼 정확하게 빈 마음을 빈 말로(이 점이 중요하다!) 드러냄" 그럼에도 그 '빈 것을 들어 그 맛에 놀고 가라고 권유할 수 있는 빈 마음' 그러나 뻐꾸기보다도 못한 자연의 필연성마저 못 갖춘 빈 인간의 "쓸쓸한 사랑결핍 상황의 아름다움"이 바로 다름 아닌 餘糧이다.

그리고 바로 이 餘糧, 이 못나고 모자른 듯한 강원도 산골 촌놈의 餘糧의 솔직한 드러냄(이 드러냄이 참다운 向我設位요 無勝幢解脫인 것이다. 그래서 중생춤과 여래춤이 한 춤으로 바뀌어 온 우주에 奇然祥瑞기연상서로 뽀오얗게 덮이는 화엄주불 '비로자나 부처'의 '身雲신운'으로 떠오른 것이다)이 이 민족의, 이 세계의 현대 인류가, 여성·어린이, 쓸쓸한 민초들이 찾아 헤매는, 그리고 역사가 참 선후천융합개벽으로 실현하고자 하는, 그리해서 풀, 벌레, 새들까지도 희망하는 바로 그 참다운 새 세상 美學的 神市에의 참된 그리움이, '美로서의 아우라'인 참 아우라지인 것이다.

잊지 말자!

정선아리랑이 밑바닥으로부터 恨에 가득 찬 여인의 음성이 그 험한 고개고개를 넘고 넘어 금강산 1만 2천봉을 향해 오르고 또 오르는, 바로 이것이다. 이것이 餘糧의 한맺힌 신명의 '붉곰'인 것이다.

그리해서 그 Conjonture(축적순환의 장기지속)에 의해 올라서는 것이 아득한 옛 세상의 그 아름다움 八呂四律의 神市의 多勿다물인 것이다.

바로 말하자.

餘糧은 붉곰과 다물이다. 그리해서 恨까지도 안고 큰 산을 큰 바다를 넘어가는 민족 신명의 참 아름다움이다.

이것이 곧 八關팔관이었고, 붉은악마였고 엉터리 정치꾼들의 그것이 아닌 본디의 그것, 그 미친 쇠고기 件건, 시청 앞의 본디 '촛불' 바로 그것이었다. 문명사의 개벽적 대폭발이다.

이제까지 제시된 정선아리랑 가사 例證예증은 그리 중요한 美學규범으로까지 드높여지는 것은 못될 수도 있다.

그러나 다음을 보라.

즉, 정선아리랑문화재단에서 나온『러시아 고려인 아리랑 연구』(2)와『일본 한인 아리랑 연구』(3)(전용선筆필)가 그것이다.

내가 이제껏 여러 신문매체와 잡지, 단행본과 대학 특강 등에서 내내 강조해온 바 있는 "네오 - 르네상스 운동을 국내만 아니라 일본, 중국, 러시아, 미국 등에서까지도 확대해야 하는 전통 문화적 당위성"에 그대로 安置안치되는 例예들이 있기 때문이고 또 海外해외의 우리 민족들 속에서의 근대 이전과 근대기에 겪어온 수많은 그 더러운 고통 속에서 우리 민족의 문화력, 그 美學的 창의력, 이른바 餘糧이 어찌 그 근본의 아우라인 아우라지를 담대하게 확산해 왔는가를 똑똑히 보여주고 있기 때문이다.

그야말로 내가 강조해 왔던 餘糧의 오묘한 美學的 深度심도를 드러내고 있음을 명심해야 한다는 것이다.

『러시아 고려인 아리랑연구』P. 227의 대화편이다.

진 : 자녀분은 어떻게 되세요. 아들딸이?

이 : 아들만 둘이요. 큰 아는 하바롭스크에 있고, 작은 거는 뻬떼르스부룩에. 거기서 사업을 하고 한국하고 중국에 무역도 하고.

진 : 그러면 이 노래를 아드님도 아시나요?

이 : 알긴 뭘. 한국말도 못하는데. 전부 로시아말만 하는데, 아리랑이 들어오겠소.

진 : 그래도 아리랑을 한번. 이게 무슨 노래다 하고 일러주고 싶은 생각은 없습니까?

이 : 정확하게는 내 모르오. 둘째는 한국말 조금하니까 이 아리랑을. 이 아리랑은 뭐 알게다. 알고 좀 부를 수 있을 겝니다. 저는 잘 모릅니다. 지금은 모르지만, 우즈베키스탄에서 한국말 배우는 학교도 많아 거긴 확실히 부를 수 있을꺼요.

진 : 아리랑을 부르면 생각나는 게 뭐죠.

이 : 내 생각에는 이 노래는 곡이 즐겁기는 하지만 어딘지 슬픈 그런 노래니까. 내 이 노랠 부르면 아버지 어머이 생각이 나지. 어머이 노랠 부르다 말곤 언제나 아니, 고려사람 고려 노랠 해야 한다고 했는데, 다 떠났지요. 이젠.

<아리랑>

아리랑 아리랑 아라리요
아리랑 고개로 넘어간다
나를 버리고 가시는 님은
십리도 다 못가 발병낫네
아리랑 아리랑 아라리요
아리랑 고개로 넘어간다
아리랑 고개는 왜 생겼나
정든 님 날 두고 혼자 가네.

진 : 세월이 오래 지나도 잊지 않으셨네요?

최 : 나도 이 노래는 즐거운 노래라 생각하니까 잊지 않는 겝니다. 우리들 꼴호즈에서 모여 앉으면 조선노래 했소. 유행가도 하고 창가도 하고 했는데 아리랑이 내 가심에 제일로 남는 노래요, 우리 부모들은 이 노래를 울면서, 원동에로 돌아갈 생각으로 씁쓸한 느낌으로 했겠지만….

진 : 아리랑도 부릅니까?

최 : 아리랑도 당연히 불러야지, 아리랑 부를 땐 이제 이래 손도 잡고 기래 불러야지.

<그리운 강남>

정이월 다가고 삼월이라네
강남 갔던 제비가 돌아오면은
이 땅에도 또다시 봄이 온다네

아리랑 아리랑 아라리요
아리랑 강남을 어서 가세

하늘이 풀리면 내가 일하고
별 아래 모이면 노래 부르니
이 나라 이름이 강남이라네

아리랑 아리랑 아라리요
아리랑 강남을 어서 가세

그리운 저 강남 두고 못 감은
삼천리 물길이 어려움인가
이 발목 상한 지 오램이라네

아리랑 아리랑 아라리요
아리랑 강남을 어서가세

그리운 저 강남 건너가려면

제비떼 뭉치듯 서로 뭉치세
상해도 발이니 가면 간다네

그리운 저 강남 언제나 갈까
구월도 구일은 해마다 와도
제비떼 갈 제는 혼자만 간다네.

어째서 아리랑을 부를 땐 손도 잡고 서로 함께 부르는 것인가?

'아리랑'의 듯 자체가 이미 아우라요, 아우라지 즉 대융합을 말하기 때문이다.

그들은 누구인가?

스탈린이 누구인가?

공산주의 독재자다.

그의 독재 아래 있던 러시아는 1930년대 말 코민테른을 통해 "세계 모순은 끝났다. 이제 위대한 영도자 스탈린 동지의 지도 아래 인류는 모든 마르크스의 「도이치 이데올로기」에 따라 완성된 공산주의 낙원에서 살기를 결단해야 한다"고 발표했다.

그리고 바로 착수한 것이 연해주 한국 동포 30만 명을 모조리 화물차에 짐짝처럼 실어 중앙아시아의 황폐한 벌판에 가져다 대던져 버렸다. 그 중엔 공산주의자 7,000명도 포함돼 있었다. 정신 차리자! 이것이 '공산주의'라는 것이다. 그리고 우리 민족의 北方북방경험이다.

그들은 굶어 죽고 얼어 죽고 시들어서 죽어갔다. 그러나 그들의 입에서 끝끝내 아리랑은 끝나지 않았다.

나는 중앙아시아 우즈베키스탄과 키르키스탄 기행에서, 그 이야기를 현지인들에게 샅샅이 들어 기억한다('예감'에 기록).

내가 누구에게든 터놓고 말하는 사연이 몇 가지 있다. 그 중의 하나는 바로 '민족 네오-르네상스'는 남한·북한 등 國內국내만 아니라 일본, 중국, 러시아, 캄차카 사할린과 함께 베링 넘어 알라스카 등의 북아메리카와 중앙아메리카, 그리고 심지어 남아메리카까지도 포함되는, 그야말로 이른바 入古出新입고출신의 '대개벽적 사건'이라는 말이다.

왜?

이렇다.

이 영역들 속에 옛날부터 민족에 의해서 특히 대융합과 초월적 본체를 뜻하는 '아리랑 아라리요'가 퍼지고 있었기 때문인 것이다.

이제 차차차차 그 영역의 자유화와 함께 숨겨져 있던 저 웅장하고도 서글픈 '아리랑 아라리요'가 드러나 여러 입에서, 모든 민족들의 입에서 스스로 불리게 될 것이다.

아리랑 아라리요는 이런 뜻이다.

《모두들 서로서로 손을 맞잡고 함께 노래하면서 같이 춤추자!》

정선아리랑문화재단 刊行의 『러시아 고려인 아리랑 연구』에 다음과 같은 글이 보인다.

사할린에서 발간되는 한글신문 「새고려신문」에 실린 것이다.

또 사할린 동포들의 한국 영주 귀국문제, 일본 정부의

전후 보상 문제, 이산가족 재회문제 등 사할린 동포들이 갖고 있는 각종 애환과 한국어 교육문제, 한민족 문화 보급, 한국문화, 미국의 전통, 한국요리, 한국의 역사 등을 기사화 했고 한국의 발전상을 동포들에게 소개하는 데 앞장섰다. 「새고려신문」은 사할린에서 살던 1~2세 동포들이 경기도 안산, 인천 남동구 등지로 귀국함에 따라 처음에는 국제우편으로 신문을 발송하기도 했다. 그러나 비용이 많이 들고 시간도 걸리자 지금은 파일을 만들어 해당지역으로 보내거나 인터넷 카페를 개설해 신문을 읽을 수 있도록 하고 있다. 「새고려신문」은 아리랑의 전승 매체가 되기도 한다. 신문에는 사할린 고려인 사회에서 열리는 공연 행사, 문화계 동정 등이 빠짐없이 실린다. 이러한 기사는 종이신문으로 뿐만 아니라 인터넷 카페를 통해 실리기도 하는데, 행사나 공연에서 어떤 아리랑이 전승되는가를 파악할 수 있다.

아리랑은 우리 민요 전통에서 맨 처음 '아우라지, 餘糧' 그 자그마한 마을 山間으로부터 시작되어 이렇게 온 세상으로 퍼져나가고 있는 것이다.

이것이 곧 아우라Aura요, 아우라지(대융합)가 아닌가! 그런데 그 본질은 바로 餘糧인 것이다.

알다시피 사할린은 러시아와 일본 사이에 얽혀 있는 땅이요, 태평양 위에 솟은(실질적으로) 아시아와 아메리카가 연결되는 기이한 몽골리안 루트의 한 형태요, 베링의 한 형식이다. 그래서 동북방 신화망의 한 지역(엘리아데, 레비스트로스의 신화수집망에 없는, 그러나 다만 그 고대 제사 형식인 '포트라치'만은 쟝 보드리야르의 리포트에 끼어 있을 뿐인 기이한 땅이다)이면서 한민족의 중심을 이루는 역사를 가지고 있는 땅이다. 지금도 일본은 독도를 포함해서 동북방 해양지역이 영원히 저희들 땅이라고 거짓말 억지를 서슴치 않고 있다. 영원한 사기꾼 민족일 뿐이다.

지금 일본에서 진행되고 있는 극단적 망상정치인 '우경화'는 한마디로 일본 남성들의 뿌리 깊은 '여성 멸시 콤플렉스'(1,000여년 지속된 일본의 남자神 다다에가 일본 여자神 오니를 찬탈한 '神정변' 이후의 병적인 여성 멸시와 학대 전통)의 발동인 것이다.

교토대 철학과 교수 쓰루미 슌스케(鶴見俊輔)의 주장처럼 일본의 핵심은 여성이요, 여성들의 영혼 속에서 조선 문화의 영향이 자기 본질임을 자각하는 영혼 속에서, 조선문화의 영향이 자기 본질임을 자각하는 움직임이 일어날 때 일본 여성의 대규모 문화혁명이 일어날 것이요, 그때 일본 여성과 피차별 민중에 의한 대개혁 열풍이 시작될 것이다!

일본 대중문화평론가 가토 기요시(加藤侍桑)는 말한다.

"욘사마는 한국 배우 배용준의 이름이 아니라, 배용준의 이름을 빌린 일본 여성의 집단적 자기부활운동이다."

사실 그대로다.

욘사마의 대파도가 미국 금융자본주의 폭발쇼크 직후 일본의 경제학자 요사노 가오루 등의 '따뜻한 자본주의', '착한 경제'에 의해서 일본 명치유신 때의 여성·피차별 민중·한국인 등을 옹호한 사카모토 료마(板本龍馬) 공부모임인 료조(龍女), 그리고 1,000년전 교토 쪽의 최초의 일본국가 구성 단계에서의 백제 정치문화의 영향을 잊지 않고 재학습하려는 여성들의 역사공부 모임인 레키조(歷女), 수십만 운동들이 결국은 고대 아시아의 참다운 호혜 경제인 神市의 부활을 목표로 한 경제 개혁운동인 아메 요코, 수백만 主婦주부들의 일상적인 소비패턴의 대도전 움직임이 바로 대지진 직전의 일본 풍경이었다.

여기에 일본의 전형적인 '개새끼'인 동경 도지사 이시하라 신타로의 한마디

"여편네들 지랄을 봐라! 일본은 망했다. 아아 천벌을 받을 것이다!"

일본의 神은 미친 것인가?

대지진이 바로 왔고 원전 오염이 확산되었다. 그리고는 남자놈들의 더러운 右傾化우경화 추태가 줄을 이었다. 후쿠시마, 아소, 아베 등이다.

이 풍광 앞에서 우리는 또다시 그 일본 속의 아리랑을 발견하게 된다.

11 정선아리랑

분명히 다시 말한다.

"美는 利益이익이다."

그러나 이 글을 이렇게 쓰고 있는 美學者 自身자신인 내가 바로 그 신념(美는 利益이라는)을 가지고 글을 쓰고, 또 그림을 그리는 데 있어서 전에 없던 한 난감한 정지가 나타난다.

며칠간의 난감을 경험한 뒤, 한 새벽에 문득 깨닫는다.

甲午年갑오년 2014년 8월 초, 며칠간이다.

절벽!

"모르겠다!"

그리고

이제 美가 무엇인지, 과연 利益인지 정선아리랑에서부터 새로 배우자!

참으로 내 人生에는 처음 있는 이 같은 절벽을 경험하며 정선아리랑 해득과 분석작업으로 들어간다.

아마도 宋興祿송흥록선생의 “시김새의 근원은 정선아리랑이다!”라는 名言명언도 어떤 형태의 美學的 절벽을 절실히 경험하면서 온 것 같다.

분명히 말한다.

나의 美에 대한 美學者的 名言은 한마디로 “잘 모르겠다! 정선아리랑에서부터 새로 배워나가자” 이다.

그래서 거기서부터 海印으로, 妙衍묘연으로, 그리고 南道로 성큼성큼 모든 것을 배워나가자! 이다.

정선아리랑문화재단 刊『정선아리랑』,

(1) p. 32.「정선」

공동묘지의 쇠스랑 귀신아 무얼 먹고 사느냐
이북의 김일성이는 왜 안잡아가나

(2) p. 38.「조고」

꽃 본 나비 물 본 기러기 탐화봉접인데
님자 보구서 그냥 갈소냐

(3) p. 111.「정아」

술으는 술술술 잘도 넘어가고요
찬물의 냉수는 중치에 미인다

(1) ‘김일성’이 부분이다. 김일성이가 누군가? 그가 누군데 민요 안에까지 들어오는가? 영광인가? 오죽 더러우면 민요 안에

까지 들어오는가? 공산주의 반대, 찬성 차원이 아니다. 무엇인가?

공동묘지에까지 연결되는 쇠스랑귀신의 차원이다. 이것은 대개 민요에서는 非愍비민(?)이라고 일반화된 기피영역이다. 그럼에도 김일성이가 성큼 들어왔다.

도덕규범, 쾌감, 존재, 유전자 그리고 이익과 무슨 관계가 있는가?

없다.

그렇다면 이 차원은 무엇인가?

남도권 민요나 사설에서도 그리 많지는 않다.

이것을 旌善정선에서는 무엇이라 이름하는가?

한 가지 이야기를 해보자.

나도 한때는 민주화운동 과정에서 시국사범으로 몰려 설악산과 동해안의 해변에 숨어 있던 적이 있다. 그때의 이야기다.

한때 유명한 적이 있던 노래 중에 이런 한 구절이 있었다.

"네가 누구든 간에 내게 오는 것은 안 된다. 네가 아무리 아름다워도 내 곁에 가까이 오는 것은 절대로 금지다."

이것이 유행가였는지 무언지는 기억나지 않는다. 다만 노래다.

그러나 이 노래가 그 무렵의 나에게 무엇인가 어떤 존재에 대한 생각을, 또 어떤 뜻에서는 유전자 비슷한 타고난 상속성을, 그리고 명백히 이익이나 그 반대를, 또는 도덕규범이나, 쾌감 또는 불쾌감을 뜻했음은 사실이다.

김일성이도 마찬가지 아닌가! 더군다나 공동묘지, 쇠스랑 귀신에까지 연결되는 징그러운 이미지라면 소름끼치는 것인데 이런 것이 정선아리랑에 왜 있는가?

이것이 동편제 명인 송흥록이 말한 판소리의 비밀인 시김새의 기원이란 말인가?

시김새는 발효효과를 가진 흰 그늘이다. 불금이요, 不咸불함이요, 八關팔관이다. 매우 상서로운 기능인데 이것이 그것이란 말인가?

아니다.

그럼 왜 이러는가?

일종의 증오요, 혐오요, 싫증인 것이고 反共이다. 이것이 시김새 일리 없고 흰 그늘 일리도 없다.

그런데 왜?

다음을 보자.

'꽃 본 나비, 물 본 기러기'

이른바 '探花蜂蝶탐화봉접'이다.

'님자 보고서 그냥 갈소냐'

분명히 말하자.

'性交'다.

그 다음 노래 '술과 물' 이야기는 그야말로 음식이다.

이런 것이 무슨 '흰 그늘'이냐?

아니다. 그런데 왜?

자!

여기서 우리는 배워야 한다.

무엇을?

참다운 美學, 참다운 예술을 배워야 하는 것이다.

그것이 무엇이냐?

큰 뜻에서, 또 엄밀한 의미에서 利益이익이다.

그렇다. 美는 利益인데, 利益이 아니면서 利益이다.

요컨대 不然其然불연기연이다.

水雲 崔濟愚수운 최제우선생의 東學文字동학문자다.

"아니다, 그렇다" 다.

자!

이제 우리는 美學의 우주대개벽에 부딪쳤다.

그리고 정선아리랑과 아우라지와 餘糧과 冥과 弓弓의참 뜻, 진정한 아리아리, 함께 춤추고 같이 노래 부르자!에 도달했다. 동시에 백두대간 약초나라에! 바로 그 Healing Point에 !

그것은 문자요 不然其然, 아니다. 그렇다 이다.

그것이 바로 흰 그늘이요, 붉곰이요, 不咸, 八關이며 多勿이니 곧 八呂四律팔려사율, 즉 神市인 것이다.

자!

還歸本處환귀본처했다.

原始返本원시반본이다. 그야말로 선후천융합개벽.

카알 폴라니의 획기성(八)과 재분배(四)의 융합에 도달했다.

그것이 참으로 어둠속에서 빛이 오르는 것, 독초 옆 약초!

곧 시김새요, 참 美인 것이다.

진짜 아리랑이 그것 아니던가!

(4) 「정구」

개구장 나물을 뜯어 가지구 열 식구가 살았는데

삼베 질삼을 해가지구서 백만장자 되었네

(5)「민전」

개나리 진달래가 만발하면은 가자구 하더니
온 산천에 어우러져도 가잔 말이 없네

그야말로 아니다. 그렇다 이다.

不然其然이다.

서양철학 문자를 쓰자면 Chaosmos, 즉 혼돈적 질서요, 反對一致반대일치다.

(6)「정구」

암탉의 서방아 계란의 조부야 니 울지를 말아라
내 집에 오셨던 손님이 자취 없이 간다.

'계란의 조부'란 수탉이다.

그 수탉이 까불어서 내 집 손님이 시끄럽다고 귀찮아하며 떠난다.

'니 울지를 말아라'는 조용히 있으라는 당부다. 당부가 먹히지 않는 지경을 말하고 있다. 왜?

家庭事가정사라고 할밖에 없는 작은 일에서도 소란스러운 한 집안의 살림에 손님에 해당하는 집 바깥은 일, 즉 세상사가 먹힐 까닭이 없다는 간단한 뜻이다.

不然其然, 아니다 그렇다의 반대 경지다.

시김새의 逆境역경을 묘사하고 있다.

* 바로 이점이 정선아리랑의 탁월한 문화적 시김새다. 즉 문화관계자에게 不然其然과 볼곰의 역설적 설득력을 갖춘 것이다. 곧 그만큼 美學的이란 말이다.

정선아리랑은 기이한 세 측면을 간직하고 있다.

① 그 시초처럼 "여성과 어린이와 못난 民草들" 속에 생활적 가요로 널리 퍼져 있고 지금도 퍼지고 있고 앞으로도 퍼져 나갈 가능성이 농후하다는 점이다.

② 그럼에도 불구하고 그 자름(斷案단안)이나 소리에서 가장 중요한 시김새(볼곰)와 나툼새(擴散확산)을 원칙적 정비 내용으로 하고 있다는 점.

③ 그럼에도 불구하고 1,200曲이나 되는 너른 분포와 함께 지금도 동아시아와(일부 아메리카에까지) 기타 지역에 퍼지고 있음의 핵심 비밀 사유가 도리어 그 깐깐한 추임새(禮節예절)와 함께 아리랑의 본디 뜻인 함께 춤추고 같이 살아 보자는 근원적 協同협동을 그 Aura로 하고 있다는 점이다.

이 셋이 함께 비장되는 것은 참으로 하나의 기적에 속한다. 기이하고 기이하다. 여기에서부터 아마도 벤야민의 초월적 본체 개념인 Aura가 餘糧의 본디 우리나라 토박이 地名지명인 아우라지로 드러났던 것이라 하겠다.

기이하다!

바로 이점이 곧 한민족 문화의 Rudolf Steiner的 개념, 聖杯의

民族에 그대로 해당하는 것이다.

참으로 기이하다!

우선 이미 지적한 바 있는 戀浦연포와 골덕내와 나리소의 弓旦 冥所명소가 음률과 가사적 구조의미로 볼 때, 나툼새와 시김새의 미학적 아우라에 해당한다는 점이다. 이 점은 결코 작은 일이 아니다. 그러매 이점은 도리어 본격적으로 우주생명학의 화엄易을 통해 상세해질 것이다.

여기서는 이 정도로 생략한다.

(7) 엮음아리랑

강원도 금강산 일만이천봉 팔만구암자
자자 봉봉이 칠성당을 모아놓고
겉돈 벌라고 산제불공 말구요
힘대힘대 일하여 자수성가 합시다
아리랑 아리랑 아라리요
아리랑 고개고개로 나를 넘겨주게

<엮음>은 RAP에 대응한다.

(8) p. 130「정선」

앞 남산 불뺑대 끝에는 솔개미 한쌍이 돌고
늘어진 나뭇가지엔 꾀꼬리 한쌍이 돈다.

(9)「예세」」

앞 남산 송백에 저 두견새는
고국을 찾으려고서 구성지게 우나

(10) 「정교」
앞 남산 뻐꾸기는 초성도 좋다
세 살적에 듣던 목소리 변치도 않았네

불뺑대는 깎아지르듯 서있는 바위고 초성은 노래 부르는 첫 소리다.

둘 다 '냅다 내지르는 소리'다. 그리고 두견새는 그대로 '구성진 소리'다.

(7)의 엮음과 (8), (10)은 정면 대립하는 소리이고 (9)는 그와는 또 다른 구성진 소리다. 이 셋을 어찌 대응해봐야 할 것인가?

물론 정선아리랑의 가장 깊은 소리의 뼈대는 시김새와 나툼새다. 마치 戀浦 - 골덕내 - 나리소와 같다. 즉 [illegible] - 冥말이다.

그러나 그 다음에 대두하는 것은 '엮음'과 '내지르는 소리'와 '구성진 소리'의 三對決삼대결이다. 이것을 무엇이라 부를 것이냐?

이것은 '세옥치'라고들 한다.

'옥치'란 이빨 사이에 낀 '빈 여유'다. 이것이 없으면, 없어서 잇사이가 각박하면 음식맛과 말에 여유가 없어진다. 그래서 세옥치를 또 다른 말로 三玉味삼옥미라고도 부른다. 삼옥미는 남도창, 특히 東便制동편제 쪽에서 흔하다.

이 세옥치는 정선에서도 가탄 윗마을. 가탄 아랫마을, 그리고 귤암리, 가수리 등 東江 연안의 산 밑 마을에서 아리랑 부르는 맛걸이(味覺미각)로 유명한데, 남도창의 東便制와 西便制(서편제에는 '삼옥미'가 아닌 그냥 '세옥치'로 더 활발하다. 더 섬세한 '잔맛들'이 서려있는 말이어서 일 것이다)에 일반화 되어 있다.

그야말로 宋興祿의 정선아리랑 근원설이 그대로 드러난다.

그러나 시김새와 나틈새의 그 분명한 바로잡기(正脈정맥 세우기)에서는 조금 문제가 다르다.

나는 이제 차차차차 정선아리랑과 이곳 강원도 백두대간 일대의 '文山學'(문화와 그에 기초를 이루는 山間一帶산간일대의 풍수 및 우주생명학 - 華嚴易화엄역 - 적 고찰)을 기초로 해서 ① 정선아리랑 고찰, 불교적 전승을 토대로 한 ②海印文化, 그리고 남도권과 중조선 메나리를 중심으로 한 ③妙衍문화의 대강을 개진한다.

이 개진 전체가 바로 '아우라지 美學의 길', 그 餘糧의 미학 전체의 구체적 가늠새다.

자!

이른다.

노구미(불교에서의 '범패'에 대응하는 장엄한 우주소리)에 해당하는 소리 「조민」이다.

(11) 「조민」

강원도 금강산 일만 이천 봉 팔만 구암자
유점사 법당 뒤에 칠성단 돋우놓고

팔자에 없는 아들 딸 낳라고 백일정성
석달 열흘 기도 노구메 정성을 말고
타관 객리 외로운 사람 괄시 마라.

짧으면서도 (11)의 노구미 調의 금강산 소리

(12)「민집」
강원도 금강산 일만 이천봉
법당우에다 네가 불공을 말고
타관객리 난 사람 네가 괄세를 말아

노구미 역시 한 엮음이다.

그야말로 백두대간 맨 밑바닥이나 東江 물밑 하창에서부터 구불구불구불 그야말로 백두대간 무수무수한 冥所들을 헐덕거리며 오르고 또 올라 드디어 금강산 일만 이천봉 팔만(팔람) 구암자 꼭대기 칠성단에까지 오르는 여인의 "크고 깊고, 신명으로 가득찬 큰 恨"(볼곰·不咸·흰 그늘→시김새이며 나툼새)이 '엮음 노구미'로 펼쳐지고 굴곡한다. 쑥대머리가 따로 없다.

이 금강산 아라리를 듣고 한 러시아 음악학자는 왈,

"세계 역사를 다 종합한 끝이요. 세계 역사 바깥의 새 우주 음악의 첫 시작이다"라고 탄복했다.

그 탄복이 우리 민족 안에는 '없다'.

왜?

왜 없을까?

첫째는 중국 간섭을 받은 王朝왕조시대 양반 부스러기들의 억압이요, 다음 둘째는 일본 똥새끼들의 개지랄이요, 다음 미국과 유럽의 팔만 사천 가지 훼손과 왜곡과 악영향이다. 그 중엔 자본주의적 왜곡과 공산주의적 핍절이 강하고 또 강하다.

그러나 그럼에도 우리는 그 속에서 우리의 길을 굳세게 찾아나서야 한다.

入古出新입고출신의 르네상스가 다른 것 아니다.

바로 이제껏 말한 그 길이다.

어떤 한 지혜롭고 영민한 문화사가는 처음으로 정선의 엮음 노구미 한 자락을 듣고 나서, 무릎을 치면서 대번에 가라사대

"이 민족이 이제 우주를 향해 크게 외친다."

하하!

그런가?

그렇다. 그렇다고 해야 한다.

다음을 보자

(13)「정선」

새로 한시에 오라고 우데마끼를 주었더니
一, 二, 三, 四를 모르고 열두시에 왔네!

'새로'는 새벽을 말하고 '우데마끼'는 손목시계를 뜻하는 '우데도께이(うでどけい)'를 잘못 말한 것이다.

무엇이냐?

그 곡조의 기이할 정도의 '설움새'에 이상하게 비틀어진 일제

때의 우스운 풍속이 올라갔다.

바로 여기에 이 민족의 위대한 아름다움에의 길이 서려있다.

이 '우스운 설움새(풍자적인 슬픔)'가 모이고 모여 엮음 노구미도 되고 엮음 노구미가 흩어져, 작아져, 작은 소리로, 목쉰 소리로 '웃음 설움새'도 되는 것이다. 괴이할 정도다.

자 보자!

(14) 「정선」

정선 읍내야 백모래 자락에 비오나 마나
어린 가장 품안에 잘자나 마나

이것은 애인의 소리다.

여인이 어린 남편의 성적 기능을 말한다.

'정선 앞 강물 모래밭에 비오나 마나'는 남자의 정액 분출이 하나마라라는 것이니 여자의 소리로서는 한껏 '무서운 소리'다.

무섭다. 그리고 음산하다.

그러나 한없이 우습다. 그리고 무언가 개벽적이다.

여자가 좆 이야기를 꺼내든 것이다.

이것 쉬운 일인가?

요즈음 같으면 리나 세프첸코의 토플리스(FEMEN)도 있지만 옛날 동양의 한 산골동네에서 쉬운 일인가!

역시 <우스운, 그러나 우울하고 슬픈 여인의 설움이요 恨>이다.

恨이다.

남자 '좆'이 시원치 않다는 여자의 솔직한 타령이 恨이 아니고 무엇이냐!

하하하!

이것, 그야말로 現時代的현시대적이다!

또 있다.

(15)「정선」

가는 허리 고운 맵시는 눈에도 삼삼하구요
정든 님 음성 자취는 귀에도 쟁쟁하구나

(16)「조선」

가랑비 細雨세우야 내리지 마라,
정든 님 오는 길에 풀잎이 젖는다.

두 소리가 다 '정든 님'께 바치는 형식이다. 하나는 남자가 여자에게, 또 하나는 여자가 남자에게 바친다.

하나는 여자의 몸맵시에 음성 타령이요 또 하나는 남자의 몸에 젖을까 가랑비와 그 비에 젖을 풀잎 걱정이다.

둘이 그 정서가 '섬섬'하다.

그러나 먼젓번의 몸과 음성 걱정(남자)보다 뒷소리의 그 같은 물 걱정임에도 '가랑비와 풀잎'이라는 대자연 걱정(여자)이 훨씬 훨씬 더 크고 늠름하고 또 섬세하다.

웬일이냐?

미리 말하지만 山間산간의 남녀 차이가 벌판과 해변의 그것에 비해 월등 뛰어나게 반대 방향이란 뜻이다.

왜?

여자가 더 크고 깊다.

물론 노동 때문이기도 하겠지만 전통적으로 정선아리랑이 가진 山間의 女性的 恨과 命명의 크기와 깊이가 더욱 더 우주적으로 본질에 가깝다.

즉 弓乙와 冥에 가깝다.

그래서 나툼새와 시김새의 근원(송흥록)이라는 것이고, 도리어(!) 그 때문에 추임새가 더 높다는 이야기가 된다.

이 점은 아리랑 전반과 민족예술, 민중美學 전반에 있어 매우 중요한 큰 고비다.

(17) 「정아」

색시 처녀 할 적에는 총각 원도 풀더니,
남우 집 가문에 드니 원 못 풀어주더라

어쩌고저쩌고 처녀총각 사귈 때는 '총각 원' 즉 '성적인 굶주림'도 해결할 길이 있었는데 '가문에 드니' 즉 여자 입장에서 '시집' 즉 신랑 가문에 얽히고 보니 조그마한 성적 굶주림마저 풀기가 어렵다. 시부모들 눈치 보느라 이것저것 어렵게 된다.

작은 일이 아니다.

매우 큰 사건이다.

이쯤 되면 음악을 타고 흐르는 생시의 산 문제들(性的인 생활)의 표현과 발현의 차원이 치명적인 문제점이 되어 클로즈업

된다.

이것이 작은 일인가?

이것이 시시한 애기인가?

허허허.

그렇지 않다면 정선아리랑의 美學的, 역사적 문제점, 나아가 도덕적 문제점에 男女間 性的인 문제점 차원에서까지 달리 봐야 할 것이다.

그리고 남도창, 중도창, 북도창 전체에 대한 영향 관계와 상호 연관을 그 질과 표준성에서 다시 보아야 할 것이다.

(18) 「정선」

수천리 강산에다 철사줄을 늘이고
정든 님 소식을 앉아서 듣네

(19) 「정구」」

아라리 말년에 신작로 나고
신작로 말년에 난리가 났네

이것은 무엇인가?

이미 소리가 이 정도에까지 왔다.

'이 정도'라는 것은 그 깊은 의미가 무엇인가?

오늘 西歐風서구풍 소리들의 美學은 어디로 지향하고 있는가?

온갖 금지해왔던 리듬과 동작의 파격 등을 거의 모조리 등장시켜 춤도 소리도 아닌 거의 지랄발광에까지 이르고 있다.

그럼에도 사타구니춤, 보지춤, 똥구멍춤이라고 이름 붙인 품바품바나 걸뱅이 각설이타령은 모른다. 아니 外面외면한다.

이른바 말춤이다. '싸이' 말이다.

그러나 그것은 南學과 正易派의 수련춤인 詠歌舞踊이다.

어떤 각도에서 시김새의 極致극치인 셈이다. 또한 그것이 바로 Healing이요 極과 極의 융합, 김봉한이 산알의 復勝이라고 부르는 會陰腦회음뇌의 부활인 것이다.

곧 Renaissance요, 後天開闢, 아니 선후천융합대개벽이다.

밑에서 위로, 숨은 힘의 드러남(Healing)이다.

이것이 곧 정선아리랑으로부터 오는 송흥록의 바로 그 시김새 소리의 비밀이다.

이것이 곧 (18), (19)의 바로 그것이다.

아닌가?

그렇다.

우리는 이제 배운다.

정선아리랑에서 크게 배운다. 이미 많은 논의를 해왔다. 그리고 마지막으로 "美는 利益이 아니다. 그러나 利益이고 自由고 숭고이고 심오다."

그래서 어둠에서 솟은 흰 빛이다.

또 병으로부터의 치유다.

醜로부터의 독창적인 美다.

그래서 가장 중요하게는 불곰, 不咸 즉 시김새요, 나툼새요 추임새이게 된다.

가르침과 억압과 국제 바깥에서 스스로 좋아서 남에게 전달하는 아름다운 진리의 힘이요, 어여쁜 건강의 비밀이다. 새시대 생명의 우주적인 모든 것이 바로 이 美 가운데에 있다.

우리는 아우라지로부터 아우라를 얻는다. 餘糧에서 참 노동의 아름다운 승화를 얻는다. 아우라지 美學의 길에서 참다운 문화와 사상과 교육의 길을 찾는다.

그러나 그것은 이제부터다.

그래서 '길'이다.

이제까지의 분석은 조그마한 시작에 불과하다. 바로 지금부터 1,200曲과 기타의 본격적 분석과 해석, 해명이 참으로 시작되어야 한다. 아우라지의 정선아리랑, 그 "시김새의 섬세한 힘"은 남도, 중도의 판소리, 탈춤, 메나리 등의 온갖 妙의 비밀에로 넘어간다. 조국의 모든 것, 그리고 세계와 우주의 모든 것과의 융·복합이 이제 시작한다.

'妙衍, 시김새의 길'이 아우라지 美學의 길의 정선아리랑 뒤편으로 이어진다. 수십개 항목을 예언했으나 이제 다음으로 명백하게 정리한다.

약 20여개의 '새'의 제시를 표준과 기준으로 하고 정선아리랑 즉 백두대간을 모두 다 새롭게 공부(인류역사의 우주적 새 기운의 탐험이다.)해야 한다. 이것이 우리 민족의 네오-르네상스의 우주 역사적 대 사명이다. 결론이다.

시김새의 길-판소리 등등에서 이미 정립된 妙衍으로부터 도리어 정선아리랑의 애매한, 그러나 더 깊고, 더 기막힌 볼금,

흰 그늘의 기교와 美學들을 거꾸로 낱낱이 찾아가 보자.

1. 이음새

이것에서 저것, 처음에서 중간이나 끝, 또는 마무리에서 다시 처음의 귀성(반성) 끄트머리에로 가 닿는 중의 '흰 그늘' 관련 고리.

例

① 춘향가 중 '영구대로 변'(사또행차 중)의 세 군데

②심청가 중 세 대목

a.심청이 배타는 대목에서 손을 땅쪽에서 뱃쪽으로 옮기는 곳.

b.심청이 배에서 물로 들어가는 부분에서 뱃쪽과 물쪽 사이의 몸 이음고리.

c.심청이 부활하는 곳에서 공중부양 비슷한 '황극위' 상승 대목의 몇 군데 표현의 시김새.

2. 도듬새

전체적인 진행 중에서 한 두 부분이나 한 사람 또는 한마디를 두드러지게 강조코자 하는 표현기법인데 이 기법에는 여섯 가지가 있다.

전라도, 경상도, 충청도, 강원도가 다 각기 조금씩 다른데 함께 섞이는 곳도 많다. 요는 名詞명사쪽이 아닌 助詞조사나 副詞부사쪽에 악센트가 더 강하게 들어간다는 특징이 공통점이다. 이 점이 기타 다른 동아시아 나라들이나 외국(서양은 물론)의 경우와 매우 다른 점이다.

그리고 조선의 고유한 “미학적 강조점의 특징”인 것이다. 여기에 연구가 필요하다. 여러 가지 이유와 확장기법이 나올 것이다.

例

①스스미

잦다랗게 끌면서 슬쩍 올리는 강조법

②바우리우리

딱딱하고 강한데 위에다 또 강하고 딱딱함을 덮어씌우는 드는 강조법. 그 사람의 성격 강조와 연관

③天人直倒法천인직도법

하늘이 사람위에 직접 어떤 벼락같은 강조를 내리는 듯한 엉뚱한 기법

④假說法가설법

보기에도 엉성하게 가상적인 조작을 덧씌우는 강조법. 코믹한 효과나 왜곡과 관련된다. 또는 극히 비극적인 강조법.

⑤ 가사리

삶을 살되 의욕 없이 그저 끌려가면서 사는 태도를 강조하기 위한 어거지 몸짓이나 분장, 또는 장식이나 의상, 표정, 말소리들.

⑥에도(순우리말)

假聲가성을 써서 슬픈 듯한 표현을 과장하여 거짓임을 드러내는 강조법. 훗날 일본 입수의 신파조에 많이 동원되었다. 지금도 북한 연극이나 여러 표현에는 흔하다.

3. 앙금새

앙큼하게 사물들, 사람들, 사건들 위에 답삭 올라타고 버티는 자의 태도 '앙큼'의 불결하고 불길함, 도둑스러움에 비해 조금 덜 그런, 안 좋은 짓을 가리켜 '앙금'이라 부른다. 또는 어린애들의 서투른, 그러나 모자란 태도이기도 하다.

①덜스러움

'앙금'이로되 딱지가 덜 떨어진 탓.

②못스러움

안 그랬으면 좋을 텐데, 즉 나이에 비해 안 그럴 수 있겠는데도 '앙금'을 떠니 얄밉다는 뜻.

(이들 형태나 표현이나 삶의 해석이 이른바 그대로 妙衍法의 그것일 때는 하나의 문제가 발생하는 것이다. 그 발생과정 자체가 어떤 결과와 후유증을 발생시키고 한 그늘을 지우게 된다.)

4. 도롱이

도롱이란 담을 빙 둘러가며 싸는 볏짚이나 호박잎파리 등 '에우리(호위물)'로서 날씨, 변덕스런 사건, 손찌검 따위에 대처하는 방어기제. 도롱이는 소리나 춤이나 일체 예술기법에서 감싸는 조치 일반을 말하는 것으로 그 기법은 우선 일곱 가지다.

①에두루기

빙 둘러치는 것.

②메사니

묶어서 올림.

③주두리

입, 꼭지, 상부를 정리해 묶어 놓음.

④게사드니

가끔 툭툭 쳐서 썩거나 떨어져 나가지 않도록 긴장시키는 요법 - 물건만 아니라 일체 비물질적 요소의 미학적 처리 과정에도 적용된다.

⑤우둠

둥그렇게, 옴살궂게 숨겨 가짐, 안으로 내밀하게 조리.

⑥시오리

멀찍이 떼어놓은 조치, 十五里란 거리를 말한다. 손이 안 가게 멀찍 떼어놓고 말도 안 걸고 차게 대해서 관심이 없는 척함으로서 보호하는 역조치.

⑦오밀조밀두루루

말 그대로 작고 옹색하게 여기저기 늘어놓아서 집중적 탐욕이나 해꼬지에서 피하게 하는 조치 일반을 말함.

5.서치 飯반

반, 즉 '밥의 위격화'는 참으로 중요한 것이다. 그러나 그것이 무슨 四端사단(仁義禮智인의예지)처럼 추상적 도덕인 것은 아니다. 그러므로 거기에도 "서치(三寸) 접근이 가능하다"는 뜻이 들어있는 표현이다.

어떤 구체적 가치(미학적 가치도 근본에서는 구체적인 것이다)에의 "구체적 접근 가치"를 의미한다.

이것은 여러 가지로 나타난다.

①일일서홍(西紅)

매일매일 조금씩 서녘하늘의 아름다운 황혼을 익히는 예술 습득의 노력 자세.

②비비네로나

아무리 비비꼬고 뒤트는 과정이라도 결국 그것이 '네가 나로 되는' 참된 완성의 길이라는 뜻.

6.恒鶴亭항학정

'항학이 깃드는 정자'라는 한자의 뜻으로 앞뒤, 주변 묘사가 아무리 난잡하고 복잡하고 저열해도, 한 임물, 한 시가, 한 사태, 한 주제의 품위와 중요성을 늘 지키는 태도를 일러 옛 사람들은 이렇게 명칭 했다. 다르게 부를 수도 있다. 그러나 이리 부르는 게 통상 의미체계다.

例

① 심청이의 효성어린 삶의 태도.

② 춘향이의 이도령에 대한 向心 등등.

7.變一聲변일성

한가지 일관된 묘사나 표현을 해나가다가 문득 轉變전변을 가져오기 위해서 목소리를 한껏 바꾸는 전환점을 말한다.

이것은 소리에서만 그런 것이 아니고 춤사위나 巫俗무속 또는 심지어 절의 게송에서도 마찬가지다.

※이때 결코 큰 동작변화나 큰 기침, 얼굴 표정 변화를 해서는 절대로 안 된다(禁忌금기 사안이다).

8. 도루아미타불 · 관세음보살

소리든 춤사위든 降神강신이든 기원이든 끝낼 때가 처음 시작 못지않게 중요하다. 그래서 완벽하게 철저히 끝내려는 마음과 몸의 태도가 요청된다. 그것은 '끝'이라기보다 새로운 삶에로의 '시작', 그러나 활기찬, 희망에 찬, '새로운 시작'이기 때문이다. 이 때문에 '도로아미 - 보살'이 꼭 필요한 것이다.

이때의 몸자세는 일반적으로 '禪趣선취'다. 그래서 이 몸을 두고 흔히 이리 부른다.

'센치'

→이것은 쌍계사 등지의 '불교雜詠잡영'이 살아 있는 곳에서는 아직도 중요한 흔적이고 불교미학사상으로서 매우 중요하다.

즉 화엄경 入法界品입법계품 초입의 逝多林自責서다림자책 연장기술에 중요한 "衆生중생춤과 如來여래춤의 同時統合동시통합"에서 중요한 것이다.

앞으로의 美學, 미학과 경제사상에서 매우 매우 중요한 원리, 아우라지(융합·화엄원리) 미학원리의 하나이게 된다.

9.소름죽임티

무서운 사실이나 감정 뒤 소름이 돋아남을 가라앉히는 것은 또는 예술기법의 중요한 한 방면이겠다.

①데에무

궁굴리듯 둥글둥글 무마시키는 기법.

②차이무

냉랭한 감정을 집어넣어 도리어 소름을 깔아뭉개는 역공법.

③초라미

초를 치듯, 독한 자극을 잠깐 가해서 순식간에 소름을 죽이는 법, 그러나 이 법은 여성 여인들이 너무 많이 사용해서 도리어 '쫄아미'로 흉이 되어 놀림감 대상으로까지 떨어졌다.

10.미여터짐票표

어떤 감정이 만원인 듯 꽉 찬 상태를 노골적으로 표시하는 손짓, 발짓, 또는 작대기나 빗자루, 물건 등으로 제 감정의 만끽상태를 물질적으로 표시해서 으스대는 방법.

이 역시 노장들에 의해 만류되었으나 아마추어들 사이에선 훗날에도 많이 유행했었다.

11.蝕(똥)

기왕의 수위를 그대로 유지한 채 주제의 가치나 힘을 순식간에 완전 下落하락시키는 "순간 돌발적 폭탄 표현"이다.

이런 똥은 소리, 판소리, 춤사위, 巫俗무속, 巫歌무가, 佛歌불가, 육자배기, 詠歌영가와 正歌調정가조, 請頌청송에까지도 흔하다.

이제 차차차차 그것을 찾아내는 탐색이 필요하고, 근대·현대 계승에 어떻게 나타나는지 확고해야 할 것이다.

또 그것의 동양, 서양 美學的미학적 原論원론 탐구와 규범성 규명에도 조명해야 하고 특히 入古出新 및 종교연관 탐구는 상론돼야 한다.

12.가림새

춤사위에선 쉬운 것으로 손이나 몸짓으로 무엇인가를 숨기거나 가리는 것.

소리에서는 混音혼음(여러 가지 技法이 있어 假聲가성이나 濁音탁음, 또는 異聲이성, 怪聲괴성, 기이한 동물소리)으로 그림에서 '빛깔의 섞음'이나 여러 效果色효과색으로 이른다.

13.이지러짐

한 이미지가 기울며 서러운 몰락을 드러내는 것. 한 인물, 한 사태, 한 집안, 한 사랑 등등.

이것은 매우 많은 기법과 형태들이 있다. 아마 '이지러짐'에만 24가지 형식이 있을 것이다.

①흔들림

기존의 이미지가 흔들리기 시작함. 흔들리면서 쇠잔해지는 형식.

②몰

자로 혹자는 이것을 '沒몰'이라고도 쓰는데, 쓸 수는 있으나 한글의 '몰'과는 뜻이 아주 다르다. '몰'은 과연 무엇일까? 여기에도 세 가지 뉘앙스가 있다.

a.잎새가 기이하게도 힘이 없어 보임.

b.꽃잎이 기이하게도 힘이 없음.

c.여자 얼굴에서 '氣기'가 시든 느낌.

③헤짐

얼굴이나 태도, 몸에서 生氣가 사라지고 흐지부지한 느낌이 드러나는 것.

④혀터져라 이김

해체 상태에 가까운 분산을 먼저 선택함으로써 도리어 기맥의 강인함을 드러내어 승리감을 확정함.

⑤왼쪽 절룸이대장

큰 지도자가 도리어 부상이 심한 듯한 발을 못 쓰는 척하되 그럼에도 조용한 강인함을 슬며시 드러내는 지도력 부각의 한 모습.

이것은 평범한 삶에서도 병중의 강인함 등을 표현하는 데에 쓰이는 방법.

⑥헤헤 쑥쑥

바보처럼 헤헤 거리면서 도리어 반대로 칼로 쑤시듯 날카롭게 대응하는 이중적 태도.

⑦石錭鐵석조철(돌구랑쇠)

어떤 흐름을 마치 돌덩이나 고랑 채우는 쇳덩이처럼 턱 끊어 정지시켜 잠궈 버리는 것.

이것을 静固行정고행 또는 停止性정고행이라고 識體化식체화하기도 한다.

⑧亡裏志망리지

마치 亡해 자빠지듯 허물어져 내리는 한 情操정조, 지향, 한 뜻의 기울음을 문자화함.

⑨또한

말로써 표현되는 한 토막과 다음 토막 사이의 '이음'의 강조 표현으로서 이 자체가 이미 하나의 場面장면이 된다. 즉 하나의 독특한 그 나름의 미학적 표현 기법이 있어야 하는 것이다.

⑩수구리 수구(Soogooli soogu)

숯 굽듯이 숯 구어라.

한 情況정황을 묘사할 때 첫째로 요청되는 것은 그 "情況자체의 정확한 묘사"다. 그 밖의 것은 그리 중요하지 않다.

수구리는 연해주, 동남 시베리아 쪽의 토착 러시아말이고 그쪽 신화망에 연결된 비유다.

한자로는 修及修수급수

수련하듯이 수련하라!

(수련하는 바로 그 대상이 다름 아닌 표현 대상 자체다.)

그리스系 중세 이탈리아 美學用語에서는 Sertilen si sertil 이다.

-숯을 다루듯이 숯을 다루어라!

(미적 대상에 변경이 있으면 안 된다. 원형 그대로 표현하도록 노력하라!)

이것은 물론 남도민요와 춤사위에도 적용된다. 그것은 '대중화된 용어'로

-수꾸리 해라!

또는

-수꾸 수꾸리!

로 표현된다.(특히 덕유산 인근 마을들의 소리나 춤꾼들, 巫俗무속에서)

동남 러시아와 캄차카, 오호츠크 방면의 한국계 전통문화

의 숨은 "미학사상의 줄기"(블곰, '밝은 어둠', 흰 그늘. 시김, 치유, 逆轉역전, 대전환, 창조)는 그곳의 神市신시 경제원리인 Mir(헬젠의 '끝없는 꿈의 탑'에서)에 그대로 반영되어 있다.

이것은 이제부터의 5개국(일본, 중국, 러시아, 아메리카와 남북한) 확산의 네오'르네상스의 동시목표로 전 세계의 새로운 경제사회 神市, 비단 깔린 장바닥의 비전을 일으켜야 한다.

그래서 Neo - Renaissance의 제목이 곧 아우라지, 아우라짐·대융합·冥開·大華嚴 또는 大海印(태평양神市 - 장보고의 '필드' 목표)인 것이다.

그 노동의 핵개념이 곧 餘糧이다.

14.확

한자로 '擴'이라 써서 표현해도 아마도 비슷한 뜻이 될 것이다. 양 팔과 양 다리를 크게 펼쳐 사방팔방으로 '확산'하는 기세를 마치 大華嚴처럼 퍼트리는 춤이거나 소리일 것이다.

이를 한마디로 그저 '확'이라 부른다. 그러나 나툼, 나툼새와는 구별된다. 왜 그런지는 후학들이 더 파 들어야 할 것이다.

15.노리미

옛부터 내려오는 함경도 말의 뜨거운 겨울(혹은 뜨뜻한 눈)-바로 이같은 對人觀이나 예술관, 미학적 태도를 말한다.

16.에쉬

평안도 옛말로 여성용어로 국한돼 있었음.

•어린아이가 몹시 보채는 이유는 몹시 오줌이 마려운데도 오줌이 잘 안 나오기 때문. 이때의 病名병명(병이다. 이것은 '복령추'[풀뿌리의 일종]만이 약이다).

-어떤 강한 노골적 표현 동기가 분명 있고 다급한데도 그것을 상황 때문에 참아야 할 때의 '발발거림'(발 동동거림) 따위 표현들과 연관된 모든 아쉬운 표현.

17.뽐프리

우리 말이다. 주의할 것!

뽑다만 풀, 채소, 화초가 가엾어서 뒤돌아보는 마음 - 그런 정신사적 태도, 특히 여성들의 뒷몸 자세나 그런 소리, 또는 색채, 그림자 묘사.

18.대구리·거여

마구잡이로 한 '통주제'를 일정단계에까지 통(일관되게)으로 밀어부티는 방식, 거기에 '擧輿거여(가마 태우기 - 마치 임금 같은 중심성, 통괄성의 명백한 상징을 표시함)'를 겹쳐서 전체적으로 산만할 정도의 분산 배치임에도 주제가 강렬하게 드러나는 방식.

19.九折里, 九美亭(구절리 아홉맛)

이른바 '華嚴味(화엄맛)' 또는 '아우라지 기미' 또는 '한울맛'

등으로 불리며 혹은 海印으로 불러 최고의 우주적 장엄美를 표시한다.

근원은 바로 강원도 정선군의 아우라지 구절리와 구미정(삽당령 뒤편의 아홉 구비길의 아홉가지 풍광 맛의 복합성 - '정선아리랑'의 절정으로 평가됨)의 융합적 아름다움을 표시한다.

"아마도 조선의 최고의 아름다움"이겠다.

이것을 全羅전라에서, 慶尙경상에서, 忠淸충청에서, 江原강원에서 각각 다른 이름으로 부른다. 거기엔 한자 표시가 들어간다. 훗날 선비나 스님들의 개입일 것이다.

20.너에게 나를 준다

매우 짧은, 그러나 가볍지만 중요한 전환형식이다.

앞으로 나타날 새로운 가요, 춤, 놀이, 연희 양식에서 대유행을 이룰 한 양식적 특징이다.

여기에는 이 妙衍묘연(시김)글의 마지막에 제시될 5가지 미학 아우라가 그 양식적 특징을 이루게 될 것이다.

21.매에미

①아주 가파른 꼭지점에서 잠시 부드러운 숨돌림. 어울리지 않는 가파른 여유(?), 여기엔 반드시 물방울 같은 눈물이나 한숨이나 미소가 따른다. 그러나 짧다.

또 빨리 진행해야만 한다.

이것을 두고 '새엠 땅'이란 사투리말로도 표현한다(충청남도 변두리).

22.기암

②한문으로 奇巖기암으로 표시하기도 하지만 사실은 그렇지 않고, 한글이라야 뜻이 정확하다. 기암이란 우리의 입에서 시작되는 '갼'의 표식어일 뿐이다. 갼은 아직 시작되지 않은 말의 시작 표시이다. 숫자 앞에 주어지는 ○나 <나 역시 '갼'이다. 그러나 이것은 중요하다. 거창한 철학적 해석으로는 天符經천부경의 一始無始一일시무시일로 지적하기도 한다. 매우 어려운 영역이다.

23.二十五

③가다가 반쯤 못 미친 상태에서 완성되었다는 투로 결말 동작을 서두르는 태도로써 이는 주로 Comic 표현, 풍자에 많은 기법으로, 간혹 비극종류에서는 중간에 왜곡이나 격랑이나 갈등이 필수적일 때 묘하게, 비슷한 <이십오>가 나타난다.

숫자로서 <이십오>의 의미는 거의 이 기록 마지막의 다른 숫자풀이와 함께 제시한다.

24.水雨(물비)

④비인 슬픔, 가짜 눈물, 그러나 그 가짜(비인)인 것을 숨기지 않고, 드러내지도 않고, 그럼에도 비(슬픔)는 진행함.

25. 아우르지

⑤서둘러(혹은, 에둘러) 한 '열음' 상태를 '봉합'하는 말, 동작, 소리, 색채, 상황 설정 등의 조치.

('아우라지'와는 아주 머언 조치다)

26.끄두루루룩

-밥 먹고 나서 '게트림'하는 소리. 어떤 상황을 마감하고 나서 뒷감당하는 소리 냄새, 끝났다는 표시를 조금 정답게, 조금 '有情的유정적으로' 하는 것에 속함.

'서민적'이라 부를 수도 있다.

27.治療치료(이끼임)

-오랜 동양 특유의 "소리에 의한 치료"를 '이끼임'이라 부른다. 때로는 드세고 힘찬 장구나 북소리로 약한 심리병을 북돋우고 부드러운 비파로 심장병 등을 다스린다. 그리고 약초 등으로 體內체내의 기이한 일그러짐을 조절해 왔다. 이것을 백두대간계에서는 특히 이끼이내림으로 특수화한다. 이 전통은 정선군 임계면 백봉령 밑의 <백두대간 약초나라 아리아리정선연구소>에서는 특별한 음률 처방으로 현대화할 가능성이 무르익고 있다. <아리아리정선>이 <약초나라>에 붙은 까닭이다.

12

현대의 미학

내가 계속해서 똑같은 地名지명이요, 槪念개념인 '餘糧'으로 여러 동서양 철학핵심을 비판하고 해명하려 하였다. 맞는 것은 있지만 약간은 조금 과장된 부분도 있을는지 모르겠다.

그러나 지금 2013년, 이 時機가 동서양 天文科學에서 자기 나름대로 말하는 이른바 終末的종말적 開闢期개벽기임엔 틀림이 없다. 한 통합적 원리가 아닌, '온난화와 間氷期간빙기'라는 서로 異質的이질적 氣流기류가 아무 원리적·통일 노선 없이 마구 엇섞이고 있다고 보는 西洋쪽 見解견해와 正易의 "琉璃世界유리세계 4천년 직전인, 春分춘분·秋分추분 전환 직전의 冬至동지·夏至하지의 대극상황"이라는 서양인들의 極限片短科學論극한편단과학론으로는 이해 못할 "對極대극이 서로 섞이는 시대"다.

따라서 餘糧의 해석은, 마치 강원도 산골 5일장인 정선장이 아무리 藥草場약초장이라고 하나 한꺼번에 어떻게 15만 명이 몰려드는가 이해가 안 되듯이 똑같은 難解性난해성을 동반한다.

그렇다면 서울 복판 통인시장의 변화와 여주, 이천, 문막의 Premium Outlet의 엄청난 활기, 전국 여러 지방도시 5일장의 기이한 변화들은?

제레미 리프킨의 '제로사회'는?

똑같다.

오늘 이 복잡한 시기에, 여성과 젊은이, 어린이와 비실비실 民草민초들 중심으로 한 난데없는 美學이 중심학문으로 자리잡으려 드는 이치도 難解난해할 것이다.

그러나 현대 美學에서 다음 세 가지를 먼저 검토해보자.

지금 살아 활동하고 있는 유타 베름케(독일)의 『미학과 경제』다. 유럽 쪽의 견해다.

> "벨쉬의 포스트모던적인 진단은 마르쿠제의 문화적 절차과정에 대한 통찰들을 다시 정식화하지만, 그러나 그것들의 정치적 차원을 취한다. 정치적 차원의 이러한 실패는, 즉 거기서는 반대 구상이 그것의 형태적인 부분으로 환원되는 상실은-감지와 마찬가지로-시대적인 것에 틀림없지만, 정치적인 것과의 결별이 심미적 반대구상의 최종적인 좌절을 표시한다.
> 숭고한 것이 역동성에 따라, 예술의 한계들을 넘어서는 바로 그러한 미학은, 전체적인 리얼리티를 중심으로 볼 때, 근원적인 차이를 위한 의식 감관으로, 또한 잡다한 이질적인 것을 공평하게 취급하는 최고심이 된다."(p. 278)

지금 살아 활동하는 중국 미학자 張波장파의 『동양과 서양, 그리고 미학』이다.

“사르트르는 현상학적 방법을 가지고 존재론을 수립하고, 의식을 현상학적으로 고찰함으로써 명저 「존재와 무」를 저술했다. 각종의 고전적 유심주의에 의해 신비화되었던 ‘의식’이 이제 천상으로부터 속세로 내려올 수밖에 없게 되었다. 현상학에서는 모든 의식을 특정 사물에 대한 의식으로 파악한다. 이를 기반으로 하여 사르트르의 의식 개념이 형성되었다. 그에 따르면 의식 자체는 비어 있는 것이며, 존재하지 않는 것으로, 허무이다. 의식은 일종의 자발적 활동으로, 의식 활동과 의식 대상을 동시에 출현한다. 의식이 발생하는 것은 바로 특정 사물을 의식함으로써 이다. 의식 대상이 출현하는 것과 동시에 허무인 의식이 대상물에 의거하여 특정사물에 대한 의식으로 되며, 이때 비로소 무는 유가 된다.”(p. 256)

마지막으로 한국美學의 현대적 창시자인 고유섭의 「구수한 큰 맛」이다.

“다만 먼 곳에서 물을 끌어들여 샘을 만들었다. 引遠水爲飛泉인원수위비천란 것을 보아 만월대 동으로 냇물을 끌어들일 수 있을만한 지점을 잡아야겠는데, 이 조건에 해당한 지점은 조암동(즉 ‘구야’)의 일대로부터 중대로 흐르는 조암천 유역 일대는 제1 후보지요, 송도중학을 중심으로 하여 그 동서분지가 제2 후보지가 될 수 있다. 그러나 이에 대하여는 아직 얻음이 없으므로 말하지 아니한다."(p. 278)

우선 마지막 고유섭의 「구수한 큰 맛」 중의 조암동 물에 관한 한마디로부터 검토를 시작하자.

"아직 '얻음'이 없어서 말 안 한다"고 했다. 한국美學의 시대적 한계를 지적한 것이다. 그러나 원리적인 것, 역시 '먼 곳에서 물을 끌어들여 샘을 만들었다'는 변함없다.

'샘'이 무엇인가?

그리고 물이 무엇인가? '얻음'을 말하는 그 美學은 이때 무엇을 말하는가?

餘糧은 이때 무엇을 의미하는가?

여기에서 張波와 유타 베름케의 至論지론이 갖는 가치성은 어디에 접근하는가?

누가 무어라 하든 Kant의 판단력 비판은 문자 그대로 '문화적 자본주의'의 핵심이다. 그러나 그 점 자체로 보아서도, 이른바 '획기적 재분배'의 핵심인 '판단력과 비판력의 융합'에 있어 Kant는 결코 元曉의 判批量論판비량론을 넘어설 수 없다.

그러니 유타 베름케의 이른바 '정치적인 것과 심미적인 것'의 융합은 張波가 보고 있는 '無무와 有유의 對極대극 극복의 어려움'만큼 어렵다.

어렵다.

도리어 오늘의 美學의 핵심은 '물'이요, 그 물을 끌어오는 '샘'과 '물' 사이의 연관이다. 고유섭의 한국미학이 훨씬 더 美 자체의 본질에 접근한다.

오늘의 세계 美學, 우주생명학의 본질은 '물과 빛'으로 이루어지는 餘糧의 '샘'에 있기 때문이다.

그렇다.

餘糧은 '샘'인 것이다.

정치와 심미성, 無와 有 따위가 아니다.

물과 빛!

日과 月, 象과 曆, 공간과 시간 위에 불쑥 솟아오르기 시작한 奇然祥瑞의 美의 세계, 물과 빛이 일단 '샘'으로 집중했으나 고유섭과 그의 시대는 아직도 餘糧이 가진 아우라의 그 아우라지를 터득 못했다.

그렇다면 '샘'은 美學에서 무엇인가?

'샘'은 무엇인가?

제천 송학산 밑 도화촌의 한 시골 사람은 한마디로 샘을 규정한다.

'보지!'

그렇다. 맞다. '보지'다. 그러나 餘糧 사람들은 보지를, 아우라지를 보지라고 하지 않고 '보지 - 한'이라고 말한다.

'보지 안에 한, 즉 우주'가 있다는 말이다.

그렇다면 이미 보지가 아니다.

무엇일까?

자, 이제야 말로 참다운 美學, '餘糧美學'으로 들어간다.

나는 이제껏 餘糧을 잉여나 제사, 또는 신명 숭배의 형태와 연결해서만 설명해왔다. 그러니 餘糧이 애당초 그런 것만이 아니라는 것은 이미 누구나 아는 사안이다. 무엇일까? '잉여'는 경제학 용어로서 애당초 생산과정 자체가 목적으로 하는 자본 발생의 근거이겠다. 그러므로 이미 그것은 그 안에 경제적 이익을 근거로 하는 어떤 해괴한 경쟁의식 같은 것이 서려있는 것이다. 이것을 경제학은 '資本動機자본동기(Capital - motif)'라고 부른다. 이 자본동기가 곧 餘糧일 것이다. 그러나 정말 그런가?

그렇다면 '샘' 역시 資本, 즉 '물'을 요리하는 動機에 불과한 것이게 된다.

참으로 그런가?

하나 물어보자.

'샘'과 '우물'은 어떻게 다른가? 또 어떻게 같은가?

'물을 담는 그릇'에서는 같다.

그러나 하나는 물을 담기 위해 인간이 땅을 깊이 판 결과이고(우물), 하나는 물이 흘러서 모인 물모임(샘)인 것이다.

하나는 人工이고 다른 하나는 自然자연이다.

그래도 같은 것은 바로 '물모임'인 점이다.

그렇다면 餘糧과 잉여도 그와 같은 '같음'과 '다름'으로 구별되는가?

스웨덴 경제과학자 나투로 쿨멘(Naturo Kullmen. 1770-1820)은 그 主著주저인 『바다로부터 우리에게 오는 資産자산』에서 다음과 같은 定石정석을 못 박고 있다.

누구도 거부할 수 없는 公的공적 資産자산의 대강은 한 마디로 먹을 수 있는 음식을 먹지 않고 남겨서 모은 것들이다. 이것을 순수히 경제학적인 잉여라고 부를 수는 없는 것이다.

왜 그러하냐?

이것은 언제나 썩는다든가 손실된다든가 변형될 가능성이 있는 유동적 가능성이기 때문이다. 참다운 잉여, 자본으로 바뀔 수 있는 진정한 잉여는 '항상적이고 고정적인 가치'이어야 하는 것이다.

따라서 우리는 순수히 자연적, 농업적인 생산물 즉 먹거나 먹으려 하거나 나머지는 남아 있거나 하는, 변형 가능성 있는 음식물은 도리어 '잉여가 아닌 祭物제물(Repart-ree)'이라고 부르는 것이 옳다.

이 지점에서 우리는 餘糧이 차라리 東學동학의 海月 崔時亨최시형 선생 주장대로 向壁設位향벽설위가 아닌, 반대로 向我設位의 양식적 의미 안에서 도리어 명확해짐을 알 수 있게 된다. 그때에 비로소 無勝幢解脫과 모심(侍시) 그리고 어쩌면 페르낭 브로델의 아날 망딸리떼인 Conjonture 즉 '축적순환의 장기지속'에 가깝다고 볼 수도 있다. 물론 경제학적 안목에서다.

그렇다면 이것은 분명 Marx의 잉여와는 거리가 아득히 멀다. 멀다기보다 Marx의 잉여 개념 설정이 애당초 오류요 착오임을 알게 된다. 잘못은 잘못을 부른다. 놀면서 일하는 사람 이야기를 대가리로, 그것도 唯物論과 방편적 三進法삼진법 구조로 깔짝깔짝하려든 탓이다.

복잡해졌다. 물론 그 안에 긍정적 細目세목도 들어 있어서다.

이것은 그럼 어떠한가?

나는 이제까지 주로 마르크스의 '잉여론'이 근·현대자본주의 경제학에서 가지는 치명적 역할 강조가 근본적으로 돼먹지 못한 엉터리라는 것을 강조하고자 했다. 왜?

왜 그런가?

마르크스는 노동을 해 본적이 없다. 없는 사람이 그 과정에서 생기는 '있음' 즉 '잉여'를 알 까닭이 '없음'에도 그 '있음'을 가지고 장난을 '일삼았다'.

바로 '일삼았음'이 잘못의 시작인 것이다.

즉 제 '마음'이 들어가서 그 잘못이 시작되었는데에도 불구하고 댕댕하게 수염 난 대가리를 철없이 흔들며 '돈과 마음은 관계 없음'이라고 또 소리 질렀다.

그런데 뉴욕의 그 거대한 Bubble은 바로 '돈과 마음의 合作합작' 결과인 것, 다시 말하면 카알 마르크스라는 자의 '깡통 잉여가 작동한 자본주의 돈 장난'이었던 것이다.

관계가 없다고?

돈과 마음이?

저는?

저는 잉여를 제 일 과정에서 보았는가?

나는 일해본 적이 있는가?

어떤 순진한 자가 술이 취해서 날더러 일도 안 해본 사람이 어쩌고저쩌고 한 적이 있다. 저는 그래도 몇 달간 농장과 공장에서 일부러 일을 해봤다는 것이다.

나는?

없다!

그러나 그런 식으로 따진다면 '있다'.

도로공사 판에서 몇 달간 스태바(삽질하는 자리)에서, 그리고 광산의 시커먼 막장에서 또 그 정도로 얼마간 일했다.

일종의 도피였다. 그러니 내가 그것을 '일했다'고 말을 할 수 있겠는가?

그러나 하면 한 것이다.

그러나 마르크스의 경우에는 그마저 없다고 한다. 자 그래서 잉여가 餘糧을 제킬 수 있겠는가?

만약 제킬 수 없다면 여기서부터 美, 美學的 인식에는, 더욱이 그 인식을 바탕으로 한 예술을 재단하려 할 때 엄정한 限界한계에 부딪치게 된다.

왜?

잉여는, 특히 마르크스의 『경제학, 철학 初稿초고』 속의 잉여는 철없을 정도의 순수관념일 뿐이다. 가장 현실적인, 노동과 생활 과정과 美的 인식 연관 속에서의 잉여는 사실 餘糧인 것이다.

영월의 저 기이하고 아름다운 땅 '동강 길'로 간다.

동강(東江, 또는 桐江)을 한 시간 이상 지나 아우라지로, 그 아우라지에서 백두대간을 타고 아홉 구비, 즉 九折을 지나 또 수많은 구절을 지나 강릉 쪽으로 난 산길을 타고, 또 타고 가고 가면서 내내 이어지는 산악 魯追山노추산, 그 길에서 부딪친 놀라운 母情탑길, 즉 '엄마탑길' 두 갈래를 바로 이 '잉여가 아닌 餘糧의 美意識미의식과 함께' 가 보기로 하자.

잉여가 그야말로 텅 빈 여유요 흰 빛의 '여분'이라면 餘糧은 '빈 가득 참'이니 '흰 그늘'이다. 애당초부터 "무엇인가 준비된(숨겨진) 가득 참"인 것이다. 그러하니 한 마디로 餘糧은 '흰 그늘'이요, 문자 그대로 '시김새'인 것이다.

자! 이제 아우라지의 한 시작이자 한 흐름인 東江을 따라가 보자!

눈 내리고 춥고 바람 부는 흐린 겨울 날, '그늘진, 어두운, 꽉 찬' 길을 따라 그 반대의(숨겨진, 감춰진, 반대의) 길을 찾아 가 보자!

2013년 겨울 12월 14일.

길 가는 것.

이것도 '일'이다. 그러나 '빈 일'이요, '쉼 일'이다.

낮 2시, 눈이 하얗게 내린다.

제천 밖 예미, 함백으로부터 신동, 유문동을 지나 산길로 접어든다.

내가 이제껏 찾아 헤매던 시김새의 비밀, 흰 그늘의 암시,

'餘糧의 큰 뜻', 아아 그렇다! 붉곰의 감추어진 뜻, 多勿의 큰 세계, 八關의 근본, 그리고 Chaosmos의 진정한 Aura가 나서기 시작한다.

물, 산, 빛.

수미안길, 가수리, 귤암, 기이한 험산인 가탄의 줄기든, 절벽들, 그 앞은 東江, 그리고 그 뒤의 산봉우리들, 산봉우리들, 흐린 하늘과 흰 눈, 바람.

이 큰 그늘 안에 무엇이 있는가?

있기나 있는가?

하귤화.

옷바우길.

귤암리.

그 보다 먼저 작은 河回하회에 쌓인 산봉우리!

白雲山백운산! 나리소! 白雲山 직전의 '연포길' 그 길 너머에 있는 비경의 거북마을, 아아 靈龜望海영귀망해의 저 冥界명계!

2시 10분이다.

눈 속에 흰 눈 속에 산봉우리 솟는다.

시김새 따위는 당연하다.

그보다 훨씬 더 높은 차원의 '흰 그늘'의 離坎리감이니 붉곰 자체일 수밖에 없다. 藥약이 내 가슴에 생성한다. 서서히!

아아, 餘糧이란 말의 참 뜻이 전개된다.

餘糧이란 말은 본디 강릉선비 金周虎(혹은 李圓虎)가 아우라지에 붙인 이름이지만 그 근원에는 보다 깊은 시원이 있다. 聖鐵嶺下성철영하 大命山谷대명산곡의 邊茶변차라는 작은 농촌,

沈治濟因심치제인이라는(아마 震진나라 사람이니 서기력으로는 200년 경) 한 奇人이 살면서 자기의 농사를 앞으로 동쪽에 떠오를 한 '우주의 새 징후'인 샛별(辰진)을 위해 짓는 것이라 하고 그 농사의 이름, 그 작업과 잉여 따위 전체를 일러 餘糧이라, 그러니까 일종의 '제사준비'라고 일컬었던 것이다.

그리고 나서 매우 중요한, 다음의 한마디를 써서 後世에 전하라고 당부했다고 한다.

"治人濟世치인제세 制次一言제차일언 '餘糧여량'"

아마도 金周虎는 바로 이 한마디를 기억해낸 것 같다. 그것이 바로 오늘의 강원도가 부딪친 세계와 우주의 어떤 의미에서의 '샛별(辰)'! 그것이 아닐까?

나는 오늘 이 餘糧(아우라지)이 다만 이민족만을 위해, 다만 여성과 아기들과 쓸쓸한 민초들만을 위해, 다만 이 시기의 지구와 우주만을 위해, 다만 美學과 文化의 그 奇然祥瑞만을 위해 治濟一言치제일언이 되기만을 원하는 것이 아니다.

震나라 사람 沈治濟因에서 한두 걸음 더 성큼 나간다.

우선 美學으로 시작하지만 결국은 우주생명학으로 復勝·開闢하고 擴充확충하도록 모심이다. 그것은 바로 海月의 向我設位이니 곧 다름 아닌 無勝幢解脫무승당해탈이다.

그러나 上記한 둘, 向我設位와 無勝幢解脫은 모심, 南無남무, 敬경, 섬김과 마찬가지로 餘糧의 핵이 아니다. Conjonture(축적순환의 장기지속)일 뿐이다. 그렇다면?

이것을 밝히는 길이 우주생명학이겠다.

그러나 그 길은 미학에서 뚫린다.

'아우라지 미학의 길'이 그 뜻이다.

餘糧의 우주적인, 그리고 美學的인 더듬기는 중국만 아닌저 허허한 벌판, 중앙아시아에서 그리고 유럽에서, 또 아메리카로 넘어가는 群集군집의 유목시대 캄차카에서, 그리하여 멕시코와 南美남미에서도 시도되었다. 먼저 카자흐스탄의 11세기, 참으로 기이한 떠돌이 詩人시인 지제스칼라(Zizesccalla)의 말이다.

"일이란 기묘한 것이다.
하늘이 손짓 하나하나, 발걸음 발걸음 하나하나, 그리고 허리 움직임 그 하나하나를 모두 간여한다.
일이란 그래서 하나의 創造창조 즉, Bobolia인 것이다. 그리고 예부터 일을 가리켜 '눈물 뒤의 安心안심', 다시 말하면 커다란 평화를 위해 서둘러 흘리는 땀과 눈물이니 곧 우주를 위한 기도와 같다."

지제스칼라의 詩行시행 등은 수많은 이 餘糧의 기이한 아름다움으로 가득 차 있다. 唯物論유물론 따위 가지고 노동과 잉여를 천박하게 조잘대지 말라!

방정맞은 똥방구, 그것도 품바(입방귀)와 같은 '오금질'도 못되는 지랄에 불과하다. 부디 이제는 길바닥에서 파업이 아닌 폭동을 선동하면서 저는 꽁무니 빼 도망가는 귀족노조 룸펜 짓거리들 아가리에서 방귀도 못되는 조잘대기 찡찡찡 하품 소리로 노동, 잉여, 정의, 혁명 따위를 짖어대지 말라!

유럽 경우를 들어야 정신 차리겠느냐?

내가 누구에게든 공개적으로 말하는 유럽경제학의 대원칙 사항 중 하나가 있다.

그것은 다음과 같다.

> "인식이 온전하게 이루어진다면 그 인식 대상인 노동은 하나의 작업이 아니라, 명백한 기도행위 즉 뚜렷한 제사 행위인 것이다. 문제는 인식에 있다.
>
> 따라서 唯物論的유물론적 認識인식은 意味抽出의미추출을 못한다."

헛소리로 지절대다 인류는 폭동으로 망한다.

누구의 말인가?

奇人이 아니다. 관념론자도 아니다.

그럼 누굴까?

누구의 말일까?

이미 노동 자체가 의미지향 행위 그 자체란 뜻인데 이것이 무슨 추상은 아니다.

누구냐?

누구나 다 아는 철학자 버트란트 러셀이다.

거짓말이라고 욕할 터인가?

내가 이런 말하는 것이 일종의 反혁명적 '反動반동'이라고 욕하는 者자들이 많이 나타날 수 있다. 그러나 내 대답은 단 한 마디다.

마르크스의 資本論자본론이 Action 자체였더냐?

진리 그 자체였더냐? 정신 차리고 말을 하거나, 책을 제대로 읽고 나서 주둥이를 보실거려라!

노동은 아무리 고되고 힘들고 룸펜적 無學勞動무학노동의 경우라 하더라도 그 자체가 이미 의미 지향적이다. 왜 이것을 모르는가? 마르크스 말이다.

그것은 唯物論에 물들어서 노동 그 자체를 의미와 분리시키는 관념에 사로잡힌 망상행위를 한 것이다. 우습다.

天才천재가 아니라 賤才천재에 속한다. 욕이 아니라 사실 규정이다. 샅샅이 밝힐 의미를 느끼지 못한다.

밝히고 싶으면 예수회 신학자 이브 칼베의 저서『공산당 비판 KRITIK der Kommunisticismus』을 읽어 보라!

그러나 그것이 가톨릭의 神性介入신성개입이라고 시비가 나올 듯 하거든 또 한권을 보라!

프랑크푸르트학파 아도르노의『부정의 변증법』가운데서 다음 구절,

> "노동으로부터의 의미 생성 과정은 '合'이 아니라 노동의 시발점인 '正'의 무자각적 목표다."

以上 아도르노와 이브 깔베 神父의 공산주의 비판의 근거인 '변증법의 오류'는 애당초 어디에서 발생한 것일까?

물론 唯物論이다.

현실 인식의 일정한 正과 反, 명제와 反명제 다음에 인간 의식의 현실적 한계로서는 해결할 수 없는 어떤 형태의 해결과 綜合종합을 서둘러 인간집단의 조직적(이른바 과학적) 造置조치에 의해 현실화하고자 하는 망상(幻影환영)이 만들어 낸 '과학'이라는 이름의 造作조작에 불과한 것이다.

그것을 폭력에 의해, 흉계에 의해, 거짓과 온갖 계교에 의해 만들어 낸 사회현실(공산주의 실현) 안에서 강제화하려 한 결과가 곧 아도르노가 지적한 혼돈이요 이브 깔베가 들어올린 鬼神귀신(Adorptae)이라 불리는 끊임없는 肅淸숙청과 造作과 알콜중독의 지속뿐이다. 그것이 공산주의의 낙원인가? 「도이치 이데올로기」에서 찬양한 바로 그것, 개꿈인가?

우습다.

잉여라는 잘못된 거짓 망상을 일찌감치 바로 잡아야 한다. 餘糧이 그것이다.

아픈가?

아플 까닭이 없다. 쓰라릴 뿐이다! 그것도 속아서 그렇다.

일을 열심히 하며 성심으로 살아온 사람은 그렇지 않다.

왜?

'일'하면서 '모심'을 행했기 때문이다.

그것이 곧 餘糧의 뜻이다.

왜 餘糧이란 말이 오늘 우리에게 그리고 인류와 온 생명계에 이리도 중요한 것인가?

'餘여'라는 空공과 '糧량'이라는 索색사이의 정당한 통합관념이 있어야 하는 것이고, '잉여'라는 매우 중차대한 개념을 그렇게 똑 빈 깡통 다루듯 해서는 결코 안 되기 때문인 것이다.

그로부터 비롯된 게 무엇인가?

긴 말이 필요 없다. 더 필요하다면 대표적으로 1937년 刊 영국 경제학과 사회과학, 자연과학자들의 장기적 공동연구 업적인 Heccius Philosophic book의 『마르크스의 과학적 꿈이 가진 긍정을 찾아서Searching the conferatives of scientific dream of Karl Marx』을 참고해 보도록 하라.

『자본론』 중에서도 가장 핵심 논지에 속하면서도 동시에 가장 저급한 논리로서 일종의 과학으로서는 파탄에 가깝다고 비판받은 부분이 있다.

가장 핵심적인 것은 농산물 생산의 회전을 자본회전으로 대입시킨 점에 있다. 이른바 유물론적 자연주의 공식이겠는데 비록 다음의 구절들이 과학성을 갖고 있다 하더라도 문제가 있다.

> "勞動日노동일이 노동력의 기능에 대한 자연적 측정 단위로 되고 있는 것처럼, 年은 과정 진행 중의 資本자본의 回轉회전에 대한 자연적 측정 단위로 되어 있다. 이 측정 단위의 자연적 기초는, 자본주의적 생산의 母國모국인 온대 지방의 가장 중요한 農作物농작물들이 年 1回의 생산물이란 점에 있다.
> 회전 기간의 측정단위로서의 年을 'U', 어느 특정 자본의 회전 기간을 'u', 그리고 그 자본의 回轉數회전수를

'n'이라 한다면, 'n=U/u'이다. 그런데 만약 회전기간 u가 3개월이라면 'n=12/3=4'이다.

즉, 그 자본은 1년간에 4회전을 완수하거나 네 번 회전한다. 'u=18개월'이면 'n=12/18=2/3이며, 자본은 1년간에 그 회전 기간의 2/3만을 통과한다. 만약 회전 기간이 몇 년이 되는 경우에는 그 회전 기간은 1년의 몇 倍배로써 계산된다.

자본가의 입장에서 보면, 그의 자본의 회전 기간은 그가 자기의 자본을 증식시키고 최초의 형태로 회수하기 위하여 資本을 投資투자하지 않으면 안 되는 기간을 가리킨다.

回轉이 생산과정, 가치 증식 과정에 미치는 영향을 자세히 연구하기 이전에, 우리들은 유통과정 때문에 자본이 갖게 되는 두 개의 새로운 形態형태 -이것은 자본의 회전 형태에 영향을 미친다 -를 고찰하여야만 한다." (『자본론』, 김수행 번역본 제2권. p. 176)

이 지문은 자본론 중에서도 가장 핵심 논지에 속하면서도 동시에 가장 저급한 논리로서 일종의 과학으로서는 파탄에 가깝다고 비판받는 부분이다.

가장 핵심적인 것은 농산물 생산의 회전을 자본 회전으로 대입시킨 점에 있다. 이른바 유물론적 자연주의 공식이겠는데 비록 'u'나 'n' 따위 지표를 사용해서 매우 과학적인 것처럼 위장을 하고 있으나 뒷날 여러 연구자들에 의해 형편없는 사기로 증명된 지 오래다.

도대체 그야말로 자연물 자체에 가까운 농산물의 생산 회전과 인간의 철저한 욕망이란 이름의 마음의 산물인 자본의 회전을 아무런 매개 논리나 중간 논리의 개입도 없이 그대로 연속시킨 것부터가 만용 아니면 무지다.

도대체 어떻게 이런 등식을 생각해낼 수 있는 것이던가?

다름 아니다.

1830년대 당시 유럽의 자연과학과 사회과학 일반을 흥분 속에서 지배했던 속류 자연주의 일변도의 과학만능 풍조 이외에 아무것도 아니다.

오늘날 이런 태도를 '과학적'이라고 부르는 과학자나 지식인은 아무도 없다. 즉 '비과학' 그 자체인 것이다. 우스운 것은 농산물과 자본 사이에 몇 가지 수치나 공식을 집어넣어서 마치 엄밀 과학적 코드의 관찰인양 재주를 부린 것이다. 들여다볼수록 웃음밖에 안 나온다. 마르크스 이후 영국의 젊은 과학자 몇 사람이 바로 이 수치와 공식을 엄밀히 관측, 계산한 결과 전혀 사실과 관계없는 조작이었음이 밝혀졌기 때문이다.

더욱이 餘糧은 이미 밝힌 바와 같이 모심, 向我設位, 無勝幢解脫, 나아가 하나의 기도행위, 눈물, conjonture로까지 그 의미가 넓혀진다.

감히 어쩌고 어째?

노동,

즉 '일'은 해도 좋고 안 해도 좋은 것이냐?

만약 계속해서 노동의 근원적 잉여론을 고집한다면 도리어 거꾸로 그 결과가 노동자에게 돌아와야 할(자본 대신의) 보상도 무의미하다.

잉여인 한 근본적으로 노동은 '해도 좋고, 안 해도 좋은 것'이 된다. 그런가? 사실이 그런가?

아니지 않는가!

무엇인가 무거운 우주적 책임이 주어진 것 아니던가!

일하는 사람은 안다. 마르크스나 엥겔스처럼 짱구 돌려서 그 일하는 사람을 이용해 세상을 어째 보려는 꾼들이나 모르는 것이다.

따라서 그것은 결국 잉여가 아니고 餘糧일 수밖에 없는 것이다.

깊이, 그리고 진중히, 사태 자체에 '卽즉해서' 사유해 보라!

어디 한번 우리함께 생각해 보자!

'내'가 무엇인가?

'나'가 무엇인지를 생각하지 않는다면 이 문제는 해결되지 않는다.

지금 한 해가 가고 있다. 새해가 오고 있다. 철도 노조 파업이 풀렸다. 그러나 또 파업한단다. 그 둘은 파업을 폭동쯤으로, 정치적 반란쯤으로 생각하고 있다. 북한은 저희 집 구석에 불이 난 주제에 南南갈등을 촉발하려 한다.

그 모든 것이 '나'에 대한 생각이 하나도 없는 짓이다.

'나'가 무엇인가?

美學 문제에서, 餘糧에서, 이 '나'를 생각하는 곳으로 나아가야 이제 본 문제가 풀린다. 海印도, 妙衍도, 우주생명학의 참길도 풀릴 수 있다.

그리고 오고 있는 서해안 甲午年갑오년의 개벽적 광채도 확실해 질 것이다.

어찌해야 할 것인가?

'나'를 문자풀이로 해결할 생각 말고 이 문제를 유물론과 변증법 따위 공산주의 철학의 핵심에 대한 비판을 통해 해결해 보기로 하자.

첫째, 유물론은 더 이상 철학 구실을 못한다.

인도 철학자 사르카르(아난다무르티)는 유물론처럼 오류투성이 과학은 더 없다고 개탄한다.

왜냐면 과학으로서 유물론의 그 과학적 실증성의 근거는 감각인데, 감각처럼 잘못 판단하기 쉬운 것이 없다는 것이다. 그 중에 그래도 가장 신뢰할 수 있는 게 視覺시각인데, 시각조차도 잘못 보기 쉽고, 걸핏하면 둘로 셋으로 錯視착시하고, 빛·공기·기온·그늘·속도에 따라 똑같은 것이 전혀 달리 보이고, 망막에 이상이 있거나 망막 뒤의 내면에 탈이 생기면 금방 눈의 지각력에 변동이 오고, 병이 들거나 초비상 사태에는 눈이 넷이 된다고 말할 정도로 해괴한 환각이 흔해 빠지는 것이 바로 눈이라는 것이다. 다른 감각은 여기에 비교도 안 된다. 이런 감각으로부터 오는 데이터를 전적으로 신뢰해서 거기에 실증의 토대를 두는 과학이 과연 엄밀한 과학인가?

또한 마르크스주의는 그 출생 때부터 과학을 앞세워서 인기를 얻었고 지금도 그 과학이라는 환상에 눈멀어서 깨어나지를 못한다. 그러나 과학이면 과학일수록 실험실 운명을 못 벗어난다. 실험실이 무엇인가? 끊임없는 실험의 지속성 자체다. 실험이 무엇인가? 어제 진리였던 것도 오늘 아침 다른 발견을 하면 검증을 마친 오늘 저녁엔 이미 진리가 아니다. 참으로 덧없는 것이다. 항구적 과학이란 이 세상에 없다. 있다면 그것은 과학의 미신뿐이다. 마르크스주의는 이제 이미 과학이 아니다.

그것을 과학으로 신봉하는 것은 곧 미신일 뿐이다. 로제 슈페리가 '아래로부터의 機制기제(mechanism from under)'는 '위로부터의 機制(mechanism from upper)' 없이는 機制 그 자체로서 성립될 수 없다고 했다.

한때 우리나라 운동권에서 갈증에 물 한 모금처럼 떠받들던 루이 알뛰세르가 정신병을 거치면서 무엇이라 말했나?

"착각도 사실이다."

그는 결국 '唯名論的 唯物論유명론적 유물론'이라는 새로운 과학 명제에로 돌아가고 만다. '유명론'이야말로 '위로부터의 機制'의 고전형태다.

둘째, 변증법은 더 이상 정확한 논리가 아니다. 생명생성과 진화에 있어서도 변증법은 外挿法외삽법에 불과하다. 역시 左派좌파인 프랑크푸르트학파의 아도르노는 일찌감치 헤겔과 마르크스의 正反合의 변증법을 정면 비판하며 正反合정반합의 否定부정의 변증법을 대안으로 제출한다. 요컨대 '合'이란 實在실재하지 않는다는 것이다.

그렇다면 헤겔의 「정신현상학」의 목표인 세계사의 정상으로서의 '게르만 민족국가' 성립도 마르크스의 혁명역사의 목표인 '독일 이념 Deutsch Ideologie'의 실현태로서의 스탈린 시대의 '소비에트 러시아'라는 것도 모두 다 유토피아 즉 없는 곳이니 말짱 허구요, 망상이라는 말이 된다. 그리고 그것은 현실 역사에서 소름끼치는 사실로 증명된다.

조선 공산주의 역사상 최고의 이론가로 널리 알려진 朴一은 북한에 가지 않고 알마티에서 내내 살다가 죽었는데 죽기 전 대만 강연에서 다음의 말을 남겼다.

> "인류철학사에서 아직까지도 변증법을 넘어설 논리가 나오지 않았다. 단 하나 예외가 있는데 易哲學역철학이다. 그러나 易은 현대화되어야만 변증법을 넘어서는 탁월한 논리로 될 수가 있다."

덴마크의 저 유명한 양자물리학자 닐스 보어의 태극해석이 있다.

> "모든 반대되는 것은 상호보완적이다."

영남의 수승한 동양학자 趙東一교수는 '相克상극은 相生상생이고 相生은 相克이다.'란 명제를 앞세워 베이징대학교 초청강연에서 "모택동의 모순론은 반은 맞고 반은 틀렸다. 상생과 상극의 태극을 앞세운 것은 맞았으나 상극 즉 모순의 투쟁성은 항구적이요, 상생 즉 모순의 통일성은 잠정적이라는 규정은 틀렸다"라는 유명한 말을 남겼다.

동학의 생성논리와 진화철학은 '아니다 - 그렇다(不然其然불연기연)'이다.

드러난 차원의 '이것과 저것' 사이의 '아니다-그렇다', 그리고 숨은 차원이 드러난 차원으로 열렸을 때 그 새 차원으로 옛 차원의 생성관계 역시 '아니다-그렇다'인 것이다.

변증법과 같은 삼진법이 아니라 생성적 이진법이다.

이것은 水雲수운 이후 100년이 지나 미국의 저명한 생물학자요 정신과학자인 그레고리 베이트슨Geogary Bateson의 「정신과 자연 Mind and Nature」에서 꼭 그대로 반복된다.

한국 전통의 經絡學경락학에서는 이것이 그대로 생명과학의 핵심 명제로 드러난다. 경락에는 표층과 심층이 있어 상호 생성한다. 표층의 현상적 '생극'(生剋, 相生相剋)과 심층의 새로운 생극관계가 표층으로 올라와 상호 연계되는 復勝복승 사이의 교차생성의 원리가 또한 그것이다.

불교의 中觀論중관론, 唯識學유식학, 參禪法참선법이 변증법이 아닌 것과 같이 거기에 토대를 둔 것으로 알려진 뇌과학 cybernetics과 그 실현인 컴퓨터의 no-yes, yes-no 또는 on-off, off-on이 또한 그것이다. 그래서 다니엘 벨은 "컴퓨터에는 변증법이 없다"고 한 것이다.

촛불과 같은 디지털네트워킹시대에도 변증법의 그 반은 맞고 반은 틀린 엉성한 가짜 논리가 목숨을 건 인간 행동을 전면적으로 자극할 수 있을 것인가? 유물론과 변증법이 사멸한 인간의 영적 생명활동에서 과연 마르크스주의는 이제 그 무슨 불꽃을 참으로 피울 수 있을 것인가?

셋째, 마르크스는 우선 자본주의가 고도의 생산력으로 전 세계를 전면적으로 변화시키고 있음에 긍정을 표하고 나서 그 위대한 변혁의 주동력인 생산을 직접 담당한 산업 프롤레타리아가 도리어 자기주도권을 되찾아 진정한 주인이 되는 항구적인 공산주의 혁명을 일으켜야 한다고 주장한다.

예수회 神父인 이브 깔베는 이에 맞서 그의 「마르크스에 대한 팡세」에서 '프롤레타리아 일회성'이론을 제기한다.

산업프롤레타리아가 세계 혁명의 주체로서의 도덕성을 유지하는 것은 그가 노동노예인 시점에 한정된다는 것이다. 마르크스가 주장하듯이 산업프롤레타리아는 세계 변혁의 실질적 주체임에도 로마시대와 똑같은 한낱 자식생산자에 불과한 소외된 삶을 사는 지옥에 있음으로서 혁명주체로서의 도덕성과 정당성을 함께 가졌다는 것은 허구라는 것이다.

그 불행한 소외 상태의 노동노예인 한, 그의 혁명 주체로서의 도덕성, 정당성이 유지되지만, 탈권하여 권력을 장악하거나 노조 합법화로 높은 임금을 보장받을 때는 권력이나 화폐에 의해 바로 그 도덕성, 정당성은 쉽게 부패해 버린다는 것이다. 따라서 소외상태에서만 일회적인 것이 바로 그 혁명열이고 결코 그것은 항구적인 정열이 되지 못한다는 것이다.

이것은 러시아와 동유럽의 경우, 그리고 현대 자본주의 선진사회 도처에서 흔히 보아 왔던 실례다. 우리 사회의 경우 북한의 세습독재, 남한의 붉은 띠 두른 노조원들이 그들보다 훨씬 다수인 비정규직 노동자의 불행, 고통, 소외를 완전히 외면하거나 정신적으로 단절되는 사태가 그것이다.

혁명, 세계혁명과는 아득히 먼 상태로서 전태일 분신이나 동일방직 사건 때와 그 세계 변혁적 정열의 주도권을 비교해보면 금방 안다.

결국, 마르크스 이론은 한때의 덧없는 민중 정열의 한편 서정시였다는 결론이 된다.

탈권 노동자는 보드카 중독으로 소비에트와는 담을 쌓고 합법화된 노조원은 고임금으로 부르주아 흉내 내느라 동료들에 대한 연대감으로부터 아득히 멀다. 차라리 조직, 정규노동자 집단보다 훨씬 그 수가 많은 훨씬 고통과 질곡이 심한 소외된 비정규직에서 도리어 "사회적 변혁과 대 개벽의 영적 전환"의 가능성을 보아야 하는 것 아닐까! 그 역시 잠정적이지만.

여기에서 우리는 '餘糧여량과 잉여'의 근원적 차이를 뼈저리게 인식하게 되며, 또한 餘糧이 곧 神市社會신시사회의 근원인 '유목-농경'과 八呂四律 그리고 互惠호혜와 交換교환, 획기성과 再分配재분배의 기원이 되는 山上之有水의 一致性일치성을 감득하게 된다. 山上之有水야말로 餘糧의 행태적 준비과정이자 風水풍수이며 자연환경이고, 詩이자 水雲수운의 詩的시적 豫言예언(선후천융합대개벽의 모습)이다.

넷째, 현대는 19세기 거대 공장의 시대, 그 뒤 테일러·포드·도요타 시스템의 시대도 아니다. 생산 시스템도 문화도 자본주의 경영 구조도 엄청나게 바뀌었다.

현대는 그야말로 환경, 생태, 생명의 시대다. 이런 시대 나름의 핵심적인 마르크스觀관이 필요하다. 테드 벤튼은 생태 마르크스주의자다.

생태주의자답게 마르크스를 자기 나름으로 해부한다.

마르크스사상의 기초는 그의 노동관에 있다. 그런데 그의 노동관의 바탕에는 농업노동이 전혀 고려되어 있지 않다. 그의 노동관은 19세기 유럽의 거대 공장의 공업노동뿐이다. 자르고, 토막 내고 붙이고, 꿰매고, 윤내고, 기름칠하는, 그것도 여럿이 연관 작업으로 이어지는 토막노동, 분업이다. 그러므로 거기에 토대를 둔 교육, 선전, 조직, 행동, 혁명과 탈권 및 정치 행정, 경제, 사회, 경영, 전쟁과 자연에의 대응, 이 모든 것이 反生命的일 수밖에 없고 대상에 대한 존중(모심)이 전혀 아닌, 일종의 경멸에 입각한다(이 부분은 나의 부연설명이다).

농업노동은 이와 다르다.

씨 뿌릴 때부터 수확할 때까지 정성스레 곡물의 자연스런 생명생성의 결을 모시고 따라가며 그 움직임을 존중하면서 벌레도 잡아주고 솎아주고 거름도 주어 영양을 보충하고 꼭 애기 기르듯 해서 그 열매를 따면 종자부터 챙기고 그 나머지를 먹고, 또 그 나머지를 이웃과 나누고 그 나머지를 시장에 내다 판다. 공업노동과는 사뭇 다르다.

만약 농업노동에 토대해서 인간생명, 자연생태에 대응했다면 세상은 크게 달라졌을 것이다(나의 부연이다. 만약 농업노동의 바로 餘糧에 입각해서 자본과 노동의 주체성 따위를 평가했다면, 잉여의 그 엉성한 엉터리 나머지론 따위와는 전혀 다른 참다운 여분과 나머지, 노동, 자본, 주체성 등의 결론이 나왔을 것 아닌가!).

이 부연은 깊은 반성을 요구하는 것이다.

생태주의자임에도, 마르크스의 노동관을 비판함에도 역시 그를 큰 틀에서 인정하는 테드 벤튼에게서 오늘 나의 글을 읽는 좌파 독자들이 무언가 배울 것이 있기를 바라는 마음이다.

슈마허의 「작은 것이 아름답다」가 또한 전면적으로 완벽한 진리인 것은 아니기 때문이다. 차라리 오늘 우리는 농업, 공업, 단말기 노동, 신경노동, 문화노동 이외에도 근원적으로는 불교의 '백장청규'나 '화엄경' 입법계품의 '현수보살품'에서 정신과 노동의 관계를, 동학의 海月 崔時亨 선생으로부터 '노동의 보편적인 모심'과 '나를 향한 제사(向我設位)의 연장으로서의 성스러운 노동', '화엄경 입법계품'의 慈行童女의 '獅子幢奮身사자당분신(?)'에 의한 無勝幢解脫무승당해탈의 비밀, 그리고 안성유기막과 같은 생명공업에서의 '음양노동의 원리', 周易과 正易에서의 山澤通氣산택통기에 입각한 호흡과 음식 노동법, 그리고 고대와 근대 아시아의 八呂四律 勞動法노동법, '품앗이에서 나타나는 개체성을 중심으로 한 소규모 융합의 內部共生내부공생 노동법'을 모두 검토하면서 마르크스 자본론에서의 '노동소외'를 다각적이고 보편적으로 그 중요한 '그늘'의 기원과 영향을, 그리고 피로감과 권태, 노동의 다양성 등을 재검토하는 태도가 필요하다. 특히 정선 아우라지의 餘糧에서 남은 곡식안에 숨겨진 감추어진 제사의식, 준비된 잉여, 중국 震代의 沈治濟因의 '동방 미래의 한 샛별을 위한 노동으로서의 餘糧'과 고려말 강릉사람 金周虎의 詩行 西憫東一辰에 이은 그 '東一辰'으로서의, 餘糧으로서의 아우라지의 의미망, 그리고 노추산 九折里와 임계 九美亭 사이의 9×9=81의 天符經 및 삽답령과 두타산 사이의 예맥계 山海經, 그리고 그에 연결된 양양 九龍嶺의 冥開 삼거리의 화엄경(오대산 연관)의 三經삼경상관 노동관이 밝혀져야 할 것이다.

이와 함께 三國以前삼국이전, 떠돌이 風水풍수 魏三星위삼성의 三山出海力삼산출해력과 그를 이은 初唐 蔡基勳채기훈의 역시 三山(곤륜, 하랄루루, 삽당령)出海力이 갖는 이른바 '涯月處王風水애월처왕풍수'가 안고 있는 노동의 餘糧여량의 신비를 밝혀야 한다.

그도 없이 마르크스의 잉여 한마디에 역사가 이렇게 자본주의와 공산주의로 갈려 천하의 바보짓을 수세기, 수많은 대륙과 인류 죽음 속에서 지속하는 것을 입을 쩍 벌리고 나자빠져 앉아 있을 작정인가? 북한 똥돼지 같은 자의 말처럼 "총대로 남북통일을 간단히 해결할 작정"인가?

그것도 지성이요 美學인가?

다시 묻는다.

美學인가?

'醜學'에도 못 들어간다.

이미 14, 15세기 르네상스 이후, 뚜렷하게는 Karl Rosenkrany

에 와서 '醜의 美學'을 통해 醜 역시 美學 안에 성큼 들어섰다. 오히려 그것이 더욱 인류 美學의 새 영역 개척에 큰 도움을 주고 있다.

그렇다면 그 엉터리 暴力폭력과 방정맞은 폭동, 파업, 흉계, 파괴와 학살, 음모는 도대체 무엇인가?

無知무지에 불과한 것이다.

그리고 남성 가부장제적인 '자지 우월주의'에 지나지 않는다.

이른바 잉여의 부르주아적 본면목인 것이다.

지나간 모든 아우라지 美學의 길에서 나는 내내 여성과 아이들의 컴컴한 恨과 투명한 瑞氣서기의 상관들을 주로 다루어왔다.

그러나 餘糧의 美學에서 그것만이 다일까?

아니다.

그럼 무엇일까? 이제 영역은 확대된다.

우선 '구수함'이다.

그러나 이 구수함보다 훨씬 이전에 이른바 이 美學의 근원 '한'인 餘糧과 아우라지에 이르기 이전에 한 열 가지 단계, 열 가지의 길이 있음을 말해야 하겠다. 그리고 그 과정에 중국과 조선의 전통미학, 인도와 중앙아시아, 그리고 佛敎의 美學, 또한 西洋美學서양미학의 연관 대목들을 잠시잠시 들춰내고서 그 구불구불한(실제로 참 험하고 구불구불하다. 마치 정선아리랑 노래의 금강산 가는 길목 비슷하다) 그 '길'을 말하자. 그리고 나서 '여량 미학의 아우라지적 결말'에 이르면서 서른여덟 가지쯤의 海印美學, 마흔 여덟 가지쯤의 南道와 北 연관의 妙衍

美學, 그리고 특히 미묘하고 섬세한 南道唱남도창의 奇祥기상에 연관된 열세 가지 정도의 技量기량과 연관하여 진술하기로 하겠다.

먼저 이미 이야기한 열 가지의 길이 무엇일까?

1. 恨
2. 幅폭
3. 줄기참(持續性지속성)
4. 꺾음(꺾기, 단절과 연속, 이음, 上昇상승)
5. 배음새(의도된 냄새가 이러저러한 굽이굽이에 여러 형태로 젖어 들어가는 형세)
6. 시움새(어떤 氣勢기세를 세워 유지하는 힘)
7. 낯가림(한 美學的 '勢'를 버리지 않고 유지함)
8. 배흘림('女哭여곡'과 그로 인한 엷은 서러움, 부드러움의 살느낌이 지속되는 효과)
9. 한탄(한탄처럼 크고 굵고 드센, 그래서 도리어 그 恨과 탄식의 주제의식이 정서적으로 강하게 들어 올려짐)
10. 소탄(小灘)은 갓난아이 같은 거침없음. 즉 미래나 전망 영역에 티끌 없는 큰 無涯무애, 無限무한, 空공, 맑음)

* 이것이 우선 내가 정립하는 '정선아리랑'의 큰 개념의 시김새 즉 '흰 그늘'이요, 餘糧效果여량효과의 美感미감이라 하겠다. 이는 차차 여러 사람의 공부가 깊어지고 남도, 중선, 북도, 海外해외와의 확산 연관 탐색이 깊어지면 바뀌거나 수정될 수 있음을 미리 전제한다.

기인 긴 아우라지, 餘糧, 정선아리랑에의 막연한, 그리고 잡힐 듯 모호한 듯한 美學的 접근이 있어왔다. 이제 약 30여 종의 美學的 結句결구를 정립할 때다. 그리고 그에서 중국, 일본, 북방, 중앙아시아, 서양, 한국, 그리고 불교와 天符사상, 마지막으로 南道, 특히 전라도 쪽과의 극도로 섬세한(!) '審美的심미적 연관'이 모색되어야겠다. 그 뒤에 이러저러한 '비 보이', '팝' 따위 등등 요즈음의 유행과의 연관 이야기가 주어질 것이다.

먼저 美學的으로 구사하기 힘들고 탐색이 어려운 큰 문제 한 가지에 부딪친다. 아니 '다섯 가지'에 부딪친다.

① 자궁우주(아우라지의 현지 本名-보지 - 한)-餘糧.

② 行險嶺행험령-'한탄'의 白嶺동굴의 굴곡美.

③ 玄覽雅無涯현람아무애

④ 툭탁금강석

⑤ 冥卽天紅명즉천홍

'자궁우주'(현지어로는 '보지-한').

'아우라지'의 현지인 해명이다. 그러나 이곳이 또한 현지 이름으로는 餘糧, '남은 곡식'이다.

여기서부터 '아우라지 美學의 길'의 참으로 본격적인 美學的 구성담론의 뼈대들을 압축해 가자.

먼저 餘糧이다.

이미 중국 震初 동북방 방대의 沈治濟因이라는 奇人기인이 농사를 "向後향후 東方동방에 떠오르는 샛별(一辰)의 이름이자 그 向背향배"일 것이라고 했다. 또 그에 따라 高麗고려 下代의

江陵강릉 己海面기해면 村長촌장인 선비 金周虎김주호가 아우라지에 半年間반년간 묵으면서 西憫東一辰(나라의 서쪽은 침침한데 동쪽에 한 샛별이 떠오른다)이란 詩로 몽골 침략으로 정부의 江華강화 피란을 지적하고 그에 대비한 東方의 아우라지가 샛별(沈治濟因심치제인의 辰 예언의 인용이다)임을 강조하면서 餘糧이라는 地名지명을 이곳에 붙였다.

또 나는 이 餘糧이 곧 훗날의 '모심'이요, 海月의 向我設位이자, 화엄경 入法界品의 慈行童女의 無勝幢解脫이라고 一致시켰다. 나아가 아날學派학파 페르낭 브로델의 경제학 개념인 "산업혁명 이전의 50여 년의 축적순환의 장기 지속"이라는 還流환류시스템 즉 Conjonture와 같은 개념이라고 지적했다.

그러나 餘糧은 사실 老子의 이른바 無初非終富欣祿境무초비종부흔녹경(시작도 끝도 모를 느긋한 즐김이 지속되는 순간들의 경지)에 속하는 '창조적 열락의 지속시간'을 말하는 것이다. 그리고 나아가 孟子맹자의 移不移이불이(각자 각자로 옮기되 동시에 옮길 수 없는 전체)의 "개별적이면서 동시에 융합적인" 이른바 奇然祥瑞(기이하면서 상서로운 순간)에 해당한다.

요즈음의 神話學신화학이나 벤야민의 '아우라 美學'에서 솟아올리는 초월적 본질이라 부르는 이른바 Aura, 그것이다.

그래서 餘糧이 곧 아우라지의 이름이 된다. 이른바 '창조적 노동'의 참뜻, 본질적 근원성이 된다. 이것을 잃어버리면 창조와 참노동의 아름다움은 이미 실종돼 버리는 것이다.

이는 노동소외의 근본 제압요인이며 소외노동의 본질적 해결책인 것이다. 무엇이?

노동의 잉여라는 가짜 개념을 제치고 참노동, 노동의 참 餘糧을 발견하는 것, 즉 노동의 참다운 창조력의 핵을 인간 역사의 시원으로부터 근원적으로 더듬어 찾고 그로부터 진정한 美學, 즉 예술과 문화의 質질을 발견하는 것이 오늘 노동소외, 소외노동을 극복하는 참 길이다. 그 외에는 아무 방법도 없다.

무슨 主義주의, 무슨 革命혁명은 노동을 이용한 사기꾼 지식인들의 꼼수일 뿐이다. 이미 지난 200년 인류역사가 그것을 如實여실히 反證반증하고 있다.

뭐라고?

폭력혁명으로 탈권을 해서 노동정의를 회복하면 노동소외, 소외노동은 완전히 해결·해방된다고?

그 무슨 애갱치 같은 헛 수작이냐?

예수회 이브 깔베 신부의 러시아와 동유럽 현실을 두고 쓴 날카로운 부정과 비판을 못 보는가? 테드 벤튼, 그 생태마르크스주의자가 쓴 『마르크스 노동관』에 생명·생태, 즉 反소외가 보장되지 않았다는 반론을 못 보느냐?

나는 이제까지 무수무수한 고비를 겪으면서 바로 그 잉여의 眞正性진정성을 생각해왔다. 그러나 진리는 역시 언제나 한 계기의 한순간에 빗발처럼 확증된다.

아우라지의 마을 이름 餘糧을 발견하는 그 순간부터다. 더욱이 그것이 예술, 문화, 창조력과 美學의 초월적 본체의 핵, Aura에 그대로 연결 될 때, 그리고 그것이 정선아리랑 등의 노래와 리듬과 아름다움의 흐름으로 나타나기 시작할 때, 그것은

眞僞진위 따위의 문제가 아니라 그냥 그대로 진실이 되었다.

나는 아우라지 東川·北川이 만나 西南의 東江으로, 西海바다로 흐르는 옛 장터, 그 텅 빈 벌판에 어느 날 아아, 큰 똥을 쌌다. 똥을 싸면서 허공에, 玉甲山옥갑산 산허리에 큰 소리로 大圓, 大圓, 大圓을 부르짖었다.

나는 큰 깨달음을 얻은 자리엔 반드시 큰 똥을 싸는 버릇이 있다. 兩岸峙양안치에서 그랬고, 두물머리에서 그랬다. 이제 아우라지에서 바로 弓弓을 본 것이다. 弓弓이 圓滿이고 大圓이고 Aura인 것이다. 그리고 그 구체적 구조 표현이 다름 아닌 바로 餘糧! 그것이다.

참다운 美의 출현이다.

여러 미학들을 참고해 보자.

누구나 다 알아들을 수 있는 통상적 결론으로서 이제는 周易의 옛 經典이 아니라 19세기 말 朝鮮조선의 正易을 거쳐 서양의 우주과학과 섬세한 실증적 제 영역과 함께 저 커다란 우주의 대변동을 이젠 동양만이 아닌, 동서양 융합과 아시아, 아프리카, 라틴 아메리카와 일체의 섬, 산악과 황야, 그리고 인간만이 아니라 일체 중생과 무기물까지도 다 포함한, 그야말로 우주생명학이 '아우라지 美學의 길'에서 화안히 열리게 되는 날이 오기를 바란다.

우선 근현대 한국미학의 큰 봉우리였던 우현 고유섭 선생의 「구수한 큰 맛」에서 다음과 같은 한마디를 이즈음에서 귀담아 듣기로 하자.

"항간에서 이 鐘종을 설명하여 工匠공장이 여러 번 실패한 나머지 어느 무남독녀를 희생시켜 부어 만든 까닭에 그 신령의 우는 소리가 '어밀레, 어밀레(또는 에밀레)'한다고 한다. 이것은 부드러운 이 종 소리의 여운의 특색을 형용하기 위하여 예로부터 있는 '釁鐘흔종'의 사실과 합쳐 지어낸 설명으로 형용설명의 소박성을 우리는 오히려 예술적 흥취가 있는 것으로 들을 수 있다." -『구수한 큰 맛』 p. 301에서

이른바 '에밀레 종'이야기다.

(1) 여기서 우리는 '이것은 부드러운 이 종소리의 여운의 특색을 형용키 위하여'와
(2) 예로부터 있는 '釁鐘흔종의 사실'과 합쳐 지어낸 설명과
(3) '형용설명의 소박성을 우리는 오히려 예술적 흥취가 있는 것으로 들을 수 있다'의 세 군데를 자세히 해명해야 한다.

이 설명과 함께 '에밀레 종의 흔종적 아름다움의 그 기이한 美感미감의 비밀'에서 餘糧의 아우라지의 비밀 즉 Aura를 짚어올려야 할 것이다.

나는 美學을 공부한 사람이다. 따라서 도리어 시시껄렁한 三流美學삼류미학을 추론하기 십상인 사람이다. 우리 같은 사람은 도리어 美學을 공부안한 사람보다도 오히려 더욱 '에밀레'의 그 '흔종적 奇然祥瑞의 美'를 인정은 하면서도 거꾸로 별도의 특이한 사안으로 고립시키려 애쓰는 '학문벌거지'에 속하기 쉽

게 된다. 이것을 때려 부수는 일이 먼저다. '흔종美'는 도리어 日常美일상미인 것이다. 이것을 먼저 전제하고, 餘糧의 美가 왜 이제는 그야말로 아리랑과 같은, 말춤과 같은, Healing과 같은, 시김새의 흰 그늘과 같은 日常美가 되어야 하는지를, 그래서 周易의 象法상법의 秘密비밀과 정역의 曆法력법의 과학이치를 그 밑에서 불쑥 솟아올라 제압하기 시작하는 또 하나의 '살알'과 같은 復勝인 美와 美學이 되는 것인지를 환히 밝혀 버려야 한다.

바로 잉여를 잡아먹는 餘糧이 아우라지 정선아리랑의 시김새 비밀에 대한 名人 송흥록의 기이한 암시의 초점이 되는 것이다. 그리하여 沈治濟因심치제인과 金周虎김주호와 한국사의 不咸불함과 多勿다물 등의 그리고 弓弓과 冥界華嚴명계화엄의 비밀이 나아가 '자궁우주'의 비밀, 모심과 向我設位와 無勝幢解脫의 그 숨고 숨어있던 'Aura의 아우라지의 비밀'을 이제 여성과 아기들을 중심으로 하여 못난 民草민초들(玄覽涯月民현람애월민-화엄개벽水王會의 主體주체 - 先後天융합대개벽론의 핵심인 妙衍의 실체)의 저 흔한 정선의 "아라리" - 아아! 여곡과 소탄과 한탄, 미탄과 東江, 연포와 거북마을, 골덕내와 제장마을, 백운산과 나리소 뒷터 그리고 九折里와 九美亭과 삽당령-두타산-冥開삼거리의 山과 바다와 구불구불 산길 고통의 그 美의 비밀이-노동과 자본과 잉여에 의해 도리어 감추어진 역사의 진정한 비밀이 불쑥 다 드러나게 된다. 餘糧의 흔종적 에밀레 본질을 일반화시키는 정선아리랑 美學의 길에서다!

또 있다.

이제껏 나는 後天的후천적인 음개벽의 여성적 아이들의 아름다움 玄覽涯月美學을 초점으로 들어 올려 왔다.

그러나 餘糧의 아우라지 아우라 즉 에밀레 흔종의 보편 美學史를 짚어 올림으로써 비로 지금 우리가 경험, 진행하는 先後天융합대개벽, 화엄개벽의 또 하나의 주체인 民, 民草 즉 남자들의 등장, 협동, 보완적 해의 역할을 말하게 되었다. 그렇다. '불'이 아닌 '빛'으로서의 해의 새 역할! 그것은 바로 '평화'. 생명과 평화의 참 완성이니, 곧 餘糧이 아우라지가 되는 것, 바로 그대로 아우라이게 되는 것이다. 미륵부처의 등장이 이것이다. 미륵의 등장이고 龍華會相용화회상, 大海印의 실현 가능성이다. 여자를 들어 올리는 남자의 독특한 창조력의 아름다움! 이제 그 길을 차근차근 한번 가보자!

아우라지 美學의 길, 餘糧의 美學에 가보자!

13 일본과 중국의 문제

내가 이제껏 이야기한 일본 형편 속에서의 '韓流한류', 그리고 韓流의 중심 흐름이라 할 아리랑, 그 아리랑 속의 아우라, 餘糧, 아우라지가 나툼(사방확산)하는 흰 그늘과 같은 시김새가 분명 극도의 피억압상태(性的성적·經濟的경제적·社會的사회적) 아래 있는 '女性여성과 아기들과 피차별 민중들'을 해방하고 있음에도 불구하고, 마치 15세기 가톨릭의 일본상륙 시기 '십자가를 밟고 가면 목숨을 살려준다 하여 그것을 밟고 간 남자들을 모두 살려 주고, 그것을 밟지 않아서 사형을 당한 570여 명의 여성들의 例를 이제 욘사마에 바로 이어 료조(龍女), 레키조(歷女) 그리고 아메 요코의 神市的 經濟開闢경제개벽을 일으킨 일본 전국 합계 "730만 여성 소비력의 일대 분신 사태"를 나는 이 자리에서 감히 과감한 화엄개벽의 無勝幢解脫무승당해탈이요, 모심의 向我設位향아설위에 의한 一大 水王史수왕사의 대규모 공종튀르라고 단언하는 바 이다. 실제 '神市 현대화'의 오늘의 시작인 것이다.

중요한 것은 그 사태 안에 들어서 치열하게 활동한 '美'의 역할이다. 이른바 가토 기오시가 이미 말한바 있는 "한국배우 배용준이 아니라 배용준의 이름을 빌린 일본 여성의 집단적 자기부활 운동"이라고 불렀던 바로 그 '배용준의 韓流', 대지진과 원전 오염과 아베의 極右派극우파 난동과 嫌韓示威혐한시위가 매일 계속되는 오염 속에서, 언론 일반이 도리어 "한국을 비판하지 않는 언론은 팔리지도 않는다"고 털어놓을 만큼 일그러진 일본 남자들의 더러운 여성콤플렉스, 가짜 민족주의 소동 속에서도 연일 만원사례를 성취하고 있는 韓流 公演공연들(여성들이다! 그리고 피차별 민중들이다!)이 살아 생동하는 개벽적 쇼크를 어찌 설명할 것인가?

그것은 美學이 아닌가?

그것은 餘糧이 아닌가?

그것은 아리랑이 아닌가?

그것은 아우라지가 아닌가?

그것은 李花仲仙과 宋興祿의 시김새가 아닌가?

그렇다.

그것은 벤야민의 아우라Aura가 아니더란 말인가?

머지않은 날 일본 여성들과 참된 지식인, 쓸쓸한 민중들은 서서히 일어나 이시하라 신타로, 아소, 아베의 '개새끼 짓'을 깨끗이 씻어내 버릴 것이다.

그리고 한국의 박근혜와 독일의 메르켈, 아메리카의 힐러리 - 앨런 그리고 유럽의 리나 세프첸코와 이리가라이의 Sacralion 및 이슬람의 16세 소녀 말랄라의 아크발라이 쇼크니아바(저어둠

위에 참 빛을!)의 包五含六포오함육과 影動天心月영동천심월 속에서 己位親政기위친정의 十一一言과 戊位尊空무위존공의 十五一言 속에서 '우주생명학적 美學의 제3의 易變역변'을 성취시키고야 말 것이다.

지진이 올 수도 있고 화산이 폭발할 수도 있고 원전 오염이 수많은 희생자를 낼 수도 있다. 일본 동북부 산악 속의 기이한 그룹 나호도리노 호까이오까의 神道的신도적 예언처럼 일본의 國體국체가 망할 수도 있다.

그러나 妙衍묘연은 이긴다.

天符는 復勝한다. 오히려 기이하게도 더러운 일본에서부터 '대화엄의 시기'가 올 것이다. 10여 년 전 '나라'의 예언자 스님 善國선국(센까꾸)의 예언처럼 利見大人이견대인의 날이, 그 大人이 바로 女神들 즉 오니 스스끼들 일 것이다.

나는 이것을 '餘糧과 美學의 승리'라고 본다.

나는 본디 일본을 매우 좋아하지 않는다. 그러나 救命구명의 신세는 많이 졌다. 나는 影動天心月과 包五含六이라는 正易의 흰 그늘을 믿는다. 그리고 十一一言의 여성, 아기들, 쓸쓸한 民草민초들의 직접 민주주의를 믿는다. 그 아름다움을! 거기에 종교인, 지식인, 정치인들의 十五一言, 그 戊位尊空의 보조적 민주주의를 믿는다.

그것이 三八同宮이요, 화엄개벽의 실현이다. 그리고 그 시작은, 先後天融合大開闢선후천융합대개벽의 시작은 다름 아닌, 곧 風流仙道풍류선도다. 말춤이고, 대장금이고, 욘사마고, 또 그것이 바로 美學인 것이다.

북한의 실질적 태풍 사태 변화와 함께 그것도 곧 「별 그대」가 휩쓰는 중국과 러시아의 큰 변화를 가져올 것이고 「대장금」과 말춤이 휩쓸고 있는 중앙아시아의 거대한 새 실크로드의 神市를, 미국·일본·한국·동남아·호주 사이에 "장보고의 태평양 神市"를 還歸本處할 것이다.

이것이 아우라요, 아우라지요, 餘糧이니 다름 아닌 쑥대머리 시김새의 나툼, 그것이다.

나는 이제껏 내 자신마저도 이미 포함돼 있는 "동아시아 태평양의 신문명 도래의 새아침"을 루돌프 슈타이너처럼, 그리고 그의 일본인 제자 다까하시 이와오(高橋巖)처럼 참으로 '聖杯성배에 의한 빛나는 새 아침'으로 그렸다. 일본인을 들어올렸다.

그럴 가치도 없는 일본인, 역사를 기억도 못하고 침략과 자신들이 저지른 '性的성적 위안부 범죄'를 아예 기억도 못하는 그리고 파렴치한 민족을 크게 들어올렸다.

왜?

그 민족의 여성들과 아기들과 피차별 민중들 때문이다. 사무라이들(사카모토 료마板本龍馬판본용마를 제외한 칼잡이들)에 의해 일본의 본디의 神인 오니(女神)는 수염달린 다다에(男神남신)로 뒤집어졌다.

1,000여 년 전이다.

그 1,000년이 곧 일본의 최초 국가 성립의 시기다.

그때 교토와 오사카 등의 백제의 정치문화 유입은 중요한 것이다. 이 문화의 기억을 잊지 않고자 사무라이들의 칼에 저항한 일본 귀족, 왕족계 여성들 수백 명의 精進정진!

그것을 잊을 수 없다. 일본 왕실은 지금도 가끔 자기네의 '백제혈통'을 말한다.

15세기 가톨릭의 일본 상륙시 십자가를 밟고 가는 자는 살려준다 했을 때, 밟고 간 남자들은 다 살아났을 때 570여 명의 여성들은 밟지 않고 그 앞에 기도하여 사형을 당했다. 죽지는 않았으나 그들 가운데 바로 한국인 오다 쥬리아가 있다.

19세기 일본에 사회주의, 공산주의, 무정부주의가 왔을 때 공산당 당수인 남자마저 법정에서 '천황폐하만세'를 부르고 전향하여 살아났을 때, 여자들 50여 명이 전향을 거부하며 종신형을 살았다.

그녀들 중 한 사람의 딸이 수년전 일본 매스컴과 함께 나를 보러 경상도 남쪽 삼천포에 왔다.

그녀의 한마디다.

"일본의 힘입니다"

그 말은 곧 나의 구명운동위원장 교토대 철학교수 쓰루미 슌스케(鶴見俊輔학견준보)의 말이다.

그리고 또 일본에서 고생한 한국 무정부주의자 박열의 일본인 부인인 무정부주의자 가네꼬 후미꼬의 항상된 '옥중발언'이었다.

또 있다.

가네꼬 후미꼬의 항상된 눈물,

웬 눈물?

그녀는 면회 때마다 조선 여성들의 고통을 물었고 그 불행과 비극을 들으며 마치 제 식구들 아픔인 듯 울고 또 울었다.

이것이다.

이것이 餘糧이고 아리랑이고 아우라지다.

그리고 이것이 다름 아닌 쑥대머리요, 시김새인 것이다. 그렇다. 바로 이것이 韓流한류의 힘이고 美學인 것이다.

일본 극우파 개새끼들이 꼿는 敵手적수 중국은?

현대 중국의 경제부흥에 대해 스티글리츠나 기 소르망 등이 모두 또 하나의 버블로 예상하고 있는 판에도 일본 여성 경제전문가 와타나베 마리코(渡邊眞理子)는 무엇이라 했을까?

"핵심은 이노베이션(革新혁신)에 있다. 三星삼성이나 도요타 같은 이노베이션! 중국이 만약 그것을 획득한다면 일본을 포함한 모든 아시아의 모범이 될 것이다."

와타나베 마리코가 이시하라 신타로나 아베보다 훨씬 더 훌륭하다.

그러나 똑같은 일본의 여성경제학자 슈나라바 이카에 교수보다는 못하다.

왈,

"일본은 이제 중국을 바라보고 있다. 일본 현재의 문명사 과제인 脫美入亞탈미입아는 결코 쉬운 일이 아니다. 다만 동서양 균형 속에서의 아시아에로의 귀향의 척도는 오로지 중국의 혁신이다. 그래서 한 가지 어려운 질문이 떠오른다. 그 혁신의 앞줄에 여성의 모습이 서 있는가?"

그렇다.

이것이 가장 중요한 문제점이다. 과연 중국경제 현실의 혁신 여부에 여성이 앞줄에 서 있는가?

중국 淸和大學청화대학 內國내국경제분과의 여성 경제전문가 馬仁程마인정박사의 말,

"인민 전체의 대동경제를 위한 入古出新입고출신의 혁신인 井田法정전법, 八湘市팔상시, 琉離倉法유리창법, 屯田制둔전제 등 하나같이 公공과 私사 사이의 엄정한 산 균형, 즉 '中'을 추구했지만, 매우 어렵고 복잡하다"로 끝낸다.

여자인데도 소비와, 소비주체인 '여성' 문제는 한마디도 없다.

그것이 없는데 '中'이 어디에서 나온다는 것인가?

나는 경제학자가 아닌데도 그것을 화안히 알고 있다.

왜?

美學者이기 때문이다.

또 餘糧의 연구자이기 때문이다.

여성, 소비의 중요시, '中'

이것은 살아있는 神市, 문화의 핵심이요 그것은 곧 神市, 다시 말하면 현대적 '정전법, 팔상시의 핵심'인 것이다.

한번 따져볼까?

마인정은 스스로 공산당 경제학자라고 하면서도 일본 공산당의 멘토 가와까미 하지메(河上肇하상조)보다도 못하다.

말년의 하지메는 왈,

"마르크스 가지고는 아시아 경제는 어림없다. 고대 아시아 신시, 정전법, 팔상시를 도리어 오늘에 현대화 시켜야만 대혁명은 가능하다."

대지진 직전의 아메 요코는 망상이 아니었다.

요사노 가오루의 '따뜻한 자본주의, 착한경제'가 '바보소리'가

아니었다.

더욱이 그를 받아들인 수백만 일본 여성들이 아메 요코가 바보는커녕, 도리어 '한류'에 몰입하는 평소 그녀들의 숨겨진 美意識미의식, 일본 나름의 독특한 아름다움인 '하나(꽃)'의 작동인 것이다.

무엇이 '하나(꽃)'인가?

일본의 옛 사람 호도라이 기에이(浩上美尾)의 한마디

"아름다워라,
쓸쓸한 들녘에 핀
한송이
꽃."

에서 시작된다.

주의하라!

그 아름다움의 극치인 '꽃'은 바로 '쓸쓸한 들녘에 핀' 바로 그 조건에서 아름다움을 얻었다는 점을!

그렇다.

바로 그것이 내가 늘 말하는 흰 그늘이요, 붉 곰이요, 해 그늘(日影일영:고주몽의 출생 조건. 유화)'이요, 쑥대머리요, 시김새인 것이다.

그리고 깊이 들어가면 결국 餘糧여량이다.

그런데 바로 이 餘糧이 곧 오니(女神) 시절의 최대의 경제인 '곡식참배' 바로 그것이다.

더 알고 싶으면 일본의 여성 사상가 고또 슈가리(高藤正規고등정규)의 「오니와 다다에의 샤머니즘」에서 살펴보라!

그것은 일본 공산당이 심층 조사한 1,000여 년 이전 女神지배 밑에서의 여성 주도 농업생활 명제인 '잉여가 아닌 餘糧'의 美요, 풍요였다.

그리고 지금, 아니 대지진 직전의 일본 여성들은 바로 한국문화의 충격을 원용해서 도리어 자기네의 잃어버린 母權制的모권제적 삶의 기억을 神市의 회복을 위해 현재화하려 했던 것이다.

일본 남성 중심의 사상, 교육, 과학, 종교, 문화는 1,000여 년에 걸쳐 모두가 느낌이 아닌 강제적 가르침뿐이다.

아베라는 개새끼가 '야스쿠니에로의 곡물참배 云云운운'한 것은 가당찮게 "일본 여성들에게 또 하나의 가르침 형태로 사기를 치는 더러운 강제의 말장난"에 불과했던 것이다.

중국의 고대, 그 고대의 入古出新 즉 르네상스에 의해서 비로소 가능할 것이 분명한 중국의 풍요한 神市 기억, 이른바 호혜, 교환, 획기적 재분배 사회의 모습은 한마디로 무엇일까?

莊子장자는 그의 '祈願기원'이라는 소제목 밑에서 한 말,

> 나라는 아름다워야 풍요한 것이다. 그러나 풍요해야만 아름다운 것은 아니다. 왜냐하면 '아름다움'은 많은 물건이 쌓여서 생기는 것이 아니라, 세상의 참다운 祚瑞조서로움을 이루기 위해 음식을 준비하는 태도 속에서 싹트는 것이다.

바로 이것이 우리의 餘糧이고 이것이 곧 아우라다. 그리고

이것이 모든 것을 다 아우르는 아우라지요, 참 文化문화의 창조력, 시김새요, 나툼새다. 그리고 이것은 여성성, 母性모성, 갓난아이다움, 쓸쓸한 겸손에서 비롯된다.

'玄牝현빈, 玄覽현람, 謙겸'에서 美는 시작된다.

중국에는 본디 이것이 보물이었으나 이것은 이미 없다. 중국에는 이미 아주 오래전에 玄牝(엄마, 여성), 玄覽(아기들), 그리고 이름 없는 쓸쓸한 사람들(謙)이 사라졌다.

언제?

2900년 전의 周易주역 등장부터다. 이를 天地傾危三千年천지경위삼천년이라고 한다. 이것이 후천개벽의 정조준 목표요, 正易정역의 주목표인 것이다.

그 이전까지의 美學의 가능성을 우리는 어디서 볼 수 있는가? 3,000년 전의 箕逸기일의 책 『庶村通策서촌통책』 3권을 통해서 알 수 있다.

그리고 이 通策 3권을 통과하지 않으면 참으로 周易의 역사적 진리를 깨달을 수가 없다. 이것을 모르고서 그 무슨 東方의 진리를 알겠는가?

또 서양을 가르치는 '西憫東一辰서민동일진'(서쪽이 저물어지니 동쪽에서 한 샛별이 떠오른다)이란 말을 할 수 있을까?

이 詩는 고려시대 몽골의 침입으로 나라가 강화도 서쪽으로 피신해 몰려갈 때 강릉선비 金周虎김주호(혹은 李圓虎이원호)가 바로 아우라지에 와서 읊은 한마디다. 그리고 이어 그의 입에서 아우라지의 참 美學, 餘糧이라는 이름이 발설되었다. 그 뜻을 알겠는가?

바로 水雲 최제우의 '南辰圓滿北河回남진원만북하회'는 여기에 근거를 둔 것이요 宋興祿의 한마디 "한국문화의 핵심은 판소리, 판소리의 핵심은 시김새요, 시김새의 근원은 정선아리랑이다"라는 말이 기원한다.

정선아리랑.

餘糧.

그 美學이 곧 시김새의 아우라지, 세계를 바꾸는 화엄적 先後天融合大開闢의 힘, 風流仙道풍류선도의 비밀인 것이다.

중국은 이에 꼭 '잃어버린 꽃 하나'인 것이다.

여성 정치가 없는 중국은 이미 中이 아니다.

맨날 똑같은 바보스러움.

"미국의 밑바닥을 파면 중국이 나온다"는 소리만 나올 뿐이다. 그것이 무슨 새 시대의 새 나라이겠는가?

누가 누구에게 이리 가라, 저리 가라 요구하고 강제하는 시절은 이미 아득히 사라졌다.

내가 이제껏 내내 강조해왔던 이른바 '三八同宮'(正易의 己位親政기위친정과 戊位尊空무위존공의 융합-직접민주주의와 보조적 민주주의의 협동)이나, 艮兌合德간태합덕(韓美한미협동에 의한 靈肉영육소통 제3 문명의 창조)이 오직, 한국과 미국 사이에서만 해당되는 일은 아니다.

물론 아니다!

그러면 中國은 어떠하냐?

러시아와 중앙아시아는 어떠하냐?

또 유럽과 中東중동의 이슬람과 아프리카는 어떠하냐?

그리고 미국 이외에도 스스로의 길을 찾고 있는 南美大陸남미대륙은 어떠하냐?

우리는 이제껏 이 세계의 어떤 큰 나라만 문제가 해결되면 온 세상이 다 평화와 안정이 올 것처럼 망상을 해왔다.

유럽만 그런 것이 아니다. 중국도 그러하였다.

이제 먼저 중국 생각을 해보자.

나는 나의 경제수필집 『춤추는 도깨비』에서 힘주어 중국의 위태로움을, 그러나 만약 중국이 여성과 아기들과 쓸쓸한 民草들을 참 主體주체로서 들어 올릴 때면 이른바 진정한 '이노베이션'이라고 할만한 開闢개벽의 華嚴事화엄사, 다시 말해 唐代당대에 肅宗숙종의 질문에 대한 慧忠大師혜충대사의 答답, 無縫塔무봉탑을 건설할 용의만 있다면 자기만 아니라 온 세상이 大海印三昧가 이루어지고 4천년 琉璃世界유리세계가 오리라고 여러 번 강조했고 또 樂觀낙관도 했다.

그러나 과연 그 樂觀은 현실화 할 수 있을까? 중국은 지금 경제적으로 世界세계 제2位로 올라섰다. 日本이 저 지랄을 떨고 있음에 비해 中國은 그럼 안전한 것일까?

나의 대답은 No이다.

왜?

우선 한마디로 대답하자.

餘糧을 황폐화시키고 있음이다.

그래서 '우주정치적 干支'가 3,000年前 周公주공 統治時代통치시대와 똑같은 己位는 아니지만(앞으로 이 문제는 상세히 말하겠다) 도리어 '大荒落位대황락위'로 전락하고 있다. 干支간지가 그렇다! 星座성좌도 이상하다! 이 문제도 이제 상세한 개진을 하겠다. 단순한 Innovation 따위 문제가 아니다! 오히려 지금 중국을 습격하고 있는 Smog를 주의해 보라!

나에게 누가 추궁하듯 물어온다고 하자.

"당신은 지나간 역사에서의 중국의 조선 억압의 사례 때문에 지금 중국의 앞날을 나쁘게 보고 있는 것인가?"

그렇다.

나는 '그렇다'고 대답할 수밖에 없다.

그러나 거기에 얽매어서 "지금도 그렇다"라고 말할 만큼 내가 멍청한(!) 사람은 아니다.

왜?

나는 중국 역사에서 배운 것이 너무나 많기 때문이다.

孔子, 律呂, 周易.

그리고 數學수학과 함께 '㛼탐'(여자가 남자들 두들기는 奇事기사의 전통 '탐')의 숨겨진 이치를 나는 잊지 못한다.

그래서 윗글에 "멍청한(!)"이란 어휘를 구태여 썼던 것이다.

다른 것은 다른 이들도 다 아는 것이다.

다만 數學과 '㛼'이 무엇인가?

우리가 유럽으로부터 배운 數學과 같은 그런 數學이 중국에도 있는 것인가?

그보다도 이 기괴한 '㛼'이 도대체 무엇인가? 어떤 중국 숭배주의자는 그 '㛼'이 지금에도 있음을 들어 '중국의 위대한 진보'의 표징이라고 추켜세운 적이 있다.

아니다!

왜?

이미 아득한 옛날이 돼버린 일이다. 1,500년 전쯤일까? 아마도 唐나라 때쯤일 것이다. 그때 한 地方지방 선비가 이웃집 아녀자를 겁간했다. 그 일이 아주 고약한 사건으로 사방에 알려져 날이 갈수록 점점 더 나쁜 양상으로 과장되어서 널리 퍼지고 있었다.

皇室황실은 수많은 논의를 거듭한 끝에 '唐당나라 다운' 일종의 宣傳的선전적 效果효과 조치를 한 體罰체벌로 定정한다.

그것이 그 선비, 그리고 그 이후로 그와 같은 여성 모독(남편이 있는 旣婚女기혼녀의 경우)을 行행한 者자를 인근의 여성들이 모두 달려들어 官이 책정한 일정 시간 안에 '두들겨 패는 집단적 징벌'을 '탐', 바로 '腅'이라 불렀다.

이것이 오늘 중국 사회에 남아 있는가?

"남아 있다."

그러나 이것을 진보요, 여성해방이요, 하물며 陰開闢음개벽이라고까지 부를 수 있는가? 그렇게 주장하는 자들이 중국이나, 중국을 덮어놓고 숭배하려고 몸살을 내는 한국 사람들 가운데도 있다.

그러나 어림 반 푼어치도 없는 소리다.

왜?

이제부터 바로 이 '왜'를 해명해 보자!

이 '왜'가 이제껏 여러 기회, 여러 紙面지면에서 내가 수없이 이야기해 왔던 '중국론'이다. 기억 못하겠는가?

박근혜대통령이 중국 외교를 잘했다고 중국이 하루아침에 바뀌는가? 중국이 북한의 核爆彈핵폭탄사태를 빌어 그 世襲獨裁세습독재를 제약했다고 중국 인민대의원대회(중국의 공식적 政治權力정치권력기구)에 여성의 얼굴이 열 명을 넘어 백 명, 이백 명으로 갑자기 확대될 수 있는 것인가? 그 임금 수준이 남성과 똑같이 되고, 그 교육수준이, 그 경제 결정과 문화 창조능력이 문득 월등해질 수 있는 것인가?

여기에서 그 '왜'를 똑바로, 美學的 맥락에서 자세히 짚어내야 할 필요가 절실한 현재다.

그 '왜'가 가장 현실적이고, 현대·초현대적인 혁명과 개벽, 나아가 대화엄세계에의 중국적 접근 의사였던 唐代 慧忠大師혜충대사의 無縫塔무봉탑에까지 나아가야 하는 중국의 숨은 요구에 대한 '문제 제기학' 노릇을 해야 하기 때문에, 그리고 더욱이 그 진정한 主體주체인 妙衍律묘연률의 '여성, 어린이, 쓸쓸한 대중'을 그 내용으로 바꾸지 않으면 중국의 실질적 자기 변경은 사실상 어렵기 때문에(토인비의 역사적 판단을 유념하라!) 바로 그렇기 때문에, 더군다나 새 시대가 "妙衍의 오묘한 美學的 판단력"에 의해 우주생명학의 '심오한 易學的역학적 認識인식과 실천'이 가능해지는 때이기 때문에, 더욱 더 그 '왜'가 심각해지는 것이다.

易學은 근본적으로 空間공간과 時間시간을 통한 우주 天道천도의 이해이다. 伏羲복희와 文王문왕의 周易주역이 象數상수라면 一夫일부의 正易정역은 曆道력도인 것이다.

그러나 이는 先天선천과 先天에서 後天후천으로 넘어가는 과도적 시기의 易이다.

지금과 같은 先後天融合大開闢期선후천융합대개벽기(바로 지금이 그 開闢期다!)에 우주생명학의 기초는 물론 그 空間공간과 時間시간의 '象과 曆'의 과학적 이해에 있다.

그러나 역시 開闢은 昇平期승평기가 아니다. 周·正易, 象과 曆의 空間·時間 인식 기초만 가지고는 안 된다. 그 기초 위에서 三進法·辨證法的삼진법·변증법적인 合이 전혀 아닌 開闢나름의 復勝인 美가 開示개시된다.

"女性여성과 아기들이 主體"이기 때문이요, 역사에서 처음인 물과 빛이 '日月'을 뛰어넘어 솟아오르기 때문이다.

나는 이제껏 중국을 참으로 고도의 문명비평적 관점에서 가차 없이 비판해왔다. 긍정도 해왔다. 그러나 그 Innovation에 있어서마저 여성성, 즉 消費소비와 회기성과 Conjonture의 강조 위에 다시 온당한 互惠的호혜적 再分配재분배가 정당한 교환 위에서 융합하기를 기대해왔다.

그것이 잘못되어 왔다는 것인가?

그럼에도 中國의 긍정적 가능성에 높이 손을 들어왔다.

나의 책『춤추는 도깨비』뒷부분「혁신」을 보라!

그런데도 중국을 앞세운 깡통 중국狂광들이 저희들 충성심(똑 前朝時代전조시대같다!)을 앞장세워 나를 협박하고 있다.

잘하는 짓인가?

지금이 어느 때인가?

정부가 중국과 외교적 수순을 통해 잘하고 있을수록 문화와 사상, 특히나 美學에서는 더욱 날카로워져야 하는 것이다. 그런데 뭐? 가만 안 있겠다고?

"바보 같은 소리들! 그 주둥이를 똥구멍에나 갖다 들이밀어라!"

나는 젊어서 '醜추의 美學'을 공부한 적이 있는 유명한 욕쟁이다.

내입에서 비틀어진 욕설이 나오기 前에 美學이 왜 동양에서, 나아가 온 세상에서, 특히 동·서양 융합의 전 세계적인 대평화 세계에서 지금 절실히 필요한지 명심하라!

女性이, 母性이 주체로 등장하고 있기에 더욱 그렇다.

그런데 여성들이 이 부분에서 더 '등신머저리'같은 소리들을 일삼고 있다. 정치 감각의 초기 현상일 게다.

허허허허허!

중국은 본디 以禮制俗이예제속을 벌써 옛날, 孔子이전부터 생활화하던 문명국이다. 무엇이냐?

"속된 것을 예절로써 제압한다" 이다.

우리는 지금 그 예절 가지고는 안 된다는 이야기를 하고 있다. 그럼 어찌 해야 하는가?

'하하하!'

그래서 웃었다.

이미 이 책 앞부분에서 전제했다.

'禮' 가지고는 안 된다!

그래서 '樂낙'이 나온 것인데, 그 樂도 가르침과 정치로 목적화해서 오늘, 그리고 세계에 대해서는 '안 된다'!

그럼 무엇인가?

美.

아름다움뿐이다.

내가 美學을 이 나이에 구태여(물론 전공이긴 하지만) 붙들고 늘어지는 것은 그만큼 그것이 중요시 되어서인 것이다.

나에게 누가 이런 말, 이런 글을 보낸 적이 있다.

"너는 도대체 누구관대 그처럼 큰 소리를 해대는 것이냐? 네가 무슨 孔子냐? 맹자냐?"

그렇다.

대답하겠다.

"나는 아무것도 아니다. 이름이 있다면 땅 밑이나 밑바닥을 뜻하는 '지하'가 있을 뿐! 그래서 떠드는 것이다. 그 밑바닥이, 땅 밑에서 떠드는 세상이 바로 요즈음 아니냐! 그 떠드는 말이 꼭 마르크스이어야만 하느냐? 바보 같다! 제 말을 하면 안 된다는 것이냐? 내 말은 이것이다."

孔子나 孟子나 마르크스 가지고는 안 된다. 그러나 쓸모는 있다. 보완적 기구로서 말이다. 지금 가장 초점으로 나타나야 하는 것은 바로 美學이다. 그것도 '餘糧의 美學'이다. 그리고 획기적 재분배라는 현대적 새로운 神市經濟신시경제의 어려움을 결정한 칼 폴라니의 테마인 '중심성(centricity)으로서의 정치의식'인 二元執政이원집정의 핵심사안 - 八呂四律의 美學 - 인 것이다.

바로 그것이 다름 아닌 '아우라지의 바로 그 Aura'인 것이다.

그것만이 海印三昧를 그리고 妙衍의 비밀을, 시김새의 비밀을 해결한다.

易은 과거의 핵, 先天의 비밀이다.

따라서 그것은 오늘의 핵, 後天 다시 말하면 先後天融合大開闢의 復勝인 美學의 비밀로서의 물과 빛의 보조수단으로서의 '象과 曆(달과 해)'인 것이다.

차차차차 알아가게 될 것이다.

어째서 물과 빛이 美의 숨은 비밀인가?

이 문제는 短答단답으로 해결되지는 않는다.

그 이전에 우선 天符經에서 한 번 검토해 보자.

天符經에 대한 현대적 해명을 가하기 시작한 철학자 崔惠成최혜성씨는 그의 「천부경에 대한 새로운 조명(入古出新의 시작으로)」에서 다음과 같이 말하고 있다.

"천부경의 一始無始一일시무시일은 대폭발 순간의 특이점으로서의 우주 그 자체라고 이해한다면 天一一은 대폭발 이후 지속적으로 팽창하고 있는 시공간으로서의 우주, 즉 하늘로 이해할 수 있다. 다시 말해서 하늘과 땅과 사람으로 세 부분으로 분화된 우주 가운데 하나인 하늘만을 가리키는 것이다. 이를 기하학적 개념으로 비유한다면 始無始 1은 0차원인 점이라 볼 수 있고 天一一의 1은 점으로부터 확산해 그려진 원이라 할 수 있겠다.

천부경에서 말하는 地一은 대폭발이후 우주진화 과정에서 생성된 모든 물질(소립자와 은하, 태양과 지구, 생명체와 인간의 물 등)을 가리키는 것과 같다.

대폭발 이후 우주가 급격히 팽창하는 가운데 점차 식기 시작하자 에너지가 뭉쳐 소립자가 생겨났고 이것들이 결합해 수소와 헬륨 같은 가벼운 물질이 생겨났으며 그것들의 핵융합으로 별들과 은하들, 그리고 온갖 생명과 인간이 탄생하게 되었다고 한다. 그런데 흥미로운 것은 우주 질량의 대부분(약 75%)을 차지한 수소원자가 두 개의 요소, 즉 하나의 원자핵과 하나의 전자로 구성되어 있으며, 질량을 가진 모든 물질은 공간에서 자신과 다른 것(외부환경)을 가르는 경계선을 가지고 있다는 점이다.

우주는 분화의 과정을 통해 출현한다. 분화 없이 존재하는 것은 아무것도 없다. 우주의 시공간과 구별되는 실체로서 물질이 생성됨으로써 본격적인 우주진화가 시작되었다고 할 수 있다. 따라서 우주의 분화로 탄생된 물질을 상징하는 수는 2가 되는 것이다."

위의 인용에서 중요한 것은 여러 곳이지만 그 중에서도 우선 "우주질량의 대부분(약 75%)을 차지하는 수소원자가 두 개의 요소, 즉 하나의 원자핵과 하나의 전자로 구성돼 있으며…"이다.

'수소원자'에 주의를 돌려야 할 것이다.

우리는 이제 전 역사, 인류문명사 전체의 근본적 대전환에 눈을 돌려야 한다. 어떻게?

'동아시아 네오-르네상스'를 중심으로 한 동·서양 융합과 그 방법으로서의 入古出新이다.

나는 그 길을 가고 있다.

그리고 그 방법으로서 美學을 제출하고 있고, 마치 3,000년

전 箕逸의『庶村通策』3권처럼 周易 이전의 사전적 제 조건을 美學의 통괄적 시야로 총괄하려고 하는 것이다. 아마도 大華嚴開闢易이 그 결과로 제기되어야 하는 것 아닐까!

우선, 그렇다.

문제는 이 수소원자다.

우리가 찾는 물의 근원에 이 수소원자의 문제가 제기되어 있다. 이것을 탐색해 들어가자!

내가 이제껏 물이라고 命令명령했던 물질은 애당초 그 근본이 무엇이었을까?

물은 물일 뿐일까?

아니다.

그러면 무엇인가?

이 점은 상세히 탐색해 들어가야 한다.

오늘날 우리가 찾고 있는 아름다움, 美, 美學의 근본으로서의 餘糧, 그리고 이제 거의 함께 제기된 神市經濟의 근원적 초점인 획기적 재분배 그리1고 그 드러남으로서의 파미르 麻姑城마고성의 八呂四律, 그로부터 시작되는 判斷力판단력과 批判力비판력 사이의 趣味判斷취미판단, 나아가 美醜미추의 영역에까지 그리고 그로부터 文化一般문화일반과 藝術一般예술일반, 그에 토대한 기업과 경제, 정치, 과학, 철학, 도덕과 종교에까지 나아가려면 물의 근원이 빛과 함께 밝혀져야만 하겠다.

그래야 지금껏 제기된 여러 가지 문제의식들이 다 함께 해결의 실마리를 찾을 수 있게 된다. 열두 가지 길도 마찬가지다.

자!

‘물’이 무엇인가?

물은 물질이면서 물질이 아닌 어떤 것이다.

무슨 뜻인가?

‘空이면서 色인 것’, ‘고여 있으면서 흐르는 것’, ‘무너지면서 모아 일으켜 세우는 일체의 움직임’이 곧 물이다.

그렇다면 이렇게 된다.

“이 세상 萬事만사에 물이 기본이 안 되면 아무것도 될 수 없다”고 생각해도 되는 것이냐고 물을 수 있다.

그렇다. 바로 그것이다.

즉 물이 이 세상 萬事萬物만사만물의 물질적 구성 기본인 것이다. 아닌 것 같지만 그렇다.

마찬가지로 ‘빛’은 무엇일까?

‘내가 누구냐?’고 물었을 때 거기에 대한 대답에서 ‘빛’이 빠지면 대답 자체가 성립이 되질 않는다. 그렇다면 ‘나’에서 ‘빛’은 무엇인가? 어떤 작용을 하는 것인가?

이것을 묻기 위해서도 그와 거의 정반대이기까지 한 물을 밝히지 않으면 안 되는 것이다. 다시 묻는다.

물은 무엇인가?

내가 누구에게든 대놓고 말하는 사연이 있다.

“물은 빛의 근원이다. 근원을 빼면 답은 없다.”

물과 빛은 밑과 끝이다. 이 세상의 근본과 높이이니 이 둘이 다시금 중요시되어야만 그로 인해서 ‘참다운 삶’을 살려는 사람의 삶이 참으로 형성되는 것 아닌가! 衆生중생도, 심지어 무기물까지도.

그런데 중국에 바로 이 '물과 빛의 중심성'이 집중적으로 보이는가?

있다.

그러나 없다.

바로 이것이 문제인 것이다.

'腅탐'이 있으면서도(조그만 도랑물이 있으면서도), 老子의 玄牝과 玄覽은 말장난에서 그치고 철두철미는 남성 가부장 지배의 多男朝庸人(周公時代주공시대부터 바로 지금까지 지속되는)의 周易 해결사, 그 推衍의 정치지배술, 통치술, 억압술, 처신술의 '물 아닌 뜬 물'과 '빛 아닌 불'의 지배가 있었다.

이것이 바로 오늘 習近平습근평의 고통을 초래하고 있는 중국 부패의 원인이다. 대답해 보자!

물과 빛 없이는 美의 復勝(正·反·合이 아닌 일종의 啓示계시오, 開闢現象개벽현상이다. 주의하라! 陰陽易음양역과 太極태극의 관계와 같다)은 없다.

美는 생산되는 것이 아니다. 공산주의 문예이론가라는 자들의 무식하기 짝이 없는 文化生産論문화생산론 云云운운을 근본에서부터 의심할 수 있어야 한다.

正·反·合의 三進法삼진법으로, 이른바 에이젠슈타인의 몽타주에 의해 生産생산되는 것은 美가 아니라, 美의 환각일 뿐이다.

수많은 '幻환'들이 지난 시기 공산주의, 자본주의 엉터리 文藝문예생산기업들에 의해 만들어(生産)졌으나 오늘 하나나 남은 게 있는가?

美는 오직 復勝되는 것이다.

바로 이것이 이른바 太極論태극론이란 것이고, 그에 準준한 여러 개념들이다. 태극은 개벽에서 뚜렷해지고 개벽에 의해 復勝은 우주와 생명 안에서 실체화한다.

내가 이제껏 거듭거듭 말해왔던 '餘糧의 美學'이 무식한 깡패들(例컨대 마르크스나 엥겔스나 루카치 같은 者들)의 잉여론과 왜 거리를 두어야 하는가를 동양의 깊은 지혜들에서 꺼낼 생각은 하지 않고 復勝이 무언지도 모르는 깡통 철 냄비들이 太極을 '合'이라고 깡통치는 깽깽 소리들을 이제껏 쳐댔으니 거기서 무슨 美가 생산 되겠느냐? 生産? 공장에서?

太極이 陰과 陽의 綜合종합이냐? 러시아 周易學者주역학자 바실리예프스키 티나토트의 조롱을 새겨들어야 한다.

"중국 주역 학자들은 더 이상 중국 고전사상을 거지 취급하지 말아라! 주역이 왜 변증법이고 三進法이냐? 주역은 二進法이진법이다. 太極태극은 合합이 아니라 차라리 啓示계시에 가까운 것이다."

틀렸는가?

중국인 오자상吳嫁祥은 시진핑의 현재 공산당 개혁은 '거짓 제스처'에 불과하다고 진단한다.

즉 시진핑의 속뜻은 보다 근본적인 중국 고대 이래의 큰 철학적 숙제의 현대화라는 뜻이다. 그럴까? 하기야 시진핑의 '共富論공부론'엔 일본 공산주의의 멘토이며 末年말년에 "마르크스로는 동양혁명은 불가능하다. 神市이래의 井田法정전법, 八湘市팔상시를 현대화 하는 길밖에 없다"는 충고를 중국에 보낸 적이 있는 바로 그 가와까미 하지메(河上肇)의 기이한 그림자가 어른거린다.

앞으로 그 그림자(闇)는 흰 빛(白)으로 드러날 것인가?

나는 이미 경제 수필집 『춤추는 도깨비』의 「革新혁신」 부분에서 지적한 바 있다.

'흰 그늘'의 이치다.

내가 아무 때나 누구에게든 중국을 一方的일방적으로 비판하는 것은 아니다. 그럴 만큼 無知무지하지는 않다.

다만 두 가지 點점을 미리 근본적으로 전제하고 中國을 생각해야 한다는 것이다.

하나는, 우리가 다 알고 있듯이 中國이 너무나 自國中心的자국중심적 세계 약탈의 反文化반문화를 습관화하고 있는 점이다.

"미국의 땅바닥을 파면 중국이 나온다"는 중국인 자신의 말은 무슨 소리인가?

발해, 고구려, 熊女가 모두 중국 땅이요, 중국인인가?

黃帝內經황제내경이 중국 것이요, 伏羲易복희역이 중국 것이고, 山海經산해경이 중국 것인가?

이제 이 나라가 점점 우월한 위치로 바뀌어가면 이 나라도 저희 것이라고 주장할 것인가?

둘째, 우리는 근현대 유럽 문명사가 중에 Toynbee를 가장 신뢰하고 있다. 그런데 그는 무엇이라 주장하는가? "과거 역사에서 오래고 크고 광활한 文明大國문명대국은 역사가 바뀌어 다시금 또 어떤 융성의 계기가 왔을 때, 그 비슷한 再起재기의 가능성은 있으나, 완전히 이전과 똑같은 大國대국으로 다시 발돋움하는 역사의 반복은 없다!"

셋째, 또 있다.

분명히 말해서 역사에서 "여성과 아기들과 쓸쓸한 民草민초들"이 역사 중심에서 멀어진 아주 구체적 증거는 중국 周나라 성립부터였다. 2,900년 전부터 經度경도, 즉 지구 자전축이 바뀌고 干支간지가 변하며 己位기위, 大荒落位대황락위의 西南北 干支서남북간지가 강화되고 星雲성운과 天空界천공계가 이동하여 지난 시기 2004년 수마트라 대해일과 쓰나미로 26만 명이 한꺼번에 몰살할 때 그 전후 지구는 거대한 변화 이른바 바다의 "대륙축과 해양축이 충돌하여 서쪽으로 경사된 경도가 지구 북극 중심으로 8㎝ 이동"(NASA발표)하면서 이른바 우리나라에서는 붉은악마 사태 즉 월드컵 응원과 이어 2008년 狂牛病광우병 소동인 '촛불'과 같은 데모나 정치폭동이 아닌 '문명사적인 대근원변경 요구'가 일어나고 이어서 2009년 뉴욕의 금융사태 직후 전 세계에서 반년동안이나 '1%와 99%전쟁'이라는 금융자본주의에 대한, 역시 좌익데모나 폭동이 아닌 문명사적 대 근원변경 요구가 있었다. 달에 6억 톤의 얼음이 있음이 공표된다. 이것은 뒤이어 한국의 여성대통령 등장. 미국 등에 강렬한 힐러리 가능성 등, 유럽의 새 페미니즘 리나 셰프첸코의 FEMEN 토플리스가, 또 파키스탄에 16세 소녀 말랄라의 궐기가 일어난다. 아크발라이 쇼크니아바다. 이런데도 중국은 周公시대 이래의 2,900년, 이른바 天地傾危三千年천지경위삼천년의 남성 가부장제가 요지부동이다.

시진핑의 모험이 시작된다.

여러 비평가의 반항이 시작된다.

SMOG가 시작된다.

이것이 간단한 사건인가?

Bubble 반복으로 중국의 경기상승은 계속될 것인가?

그뿐인가?

妙衍묘연에 의한 萬往萬來만왕만래없이도 태양정치(太陽之政)의 태평성대는 中國에 올 것인가? 妙衍 없이도 여전한 推衍法추연법의 처세술, 제압술, 통치술만으로도 周易은 변함없이 과학적·우주적이요, 孔子는 여전히 절대 지배적이요, 律呂는 여전히 동양과 인류 문화를 세부에서부터 억압할 것인가?

천만의 말씀이다!

바로 이런 망상을 두고 중국인들 자신의 한마디가 있다.

'霧實무실!'

명나라 장수 蕭遜寧소손녕이 夏水戰爭하수전쟁에서 주역의 '산이 산이다(艮爲山간위산)'를 믿고 덤볐다가 망한 뒤 투덜댔다는 말, 바로 "뿌우연 안개뿐, 목표는 아지랑이뿐"이라는 그 말!

또 있다.

'呼山호산!'

속으로 기원하면 빈 벌판에 거대한 산이 불쑥 나타난다는 그 이야기다.

그럴까? 헛꿈이 아니고 중국의 현실주의란 말인가?

그러나 나는 중국의 이노베이션 즉 혁신을 믿는다.

무엇이 중국의 역사인가?

老子의 玄牝현빈과 玄覽현람 그리고 民이 주체로 돌아오는 일이다. 그것이 原始返本원시반본이요 還歸本處환귀본처다. 그리고 그것이 참다운 역사다. 헛꿈 꾸지 말라!

중국이여! 바로 당신네 철학의 중심 孔子의 그 '中'은 바로 거기 그 두 마디 안에 엄연히 있다.

진정으로 孔子가 참다운 세계 地平지평을 열어 놓고자 했다면 우선 그 弟子제자들을 통해 다음 세 가지 길을 이미 활짝 터놨어야 했다.

무엇인가?

첫째, 山海經속의 東夷族동이족풍속 '好生不殺生 好讓不爭不死君子之國호생불살생 호양부쟁 불사군자지국'을 보고 "나도 東夷동이에 가 살까?"란 말을 弟子들의 反對반대에도 불구하고 실천했어야 했다. 또는 그 실천의 가능성을 열었어야 했다.

이미 周易주역 說卦傳설괘전에 명확히 기록돼 있듯이 孔子는 '艮 東北之卦也 萬物之所成終而所成始也 故曰成言乎艮간 동북지괘야 만물지소성종이소성시야 고왈성언호간'이라 하지 않았던가!

또한 天符經천부경을 읽고 나서(明代명대 黃胡東황호동의 寄萬物移書기만물이서에 지적돼 있듯이) 즉, 天符經의 妙衍萬往萬來묘연만왕만래를 보고 곧 이를 十翼십익에 "終萬物 始萬物莫盛乎艮종만물시만물막성호간"이라 明言명언했다.

明言이다! 명백한 가르침이다.

艮方간방이 어디인가?

여기 이 땅 한반도다. 朝鮮조선이란 말이다.

그런데 孔子를 제일로 숭배하는 중국은 왜 오늘 毛澤東모택동 사진 밑에서 부패라는 이름의 '공산당 아닌 공산당'을 하며, 孔子 얼굴 밑에서, 글과 이름 밑에서 艮方 이야기는 싹 빼어

버리는 것인가? 잘하는 짓인가?

둘째, 老子의 玄牝, 玄覽 즉 여성과 어린이를 終萬物 始萬物의 참 主體주체로 등장시키라는 말을 왜 하지 않았느냐? 周公이나 똑같이 多男朝庸人 선비들의 처세술, 압제와 통치술인 推衍法으로 周易 강제 해석의 길만 열어놓지 않았느냐? 아니냐? 孔子, 또는 그 세상은 老子를 몰랐다더냐?

셋째, 어째서 舜임금의 '紹樂소악'이 律呂 아닌 八呂임을 잊고, 어째서 아직까지도 禮예와 樂악을 정치적 지배질서의 다스림과 그 밑에의 복종만을 위해 律呂니 뭐니 하고 낡아빠진 소리만 하게끔 만들었는가?

왜 美와 美學의 奇然祥瑞기연상서와 획기적 再分配재분배의 길을 열어 스스로(여성과 어린이와 民草와 새외 민족들이 그 스스로 즐겁게) "아, 아름답다!"를 느껴 이웃과 자연히 共和하는 十一一言의 길을, 그래서 그것이 곧 包五含六포오함육 자체이어서 이미 十五一言의 위장이 아예 필요 없도록까지 山上之有水의 훠언한 비단 깔린 장바닥, 비단 깔린 길바닥을, 不咸과 多勿의 시김새의 길을 활짝 열어놓지 못하고 내내 易學의 찡찡이 數理수리만을 거듭하도록 만들었는가?

그래도 영원히(이것이 무엇인지 생각하라!) 孔子뿐인가?

그래도 내내 영원한 崇拜對象숭배대상인가?

어째서 唐代당대 慧忠國師혜충국사(唐代 肅宗年間숙종연간)의 忠言충언인 '神市 無縫塔무봉탑'의 길을 자연스레 열지 않았는가 말이다.

아하하!

개벽을 말만 해놓고 개벽을 실제로 몰랐고 禮와 四義사의를 말해놓고도 모심과 華嚴의 大海印을 까마득히 몰랐다. 그래도 오늘 孔子를 강제하려는 것은 제국주의 외에 무엇인가?

중국은 이제 어디로 가려는가?

공산당도 아니고 孔子도 아니고 律呂도 아니고 周易도 推衍 속에서도 아니다.

어디로 가려는가?

그래도 미국 땅을 파면 중국이 나오는가?

아직도 '天明劒천명검' 타령이나 하고 자빠졌는가?

참으로 참으로 이런 때에 老子의 한마디가 있다. 무엇이라 했던가?

老子는 어느 나라 사람인가?

무엇이라 했던가? 다시 말한다.

'玄牝'이라 했다.

'玄覽'이라 했다.

누구인가?

바로 天符經의 妙衍!

"여성과 어린이다!"

그들이 곧 聖人성인이다!

따르라!

나는 앞에서 日本에 내년(2014년) 일본 나라의 예언자 善國선국스님의 예언대로 오니스스끼(女神繩)의 利見大人이 실현되기 시작하리라 했다. 그러면서 또한 중국에 五氣六氣論오기육기론의 '雲丁운정-海門해문'의 움직임대로 큰 大人이 올 것이라

예측도 했다. 나의 글 『춤추는 도깨비』 후반 「혁신」에서)

왜?

참다운 易의 大人은 참담한 역사 안에서는 '困大人곤대인'이다. '困'은 문자 그대로 지극한 오랜 고통속의 그 어둠속의 빛, '흰 그늘(白闇)'이다.

누구냐? 중국의 경우 누구냐?

중국 여성 자살자 숫자는 무엇을 뜻하는가?

'困'이 아닌가?

2010년 반년 사이에 35만 7,000명, 2009년 한 해에 76만 5,000여명, 2008년 무려 120만 명, 2009년 한 해에 76만 5,000명, 2008년 무려 120만 명, 그 이전 150만 자살자 수는 무엇을 의미하는가? (일본 가와사키 2008년 10월 2일자)

지금 중국 경제는 세계 2위다.

그 중국 대의원 대회는 '권력'인데 거기 수백 명 대의원 가운데 여성 얼굴이 몇이나 되는가?

그들의 국내, 국외 대학 이상의 학업율은?

이것이 그냥 아무것도 아닌가?

아기들에 관해서도 이미 나는 『춤추는 도깨비』에서 상세히 말했다.

거기에 비해 공산당 간부 자식들이 점령한 기업체 CEO들의 "深圳심천 호화 방탕"은 무엇인가? 그것도 공산당인가? 아니라면 또 무엇인가?

나는 이제 중국 모욕을 끝내기로 한다.

부디 '中'을 진정으로 찾으라! 세계의 중심국이 될 생각 말고 참다운 '孔子의 中'을 찾으라!

부디 慧忠國師의 충고, 無縫塔을 찾으라!

그것이 곧 孔子요, 참 易이요, 진정한 화엄개벽의 모심이요 妙衍인 것이니 바로 玄覽涯月民현람애월민의 참세계요, 이른바 太陽之政태양지정의 이상 세계이며 五皇極오황극이요, 一太極일태극이요, 十無極십무극일 것이다.

이미 중국 안에서 제시된 중국인 자신의 거룩한 이 理想이상을 왜 다 까먹은 것이냐?

왜 그리도 건망증이냐? Innovation이 무엇인가? 경제뿐인가? 아니다. 우선 문화부터 革新혁신하라! 그래야 經濟경제도 innovate되는 것이다.

내가 이제까지 거듭거듭 이야기한 中國批判중국비판은 사실상 나, 김지하의 말이라기보다 전 세계의 일반적인 희망이요, 비웃음이요, 걱정인 것이다. 함부로 욕하거나 선불리 반항하지 말라! 중국의 길고 긴, 그리고 은인자중한 역사는 그 따위 짓을 허용하지 않는다. 다만 중국 역사 중에서도 꼭 짚는다면 애당초 못난 자들이 서둘러 휘두르는 말의 칼날들이 이제껏 중국과 동양 망신을 시켜왔고 또 거기에 편승하여 중국과 동양을 질시하는 자들, 서양의 못난 우월주의자들, 예컨대 마르크스 같은 자들이 잔뜩 힘주어 가라사대 '동양에도 경제학이란 게 있는가?' 하는 천하에 병신 같은 소리를 함부로 지껄여 왔다. 그래도 마르크스가 존경스러운가?

물어보자.

중국에 경제학이 없는가?

다시 묻는다. 경제라는 것이 있는가? 마르크스의 욕설은 바로 이것이다. 경제학이 아니라 경제 자체다.

묻는다.

없는가?

'유리창법'이 무엇인가?

商業原理상업원리다. 그것은 경제가 아닌가?

'屯田制둔전제'가 무엇인가?

토지 移讓이양원리다. 그것은 경제가 아닌가?

다시 묻는다.

'井田法정전법'이 무엇인가?

토지제도, 토지를 公과 私와 國家所有국가소유로 三分하여 그 셋 사이의 이러저러한 미묘한 中途중도를 찾아 실천하는 경제제도다. 그것은 경제가 아닌가?

또 있고 또 있고 또 있다.

그 井田法이 이웃나라에로 제도전환할 경우의 경제원리는 무엇인가?

箕田法기전제, 箕田制는 무엇인가?

중국의 토지제도가 殷은나라 말기에 箕子기자 등 조선 이민자들에 의해 조선적 토지格式격식에 맞추어 그 이름으로 公과 私, 國有국유와 個人所有개인소유 등을 가르고 융합하고 관계 맺는 적절한 中途를 찾는 길이다. 그것은 경제가 아니었는가?

중국, 조선 등에 다 같이 있었던 토지와 농업소득상의 貧富빈부 격차를 줄이기 위한 당시 나름의 균형을 모색했던 '大同性대동성'은 무엇이었던가?

우리나라의 경우, 朝鮮조선 宣祖年間선조연간에 머리 크게 들었던 그 제도개혁은 경제가 아니었던가?

다시 묻는다.

농민이 땅을 갈아서 곡식을 생산하고, 그것을 먹거나 팔아서 삶을 꾸려가는 것, 이른바 餘糧여량에 집중된 바로 그것.

그것은 文化요, 美이기 이전에, 혹은 그 이후, 그 결과로서의 경제가 아니었던가?

여기에 대해서 우리는 간단히, 그리고 솔직히 대답해야 한다.

오늘 세계와 인류가 다 그렇지만, 특히 중국의 경우 바로 이 경제라는 문제에 대해 유난히 야단법석이다.

야단법석 정도가 아니라 지랄발광이라 해도 좋을 정도다. 그냥 공산주의가 다 그렇지만 중국의 경우는 더욱 그렇다.

왜?

중국 思想史사상사 전체 전통의 도리어 다른 곳과는 또 달리 바로 이 경제에 대해 "안 그런 척하면서 도리어 더욱 더 악착같이, 근본적으로 집착하는 경향"이 있다.

왜?

바로 이것이 마르크스라는 위대한 멍텅구리가 되게 얻어맞아야 하는 이유다.

중국과 동양에 경제가 없다고?

그러면 우리가 이제껏 내내 신경 써 왔던 동양과 중국의 위대한 전통사상인 孔子의 경우에는 이것이 어찌 되었으며, 또 지금 와서 그것은 어떤 문제제기학을 일으키고 있는 것인가?

孔子는 明言명언한다. 明言은 確斷확단으로서의 결정적인 言

表언표를 말한다.

우선 禮記예기에서다.

下卷 內則 第十二

男女未冠笄者 鷄初鳴 咸盥 漱 櫛 縰 拂髦 總角 衿纓 皆佩容臭 昧爽而朝 問何食飮矣 若已食則退 若未食則佐長者視具남녀미관계자 계초명 함관 수 즐 종 불모 총각 금영 개패용취 매상이조 문하식음의 약이식칙퇴 약미식칙좌장자시구

남녀로서 아직 관을 쓰지 않고 비녀를 꽂지 않은 자는 첫닭이 울 때 일어나 손을 씻고 양치질을 하고 머리를 빗고서 검은 댕기로 머리를 싸고 늘어진 머리의 먼지를 털고 이를 총각머리로 맺은 후, 향낭을 붙들어 매고 향물을 찬다.

새벽에 부모님께 안부 드리고 무엇을 잡수시겠느냐고 묻는다. 부모님이 만일 음식을 이미 잡수셨을 때에는 곧 물러나고, 만일 아직 식사 전이라면 연장자, 즉 관이나 비녀를 꽂은 자를 도와 그 밥상을 갖추어 올려야 한다.

孔子에 관한 喪家상가 일반 禮客예객들의 일종 잡담이다(屯辭哲둔사철).

"내가 만약 돈이 없다면 굶을 것이요, 내가 만약 배가 고프다면 훔쳐서라도 먹어야 하는 것이 식량(이때 식량의 뜻으로 쓰이는 말이 곧 餘糧이다)의 엄엄한 절대성 아니겠느냐! 그러

나 孔子가 우리에게 가르친 것은 바로 그것을 그리 하지 말라는 것이니 돈이 없다면 '밥을 생각하지 않는 非食비식훈련'을 익힐 것이요, 배가 고프다면 반드시 자식을 낳아서 餘糧을 마련하여 부모를 待接대접하도록 하게 하라는 것이다. 바로 이것이 다름 아닌 食禮식예란 것 아니겠느냐!"

屯辭哲은 훗날 書架서가에서 사라지고 다만 그 전설만 남아 중국 識者社會식자사회 一部일부에 전하고 있다.

이것이 孔子가 왜 현재와 중국에서 그처럼 높이 높이 '절대 無謬性무류성'으로 숭배될 것이 아니라, 상대적 가치체계로 내려 합리화시켜야 하는 참이유인 것이다.

문제는 餘糧의 당대 개념에 그 핵심이 집약된다. 그 가치나 文化, 美의 영역도 역시 연결되어 있다.

나는 여러번 여러번 餘糧이 다만 잉여가 아니라, 하느님, 부처님, 神明신명과 조상, 그리하여 父母에게 바쳐야 할 의사에서 미리 남겨둔 곡식이요, 남은 음식이지 결코 먹고 남은 것이 아니라고 했다. 애당초부터 그것은 '나머지'가 아니고 나머지일 수가 없다.

'일부러 남김'이니, 어떤 가치관인 것이다. 이것을 노동이니 자본이니 어쩌구 저쩌구하는 수작은 도대체가 저급한 唯物論유물론에 지나지 않는다.

그리고 지금 내가 중국과 孔子에게서 지적하고 있는 그 남김의 오류는 조금 달리, 그 남김이 唯物論과는 反對반대로로 '억지 忠誠충성'과 '어거지 孝道효도'일 뿐, 거기에 나중 아름다움으로 꽃피어 날 그리고 상처를 치유해 줄 신비한 醫術의술이기도 한 奇然祥瑞기연상서의 美가 전혀 배제되고 있다는 점, 그래서 도리어 이 점이 唯物論만큼, 아니 唯物論보다 더 더럽고 추접한 위선적 名分명분으로 전락하고 있다는 그 말이다. 전 중국의 옛 文明문명 전체까지도! 이미 전제했다.

지금 先後天融合大開闢의 시대에 '여성과 아기들과 쓸쓸한 民草들'은 정치란 이름의 다스림과 윤리·도덕이란 이름의 억압, 규칙, 규범 등 일체의 강제에 대한 저도 모르는 거부를 체질화하고 있다. 이것은 기질상의 문제나 도의 차원이 아닌 것이다. 북한의 김봉한이 이미 19세기 말부터 중국과 한국 등에서 수천 년 전에 나타났던 唐代 경락학자 孫思邈손사막이 天應穴, 我是穴이라 불렀던, 그 기이한 경락 움직임, 또는 뇌동향, 혹은 會陰腦(여성 회음의 胎教태교. 출산기능-어린이-과 직결된 정신기능)라고 일컬었던 그 기능이 다시 광범위하게 나타나고 있다고 한 것. 東醫寶鑑동의보감 사상 연관이나 허천우의 天符천부명상 체험에서도 느껴지기 시작한 아랫도리의 기이한 뇌기능과 직결된 것이다.

나는 이것을 새로운 美學, 우주생명학적 美學 기능의 요구라고 부르고 있는 것이다.

바로 거기에서 孔子는 처진다.

차라리 老子나 莊子나 天符經이나 法華經, 華嚴經, 그리고 東學과 부분적으로 예수의 '모심' 등이 도리어 그 새로운 뇌기능(이것은 매우 날카로운 최근의 Astral Ray, 우주 빛의 지구 침투와 연결되는 것이다. 간과하지 말자!

왜, 어째서 이 같은 우주적 변화를 간과하려 드는가?

그렇게도 옛 것이, 옛 도덕이, 옛 聖人의 도덕률이 항구불변하기를 바라고 있는 것이냐?

그러면서도 共産主義공산주의냐?

그리고 共産黨을 제대로 하는 것도 아니지 않느냐?

도대체 왜 그러는 것이냐?

결국 Toynbee 얘기가 맞는 것 아니냐?

다시 새 시대에 또 다시 巨大文明大國거대문명대국으로 왕림하는 옛 巨大文明國은 없다는 그 말, 말이다.

중국 자신의 지혜로운 역사비평가인 王蘭實왕란실(-2011년)이란 여성은 말한다.

> "나는 거대한 孔子의 옛 중국이 오늘에 되돌아오는 날들을 꿈꾸며 靑春청춘을 보냈다. 그 꿈이 겨우 나의 온갖 고통들을 극복할 힘을 준 것이 사실이다. 그리고 아마 중국 人民인민 전체가 그럴 것이다."
>
> 그러나 그런 것일까?
>
> 주의할 것은 그 꿈을 깨끗이 청소하는 것이 이제 오늘 우리에게 요구되는 역사의 숨은, 그러나 명백한 요구다. 그 요구를 잊거나 무시할 경우, 이 13억 대인구의 저 밑바닥의 고통이 다시 습래할 것이다. 잊었는가! 우리를 공포에 떨게 한 저 꽃 가혹한 짐승꽃, '可弘가홍'의 그 가슴 떨리는 악몽을?"

이것은 바로 얼마 전 중국으로부터 빠져나온 한 이름 없는 前職전직 신문기자의 기록에서다. 그러나 이 王氏왕씨의 고백은 참으로 중요한, 가슴 떨리는 중국인의 전설이다.

돈이 많이 생겨서 외국 유람이나 하고 맛있는 것이나 먹고, 그리고 만족할 수 있는 중국인인가?

'유우커'라고?

아니지 않는가!

그렇다면 어찌해야 하는가?

한마디다.

쓰촨의 한 女性詩人여성시인의 詩시 한 줄이다.

"내가 꿈꾸는 저 山은 山이 아니라
그래,
옛 山에 흘렀다는 한 줄기
맑은 샘물.
그 山위의 물!"

바로 그것!

그 산 위의 물, 山上之有水산상지유수가 무엇인가?

주역의 山澤通氣산택통기요, 정역의 艮兌合德간태합덕이다.

그러매 그것은 神市라 불리는 오늘날의 '여성과 아기들과 쓸쓸한 民草민초가 주체인'(多男朝庸人이 아니다!) 바로 그 자유로운 互惠市場호혜시장인 것이다!

왜 아니라고 우겨대는가?

내가 이제껏 말해온 神市는 산 위의 물, 즉 '유목민과 농경민의 만남(산과 물)'의 형식, 삶의 형식인 것이다.

유목민은 무엇이고 농경민은 무엇인가?

이것은 餘糧에 있어 어떻게, 아우라지가 되는가? 그것이 곧 美의 아우라일 것이다. 무엇인가? 칼 폴라니는 호혜시장을 '호혜·교환·획기적 재분배'로 간략화 한다.

그의 제자 스탠필드는 바로 그 획기적 재분배를 '유목민의 교환'과 '농경민의 호혜' 사이의 '또 하나의 창조적 축제(神市)이자 靈的영적 돌발사'인 획기적 재분배라는 한 '창조적 사태'라 했으니, 다름 아닌(나의 해석으로서는) 美, 그 자체이다. 좀 누그러트려 표현한다면 이제껏 말해 온 餘糧인 것이다.

따라서 餘糧여량(美로서의)이 向我設位향아설위요, 無勝幢解脫무승당해탈이요, Conjonture의 바로 그 모심의 핵심이다.

그리하여 이것은 다름 아닌 '女性性여성성의 비밀'이 된다.

왜?

왜 그런가?

내가 미국의 태평양과 아시아 방향 전진기지(?)이기도 한 스탠포드大學대학 특강에서 강조한 艮兌合德(正易의 한·미 친연관계)의 근거 가운데 이런 이유가 있다.

임마뉴엘 월러슈타인과 폴 크루그먼이 함께 주장하는 현대세계 경제의 핵심 사안은 '소비패턴의 생산시스템에로의 전적 반영'인데 그 소배패턴의 주체는 남자가 아니라 여성 주부들의 소비판단력이라는 점이다. 그런데 최근 미국의 마트나 몰mall과 같은 日常的일상적 소비시장에서의 여성 소비판단 핵심에 거의 무의식 상태에서나마 강한 快·不快의 美學的 趣味判斷이 작동하고 있다는 문제다. 그런데 작기는 하지만 우리나라에서도 강남의 부르주아 중산층 여성 소비판단 안에 이것이 작동한다는 점이다.

이것이 작은 문제일까?

애당초 여성들은 아름다움에 유달리 천착한다. 그래서 그녀들은 아름다운 것을 소유하려 하며 그것을 자신과 동일시하려는 경향이 강하다.

여성들의 유별난 '예쁜 것 선호'는 아마도 그녀들의 예민한 안목, 즉 심미안 때문에 더 두드러지는지 모른다.

여성의 시각은 남성과 차이가 있으며, 특히 色에 대해서는 훨씬 민감한 것으로 알려져 있다. 망막의 수용체 세포 가운데 색을 분간하는 역할을 맡는 것이 추상체인데 이 세포는 X염색체에 의해 만들어진다.

여성은 X염색체가 둘(XX)이기 때문에 하나인 남성(XY)에 비해 추상체 세포를 더 많이 가지고 있다. 이런 차이가 여성들 특유의 색상을 잘 파악하는 능력으로 이어진다.(동아일보. 2013년 11월 9일. 작가 한상복의 「여자 속마음」)

이것이 艮兌合德과 이어지고 이것이 후천화엄개벽이라는 三八同宮과 연결된다.

이 고리에 餘糧의 아우라와 아우라지가 자리 잡고 있다.

우리가 흔히 누구에게나 던지는 질문인 다음과 같은 말 한마디,

"누가 이 세상에서 가장 잘 현대, 초현대에 가장 별 볼일 없

는 여편네들, 젊은이들, 애기들과 초라한 민중들에게 그 밑바닥에서부터 공감하고 감동을 줄 수 있는 어떤 한 세상 이야기의 근거를 드러내 줄 수 있겠는가?"

그 대답은 결코 쉽지 않다.

무엇일까?

위대한 周易學者였던 王弼왕필같은 사람은 제 스스로 老莊學노장학의 신봉자였음에도 불구하고 당대에, 그리고 후대에도 아기들과 여성들에게조차 老子의 玄覽과 玄牝을 제대로 설득하지 못했으며 비실비실하며 無定形的무정형적인 사상 속에 비틀대는 民草들에게 莊子의 混沌혼돈을 납득시키지 못했으니 이것은 이미 思想사상과 歷史역사의 서로 엇갈리는 錯綜本質착종본질이 아닐까!

어떻든 이래서 後學후학이 항상 反抗반항을 하게 되는 것일게다.

그러나 분명한 것은 오늘, 지금의 우리의 세계적 삶에서는 사정이 좀 다르다. 그것은 곧 지금이 先後天開闢이 융합하는 때, 그 대안으로서 大華嚴의 때가 바로 지금이기 때문이다. 그리고 또 가장 오묘한 天符經의 妙衍法이 우리를 들쑤시고 거기에 예수의 모심이 東學동학의 侍시와, 嶺南學영남학의 敬경이 함께 오고 있다.

더욱이 Rudolf Steiner의 '聖杯성배의 民族민족'이 바로 이 民族이라는 日本人 다까하시 이와오(高橋巖)까지 나타났다.

잊지 말라!

바로 지난 세기말 이미 東學과 불교와 南學과 正易과 天符

經이 3천 년을 짓밟혀온 여성과 아기들, 民草민초들, 卽즉 玄覽涯月民현람애월민을 주체로 하여 現代현대 共産主義革命공산주의혁명, 知識人지식인 따위들의 위선적인 제스처 형태와 黨당이나 부르주아 짝퉁의 귀족 노조 따위가 아닌 그야말로 玄覽涯月民 자신에 의해 자신의 대화엄개벽모심의 길을 妙衍法으로 들어올려 75년이나 확산시켜 이 나라의 南辰남진을 밝혀왔다. '남쪽의 샛별' 이것이 우연일까?

이제 그 일은 중조선의 圓滿원만의 발견으로부터 다시 시작된다.

이것이 그저 우연이란 말인가?

동해안의(서해안과 함께이지만 더 활기차게) 경제 부흥이, 역사 상승이 발현하는 것, 그래서 북어가 안 잡히고, 독도가 문제되고, 동계올림픽이 마련되고, 관광객이 넘치고, 삼밭이 들어서기 시작하고, 金周虎(李圓虎)의 예언대로 西㦗東一辰(서쪽이 컴컴한데 동쪽에 샛별 한개 떠오른다), 아아, 餘糧이 일어선다.

餘糧, 아우라지의 그 기이한 Aura로 역류해 가는 동편 길 동강 가는 길을 가 보았는가? 신동으로부터 한 시간 20분 동강 줄기를 따라 白雲山과 수리봉과 가수리와 귤암리를 지나 본 적이 있는가?

그곳이 그저 강원도 산골일 뿐인가?

거기 이르기 전에 저 아름다운 연포는?

연포 옆의 골덕내는?

그 옆의 백운산과 나리소는?

그 위에 높이 자리잡은 뒷터는?

그곳이 모두 아리랑과 아라리의 고장이다.

이곳이 우연인가?

「대장금」이 중앙아시아에서 한류 붐을 일으키고 남도 판소리와 춤에서 품바와 씨구춤의 그 요란한 詠歌舞蹈영가무도를 일으킨 말춤이 '강남스타일'로 온 세상을 잡아 흔들 때, 또 영화 「별 그대」가 중국을 흔들 때, 바로 그 餘糧의 정선 5日장이 기이한 약초장으로 한꺼번에 10만 명, 15만 명의(서울과 경기도 이천, 여주의 Premium Outlet의 수많은 CEO들과 구매꾼과 기타 지역의) 약초 구매객을 동원하는 이 시절이 그저 우연인가?

정신 차리시라!

맺는말/ 海印 화엄맛의 길

현대 과학의 우뚝한 거인 아인슈타인과 스티븐 호킹은 똑같이 말한다.

"인류의 미래는 바다(海), 바다 밑 새 우주(海印)이다."

그런데도 유럽과 미국 과학은 바다의 90%를 아직 모른다.

나는 인류와 세계의 현재와 미래는 華嚴經화엄경이라고 본다. 더 정확히 말하면 '금강경·법화경·화엄경'이라고 본다.

그 단순융합이 바로 海印해인이다.

불경은, 더욱이 화엄경은 속속들이 바다(海)로 귀결된다.

이 바다의 리듬과 이미지가 곧 "山 중심의 조선 민중문화의 바다 이미지"다. 바다는 본디 山에서 그 비밀을 배우는 법이다. 화엄에서는 더러움, 染汚오염마저도 슬픔과 慈悲자비로 귀결되는 <衆生舞중생무와 如來舞여래무의 一致일치>를 지향하는 예술, 문화, 美學을 강조함으로써 '優婆夷우파이(여성수도자)'가 일으키는 海, 그렇다. 도처에 海가 있다. 이 海가 海印을 일으킨다.

그것이 인류의 미래인 바다, 바다 밑의 새 우주인 것이다.

가상이 아니다.

현대 美學의 최고 Thema는 Healing이다. 그 Healing의 비밀이 바로 海印이다. Healing은 美가 海로 가는 과정의 표현이다.(탄허 『新華嚴經合論신화엄경합론』17권, 35, 130 참고)

그것이 아우라요, 아우라지이며 바로 남은 음식 곧 餘糧여량이다. 조선사상의 핵심 ᄇᆞᆯᄀᆞᆷ이요 세계와 전 중생계와 우주 생명의 비밀이다.

정선아리랑, 그리고 그것과 남도, 중도, 북도 등 한국문화의 연결고리는 바로 그곳에 있다.

海印은 곧 <바다 밑(海) 새 우주(印)> 바로 그것이다.

그러므로 인류의 미래 즉 남은 음식(餘糧), 그리고 벤야민의 초월적 본체인 Aura(그 아우라의 담지처, 담지체, 담지자인) 아우라지는 다름 아닌 바로 海印인 것이다.

그리고 그것은 ᄀᆞᄃᆞᆫ冥을 지향한다. 이미 海印의 본질이 곧 ᄀᆞᄃᆞᆫ冥, 본디는 ᄃᆞᆫᄃᆞᆫ冥이나 그 의미적, 일반적 명칭은 ᄀᆞᄃᆞᆫ冥이다. ᄀᆞᄃᆞᆫ冥이 ᄃᆞᆫᄃᆞᆫ冥으로 드러남이 더 의미심장하다. 따라서 더 간단히 말하면 冥, 美는 곧 그것이다.

이제 참으로 시작이다.

그래서 아우라지 美學은 그것으로 끝이 아니고 美學의 길인 것이다. 美의 復勝복승의 길, 그것이 餘糧 - 아우라지의 길이다.

後學들이 이제 시작해야 한다. Ω

아우라지 美學의 길

발행일 초판 1쇄 2014년 11월 10일

글쓴이 김지하
펴낸이 김태문
펴낸곳 도서출판 다락방
주 소 서울시 서대문구 북아현동 1-495 세방그랜빌 2층
전 화 02)312-2029 팩스 0505)116-8399
www.darakbang.co.kr

ISSN 978-89-7858-066-1 03810

정가 18,000원